U0920126

孙大雨译文集

Ⅱ

上海译文出版社

黎琊王

麦克白斯

目 录

· 黎琊王 ·

［英］莎士比亚　著

William Shakespeare

KING LEAR

本书根据 H. H. Furness 新集注本译出

谨 向

杀日寇，斩汉奸和歼灭法西斯
盗匪的战士们致敬

孙大雨

再版前言

将近四十年前，一九四八年十一月，我在上海商务印书馆出版了我的第一部莎剧中译集注本《黎琊王》。原书分上、下两册：上册是剧本原文，下册是集注。现为与其他几部莎译体例统一起见，将原书下册的集注分别列在各幕之后。在人类有史以来旷古未有的浩劫、中华民族所遭到的所谓“无产阶级文化大革命”那绝灭我们文化的横祸之前约十年，我因错划“右派”而被判劳动改造；六一年十月我从苏北回到上海，在成年累月长期的酷虐中，从事我交流中西文化，宣扬屈、宋、李、杜等和以莎士比亚为首的英文诗歌中的瑰宝之工作。莎译附以集注，除《黎琊王》外，我又完成了《罕秣莱德》、《奥赛罗》、《麦克白斯》和《暴风雨》及《冬日故事》，再加仅有简注的《萝密欧与琚丽晔》和《威尼斯商人》。这八部莎译，我希望在近年内，都能陆续成书问世，再加上几百首英文短诗的中译能以出版。至于我用英文写作的关于屈原的思想、人格的论述及其作品的英译，我希望能在国外发表，以冀广泛而亘久地在人间传播。

孙大雨

一九八八年七月十四日

序 言

《黎琊王》这本气冲斗牛的大悲剧，在莎士比亚几部不朽的创制中，是比较最不通俗的一部。它不大受一般人欢迎，一来因为它那磅礴的浩气，二来因为它那强烈的诗情，使平庸渺小的人格和贫弱的想象力承当不起而阵阵作痛。这两个原因其实是分拆不开的：作品的气势和情致本是同一件东西的两面——有了这样气势的情致，并且这情致必须有这样的气势，才可以震撼到我们性灵的最深处，否则决不会有如此惊人的造诣。虽不投时好，这篇戏剧诗在一班有资格品评的人看来，却无疑是莎氏的登峰造极之作。作者振奋着他卓越千古的人格和想象力去从事，在戏剧性、诗情、向上推移的精神力等各方面，都登临了个众山环拱，殊嶝合指的崇高的绝顶，惊极险极奇极，俯听则万壑风鸣，松涛如海涛，仰视则苍天只在咫尺间，触之可破。结果是在世界文艺力作里能跟它并称的，只有哀司基勒斯的《普洛米修斯》，兰斯城的圣母寺，但丁的《神曲》，米凯朗琪罗在西斯丁礼拜堂里的顶画，裴多汶的第九交响曲等有数几件与日月争辉的伟构而已。当然，若说炉火纯青它要让《暴风雨》，若求技术上的完美它不及《奥赛罗》，可是以伟大而言，就在这位诗之至尊至圣的全集中，也得推这部动天地泣鬼神的杰作为第一。

把这样一部作品译成中文分明是件极大的难事。严复的翻译金箴信、达、雅三点不用说不够做我们的南针，因为这篇悲剧诗的根本气质就像万马奔腾，非常不雅驯，何况那所谓雅本以鸡肋为典范，跟原作的风度绝对相刺谬。译莎作的勇敢工程近来虽不无人试验过，但恕我率直，尽是些不知道事情何等样艰苦繁重的轻率企图，成绩也就可想而知。对于时下流行的英文尚且一窍不通的人，也仗了一本英汉字书翻译过，弄得错误百出，荒唐满纸。也有人因为自知不通文字，贪省便，抄捷径，竟从日文译本里重译了一两篇过来，以为其中尽有莎氏的真面目——仿佛什么东西都得仰赖人家的渣滓似的。还有所谓专家者流，说是参考过一二种名注释本，自信坚而野心大，用了鸡零狗碎的就是较好的报章文字也不屑用的滥调，夹杂着并不太少的误译，将就补缀成书，源源问世；原作有气势富热情处，精微幽妙的境界，针锋相对的言辞，甚至诙谐与粗俗的所在，为了不大了解，自然照顾不到，风格则以简陋窘乏见长，韵文的型式据云缘于“演员并不咿呀吟诵，‘无韵诗’亦读若散文一般”，故一笔勾销。总之，抱着郑重的态度，想从情致、意境、风格、型式四方面都逼近原作的汉文莎译，像 Schlegel 和 Tieck 的德文译本那样的，我们还没有见过。

译者并不敢大言，说这本《黎琊王》汉译已与原作形神都酷肖，使能充分欣赏原作同时又懂得语体中文的人看了，如见同一件东西，分不出什么上下。译笔要跟如此杰作的原文比起来见到纤毫不爽，乃是个永远的理想，万难实现。英德文字那样密迩，十九世纪下半叶的名译在短短几十年内尚需经一再修改，而修改本也未必合乎理想；英华文字相差奇远，要成功一个尽善的译本，论情势显然是个更难发生的奇迹。但理想的明灯常悬在望，我们怎肯甘心把它舍去，甚至以步入阴影自豪：知难转向，或敷衍了事，为人不该如此，译文又岂可例外？我说译作，恐怕会引起疑问。然实际上一切精湛广大的诗篇译品，都应当是原作的再一度创造。否则中心的透视既失，只见支离破碎，面目且不能保存，慢说神态了。我这译本便是秉着这重创的精神，妄自希求贯彻的。至于重创，绝不是说就等于丢开了原作的杜撰。这里整篇剧诗的气势情致，果然得使它们占据译者下笔时的整个心情，如同已有；不过它们所由来的全诗、一幕、一景、一长段、一小节的意境，文字的风格意义，韵文的节奏音响——换句话说，登场人物的喜怒哀乐，他们彼此间互对的态度，语气的重轻和庄谐，句法上的长短与组织的顺序抑颠倒，联语及用字的联想与光暗，涵义的影射处和实解处，韵文行的尾断、中断、泛溢，音组的形成和音步对于它的影响，音步内容的殷虚，字音进展的疾徐、留连、断续，以及双声叠韵的应用：凡此种种也无一不须由译者提心吊胆，刻刻去留神，务求原作在译文中奕奕然一呼即出。这是理想，我们望着那方向走，能走近一分即是一分胜利，纵使脚下是荆棘塞途的困难。

译文虽距理想的实现还远得很，一半固是缘于无法制胜的文字上的阻碍，一半则许因译者的能力确有所不逮。为保全原作的气势神采起见，往往只好牺牲比较次要的小处的意义：遇见这般略欠忠实的情形时，大都在注子里有一点声明。为求畅晓及适合我国语言的习惯起见，句子每被改构、分裂或合并。然疲熟的格调则极力避免，腐辞陈套决不任令阑入。在生硬与油滑之间刈除了丛莽，辟出一条平坦的大道，那不是件简易的工作；此中不知经历过几多次反复的颠踬，惨痛的失败。对于风格的感觉，各人不尽相同：我个人的可以在译文里见到，旁人或者会觉得这组织太过生疏，那联语不甚新创：感觉没有一定的原则和标准可循，唯麻木不仁乃为译文所力忌。但这一类经营还容易打点，假使不跟忠于原义重要处的严格条件扭结在一起。因为最令人手足失措的是处在原作这白浪泼天的大海中，四望不见岸，风涛无比的险恶，缆是断的，桨已折了，舵不够长，篷帆一片片地破烂，驾着幼稚贫瘠的语体文这只小舟前进。褴褛、枯窘、窳劣与虚浮，最是翻译莎作的致命伤；译者敢于庆幸不曾航入"明白清楚"的绝港，译完了这篇剧诗，比未译之前，使白话韵文多少总丰富了一些。大家都得承认，我们这语体文字，不拘是韵是散，目下正在极早的萌发时代，不该让它未老先衰，虽然也有人不等仲夏的茂盛到来，便遽求深秋的肃杀（说实话，他们所蕲求的并非凝练，而是沙碛上的不毛）——天时的更易，人事的推移，文字工具的成熟，据我们所知道，从没有一件是那么样违背自然律的。至于原文一字一语乃至一句的准确涵义，多谢 Schmidt 和 Furness 他们，译者不厌繁琐，需要查考的都查考过。譬如说，莎氏作品里同一个“nature”有六种大别的用意，其中两种极相近；译者挑选了针对本剧各处上下文的，分别在译文里应用。又如“patience”一字在莎作里有五种解释，这剧本所用到的却都不能译作“忍耐”。还有“Sir”这个称呼，各处有各处的用法，若一律译作“先生”，便成了极大的笑话。诸如此类，例子不胜列举。可是这并非说绝无失察之处；译文错误，恐仍在所难免。

在体制上原作用散文处，译成散文，用韵文处，还它韵文。以散译韵，除非有特别的理由，当然不是个办法。“新诗”虽已产生了二十多年，一般的作品，从语音的排列（请注意，不是说字形的排列）方面说来，依旧幼稚得可怜：通常报章杂志上和诗集里所读到的，不是一堆堆的乱东西，便是实际同样乱、表面上却冒充整齐的骨牌阵。押了脚韵的乱东西或骨牌阵并不能变成韵文，而韵文也不一定非押脚韵不可。韵文的先决条件是音组，音组的形成则为音步的有秩序、有计划地进行：这话一定会激起一班爱好“自由”的人的公愤。“韵文”一语原来并不作押韵的文字解，此说也并非本人的自我作古，但恐怕另有一批传统的拥护者听了要惶惑。讲到音组，说来话长，我本预备写一篇导言详加申论，不料动了笔不能停止，结果得另出一部十余万字的专书。不错，“无韵诗”没有现成的典式可循；语体韵文只虚有其名，未曾建立那必要的音组：可是这现象不能作为以散译韵的理由。没有，可以叫它有；未曾建立，何妨从今天开始？译者最初试验语体文的音组是在十七年前，当时骨牌阵还没有起来。嗣后我自己的和译的诗，不论曾否发表，全部都讲音组，虽然除掉了莎译不算，韵文行的总数极有限。这试验很少人注意，有之只限于两三个朋友而已。在他们中间，起初也遭遇到怀疑和反对，但近来已渐次推行顺利，写的或译的分行作品一律应用着我的试验结果。理论上的根据在这篇小序内无法详叙；读者若发生兴趣，日后请看我的《论音组》一书。现在且从译文里举一段韵文出来，划分一下音步，以见音组是怎么一回事：

听啊，	造化，	亲爱	的女神，	请你听！
要是你	原想	叫这	东西	有子息，
请拨转	念头，	使她	永不能	生产；
毁坏她	孕育	的器官，	别让这	逆天
背理	的贱身	生一个	孩儿	增光彩！
如果她	务必要	蕃滋，	就赐她	个孩儿
要怨毒	作心肠，	等日后	对她	成一个
暴戾	乖张，	不近情	的心头	奇痛。
那孩儿	须在她	年轻	的额上	刻满
愁纹；	两颊上	使泪流	凿出	深槽；
将她	为母	的劬劳	与训诲	尽化成
人家	的嬉笑	与轻蔑；	然后	她方始
能感到，	有个	无恩义	的孩子，	怎样
比蛇牙	还锋利，	还恶毒！	……

原作三千多行，三分之二是用五音步素体韵文写的。译文便想在这韵文型式上也尽量把原作的真相表达出来，如果两国语言的殊异不作绝对的阻挠。

本书所据的底本是阜纳斯编纂的新集注本莎氏集卷五《黎琊王》（Horace Howard Furness：*A New Variorum Edition of Shakespeare*，*Vol. V: King Lear*，Lippincott，Philadelphia，1880）。这部书归纳了

十七世纪三种四开和四种对开本的异文，网罗了自十八世纪初叶以迄一八八〇年间四十四种名家校订本的注释，加以审慎的比较厘订，淘洗钩绳，既精微而又广博，实是近代版本里的魁首。阜纳斯所用本文以一六二三年之初版对开本为主要的根据，以四开本及其他对开本来正误补漏，偶尔也旁采各家的校订。在本文上，译者与阜氏意见歧异处或摭取别家的校订时，于本书注解里都有纪录，不过这样的情形不很多。新集注本以后的各校注本被参考，而注释经选入本书的，有 W. J. Craig 之 Arden 本（Methuen，London，1931）及 W. L. Phelps 之 Yale 本（Yale University Press，New Haven，Conn.，1922）。学生用，注解很详细的，如 W. J. Rolfe 本，也曾给译者一些帮助。A. C. Bradley 所著《莎氏悲剧论》（*Shakespearean Tragedy*，Macmillan，London，1922）论《黎琊王》篇的附注，我于译注完工后亦曾参考过，并且择要增入了译文注内。字书用 Alexandar Schmidt 之《莎氏用字全典》（*Shakespeare-Lexicon*：*A Complete Dictionary of All the English Words*，*Phrases and Constructions in the Works of the Poet*，3rd. edition，revised and enlarged by Gregor Sarrazin，2 vols.，Reimer，Berlin，1902）和 C. T. Onions 之《莎氏字典》（*A Shakespeare Glossary*，2nd. edition revised，Clarenden Press，Oxford，1919），两书中尤其前者应用得非常频繁。关于文法，E. A. Abbott 之《莎氏文法》（*A Shakespearean Grammar*，Macmillan，London，1888，etc.）为译者充当过向导，虽然这本书讲韵文规律的那部分写得非常坏。E. K. Chambers 的《莎士比亚研究》（*William Shakespeare*：*A Study of Facts and Problems*，2 vols.，Clarenden Press，Oxford，1930）对我也很有用处，特别在写本书附录的时候。此外研究莎作所必备的书籍和研究英国文学的一般参考书，就不必一一列举了。

莎氏剧诗有两种读法：一是单纯的欣赏，想获致的是那一往情深的陶醉；一为致密的研讨，逐字逐句务欲求其甚解。这两种悬殊的读法非仅不相冲突，且正好相成相济。读者对于译本，若抱前一种态度，尽可光看本文，那里头我信绝没有丝毫学究气。正文里语句上角方括号里的数字标明着注子的条数，可以便利检查。读者若想借译本深探原作，若欲明晓各注家对于原文许多地方的不同见解，或若拟参照了原文检视一下译笔在某些地方为什么如此这般措辞，则请检查注解。新集注本所收的巨量诠释虽未通体录入，但重要的都已加以全译、节译或重述，而且另增了不少别处得来的材料——结果注子的总数将近千条。工作进行时，一边译正文，一边加注：现在注解这般头绪纷繁，可以使读者头痛，但当初对译者却帮他避免了许多的不准确：往往译完了一语一句，于加注时发觉尚有未妥，于是重起炉灶，或再来一番锤炼。注解范围可归为下列八项：一、各家对于剧情的解释和评论；二、他们对剧中人物性格的分析与研究；三、原作时代的文物、制度、风俗、政情等事之说明；四、对开与四开版本之差异，各家的取舍从违及比较优劣（即所谓 textual criticism）；五、各校订注释家对最初版本用字之校正或改订（即所谓 emendation）；六、译者对各家评骘、诠释、校订之得失的意见；七、译文因种种关系与原意差异及增改处的声明及商榷；八、名伶扮演情形。至于原作的最初版本、写作年代和故事来源等三端，另有专记，俱见附录。

我最早蓄意译这篇豪强的大手笔远在十年前的春天。当时试译了第三幕第二景的九十多行，唯对于五音步素体韵文尚没有多大的把握，要成书问世也就绝未想到（如今所用的第三幕第二景当然不是那试笔）。七年前机会来到，竭尽了十四个月的辛勤，才得完成这一场心爱的苦功。不料一搁就是五年多，起先曾有过两度修改，后因人事的蹉跎，国族骤遭祸害，且又被一篇太长而须独立成书的导言所延误，所以本文的注解虽在年余前排版完毕，却一直没有让它去见世面。最近国际战争的烟燎愈烧愈广，眼看着此间即将不能居住，而且自忖也正该往后方去参与一篇正在搬演中的大史诗，于是于百忙中草就了本书的附录和这篇小序，作为十年来一场梦寐和无数次甘辛的结束。这本早应出版的译剧如今离我而去了，好比儿女告别了父母的檐梁，去自谋生路一般：我一方面祝祷它前途无量，莫深负原作的神奇，一方面也盼望知道自己所难知的缺陷，如果它有缺陷的话，以便再版时加以弥补。

孙大雨

三十年十月二十六日，上海。

*　*　*

三十年十月二十九日我离沪赴港，行前将尚未排印的序言与附录稿子交清。十二月二日出港飞渝，到渝后六日太平洋战事爆发。离港时因飞机限制行李重量，把《论音组》的已写好而未排的原稿和已校好的清样，以及几本重要的参考书，留在香港友人家里。不幸香港失陷时那原稿和清样被焚，而上海商务所存的全部清样也遭损失。所幸正文和注解已于我离沪前完全打好纸版，而纸版则并无损失。但因战事的关系，本书出版又延迟了六年。

多谢中华教育文化基金董事会，他们使编译此书能成为事实。感谢罗念生先生，他看过最初两幕，他的若干建议有好几点已被采用。感谢邓散木先生，他为本书封面题字。感谢商务印书馆出版课邹尚熊先生，他在上海沦陷时的困难环境中保存了正文与注解的全部纸版，和未及排印的序言与附录的原稿。感谢胡适、任鸿隽先生，他们给我许多方便。最后多谢内子孙月波女士，她将全部原稿为我誊录过一遍。

雨　又识。

三十六年十二月十五日，上海。

黎琊王悲剧 *

登场人物

黎琊，不列颠国王

法兰西国王

浡庚岱公爵

康华公爵

亚尔白尼公爵

铿德伯爵

葛洛斯忒伯爵

蔼特加，葛洛斯忒之子

蔼特孟，葛洛斯忒之野生子

傻子

居任，廷臣

老人，葛洛斯忒之佃户

奥士伐，刚瑙烈之管家

医师

蔼特孟所雇之队长一人

考黛莲之近侍一人

传令官一人

康华之仆从数人

刚瑙烈
雷耿
考黛莲
（以上三人）黎琊之女

黎琊之随从武卫数人，军官数人，信使数人，军士多人，侍从数人。

剧景：不列颠

注　释

* Coleridge 论曰：莎氏诸剧中行动最快的当推《麦克白斯》（*Macbath*，1605—1606），最纡缓的要数《罕秣莱德》（*Hamlet*，1600—1601）。《黎琊王》（*King Lear*，1605—1606）则兼有长度与速率，——好比飓风，又好比旋涡，一壁在进展，一壁在吸引。它开场时像夏天一个风暴的日子，光芒耀眼，但那是苍白灰败的光芒，预示狂风骤雨的来临。Wilson 云：莎氏在《黎琊王》剧中兼施《罕秣莱德》与《奥赛罗》（*Othello*, 1604—1605）两剧的方法；那就是说，它是出性格剧，同时又是出命运剧。黎琊是个“作孽无几，遭孽太深的受屈者”。地狱，由他的两个女儿当替身，由那阵大风暴作象征，仿佛全副武装地升到地面上来，起初是摧毁他的傲慢，其次是搅乱他的神明，最后便捣碎他的心。可是黎琊确实有过罪孽，所以这本戏不仅显示善良被罪恶所败覆，还表彰一个年老易怒的暴君，虽曾用过一大辈子既无节制又不称当的威权，但终竟能在耻辱和灾祸的教训之下，超升到莎氏作品中的最高的神境。

第 一 幕

第 一 景

［黎琊王宫中。］

［铿德，葛洛斯忒与蔼特孟上。

铿　德　我以为国王对亚尔白尼要比对康华公爵更心爱些。

葛洛斯忒　我们总是这么样看法；不过在现今划分国土[①]这件事上，却瞧不出他更看重的是那一位公爵；因为两份土地的好坏[②]分配得那么均匀，所以即使最细心的端详也分辨不出彼此有什么厚薄。

铿　德　这一位不是令郎[③]吗，伯爵?

葛洛斯忒　将他抚养成人是由我担负的，伯爵；我红着脸承认他的回数多了，也就脸皮老了。

铿　德　我不明白你的意思。

葛洛斯忒　伯爵，这少年人的母亲可明白；因此上她就鼓起肚子，床上还不曾有丈夫，摇篮里倒先有了孩子了。你觉得是个过错吗?

铿　德　我却不能愿意你没有那过错，你看这果子结得多么漂亮体面。

葛洛斯忒　不过我还有个嫡出的儿子，比这个要大上一岁光景，但并不比他更在我心上；虽然这小子不招自来，出世得有些莽撞，他母亲可长得真俏，造他出来的那时节真好玩儿，所以这小杂种④是少不了要承认的。——蔼特孟，你认识这位贵人吗？

蔼特孟　不认识，父亲。

葛洛斯忒　铿德伯爵。往后记住了他是我的高贵的朋友。

蔼特孟　愿替伯爵奔走。

铿　德　我准会心爱你，请让我多多地结识你一些。

蔼特孟　伯爵，我决不辜负您那番好意。

葛洛斯忒　他出门了九年，⑤如今又要走了。［幕后号角声起］国王在来了。

［号角鸣奏。一人捧小王冠前导，黎琊王，康华，亚尔白尼，刚瑙烈，雷耿，考黛莲与众侍从上。

黎　琊　葛洛斯忒，去陪侍法兰西和浡庚岱的君主。

葛洛斯忒　遵命，王上。［葛洛斯忒与蔼特孟同下。

黎　琊　同时我们要公布一个尚未经
宣明的计划。——给我那张地图。——
要知道我们把国土已分成了三份；
而且决意从衰老的残躯上卸除
一切焦劳和政务的纷烦，付与
力壮的年轻人，好让我们释去了
负担，从容爬进老死的境域。——
我们的儿婿康华，——还有你，我们
同样心爱的亚尔白尼儿婿，
这如今我们决意要公布女儿们
各别的妆奁，好永免将来的争执。

法兰西君王，浡庚岱公爵，争着
向我们小公主求情的敌手，在我们
宫廷上已留得有不少求凰的时候，
如今便得给他们一声回答。——
女儿们，说我听，如今我们既然要
解除政柄，捐弃国疆的宗主权，
消泯从政的烦忧，你们三人中
那一个对我最存亲爱？如果谁
爱亲的天性最合该消受⑥亲恩，
那么，我自会给与她最大的恩赐。
刚瑙烈⑦我们的长女，你先说。

刚瑙烈 父亲，我爱你不能用言语形容，
要胜过我爱目力与空间⑧与自由
胜过一切富丽和珍奇的有价品；
我爱你不差似爱一个温雅，健康，
美丽，和荣誉的生命；自来儿女
爱父亲至多不过如此，父亲
也从未见过更多的爱亲心；这爱啊，
只嫌语言太薄弱，言语不灵通；
我这爱没有边沿，漫无止境。⑨

考黛莲 ［*旁白*］考黛莲有什么话说？只是爱，不说话。

黎　琊 这一方地土，从这条界线到那条，
里边有的是森林和肥沃的平原，
丰盛的江河⑩，辽阔的草坪，我们
赐与你，让你和亚尔白尼的后人
世代承继。我们的次女雷耿，

康华的妻子，你有什么话？

雷　耿　我和大姊赋得有相同的品性，
我自忖和她同样地堪当受赐。[11]
我抚心自问，但觉她正道出了
我欲言未道的衷忱；只是她尚有
未尽：我自承我仇视官能锐敏到
登峰造极时感到的那一切的欢愉，[12]
我认定唯有你为父的慈情真能
使我幸福。

考黛莲　[*旁白*] 然后是贫乏的[13]考黛莲！
可是并不然；我确信我的爱，沉重[14]
要赛过嘴上的夸张。[15]

黎　琊　我们把三份国境中这整整的一份
付与你和你世代的子孙后世；
这地土的大小，价值，和给人的欢愉，
比我给刚瑙烈的那一份并不差池。——
现在轮到了我们的宝贝，虽然
最年轻也最娇小，[16]为要得到她
垂青，葡萄遍地的法兰西和盛产
牛乳的浡庚岱在互相争竞；我问你，
你有什么话说我听，好取得一份
比你姊姊们的更富饶的国境？你说。

考黛莲　我没有什么话说，父亲。

黎　琊　没有话说？

考黛莲　没有话说。

黎　琊　没有话说就没有东西。再说过。

考黛莲　不幸得很，可是我的心我不能
把它放在嘴上。我爱父亲
按着做女儿的本份不多也不少。[17]

黎　珊　怎么的，怎么的，考黛莲？改正你的话；
不然，你会弄坏你自己的运道。

考黛莲　你对我有生身，鞠育，和慈爱的亲恩，
好父亲；我自有当然的[18]责任相报答：
我对你该随顺，爱敬，十二分尊重。
两位姊姊都说她们只爱你，
为什么她们都有丈夫？也许
有一天我嫁了夫君，那夫君受了我
白首相终的信誓，也得取去我
一半的爱心，一半的关怀和本份。
我千万不能和她们一般，结了婚
还全然只爱[19]着父亲。

黎　珊　你可是真心说话？

考黛莲　　　　　　　　哎，好父亲。

黎　珊　这么样年轻，难道这么样不温柔？

考黛莲　这么样年轻，父亲，又这么样真心。

黎　珊　就是那么样；你就把真心作嫁奁。
我把太阳的圣光赫盖脱的魔法，
黑夜[20]和主宰人死生的星辰间的气运，[21]
起一个誓言：我从此对你打消
我一切为父的关怀，父女间的亲挚，
和血统的相连与合一，[22]我从此
永远将你当作一个陌路人看待。

雪席安蛮邦的野番，[23]那些个杀子
佐肴专为果自己口腹的狠心人，
他们在我这心头会和你，我这个
从前的女儿，同样地亲切，得到
相同的怜爱和温存。

锃　德　　　　　　　　　　我的好主人，——

黎　琊　静着，锃德！
别来到怒龙面前拦住去路。[24]
我爱她最深，本想把所余的孤注
一掷[25]地全给她作为抚养的恩金。——
［对考黛莲］走开别在我面前！[26]——［自语］如今我
　　对她
取消了做父亲的慈爱，但愿我能在
死后安心无悔！——去叫法兰西
君王。谁去？[27]去叫浡庚岱公爵。——
康华和亚尔白尼，你们到手了
我两个女儿的妆奁，如今再把那
第三份去平分。让傲慢，她自己却叫做
平淡无华，为她找一位夫君。[28]
我叫你们合享我原有的威权，
我原先那权位的出众超群，和跟着
君王的一切外表的光荣。我自己，
还留着百名须你们负担的武士，
一月一迁游，更替着和你们同住。
可是我们依然要保存着国王
这名号，和君主所有的表面的尊荣；

至于职掌大权，司国家的赋税，
和其余一切的[29]发号施政，爱婿们，
都听凭你们去措置；为取信我这话，
你们把这顶小王冠[30]取去分用。

铿　德　圣主黎琊，我素常将你当作
君王相尊崇，父亲一般地敬爱，
主子似的相从，祈祷时又当作
大恩人去想念，——

黎　琊　　　　　　　　弓已经引满，
弦丝已经绷紧；快躲开这支箭。

铿　德　宁愿让它离弦，即使那箭锋
会刺透这心口！黎琊发了疯，铿德
就该当无礼。你要做什么，[31]老人？
你以为威权在谄媚面前低了头，
责任便跟着骇怕得噤口无声吗？
你丢了堂堂君主的尊严甘心
堕入愚顽，我自顾忠诚便不能
不直言不讳。[32]留下你大好的君权，[33]
去从长计较后，控制这骇人的鲁莽。
让我冒死主张[34]我这番判断，
你那个小女爱你得并不最轻微；
有些人，他们那不善逢迎的低声里
虽不露[35]内在的空虚，却并非真正
寡情无义。

黎　琊　　　　　铿德，凭你的性命，
不准再说！

铿　德　　　　　我只把自己的性命

当作和你的仇人们打赌[36]的注子，[37]

为你的安全，我不怕将它输掉。

黎　娜　去你的！

铿　德　　　　看得清楚些，黎娜，让我

常为你作一方鉴戒的明镜。[38]

黎　娜　咄，我对太阳神亚波罗[39]起个誓——

铿　德　咄，我也对太阳神亚波罗起誓，

国王，你空对你的天神们赌咒。

黎　娜　嗯，你这奴才！无耻的贱人！

亚尔白尼、康　华　亲爱的父亲，不要这样。

铿　德　宰掉我这个良医，去酬谢[40]那恶病。

快收回你那些恩赐，要是不然，

只要我喉舌间还能发一声叫喊，

我总会告诉你你铸成了大错，贻下

无穷的祸患。

黎　娜　　　　　听我说，下流的东西！

我把君臣间的道义心责你静听！

你想叫我们毁坏我们从不敢

毁坏的誓约，你想凭你那匹夫

诞妄的骄横拦阻我们的权能，

不叫施行生效，——这样的情势，

不论是我们的性情或地位，都不堪

忍受，[41]——既然你冒渎了君威，如今

便得去接受那多事生非的酬报，

好叫我们也恢复威仪的旧观。[42]
我们给你五天期限，免了你
遭受琐屑的纠纷与窘迫，[43] 第六天
你就得离开我们这厌弃你的国境。
如果在十天之后，你那个放逐到
国外去的正身依旧在境内找得，
顿时就将你处死。滚出去！我对
天皇巨璧德 [44] 起个誓言，这事情
决不收回成命。

铿　德　　　　拜辞了，王上：
既然你如此，定要我远离你左右；
我在此遭放逐，去国外便有了自由 [45]——
［对考黛莲］小公主，你心地诚实，言语也大方，
我指望天神们护佑你安全无恙！——
［对刚瑙烈及雷耿］愿你们用行为去征信你们的
　　浮夸，
使亲爱的言辞能有优良的显化。——
我铿德，公侯们，向你们说一声再见；
他将在新去的国中度他的老年。[46]　　［下。

［号声大作。葛洛斯忒重入，同来者法兰西王，浡庚岱公爵，与众随从。

葛洛斯忒　大王，法兰西和浡庚岱君主们来了。

黎　琊　浡庚岱大公爵，
你同这位国王已争求了许多时
我们的小女，如今我们先对你
开谈：至少你要多少现给作

陪嫁的妆奁，再少了你便会停止
你的追求？

浡庚岱　　　　最尊贵的大王陛下，
我企求的不会超过你自愿给的弘恩，
你也不会少给。

黎　琊　　　　　浡庚岱贵爵，
当先我们宝爱她那时节确然是
如此，但现今她已经贬低了价值。
你瞧，她站在那边。那短小的身肢里㊼
不论她有什么，或是那短小的身肢
全部，加上了我们的不欢，（此外
却并无什么妆奁作陪嫁），如果
这么样便能叫你称心如意，
那么，她就在那边，就归你所有。

浡庚岱　我不知怎么样回答㊽。

黎　琊　　　　　　　　　她有了那种种
缺陷，孤零得亲友全无，新遭
我们的痛恨，把我们的咒骂作妆奁，
我们又赌誓将她当作陌路人
相待，这么样你还要她不要？

浡庚岱　请恕我，大王；我不能在这样的情形下
定我的取舍。㊾

黎　琊　　　　那么，让她去吧；
因为我敢对赋予我生命的造化神
起誓，我已告诉你她全部的资财。——
［对法兰西王］对于你，大王，我不愿那么样辜负

你殷勤的厚意，将自己痛恨的来和你
相配；因此，请你把爱慕心掉离这
便是亲情也羞于承认的小贱人
身上，转移到更值你青眼的他方。

法兰西 这事情太过离奇，只不久以前
她是你眼中的珍宝，[50] 称赞的主题，
你老年的慰藉，最好也最亲爱，
难道这么一瞬间竟许会闯下
骇人的大祸，褪掉你一层层的爱宠。
她那个过错定必是荒唐得真叫人
诧骇，要不然那先前你自承的钟爱
也不能完全不受谤毁；[51] 可是
若要我信她闯下了那样的大祸，
只凭我理智的力量，没有奇迹
降临，那是万万地不能。

考黛莲 我求
父王陛下（假如为了[52] 我没有
那油滑的本领，满口花言巧语，
内里却绝无一丝半缕的存心；
因为我有了善良的用意，总要在
宣说之前做到），我求你申明
我并无恶劣的污点，或其他的邪恶，[53]
并未有不贞的举动，失足伤名，[54]
致使你把对我的恩宠和钟爱
剥夺得不留分毫的余剩。我求你
申明[55] 我所以失宠乃因[56] 缺少了

（这缺少[57]反使我感觉到自己的富有）
一双[58]时时切盼着恩赐的眼睛，
一个没有它我反自欣幸的巧舌，
虽然没有它害我失掉了你的爱。[59]

黎　琊　与其你不能得我的欢心，不如我
不曾生你好些。

法兰西　　　　　　　　就只那么样吗？
只是生性稍慢些，不曾把心中
想做的事情[60]预先向你[61]申诉？——
浡庚岱公爵，你对小公主怎么说？
爱情要是混和了与主题[62]不生
关系的利害的权衡，[63]便不是爱情。
你要娶她吗？她本身便是份妆奁。

浡庚岱　圣君黎琊，你只须给她你自己
倡言要给的那妆奁，我自会接受
考黛莲作我们浡庚岱的公爵夫人。

黎　琊　没有。我发了誓言；决不能翻改。

浡庚岱　真可惜你把父亲的爱心毁伤得
那么样不堪，甚至连丈夫也因而
丧失。[64]

考黛莲　　　浡庚岱，不用说话！既然
他的爱专在计较财富的有无，
我不能做他的妻子。

法兰西　最秀丽的考黛莲，贫穷但也最富有，
孤独无依，但最是无双地美妙，
被人所贱视，可是最受我珍爱，

如果取人家遗弃的可称合法，
我如今便取得你和你的那种种美德。
天神们，天神们！奇怪的是他们那么样
冷淡，我的爱却燃烧成融融的敬仰。——
国王，你这位没有妆奁的小女儿，
——我如今有幸——正好做我们自己，
臣民们，和锦绣山河的法兰西的王后。
任它水浸的浡庚岱[65]有多少位公侯，
也休想有我这珍奇无价的[66]闺秀
作夫人。——考黛莲，向他们说声再会去，
虽然你失掉这恩义断绝的无情界，
但也找得了一处更美满的好所在。[67]

黎　琊　法兰西，你就有了她。就让她归了你；
我们不认有这样的女儿，从此
也不想再见她的脸。——你就这样走；
我们的恩宠，慈爱，和祝福你全没有。——
来，尊贵的浡庚岱。

［号声大作。人众尽退，只留法兰西，刚瑙烈，雷耿与考黛莲四人在场。

法兰西　向你两位姐姐作别。

考黛莲　你们这[68]两颗父亲心目中的珍宝，
考黛莲潮润着眼睛和你们分手。
你们的本性如何我全都明白；
只是为妹的不愿敞口言明
你们的过错。好好地爱着父亲。
我将他付托给你们所自承的敬爱；[69]

但是啊，如果我不曾失掉那恩宠，
我愿将他付托给较好的所在。
跟你们再会了。

雷　耿　我们的本份不用你来吩咐。

刚瑙烈　你快去学习些抚慰夫君的妇道，
他肯收受你也算是命运舍慈悲。
对父亲的顺从你用得太过刻啬，
那么你不肯给人正合该人家
给你也照样地不肯。[70]

考黛莲　凭百褶千层的[71]奸诈隐藏得多么巧，
时间自会显露她本来的真面貌；
遮掩着罪恶的人们最后总难免
羞辱到来把他们嘲笑的那一天。[72]
祝你们亨通如意！

法兰西　来吧，我的明艳的考黛莲。

［法兰西与考黛莲同下。

刚瑙烈　妹子，关于可说是跟我们两人都有份的事情我还[73]有不少话说呢。我想今晚上父亲就要离开这儿了。[74]

雷　耿　那当然是，且是跟你们走；下个月就轮到我们。

刚瑙烈　你瞧，他岁数大了，多么变化不定；我们过去的观察只怕还不很到家[75]呢；他向来最爱妹妹，如今下的多么坏的判断丢掉了她，是不用说得也谁都知道的。

雷　耿　那是因为他年纪大了，人就懵懂了起来；可是他素来做事，总是连自己也莫名其妙的。

刚瑙烈　他最好最健全的年头[76]上也只是鲁莽罢了；那么，岁数一大，我们指望着要生受他的不光是习惯成了自然的[77]短处，还得吃他老来糊涂和刚愎任性的亏呢，那才不容易办。

雷　耿　就说赶掉铿德那一类的任性乱来，我们大概也得受领些吧。

刚瑙烈　法兰西还在跟他行作别的礼。我劝你让我们合在一起；要是父亲还揽着权任着他的老性子干下去，他刚才把君权交出来只会闹得跟我们过不去。

雷　耿　我们再想一下。

刚瑙烈　我们一定得有个办法[78]，而且得赶快。[79]

第 二 景[80]

［葛洛斯忒伯爵堡邸中。］

［蔼特孟上场，手执信一封。

蔼特孟　你啊，天性，[81]你是我敬奉的女神；
我对你的大道尽忠乃是理所当然。
只因我比那长兄晚生了十二回，
十四回月色的盈亏，为什么我便该
生受那瘟人的[82]习俗摧残，让苛细
刻薄的[83]世人剥削我应有的权益？[84]
为什么是野种？凭什么叫做低微？
我这副身肢和人家一般地构造，
内心的高贵和外表的端方比得上
任何淑妇贞妻[85]的后代。为什么
他们总苦苦地将人污辱，说是
低微？微贱？野种？低微，低微？
我们才真是天性的骄子，[86]偷趁

父母间[87]元神蓬勃的须臾，取得了
浑厚的成分和锐不可当的质素；
我们比较他们，——在迟钝不灵，
平凡陈腐，和困顿厌倦的床褥间，
半醒和半睡中，产生的那一群蠢才，[88]——
他们怎能和我们相比？好吧，
合法的藹特加，我定要得你的地土。
我们的父亲爱他的野种藹特孟
和爱他的嫡子一样。好字眼，“嫡子”！
不错，嫡子，如果这封信成了功，
这计划进行得顺遂，低微的藹特孟
准会占据那嫡子的上风。[89]我发扬
长大，顺利亨通；如今，天神们，
我求你们护佑我们野种！

［葛洛斯忒上。

葛洛斯忒 铿德便这么被他流放到国外？
法兰西又是含怒而别？再加上
国王自己今晚上要离开此地？
让掉了[90]大权，只靠一点儿支应？
这都是心血来潮时的[91]妄动轻举！——
藹特孟，怎么了！有什么消息没有？

藹特孟 禀告父亲，没有消息。

葛洛斯忒 为什么赶忙把那封信藏起来？

藹特孟 我不晓得什么消息，父亲。

葛洛斯忒 你在看那张什么纸头？

藹特孟 没有什么，父亲。

葛洛斯忒 没有。那么，用得到那样慌慌张张[92]塞在口袋里做什么？要没有什么便用不到这样藏起来。给我看来，要真的没有什么，我便不用戴眼镜了。

蔼特孟 求您宽容，父亲；这封信是哥哥写给我的，我还没有把它看完；可是我所看到的，我觉得给您看不合式。

葛洛斯忒 把信给我，你这家伙。

蔼特孟 不论我留着或是交出来都得开罪您老人家。可是怪不了我，[93]只怪这里边我所知道的那一部分的内容。

葛洛斯忒 等我们看吧，等我们看吧。

蔼特孟 为哥哥剖白罪名起见，我希望他写这封信只为要试探[94]我的德性怎么样。

葛洛斯忒 ［读信］"我们做人一世，正当在大好年华的时节，这个敬惜老年的政策[95]便来把世界变成了苦涩无味的东西，我们好好的财富都给留难了起来，直等到我们也老了，不再能享乐，才算完事。我开始感觉到一个又柔弱又愚昧的[96]老人的专制势力在那里束缚我，压迫我；但那个势力所以能那样当权，并非为了它本身有什么力量，却只因我们尽它去横行。你来看我一下，我再和你细谈。要是父亲在我弄醒他之前一直睡着，你可以永远享得他收入的一半，而且永远是你哥哥的爱弟。蔼特加。"哼！是阴谋？——"在我弄醒他之前一直睡着，你可以享得他收入的一半！"——我的儿子蔼特加！他居然有写得出这话的手？想得出这话的心肠？[97]——这是什么时候到你手里来的？是谁带给你的？

蔼特孟 不是带给我的，父亲；刁就刁在这里；是扔在我房里窗槅前面给我捡到的。

葛洛斯忒　你知道这是你哥哥的笔迹吗？

蔼特孟　写的要是好话，父亲，我敢发誓那是他的笔迹，可是如今这样子，我但愿不是他的。

葛洛斯忒　是他的。

蔼特孟　是他的笔迹，父亲；不过我希望这话里没有他的真心。

葛洛斯忒　关于这件事，他可从来不曾探问过你吗？

蔼特孟　不曾有过，父亲；但我常听他主张，儿子在成年以后，父亲已衰老了，那时候，最合式的办法是父亲让儿子去保护他，儿子经管着父亲的收入。

葛洛斯忒　啊，坏蛋，坏蛋！他信里就是这个主张！骇人听闻的坏蛋！这逆伦的该死的坏蛋，和禽兽没有分别！比禽兽还坏！——去，小子，[98]找他去；我要把他逮起来；这可恶透顶的坏蛋！他在那儿？

蔼特孟　我不很知道，父亲。要是父亲按捺一下子，等到从他身上得到了可靠些的凭证，知道他真意怎样，然后才对他发怒，那样才是一条实在的正路；可是您若先就对他暴躁了起来，误会了他的用意，便会把您自己的尊严弄得扫地，[99]而且把他的顺从心也打破了。我敢将自己的生命作抵，他写这封信只为试探我对大人的敬爱如何，此外却没有危害的用意。[100]

葛洛斯忒　你以为这样吗？

蔼特孟　要是大人觉得合式，在听得见我们谈论这事的地方我把您藏了起来，那时候您亲自耳闻了证据，便可以完全知道；这事不用耽搁时间，就在今晚上可以做到。

葛洛斯忒　他不会是这样一个怪物似的——

蔼特孟　当然不会。

葛洛斯忒 对待他的父亲；我爱他得那么温存；那么全心全力地爱他。我对天地赌咒！[101] 蔼特孟，找他出来；我要你去替我弄清楚他的底细；[102] 你自己去见机行事好了。为解决这个疑难，我宁愿把地位财产全都不要。[103]

蔼特孟 我就去寻他，父亲，随机应变地去办事，再来让您知道。

葛洛斯忒 近来这些日食月食[104] 不是好兆；虽然格致学上可以如此这般地解释，可是到头来我们大家还是遭了它们的殃；爱情冷了，友谊中断了，兄弟间失了和睦：城里有兵变；乡下有扰乱；宫中有叛逆；而父子间的关系破裂掉。我的这个坏蛋就中了这兆头；这是儿子跟父亲过不去：国王违反了他本性的慈爱；那是父亲对孩子不好。最好的日子我们见过了；如今是阴谋，虚伪，叛逆和一切有破坏性的骚扰很不安静地送我们去世。[105] 把这个坏蛋找出来，蔼特孟；那不会叫你吃亏的；跟我小心着去干吧。还有那性情高贵心地真实的铿德给流放了出去！他的罪过只是诚实！真奇怪。

蔼特孟 这世界真叫做活该上当，[106] 我们要是遇到了运气不好，——那往往是我们自己的行为不检点，[107]——我们便会把晦气往太阳，月亮，和星子身上一推；仿佛我们是命里注定了的坏蛋，天意叫我们做傻瓜，交了做恶人，偷儿，和反贼的星宿，星命气数间逃不掉要成醉鬼，要撒谎，要奸淫；所有一切只要我们有不好的地方，都怪天命。人那个王八羔子真会推掉责任，不说自己性子淫，倒去责备一颗星！我母亲同父亲在龙星尾巴下结了我的胎，我的生日又归算在大熊星底下；因此我便得又粗鲁，又淫荡。呸，即使天上最贞洁不过的星子照在我给他们私生的时辰上，我还是跟我现在一个样。蔼特加——

[蔼特加上。

他来得正好，活像旧式喜剧里快要收场时那紧张的情节[108]一样。我出场扮演的模样[109]是愁眉苦脸，[110]还得像疯叫化汤姆[111]似的长吁短叹着。唉，这些日食月食便是这些东崩西裂的预兆！ fa，sol，la，mi.[112]

蔼特加　怎么了，蔼特孟兄弟！你这么一本正经在冥想些什么？

蔼特孟　我正想起了前儿念到的一个预言，说是这些日食月食就主有什么事情要跟着来。

蔼特加　你可是在这件事上用功夫吗？

蔼特孟　让我告诉你，他预言的那些结局不幸都应验了；比如说，[113]亲子[114]间反常的变故；死亡，饥荒，旧交的中断；国家的分裂，对国王贵族们的威吓和毁谤，用不到的猜疑，亲人[115]被流放，军队[116]给解散，婚姻被破坏，和诸如此类的事变。

蔼特加　你变成一个占星的术士有多久了？

蔼特孟　得了，得了，[117]你最近看见父亲是什么时候？

蔼特加　昨天晚上。

蔼特孟　跟他说了话没有？

蔼特加　说的，连说了有两个钟点。

蔼特孟　是好好分手的吗？他说话里头和脸上不见有什么不高兴吗？

蔼特加　一点也没有。

蔼特孟　你想一下有什么事许是得罪了他，我劝你暂且别到他跟前去，过些时候等他的气渐渐平了下去再说，眼前他真是一团火，就是害了你的性命也不能叫他息怒。[118]

蔼特加　有坏蛋促狭了我。

蔼特孟　我也怕是这样。我劝你耐着点性子，等他把恼怒放平静些再理会，并且依我说，你还是到我那里躲一下好，机会巧我可以到那边领你去听到父亲亲自说的话。我劝你就去；钥匙在这儿。你要是出去，还得带着武器。

蔼特加　带着武器，兄弟？

蔼特孟　哥哥，我劝你都是为你好；你得带着武器；要是他对你有什么好意，我就不是老实人。我把见到听到的告诉了你；可是只约略告诉了你一点，实在的情景可怕到怎样还没有说呢；我劝你就走。

蔼特加　我能马上听你的信息吗？

蔼特孟　这个我会替你办。——　［蔼特加下。

一个轻易听信人言的父亲，
加上了一个心地高贵的哥哥。
他天性绝不会伤人，因此他对人
也毫无疑忌；他那么愚蠢的诚实
正好让我使权谋[119]去从容摆布。
我知道怎样办了。我生来既没有
地土，就让我施展些智谋，用些计；
只要调度得合式，什么都可以。[120]

第 三 景

［亚尔白尼公爵府邸中。］

［刚瑙烈与管家奥士伐上。

刚瑙烈　我父亲动武打我的家臣，可是为说了一下他是傻子吗？

奥士伐[121]　正是的，夫人。

刚瑙烈　不论在白天在夜晚，[122]他总欺侮我；
每一点钟里不是闯下这样，
便得闯下那样一场大祸，
真把我们搅扰得颠倒了乾坤。[123]
这样我可不能再忍受。他那班
侍从的武士荒淫暴乱，[124]他自己
为一点小事便破口将我们叱责。
他打猎回来时我不愿同他说话；
只说我病了。假若你不如以前
那么样恭敬从命，倒是很好；
那不恭的过错自有我来担负。

奥士伐　他在来了，夫人；我听得见他。　［幕后号角声起。

刚瑙烈　你同你的伙伴们尽自去装出
厌倦的要理不理的神情[125]对他；
我故意要把这件事跟他较量。[126]
要是那么样不合他那副脾胃，[127]
让他去到妹子那边，她和我，
我知道，对于那一层却同心合意，
不能[128]让他作主。[129]痴愚的老人，
他还想掌握他已经给掉的权威！
我将性命来打赌，年老的傻瓜
乃是童稚的再始，遇到了他们
不受抬举时，便当用责骂去对付。[130]
你得记住我的话。

奥士伐　正是，夫人。

刚瑙烈　给他的武士们更多看些你们的冷淡；
结果怎么样，不要紧；去知照管事们。
我愿在[131]这里边孵化出一些个机会，
我要那么做，然后我才好说话。
我马上写信给妹子，叫她和我走
同一条道路。去预备开饭去吧。　［同下。

第四景

［亚尔白尼公爵府内的大厅。］

［铿德乔装上。

铿　德　只要我换上一副异样的口齿，
掩住了[132]本来的言辞，我这片挚忱
便能功圆事竟地完成那个
我这般乔装所要成就的事功。
被放逐的铿德，如今你在论罪后
既然还能这么样为他效忠，
此后你那位爱戴的主上有的是
要你为他披肝沥胆时。[133]

［幕后号角声起。黎琊[134]与卫士及随从同上。

黎　琊　别让我等一忽儿的饭：去，就去端整着来。［侍从一人退。
喂！你是什么？

铿　德　我是一个人，大人。

黎　琊　你是干什么[135]的？找我们有什么事？

铿　德　我敢说[136]我实质上不差似外表，能忠心侍候一个要我担干纪的人；爱诚实的君子，好跟聪明和少说话的人来往；怕世界末日的大审判；[137] 到了非打架不成时也能动武；并且不吃鱼。[138]

黎　琊　你是什么人？

铿　德　一个心地诚实透了的人，和国王一般可怜。

黎　琊　假使你在小百姓里头跟黎琊在国王里头一样地可怜，也就够可怜的了。你要做什么？

铿　德　要侍候人。

黎　琊　你要侍候谁？

铿　德　您。

黎　琊　你认识我吗，人儿？

铿　德　不，大人；但是您脸上那神色，我见了不由得不叫您主子。

黎　琊　那是什么神色？

铿　德　威仪。

黎　琊　你能做什么事？

铿　德　我能守得住正经的秘密，骑得马，跑得路，把一个文雅细致的[139] 故事能一说就坏，送一个明白的口信送得干脆：普通人能做的事情我都来得，我的好处是勤谨。

黎　琊　你有多大年纪？

铿　德　不瞒您说，大人，若说年轻，还不会为一个婆娘会唱歌儿，便看中她；若说年纪大吧，还说不上老来糊涂，不管女人三七二十一，见了就着迷；我这背上驮得有春秋四十八。

黎　琊　你跟着我，侍候我就是：等我吃了饭还觉得你不错的话，就算留定了你。——开饭，喂，开饭！那小子上哪儿去了？我那傻子呢？——你去，去叫他来。——

［一侍从下。

［奥士伐上。

呸，呸，奴才，我女儿在哪儿？

奥士伐 对不起，——

黎　琊 那东西说什么？把那蠢才叫回来。——［一卫士下。］我那傻子呢，喂？大概这世界全都睡了觉。——［卫士返。］怎么样！那狗子生的野杂种上哪儿去了？

卫　士 他说，禀王上，他说公主身体不舒服。

黎　琊 那奴才我叫了他怎么不回来？

卫　士 禀王上，他回话说得很干脆，他说他不回来。

黎　琊 他不回来！

卫　士 大人，不知是怎么回事；但是小的觉得他们款待王上近来比不上往常那么敬爱有礼了；公爵和公主连同他们那班下人都显得怠慢多了。

黎　琊 哼！你这么说吗？

卫　士 要是小的说错了，求王上宽恩恕罪；小的责任在身，觉得王上受了委屈，不能不说。

黎　琊 你只提醒了我自己的猜疑。我近来觉得受了一点点⑭⓪疏忽；我总怪自己太多疑，太细心，不以为他们有意怠慢我。我得看一下究竟怎么样。可是我那傻子呢？我这两天就没有瞧见他。

卫　士 王上，自从小公主上法国去后，傻子伤心得怎么似的。⑭①

黎　琊 不准再提了，我很知道。——你去告诉我女儿，我要跟她谈话。［一侍从下。

你去叫我的傻子来。［又一侍从下。

［奥士伐重上。

嗄，你来了，你，跑过来，大爷。你说吧，我是谁？

奥士伐　公爵夫人的父亲。

黎　琊　“公爵夫人的父亲”！好一个主子的奴才。你这婊子养的狗！你这贱奴才，狗畜生！

奥士伐　对不起，大人，我不是这些。

黎　琊　坏蛋，你敢对我瞋眼？

奥士伐　大人，我不能让人随便打。

铿　德　踢脚球[142]的贱货，你也不要绊倒吧。

［将奥士伐绊倒地下。

黎　琊　多谢你，人儿，你侍候我，我自会喜欢你。

铿　德　得了吧，起来，滚出去！让我教会你学学什么叫做尊卑上下：滚出去，滚开！你再要摔个觔斗就待着；滚蛋！滚你的；你有灵性没有？[143]得。

［将奥士伐推出。

黎　琊　好仆人，谢你：先给你一点侍候我的定金。

［给钱与铿德。

［傻子[144]上。

傻　子　让我也雇了他。——我给你这顶鸡冠帽。[145]

［授帽与铿德。

黎　琊　怎么样，我的好小子！你好不好？

傻　子　小子，你最好接了我这顶鸡冠帽。

铿　德[146]　为什么，傻子？

傻　子　为什么？为的是你跑到倒霉的这一边来。哼，若是你不会顺风转舵保管不久就得遭殃。[147]拿去，接下我这顶鸡冠帽；哎，这老人赶走了[148]两个大女儿，又倒反心不由己地祝福了一个小女儿；你若要跟他，非得戴上我这顶鸡冠帽不成。——你怎么样，老伯伯？[149]我但愿有两顶鸡冠帽和两个女儿。

黎　娜　为什么，小子？

傻　子　假使我把财产都给了她们，自己还得留着帽子戴。现在我的给了你吧：你再向你两个女儿要一顶。

黎　娜　混小子，胡说八道，小心鞭子。

傻　子　真话是条公狗，它得待在狗窠里；我们得使鞭子把它赶出屋外去，但不妨容假话那条母狗[150]在里边，让它在火炉前面烤烤火，发点儿臭味。

黎　娜　这话苦得懊恼死人！

傻　子　［对铿德］小子，我教你一篇话来。

黎　娜　你说吧。

傻　子　听着，伯伯：

有得多咧[151]显得少
懂得多咧说得少，
多多有着出借少，
多多骑马走路少，
学得多咧信得少，[152]
赢得多咧下得少
不喝酒咧也不嫖，
关上大门多睡觉；[153]
老是这样我敢保，
没有错儿呱呱叫。[154]

铿　德[155]　你这一车的话没有说出什么来，傻子。

傻　子　那么，便好比一个义务律师替你辩护一样，因为你没有给我什么。——伯伯，“没有什么”可没有什么用处吗？

黎　娜　不错，小子；“没有什么”里弄不出什么花样来。

傻　子　［对铿德］劳你驾告诉他，他偌大一块国土的钱粮就这么样了；你跟他说吧，[156]他不会听信一个傻子说的话。

黎　琊　好一个苦愤的傻子！

傻　子　你知道吗，小子，苦傻子和甜傻子的分别在哪儿？

黎　琊　不知道，小子，告诉我。

傻　子　
有个人啊[157]劝过你
　　送掉那一片好江山，
那个人啊你代他
　　在我这身边站一站：
就此甜傻子和苦傻子
　　顷刻之间很分明；
这个穿着花花衣，
　　那个在那边不作声。[158]

黎　琊　小子，你叫我傻子吗？

傻　子　你把一切别的称呼全给掉了；傻子那名称你生来就有，可给不掉。

铿　德　大人，这傻子并不完全傻。

傻　子　说老实话，那班大人老爷们不让我独享盛名；若是我去要得了专利权出来，[159]他们便都要分我一杯羹；还有那班贵妇夫人们，她们也不让我独当傻子，总你抢我夺地分些去。老伯伯，你给我一个鸡子儿，我给还你两顶冠冕。

黎　琊　是怎样的两顶冠冕？

傻　子　哎，我把鸡子儿打中间切开，把里边吃了个精光，便还你两顶蛋壳的冠冕。你把你的王冠分作两半都送给了人，便好比骑驴怕污泥弄脏了驴蹄，把驴子驮在背上走；你把黄金的头盖送人的时候，你那透顶的头盖里准是连一点儿灵性都没有了。要是我这样直说便该挨鞭子的话，那个觉得我说话有理的人便该先来捱一顿。[160]

这年头傻子最不受欢迎，[161]

　　因为乖人都成了大傻瓜；

他们的行径有些像猢狲，

　　空有了聪明不知怎样耍。

黎　珊　混小子，你从什么时候唱起的这接二连三的歌？

傻　子　老伯伯，你叫公主们做了王太后我才这样的；你把棍子交给了她们，自己褪下了裤子预备挨打，那时节啊，

她们快乐得眼泪双流，

　　我可伤心得把歌儿唱起，

　　这样的国王太过儿戏，[162]

挤到傻子堆里作班头。[163]

伯伯，我央你请一位老师教你的傻子撒谎。我喜欢学一学撒谎。

黎　珊　你若撒谎，混小子，给你吃鞭子。

傻　子　我真诧异你和两位公主是怎么样的一家子；我待说了真话她们要鞭打，待说了假话你又要鞭打，有时不说话也得挨一顿鞭子。我想当什么东西都要比当傻子强些；虽说那样，伯伯，我可不愿做你老人家；你把你的机灵的两头都削掉了，不曾留得有一点中间的剩余。你瞧，你削掉的两头里边有一头来了。

［刚瑙烈上。

黎　珊　怎么的，女儿？做什么像是缠了条束额巾子似的，眉头蹙得那么紧？我觉得你近来皱眉蹙额的时候太多了。

傻　子　原先你不用顾虑到她皱眉不皱眉，那时候好不自在；可是

如今你是个主字少了个王；[164]现在连我都比你强些，我是个傻子，你是个没有什么，——［对刚瑙烈］是，真是的，我不说话了；虽然您没有说什么，您的脸色可叫我别做声。呒，呒；

今儿[165]不留些面包的屑和皮，
全讨厌，赶明儿准要闹肚饥。

那是一荚空豆荚。 ［指黎琊。

刚瑙烈 父亲，非但你这个言动不羁
有特许的傻子，即便是其他你那班
傲慢的侍从们，也总在时时叫骂，
刻刻地吹毛求疵，闹出些叫人
容忍不住的喧嚣扰攘。我本想，
父亲，全告你知道了能得一个
必然的矫正；但近来你自身的言谈
举止，倒使我生怕你庇护着那些
行径，这准许和纵容，更加紧他们
那不存惧惮的骚扰；若真是这样，
那过错便难逃责难，矫正也就
不再会延迟，这匡救虽然通常时
对你是冒犯，对我也难免贻羞，
但为了顾念国家的福利和安全，[166]
如今便不愧叫作贤明的举措。

傻　子 因为你知道，老伯伯，

篱雀儿把布谷喂养得那么久，
小布谷大了便得咬掉它的头。

蜡烛熄掉了，我们在黑暗里边。

黎　琊　你是我们的女儿不是？

刚瑙烈　别那样，父亲，

我愿你运用你富有的那贤明的智慧，

愿你放弃近日来那使你改换

本来面目的行为。

傻　子　一辆马车拉着一匹马时一个笨蛋他知不知道？[167]啊呀，姣，我爱你！[168]

黎　琊　这儿有人认识我没有？这不是

黎琊。黎琊是这样走路的吗？

这样说话的吗？他眼睛在哪里？

若不是他的心已经衰颓，他智能

已变成鲁钝——哈，醒着吗？不能！

谁能告诉我我是谁？[169]

傻　子　黎琊的影儿。

黎　琊　我要知道[170]我是谁；因为假如我要凭我的君权，知识，和理智的标记作征信，我便会误认我自己不是本人。我曾经有过女儿来的。

傻　子　她们要把那影儿[171]变成个孝顺的父亲。

黎　琊　你芳名叫什么，贵夫人？

刚瑙烈　你这番惊愕，父亲，正和你其他

新开的玩笑一样。我请你要了解

我意向的所在，如今既然你已是

年高而可敬，你也就该当明达。

这里你带着一百名武士与随从；

那样紊乱，放荡，与莽撞的手下人，

我们这宫廷沾染了他们的习气，

便化成下流的客店一般，口腹
和淫欲放纵得不像一个尊严
优雅的[172]宫廷，却浑如酒肆或娼寮。
这耻辱本身要我们立时去改善。
因此请允从我削减从人的愿望，
莫待到后来由我去动手裁减；
至于那编余的人数，依旧作随从，[173]
也还得适合你如许的年龄，知道你
也知道他们自己。

黎　珊　　　　　　　　黑暗和魔鬼！——
快套马！召集我的随从侍卫！——
下流的野种！我不再在这里打扰。
我还有一个女儿在。

刚瑙烈　你自己打我的仆从，你那群漫无
纪律的暴徒役使着他们的上级。

［亚尔白尼上。

黎　珊　可痛我后悔太迟了。——啊，你来了？
这可是你的主意？你说，你说。——
快备好鞍马。——忘恩负义，你这个
顽石[174]作心肠的魅鬼，在子女身上
显现，要比显现在海怪[175]身上
更可怕！

亚尔白尼　　　父亲，请你耐一点心儿。

黎　珊　［对刚瑙烈］该杀的恶霸！[176]你撒谎欺人！
我的从人们尽是些上士和奇才，
详知自身的职务，又都万分

谨慎地护持着他们的令誉。——啊，
一点点轻微的小疵，[177] 但你 [178] 在考黛莲
一片完美中便显得何等丑恶！
你 [179] 好比一具刑讯架，[180] 把我的亲情
扭脱了它原来的关节；打从我心里
全盘把慈爱提出来，同苦胆掺和。
啊黎琊，黎琊，黎琊！你得要
痛打让愚顽进入，让可贵的判断
出来的这重门！——去来，去来，我的人。

亚尔白尼 父王，我没有过错，我不知什么事
使你这样恼怒。

黎　琊 也许是，公爵。——
听啊，造化，[181] 亲爱的女神，请你听！
要是你原想叫这东西有子息，
请拨转念头，使她永不能生产；
毁坏她孕育的器官，别让这逆天
背理的 [182] 贱身生一个婴孩增光彩！
如果她务必要蕃滋，就赐她个孩儿
要怨毒作心肠，等日后对她成一个
暴戾乖张，不近情的 [183] 心头奇痛。
那孩儿须在她年轻的额上刻满
愁纹；两颊上使泪流凿出深槽；
将她为母的劬劳与训诲 [184] 尽化成
人家的嬉笑与轻蔑；然后她方始
能感到，有个无恩义的孩子，怎样
比蛇牙还锋利，还恶毒！——都走，都走！

亚尔白尼　呀，天神在上，[185]是为了什么？

刚瑙烈　切莫去自找烦恼，想明白原由；
由他人老懵懂，去任情怪诞吧。

［黎琊重上。

黎　琊　什么，一下子就是五十名随从？
还不到十四天？[186]

亚尔白尼　怎么一回事，父王？

黎　琊　回头我告你。——［对刚瑙烈］凭我的生和死！
我惭愧，你能使我这七尺的昂藏
震撼得这么不堪；我惭愧我自己，
值得为了你乱下这滂滂的热泪。
天雷打死你天火烧成灰！[187]被亲爹
咒成的那无法医疗的创伤，穿透你
每一个官能！昏愚的老眼，你再要
为这事滴泪，我准会将你挖出来，
连同你淌掉的泪水扔入尘埃。[188]
呃！竟会到这样地步？[189]好吧。
我还有一个女儿在，我信她为人
温良体贴。她听了你这样对我，
便会用指爪撕去你这张狼脸。
你以为我已经永远卸去，但你会，
保你会[190]见我恢复，旧时的形象。

［黎琊，铿德，及从人齐下。

刚瑙烈　你看见吗，夫君？[191]

亚尔白尼　我不能为了我们的恩情很深厚，
刚瑙烈，便偏袒——

刚瑙烈　请你放心。——在那儿，奥士伐，喂！——
［对傻子］你这大爷，[192]不像个傻子，却真是
学成和主子一丝不差的贱奴才。

傻　子　黎琊伯伯，黎琊伯伯，等一下；带了你的傻子走。——
　　这帽儿能换到绞索子，——
　　那我若逮到了狐狸，
　　和这样的一个女孩儿，
　　我准把她们全绞死。
　　傻子便这样的跟主子。

刚瑙烈　这人计算多好！一百名武士！
给他留一百名剑利乃明[193]的侍卫，
好一个足智多谋的策略！不错，
只要有一个梦幻，一点点流长
和飞短，一阵子空想，一回的诉苦
或嫌厌，他便会指使他们那暴力
护卫他自身的昏懂，甚至威胁
我们生命的安全。——奥士伐，在哪儿！

亚尔白尼　不过你也许过虑得太远了吧。

刚瑙烈　总要比过分的信任妥当。让我
永远把叫我担惊的祸事去掉。
别使我常怕受那些祸事的灾害。[194]
他的心我知道。他说的我已写信
给妹子知道；我也已表示维持他
和他那一百名武卫的不妥，她如果
还是要，——

［奥士伐重上。

怎么，奥士伐！你写了给我

妹子的那封信没有？

奥士伐 哎，夫人。

刚瑙烈 你带上几个同伴，上马就去；

多多告诉她我私下的[195]惧怕，再添些

你能想得的理由，好叫我的话

分外圆到。去吧，赶早回来。 ［奥士伐下。

不行，不行，夫君，我虽然不责你

你那行径的懦弱无能，[196]可是，

恕我说，只怪[197]你没有智谋深算，

却不得称赞你那遗害种祸的温柔。

亚尔白尼 你眼光射得多么远我可不知道；

但一心想改善，我们把好事常弄糟。

刚瑙烈 不，那么——

亚尔白尼 算了，算了，且看后事吧。[198]

第 五 景

［亚尔白尼公爵府前之庭院。］

［黎琊，铿德，与傻子上。

黎　琊 你先带着这封信往葛洛斯忒[199]去。她看过信有话问你你才回答，不要把你知道的事情都告诉她。若是你差事赶办得不快，我会比你先到那边。

铿　德 主上，我把信送到了才睡觉。 ［下。

傻　子 一个人脑子生在脚跟里，它有没有生冻疮的危险？[200]

黎　琊　有的，小子。

傻　子　那么，我劝你，快乐些吧，你的脑子[201]准不会蹋着鞋跟走路[202]的。

黎　琊　哈，哈，哈！

傻　子　瞧着吧，你那个女儿跟这个一样会待你得很亲爱的；[203]因为虽然她跟这一个相像得好比山楂子像苹果，[204]可是我能说给你听我能说的话。

黎　琊　你能说什么，小子？

傻　子　她跟这个是一样的味儿，好比一只山楂像另一只山楂似的。人的鼻子生在脸盘正中，你可说得出是为什么？

黎　琊　说不上来。

傻　子　哎，为的是要把两只眼睛分在鼻子两边；那么，一个人遇到了一件事，鼻子闻不出来就可以用眼睛去瞅。

黎　琊　我冤屈了她了。[205]

傻　子　你可说得出牡蛎怎么样造它的壳的？

黎　琊　说不上来。

傻　子　我也说不上来，可是我能说为什么蜗牛有房子。

黎　琊　为什么？

傻　子　哎，为的是好把它的头缩在里边；不是为拿去送给它的女儿们的，结果倒反弄得自己的角没有一个壳儿装。

黎　琊　我不能太讲恩情了。这样慈爱的父亲！[206]我的马套好了没有？

傻　子　你的那班笨驴[207]去套去了。为什么那七星[208]只是七颗，不多出来，那道理真是妙。

黎　琊　是因为它们不是八颗吗？

傻　子　一点不错；你倒可以当一个很好的傻子。

黎　娜　用武力都拿回来！[209]妖怪似的忘恩负义！[210]

傻　子　要是你当了我的傻子，老伯伯，你没有到时候先老，我就打你。

黎　娜　那是怎么的？

傻　子　你不曾变得聪明就不该老。

黎　娜　啊，让我别发疯，别发疯，仁蔼的天！叫我耐着性子；我不要发疯呀！——［近侍上。］怎么样了！马备好了没有？

近　侍　备好了，主上。

黎　娜　来，小子。

傻　子　若有个闺女取笑我空自去奔跑，
她不久就破身，除非事情会变好。[211]　［同下。

第一幕　注释

① Johnson评曰：在这伏线的第一景里有一点不明显或不准确的地方。黎娜已经把他的王国分好，可是他上场时突然检视起他的女儿们来，要看检视的结果怎样，然后再定分配的比例。也许他那未曾宣布的计划只有铿德和葛洛斯忒两个人知道，但尚未大定，还须看后事如何，方能决定把它更改掉或实行出来。Coleridge不以此说为然，有剀切的论评如下，在本剧最初的六行里，黎娜还没有试探过各个女儿的爱心（谁在被试时表示最爱他，谁就得到最高的酬报，得到最好的一份疆土作陪嫁），但葛洛斯忒就说起黎娜已把他的王国分配得十分妥帖，这是经过作者预虑到，而是有意义的。黎娜禀性自私而感觉锐敏，又因地位和生活习惯的关系，形成了也增强了他那样的情绪上的习性，那虽然有些奇怪，但并不能算牵强或不自然；——他要人热烈爱他的那个热烈的欲望；——他的自私，却特别是一个仁爱和善的本性里发出来的自私；——要彻底的愉快，他须得一点都不自支撑，完全偎依在旁人胸前；——他渴望人完全忘掉了自己去爱戴他，可是那渴望因夸张过度而反遭了挫折，而且以它的性质而言，根本不能实现；——他的忧虑，不信任，和嫉妒，这些是一切自私的爱的特征，利己的爱所以异于真纯的爱也全在这些上头，而黎娜一心只愿女儿们夸说怎样那般地爱他，也无非都在这些上头种的根源，同时他那根深蒂固的为君的习惯已把他那层愿望变作他的要求与绝对的权利，若遇稍一不遂，他便立即将对方视同有了罪恶和叛行的一般；——这些事实，这些热情，这些德性，乃是全剧的基础，只须你看完了全剧之后偶一回想，便能恍然大悟，原来它们都在这最初的六、七行里含蓄着，潜藏着，预备着了。从这

六、七行里我们可以知道，那所谓试探只是一番弄巧而已，而黎琊的恼怒所以变成那么狂悖，也只是考黛莲使他不期然地弄巧反拙的自然结果罢了。莎士比亚作品中使全剧的兴趣和局势从一个极难置信的假定上引出来的，《黎琊王》算是一篇唯一的认真的制作，这事也许值得我们注意。可是这里这极难置信的假定并不是绝无理由的。第一，黎琊在第一景里的行动虽然不容易叫人相信，但那是个家喻户晓的老故事，深入人心，已经不成问题，所以事实上不生极难置信的影响。第二，这个假定只当作传导性格与热情的媒介，描绘事变与热情的机会或借口，并非剧本的基础原因与必要条件。假使让这第一景遗失掉了，——只要知道一个傻父亲受了两个大女儿假说怎么样爱他的欺骗，因而剥夺了他以前所最钟爱也真值得他钟爱的小女儿的遗产，这本悲剧的其余部分仍旧完全可以看得懂，而且在兴趣上并不会受到丝毫损失。那偶然的，假定的事故在剧中并不成为热情的基础，实在的根据还是那经天纬地，亘古不变，人心所共的至理——儿女的忘恩负义引起父亲的悲痛，真正的良善虽然率直但仍无伤于它本质的精纯，还有那本性的邪恶纵令如何圆滑结果依然会使人诅咒它的狠毒。Hudson 以为这一开首黎琊的痴愚便已胜过了他的理智和判断，因而断为莎氏早已预定好了黎琊是要发疯的。有几位精神病学者，如美人 Brigham 及 Ray，英人 Bucknill 等，甚至根本肯定黎琊是个彻头彻尾的疯子，不过在这第一景里他的病征未尽暴露出来而已；推源最初这主张的，据 Furness 云，乃是一位美国女子名 Mrs. Lennox 者。译者的意思正和 Bradley一样，认为这未免太穿凿了一点。

② “好坏”据初版对开本之“qualities”，评注家如 Knight，White，Schmidt，Furness 等都从此；四开本作“equalities”，其他各家校刊本都从之。

③ Coleridge 对于藹特孟的性格又有详论一段，现择要节译于后。场幕一开启时，藹特孟就站在我们面前，一个英俊有为的青年。我们不禁目不转睛地端详着他。他出脱得魁梧壮美，一表非凡，又加天赋他智能精劲，意志坚强，就是没有他那样的身世，没有那难逢的时会来凑合，他也很容易走入自骄之一途，为傲慢所误。但藹特孟又分别是葛洛斯忒贵爵的儿子；所以他既然有了骄傲的种子在内，他的处境又在周遭把它尽情地培养，于是那种子便突飞猛进，长成了一腔非常强烈的自视不凡之感。可是至此为止，那感觉尽可以发展成对自己的人品，禀赋，和身世所生的正常的自尊心，于己于人，两不伤害，——一种自知有好多美德的骄傲，正好跟一些光明正大的动机相辅相成。但是，唉！就在他面前他父亲竟把自认是他的父亲当作羞耻，——他“红着脸承认他的回数多了，也就脸皮老了！”。藹特孟听到他父亲用顶可耻，顶淫秽的轻浮态度说起他出生的情形，——他母亲被她的相好说成了一个荡妇，而“这小杂种我是少不了要承认的”的原因，竟只是他记念起当时他那阵兽欲满足得非常好，还有她是怎样的又淫荡，又姣艳！明知道自己身披着这阵丑名，又随时随刻深信着人家向自己表示尊敬只是勉强尽礼而已（在对方心里却总牵引起，虽然在外表上总压抑住，那层口是心非的情绪）；这才真是吞咽不尽的黄连，骄傲的伤口上滴不完的盐卤；真是把骄傲本身所不具的怨毒，痘苗似的种进骄傲里边去，使它发出嫉忌，仇恨，和对于权势的贪欲（那权势，如果一旦到手，便能像一轮红日似的将黑斑全都掩去）；真是使他遭受到他不

该遭受的耻辱，因而陡然引起他的不平之感；结果便使他发愤复仇，极力去消除那害他受苦的机缘和原因，使他终于盲目地迁怒到一位哥哥身上去，那哥哥的清白的出身和无瑕的名誉，跟他自己的不名誉相形之下，就格外显得他自己的卑贱可笑，而只要那位兄长在世一日，他自己的臭名便决无被人忽视或忘去的希望。在这一点上，莎士比亚的判断力又是十分高妙的：为满足我们道德观念的要求起见，——在戏剧评论里这种要求的满足叫做“诗的公平”（意译为“报应”——译者）；葛洛斯忒后来惨遭奇祸，端赖他自己这无故的非行去缓和本剧观众的骇怪；不过我确信在舞台上当众踩瞎葛洛斯忒的眼睛，莎氏实是越过了悲剧的限度了；——莎氏对于蔼特孟生身父母的罪辜绝不原谅或辩解开去，因为葛洛斯忒在这里自认他当时已结过婚，而且有了个合法的财产爵禄的承继人。

④ 此处原文“whoreson”作“bastard”（私生子）解，旁处单用作名词则可译为“家伙”或“臭家伙”，但只是嬉笑的粗俗称呼，不含恶意；可是用作状词最普通，那就该译为“婊子养的”，涵义或者是辱骂，或者为粗俗的怜爱，看上下文而定。见Schmidt之《莎氏用字全典》(*Shakespeare-Lexicon*，1923)。

⑤ Eccles注，铿德为黎琊朝廷上一位要人，这情形正可以解释何以蔼特孟和他竟会彼此不相认识。葛洛斯忒似是初次介绍他的私生子给铿德，看情形蔼特孟大概刚从外国游历或从军回来。Wright注，蔼特孟以私生子的关系在本国并无前程可言，所以向来在国外过日子，图立身。

⑥ 据Crosby注，原文“challange”应从古意“claim as due”解；他引了英诗开山祖师乔塞（Geoffrey Chaucer，1340?—1400）与基督新教论辩家约易（George Joye，1553年卒）的例子各一，和莎氏自己作品中的四个例子，参证这个解释。

⑦ Moberly云，“Goneril”这名字似发源于“Gwenar”，而“Gwenar”（音译为葛维娜）则为古不列颠人称呼古罗马司爱情女神维纳斯（Vener，Venus）的读音。“Regan”（雷耿）这名字也许和“寻找圣杯”（The Quest of the Holy Grail）那故事里的“Rience”（音译为李安斯）同源；而英国西南部康华郡（Cornwall）方言里有“reian”一字，意思是“厚厚地施惠”。译者按，“寻找圣杯”为流行于欧洲中世纪时的一套富有神话性的传奇故事，据说有几位武士想去觅耶稣与十二门徒享最后晚餐时所用的绿柱玉杯，都不成功，最后为三位最纯洁的武士所觅得。

⑧ Wright云，这“空间”（space）是指行动自由的范围。Schmidt认为这是漫指这大千世界而言，“目力”（eyesight）系领悟这世界中包罗万象的能力，“自由”（liberty）则为享受人间的一切的自由权。Schmidt又谓，刚瑙烈的缺乏真情，再也不能比这样的形容过分表现得更明显的了。

⑨ Johnson诠释原文“so much”二字说，我对你的爱没有边限；我不能说定有“这么多”，因为不论我说了有多少，实际上我爱你的分量永远比我说定了的还要多。

⑩ “丰盛的江河”，因为江河流域出产丰富。

⑪ 译者用Furness，Craig等审定的初版对开本原文，“worth”后作句号。原文意思是“I hold myself equally worthy”（我以为自己和姊姊同样当得起，或不枉你的钟爱）：这当得起或对得住原是指宽泛的父恩而已，但雷耿既然为了分地而说的这些甜言蜜语，把她描画成汲汲取得土地的神气（“受赐”）似乎无甚不妥。

⑫ 原文“the most precious square of sense”（望文生义的译法是“最珍贵的感觉的四方形”，但讲不通）在 Furness 新集本（第十一版）上共有十六家诠释或校改。译者认为 Holt 解作“the utmost perfection of sense”（感觉的最精到处）很可取。“square”（四方形）为希腊哲人毕萨高拉斯（Pythagoras，前 582—前 507 之后）视为最完美的图形，而莎氏剧中提到这位哲人的地方，除了把这回可疑的典故辟开不算，共有三处之多，虽然那三处都未提及方形。除 Holt 这个讲法之外，仅就原文下解释的尚有以下数说，至于校改原文为“Precious sphere”，“spacious sphere”，“spacious square”及“precious treasure”者且略去不述。Warburton 以为“square of sense”乃是指四个比较高尚些的感官，即见、闻、味及嗅；但 Johnson 以为也许只是指感觉的范畴或接受力而言。若依前说则本意应为“我自承我仇视眼耳鼻舌那四个高等的感官所能感受到的那一切的欢愉”。Hudson 认为原意是“我自承我仇视最精微的感受性或快乐的最大限度所能收受的那一切的欢愉”。Wright 的解释与 Hudson 的极近似，不复赘，Moberly 解为“我自承我仇恨平常人衷心所认为最精选的那些欢愉”；此说经 Schmidt 极力拥护，他说“那些欢愉”便是目力、空间、自由、生命、优雅、健康、美貌和荣誉。Koppel 训“precious”为“sensitive”（感觉锐敏），那么，Hudson 的主张除 Wright 外又得了一个赞助者了。

⑬ “poor”译为“贫乏的”似比“可怜的”较切；考黛莲自忖在夸大方面确要比她两位姊姊穷些，虽然在实质上她的孝心并不缺少。

⑭ 对开本之“ponderous”（笨重）骤看来似有未妥，White 疑系印讹，Wright 则疑为无知的演员所误改的。但 Schmidt 辩解曰，“light”（轻）一字往往用以指淫荡，轻率，与朝秦暮楚的爱；它的反面即是“heavy”（重），不过此字常有忧郁或悲哀的联想；“Weighty”（有重量的）也不很好；所以莎氏选“ponderous”这个字。译文或可作“深沉”，但失去了“庄重”、“郑重”的意义。

⑮ 此处“tongue”不译为“舌”而译为“嘴上的夸张”，行文方面似乎要顺溜些。

⑯ “最娇小”从 White 评定初版对开本之“our last and least”。历来注家如 Malone，Steevens，Dyce，Staunton，Hudson 等都以为初版原文是“our last，not least”这句成语的印误；但 White 征引了两处原文，证明考黛莲身材短小，恰和这里的“least”交相印证。那两点是：一，本幕本景一九八、一九九两行，“If aught within that *little* seeming substance，Or all of it，*with our displeasure pieced* ”（那短小的身肢里　不论她有什么，或是那短小的身肢　全部，加上了我们的不欢）；二，第五幕第三景二五八行前“Re-enter Lear，with Cordella dead in his arms”（黎琊抱考黛莲之尸身重上）这句舞台导演辞。这样一个娇小可爱，恂良率真的幼女，和那样两个身材轩昂，奸诈骄横的长女，彼此对映衬托，当能使悲剧空气更加浓厚。

⑰ W. W. Lloyd 论曰：考黛莲的美德用愠悖厌恶的调子表示出来，对于黎琊那刻求谄媚所表现的非礼，恰好是一个极自然的反响，——她那美德使她不致掉入黎琊所要诱她下去的那陷坑里去。还有这故事的进展也需要她的回答能惹起她父亲的愤怒，而同时要能不失我们对于她的尊敬。……我以为莎士比亚是要使考黛莲的语句与腔调给我们知道，她素性不拘言笑，即使说起话来也声低而语简，所以一方面要她坚守真诚，不贬抑自己去逢迎取巧，他方面又要她用比较温和的方法去安

慰老父，就她的本性而论实在是件不可能的事。她的不传国土对于她父亲比对于她自己更要不幸，所以若替他设想，为防患未然计，也还值得使人误会她的真诚，这是实情，她在景末想已相当地领悟到；她将老父付托给两位姊姊时所说的话里当然含得有这层意思，——要随顺他的弱点而又要不失自己的身份，她确是没有那样的本领，可是那两位姊姊的本性她却洞察无余，即使他没有那可资借口的弱点，她也能预想到她们将来会怎么样对他。这一点人与人间的不谐协就是这本戏的悲情的基础；等到黎琊在最后一景里手抱考黛莲的尸身发着狂上场来时，我们只见到他们父女俩各自所种下的命运都到了瓜熟蒂落的地步；我们只见这方面的钟爱太被无理的狂怒所左右，那方面的敬爱太受了倔强的外表所牵累，结果便肇成了那么一个共同的灾祸。Rapp 则云：两个姊姊的禀性都很流俗而自私；考黛莲不流俗，虽然她也傲慢固执得异乎寻常。她自恃比两个流俗的姊姊真诚有道，因而便骄气凌人。不知她那位老弱的父亲理应从爱女口里听到几句恭维抚慰的话，为的是他需要那么一点点温存。她却不然，把真话，他受不了的真话，说给他听。一个本性富于爱的女子而竟道貌岸然地坚持着真理，那才是个双重贻误的人儿。真理和爱是完全对立的；对于一个人的爱，除了是把无常的当作永恒的而加崇拜之外，还有些什么？所以爱的主要成分是一个谎，不是一条真理，而考黛莲的缺点乃是她爱己太深，爱亲太浅。她不能为他撒一个谎，她就没有爱他到她应爱他的程度。诗人把这一点阐明得非常清楚，而全剧的根据也就全在这一点上面。

⑱ 从 Furness 注，原文“as”作连系代词 which 解。

⑲ 原著上文与这里的“love”都译成“爱”，也许有人以为太直，应译为“孝”。但译者也有苦衷。我怕这本气吞河汉的大悲剧译成了中文，被有些人误解成一本劝善书或果报录，以为是专用来警惕世人，宣扬外国亦有之的儒教的；那么，它的价值可说是十中失去了八九。又我国传统伦理上孝与爱是截然不相冲突的两件东西，至少在理论上可以并行不悖；西方却只有一个爱，不同的只是方向与对象（所谓“filial love”还只是“love”的一种罢了），所以若译成“孝”，这里便不可通了。

⑳ Johnson 责莎士比亚太把黎琊弄成了个神话学家，但 Malone 以为不然，他说黎琊这誓言很符合英国稗史传说中他那个时代的信仰，不管当时实际上通行的是什么宗教。Moberly 注，据恺撒大帝（Julius Caesar，公元前 100—前 44，著有《征法记》）说，督伊德教的信徒们（Druids）都崇拜这四位罗马神道：太阳神亚波罗（Apollo），战神马司（Mars），天皇巨璧德（Jupiter，Jove）与司才艺女神米纳瓦（Minerva）。下文黎琊对着亚波罗和巨璧德宣誓都有历史的根据，这里指着 Hecate（司巫术女神）和黑夜起誓也并不算牵强。参看注㊴。

㉑ 西方古代，尤其是中世纪，也讲星相术，气运与命理等。参阅本幕第二景。

㉒ 从 Wright 注。

㉓ 古雪席安（Scythia）在今欧亚二部的俄罗斯境内；关于这个“杀子佐肴”的传说，Wright 注内说有潘查士（Samuel Purchas，1575?—1626）的《长行记》（*Purchas, his Pilgrimage*，1613）可稽，此外那书里还说各部落里有它自己的别的野蛮风习。

㉔ Capell 释原文“wrath”（愤怒）为“他的愤怒的目标”。原文全行可译为“别到龙和它愤怒的目标中间来”，但似嫌拘泥。

㉕ “set my rest”，Wright 谓意义双关：一、作“孤注一掷”解释；二、在一种名 pimero 的牌戏里，这是句术语，意即靠手上的几张牌下注。为简明起见，我只译前一个意义。

㉖ 关于这句话是黎琊向他自己的小女儿说的还是向铿德说的，自从 Heath 提出了问题后，历来曾经不少的聚讼。Jennens 的分析非常透辟，他认为这绝不是向铿德发的恶声。考黛莲刚惹得她父亲大怒，所以这句斥责是对她发的；至于铿德反对他那措施的程度他还不很知道，所以只发了“别来到怒龙面前拦住去路”这一句警告。铿德第二次谏阻时，黎琊又警告他，叫他快避开那引满待发的箭。铿德胆更大，说话粗鲁了起来；黎琊当即盛气严命他说：“凭你的性命，不准再说！”铿德还要坚持，黎琊才第一次要他“去你的”。铿德再恳求，黎琊便发誓；铿德还他一誓，于是黎琊方下驱逐出境之命。黎琊对铿德的愤怒是很自然地由浅入深的，正好和他对考黛莲的勃然大怒交相反映；至于大怒的原因是他爱她太深而她却伤他的心太甚：这一点 Jennens 赞为莎氏全部作品中最传神的用笔之一。译者觉得若不是 Jennens 以后的注解故意翻案曲解，Heath 所提出的早已不成问题。最先加导演辞“对考黛莲”的为 Rowe，从他的除 Jennens 外有 Steevens，Eccles，Boswell，White 等诸家校刊本。

㉗ 原文“Who stirs？”Delius 解作国王禁阻旁人求情的一声威吓：“谁敢动？”Moberly 则云，朝臣们仿佛都不愿服从这样莽撞的命令，无人去传命，所以黎琊在发怒。Furness 以为朝臣们骤见父女间起了这样天大的变故，大家吓得目怔口呆，竟忘了去传命，所以黎琊特别提醒他们；译者觉得此说最近情理。

㉘ 从 Delius 注。

㉙ 从 Johnson 所析义，“其余一切事情的施行”。

㉚ Delius 以为原文“coronet”与“crown”有别；他说黎琊还留着王冠自己用，他只给他们一顶较小些的公爵戴的冠冕；他又引了两个例子，证明莎氏用这两个字时界限分得很清。但 Wright 认为这里的“coronet”就指黎琊自己的王冠。Schmidt 则与 Delius 同意。

㉛ Capell 释，铿德见黎琊伸手按剑，所以才这样问。

㉜ 这两行半可直译为“（君主的）尊严变成了愚蠢时，节操（或义理）便应当直言不讳”；但紧接着前两行再这么译法，似嫌太抽象而生硬。

㉝ 初版四开本作“Reverse thy doome”（收回你的成命）；译文从 Furness 审定和诠注的初版对开本原文“Reverse thy state”。前者替考黛莲求情，后者为黎琊自身设想。“大好的”乃译者所加。Furness 云，我们知道铿德是一个心地高贵的人，又因为听了考黛莲的旁白，知道她的真挚与诚实，于是便把这两件事混在一起，只因为这是他在替她求情。但我怕我们把结论下得太快了。铿德不是在替考黛莲求情，而是在替黎琊自己着想；实际上到这里为止，铿德还没有一个字说起过或暗指过她。当黎琊宣称不认她为女儿时，铿德眼见着黎琊在断送自己将来的快乐的唯一机会，当即开始说“我的好主人”；但黎琊马上打断他，误以为他要来居间说项：我们受了这个暗示，就堕入同样的错误，所以铿德再说话时我们仍然保持着这个幻觉，不知他只在奉忠报主，并未对旁人有什么关切。君主尊严所堕入的愚顽不是逐出

一个女儿，——国王这样做并不比百姓这样做更傻，——真正愚顽的举动乃在委弃赋税，禅让大权，和卸除王冠，——这才真是鲁莽得可怕，真是威权在谄媚面前低头。因此铿德求黎琊"留下你的君权"。为证明铿德所关切的乃是黎琊而不是考黛莲，但看他下一段话里说，他冒死的动机是王上的安全，便可以明白。还有，第三幕第四景里黎琊被逐于门外时，葛洛斯忒说道，"啊，那个好铿德！他说过会这样的。"那句话恐怕除了呼应铿德现在这段劝谏以外，再不能指别的。况且如果铿德真是为了考黛莲才受的放逐之祸，为什么他不跟着她往法兰西去，却乔装着一名老仆，冒了绝大的险，来随侍黎琊？分明"Reserve thy state"意思是"保持你王上的尊严与权力"。

㉞ "Answer my life my judgement"（让我把自己的生命抵挡我这番判断）译为"让我冒死主张……"似较简明而适合中文的语气。

㉟ 原文"Reverbs"，Steevens 说大概是莎氏自造的字，意思是"reverberates"（反射出，反响）但此意不便直译，故作"露"。

㊱ 从 Dyce 之《莎氏字汇》。

㊲ 从 Steevens 所训义。

㊳ Johnson 释原文"blank"为靶子正中心那一小片射箭的正鹄，它的功用无非是帮助打靶人射击准确，作一个有所遵循的目标。直译原意应为"让我永远作你打靶的正鹄"；但恐不易懂，因改作今译。

㊴ 亚波罗为古希腊罗马之太阳神，Malone 注曰：据 Geoffrey of Monmouth（1100?—1154），为黑衣派 Benedictine 僧人，曾任主教，著有《不列颠诸王本纪》（*Historia Regum Britanniae*，1508，一卷）说，黎琊的父亲 Bladud 使魔法企图飞行，试验失败，掉在亚波罗庙上摔死。这情形和古代不列颠人的崇拜古罗马神道，莎氏想必在和林兹赫（Raphael Holinshed，1580？年卒）的《史纪》（*Chronicles*，1577）及萨克维尔（Thomas Sackville，1536—1608）等合作之《官吏镜》（*Myrrovre for Magistrates*，1559—1563）两部书里读到过。

㊵ 原文"and thy fee bestow Upon thy foul disease"可直译为"把诊金付给那恶病"，但似欠自然。

㊶ Wright 注，这句话是黎琊性格焦躁暴烈的总关键。

㊷ 解释原文"Our potency made good"的，前有 Johnson 后有 Wright 等人之注，可以无复疑义。Moberly 以为这是莎氏的妙笔，故意使黎琊忘记就在那一天上他让掉了王位，但竟又下了十天以后方能生效的命令，驱逐铿德出境。

㊸ 各版对开本都作"disasters of the world"，译文系从 Malone 修正之"diseases of the world"。Malone 谓，对开本所以异于四开本而误作"disasters"，是因为手民不懂原字的意义。"disease"在古文字里解作不甚严重的"人世间的不方便，麻烦和窘迫"。给铿德五天期限也许可以免掉他许多"琐屑的纠纷与窘迫"，但绝对不能防止"disasters"（大患难）的来临。

㊹ 巨擘德（Jupiter）为古罗马众神之皇。参看本景注 ⑳ 及 ㊴。

㊺ 从初版对开本之"Freedom lives hence"。四开本作"Friendship lives hence"，Jennens 觉得"Friendship"（友情，友谊）要好些，因为和"banishment"（流放，驱逐）正

成针对。但集注本和通行的善本大多作“Freedom”，译者从之。

㊻ 从 Furness 注。又铿德这段话在原文亦为五步双行骈韵体。

㊼ 原文“little-seeming”Johnson 解作“美丽的”，Steevens 作“虚有外表的”，Wright 释为“身材短小的”，而 Schmidt 则另有诠注。译者采 Wright 的解释，以其与 White 考证的原文本景八二行相呼应。参阅本景注 ⑯。

㊽ 原文“I know no answer”，直译可作“我不知什么回答”，逐字译便会是“我知道没有回答”。但后者不能算翻译，只是用中文字写的英文。译文与原意稍有不符，但为顾及语气自然起见，这一点参差也就听它了。这是翻译不能十分缜密的最浅显的例子，此外就多得注不胜注了。不过这里或可译为“我不作回答”。

㊾ 原文“Election makes not up”，译者从 Wright 注，解作“Election makes not its choice，comes to no decision，resolves not”（选择力不能决定去取）。对开本原文“in such conditions”，四开本作“on such conditions”；我从大多数注家所采用的四开本原文，因为它比对开本自然些。Schmidt 及 Furness 等从对开本，将“conditions”解释成“qualities”（诸点）；殊不知浡庚岱的困难是在决定要不要考黛莲，而不在决定取舍“孤零得亲友全无”，“新遭我们的痛恨”，“把咒骂作妆奁”等诸点。

㊿ 原文“object”Schmidt 释为“the delight of his eye”（他眼中的欢快）。

51 Jennens 所极力维持的四开本原文分明有印误，译文系从 Furness 所校勘过的对开本。译者与 Furness—样，觉得 Malone 的笺注方能道出作者的本意；那就是说，“Fall’n”前有“must be”二字被省略。

52 “假如为了……”这一段，据 Jennens 及 Eccles 两氏的猜度，是作者故意写得断续不连的，借以表现考黛莲娇羞的恐惧与忸怩的懦怯；尤其在她这样可怜的情况之下，那恐惧与懦怯，不消说，更要比寻常女孩子怕嫁不到夫婿的厉害些。

53 对开本作“murther，or foulness”，四开本作“murder，or foulness”，意思是“凶杀，或邪恶”。Collier 云，“murther”或“murder”似乎完全不适当，她不能料想谁会疑心到她父亲所以不喜欢她是因为她犯了凶杀，这分明是抄手或手民把“nor other”抄错或看错了的。译文即本此说。但 White 不主张改动，他说 Collier 的订正似是而实非，无足轻重；因为“vicious blot”（恶劣的污点）二字意义太广泛，跟几乎同样广泛甚至涵义相同的“foulness”（邪恶）放在一起简直毫无取舍可从。可是 White 后来又自动放弃了这个主张，说把“no other”误成“murther”是极容易而无法否认的，并且“凶杀”在考黛莲所列举的缺点里确是放不进去的。Hudson 疑心考黛莲故意说得太重，好显出黎琊骂她“便是亲情也羞于承认的这小贱人”之无稽。Furness 论曰，校刊莎氏作品假若需要修正，这才是时候。如果要猜想考黛莲会有杀人的嫌疑，倒不如采用了 Walker 那牵强的“umber”（赭红色的，暗褐色的），或 Keightley 那散文风格的“misdeed”（恶行，犯罪）。可是 Collier 的订正是千真万确的，既改对了韵文方面的音律，又合乎文字上的脉络，而且对于考黛莲的性格也不相冲突。至于 White 反对的理由，说“污点”与“邪恶”无从抉择，我们尽可以解释开去，认为她在极悲痛极困窘的时候，不免措辞松散。Moberly 说得好，“从污点到凶杀，又从凶杀到邪恶，这用意的程序不妙”。在莎氏当时杀人罪也许没有像现在这样严重，但毫无疑问不能比“邪恶”较轻。

(54) Moberly 云，这一行指伤风败俗的行为，上一行指自然或本性上的缺陷。

(55) 原文本是连下来的一句长句。为避免不接气或晦涩起见，不得不另起一句，将上文“我求你申明”重复一遍。

(56) Hanmer 以为“But even for want of that”的“for”为“the”之误；依他的见解，那句子的结构应是：“But even the want of that...（that hath deprived me of your grace and favour）.”可是 Wright 认为并非排误，那句子应作：“But（I am deprived）even for want of that...”二者的差异不过是句法上的不同，意义上没有分别。

(57) 译文从 Wright 注，“for which”作“for wanting which”解。

(58) 原意为“一只”，译文作“一双”；这是两国文字不能强同之处。

(59) 原文“Hath lost me in your liking”Wright 解作“Hath caused me loss in respect of your love.”（使我在你爱我的那一点上受到了损失）。

(60) Schmidt 谓，“history”一字往往用以指人的内在生命的变动。

(61) “向你”二字，原文所无。原文是宽泛的说法，译文却特指此事而言；虽然译走了一点原意，但无伤大旨。原文本句“which...”专为形容上面的“tardiness”而设，并非箴言或谚语可比。

(62) “entire point”Moberly 训为“main point”（主题，要点）。

(63) 从 Knight 注，“regards”解作“considerations”。

(64) 我真替你可惜，你把你父亲的心伤得那样厉害，气得他连一点陪嫁的妆奁也不给你，因此你非但失掉了一个父亲，便连丈夫也为了没有嫁妆的缘故跟着失掉了。译者所见原意如此。

(65) 原文“waterish”含鄙薄之意。Burgundy 为法兰西境内水流最多的区域。

(66) 从 Wright 注，原文“unprized”作“priceless”解。

(67) Johnson 注，“here”与“where”二字在这里作名词用：你失掉了这里，但另外找到了一个较好的去处。

(68) 四开对开各本都作“The jewels”，但自经 Rowe 开始改为“Ye jewels”之后，通常的善本都从它，原因自然是改订的比初印本好些。Steevens 说得有理，他说古时原稿上这“ye”“the”两字不分，都写作“ye”；那就是说稿本上的“Ye”大概为“Ye”之本字，非“The”之简写，而初版印本上的“The”多半因手民未窥诗人本意，误以“Ye”为“The”之简写，遂致印误。好得在我国文字里这两层意思可以并不费力地同时译出。

(69) Delius 云，考黛莲将她父亲付给她们所自承的敬爱心，却没有将他付托给她们心坎里的那寡情薄义。

(70) 原文“And well are worth the want that you have wanted”这一行经过许多校刊者的修改和诠注，我以为 Theobald 的解释比较适当：随后丈夫若不对你表示恩爱，也只活该你消受罢了，不能怨谁，因为你自己也并不对父亲表示敬爱。这里好像是刚瑙烈故意说得半明半晦，叫考黛莲难以捉摸；译者在此想保持一些原来的神情，故也译得半吞半吐。

(71) 原文“plighted”古时与“plaited”通用，意即折叠。比《黎琊王》早十多年的史本守（Edmund Spenser，1552?—1599）的叙事长诗《仙后》（*Faerie Queene*，1589—

1596）里用过这字，比《黎琊王》晚二十多年的弥尔敦（John Milton，1608—1674）的假面剧《科末斯》（*Comus*，1634）里也用过这字，都是这个意思。

72. 原文“Who covers faults，at last With shame derides”颇难索解；经 Jennens 改“covers”为“cover”，又经 Collier 改“with shame”为“shame them”后，便觉明畅。译文从以上二家之订正，及 Dyce 之“Who”字注，此说有 Furness 加以佐赞。Henley 以为考黛莲在暗指《圣经·旧约·箴言篇》二十八章十三节的“遮掩自己罪过的必不亨通”一语。Schmidt 等三数家主张维持原文；Schmidt 谓“Who”字指“时间”，依他的解释可以这样译法：“时间把罪恶遮掩住一时，但终竟会用羞辱来加以笑骂。”

73. 原文不表“还”字意，但我觉得有这点意思在里头：“... it is not little I have（yet）to say of what most nearly appertains to us both”，这句话正和对开本原文下文的“the observation we have made of it hath been little”互相呼应。

74. Eccles 云，全剧从没有暗示过某一场布景在某一个固定的地点，只除了快剧终时我们才被引到多浮城（Dover）附近；作者也不曾告诉过我们，黎琊分国后可是那一对儿婿住在他自己的宫里。我们只知道不论他们在那里设朝，他总是一月一回地去轮流寄寓。关于这一层，Bradley 说，这剧景地点的模糊，和剧中人踪迹的迷离扑朔；加上那氛围的冰冷漆黑得可讶（这氛围包裹笼罩着剧中人，像冬天的浓雾一般，放大了他们的隐约的轮廓）；再加上大自然的震动与人情的变乱——那震动那变乱的劲厉与浩大；又加上崇高的想象，彻骨的悲思，和刺心的谐谑，——这三者的互相渗入和浸透；还有造化的无边力量在个人的命运与情欲间似有所形成及主使；还有人生强烈经验的收容之富与种类之繁；——总之，这本戏范围的博大精深和气势的沉雄郁勃，就是它所以为莎士比亚最伟大的作品的原因。

75. 译文从对开本原文“hath been little”，四开本作“hath not been little”，两者刚正相反。我觉得 Schmidt 的见解极好，应该从对开本；那就是说，长次二女在剧本开幕前早已议论到她们的父亲，而且把他批评得很厉害，如今她们见了铿德被逐，考黛莲未得尺寸土地而去，虽在各自庆幸分得了一笔意外的大赃，但刚瑙烈对她父亲的评价反而更加低落，所以她觉得以前她私下毁谤他的话并不过分，反嫌不够。这样子解释于刚瑙烈的性格很有关系，更显得她的阴险奸诈。通常的善本大多从四开本之“hath not been”，我不懂有何好处。

76. 据 Wright 注。

77. 据 Malone 注。

78. 直译原意应为“做点事出来”。

79. Steevens 释原文“i'th' heat”曰：趁铁红热时我们就得捶。这是一句谚语。

80. Eccles 认本景（葛洛斯忒的野生子藹特孟在此开始陷害他嫡出的哥哥藹特加）距第二幕第一景（那里葛洛斯忒声言要散发图像到各口岸去缉捕藹特加）有好几个月，相隔得那么长久而藹特加竟会不去设法解除他父亲的误会，未免太不合常识。以增进剧情的速率作理由，Eccles 就把这一景移作第二幕第一景，把那原来的第二幕第一景顺序移作第二景，依次类推。这样一来，据他说，藹特孟的造谣害人和他怎样劝哥哥逃走，怎样假装自己受伤等等，便可以紧凑在一起，在一天甚或至几点钟里发生。Furness 对 Eccles 此说深致不满，他说：细按原文，我们可以知道作者分明有意把本景作第一幕第二景，但看下文葛洛斯忒进场时独自喃喃地说道：

“铿德便这么被他流放到国外？
法兰西又是含怒而别？再加上
国王自己今晚上要离开此地？
让掉了大权，只靠一点儿支应？
这都是心血来潮时的妄动轻举！”

而且译者也觉得，即就全剧布局而论，这葛洛斯忒故事虽不及黎琊王故事那么重要，却也处于副要的地位：那么，全剧开场第一景介绍主要的情节，接着第二景介绍副要的，可说是最适当不过的用笔了。通行本大多不从 Eccles 所改次序。

㉛ 我们不能同意于 Warburton 所下的解释，说莎士比亚将这私生子写成一个无神论者，不崇拜上帝而崇拜自然；这位虔诚的十八世纪批评家又说作者所以这样写法，乃因当时英国朝廷上自意大利习染来的无神论（由一班到意大利去的年轻留学生带回英国）作怪得太过厉害之故，——这分明将作者当作一个宗教及道学臭味极重的村镇小教区的牧师了。Steevens 说，蔼特孟所谓“天性”或“自然”乃是与“习俗”相对立，而是女神，并不与上帝对立。又说：蔼特孟以为他出生世上既然和“习俗”或法律无缘，便只须输诚誓忠于“天性”与“天性”的大道，而“天性”的大道是不分什么嫡出野生或长兄幼弟的，都一视同仁。

㉜ Warburton 觉得原文“plague”不通，把它改为“plage”，“plage of custom”则解作“习俗的境界（或范围）”；他这样一改把蔼特孟对社会的怨毒抹煞了不少，殊令人不解。译者从 Capell，Halliwell 等注：蔼特孟认“习俗”的可恶与瘟疫一般无二，所以“Stand in the plague of custom”（站在习俗的瘟疫里）就是说受它的种种麻烦与磨难，如藐视私生子，重长轻幼等歧视及不公待遇。

㉝ Theobald 主张原文“curiosity”应改为“curtesie”。Heath 驳得有理。蔼特孟总不会自认吃了社会的亏，如今正要揭发这不公平，还称呼社会剥夺他的权利是“礼让（或客气，或恩典）”。译者从 Heath，Mason，White 等以及通行的善本，主维持“curiosity”（苛细，刻薄，或挑剔）。

㉞ Steevens 曰，原文“deprive”在作者当时与我们的“disinherit”（剥夺承继权）同义。

㉟ 原文“honest”作“贞洁”解。“madam’s” Delius 以为在这里含有讽刺的意味。

㊱㊲ 这一段不易直译；为行文通畅起见，“骄子”与“父母间”为译者所补加。

㊳ 据 Schmidt 说，原文“fops”一字在作者当时和现在流行的意义稍异；现在通常作“fools”（傻瓜）或“dandies”（花花公子，艳冶郎）解，当时却和“dupes”（活该受人愚弄的傻瓜）同义。

㊴ 初二版对开本原文作“to’th’”，四开本作“tooth’”。Hanmer 以为应作“toe the”，据说蔼特孟用意是要和蔼特加并趾而行，意即不相上下。Warburton 大不谓然，将 Hanmer 大大取笑了一顿。Malone 说，Sir Joshua Reynolds 告诉他，在特文郡（Devonshire）方言里，“toe”可作“连根拔起”解；若果如此，原文就讲得通了。但通常的本子都采 Edwards 及 Capell 所订正的“top the”；这读法可译为“凌驾而

上”，“占据上风”，或“爬在他头上”。

⑩ 从 Johnson，Malone 等注，根据四开本之“subscribed”，解作“移交权力”或“让掉”。对开本作“prescrib'd”。

⑪ 各家解释不同，我觉得 Johnson 的最妥：“upon the gad”是被异想或幻念所刺激的意思，仿佛牲畜被牛虻（gadfly）所刺而乱跑乱闯一样。

⑫ “terrible”一字在目下通用的英文俗语里作语疣用，用以增加说话的着重性，自身却并无意义；在这里 White 谓作“慌张失措”解。

⑬ 此语为译者所添。

⑭ 据 Steevens 说，原文“essay or taste”为君王进食前有人尝试御膳，以证明没有奸人进毒的那个仪制。但 Johnson 以为此二字应作“assay or test”，那是冶金学里的术语，意思是测试。我以为两个解释虽联想绝不相同，但这里被借用的却都是“试验”这层意义；不过要讲究得精细一点，Johnson 所释似乎更切当些，因为藹特孟说他的哥哥也许要试探他德性的好坏，就比如一个冶金师要测试一块金属品的金质纯驳一样。

⑮ 从 Schmidt，把原文“policy and reverence”作“policy of holding in reverence”解。

⑯ 译文用 Johnson 注。

⑰ 原意为“心与脑”，我觉得毋须直译。

⑱ 有些英汉字书把“sirrah”译为“贱人”；在这里我认为译作“小子”更切当些。

⑲ 原文作“make a great gap”（弄成一个大缺口）。

⑳ 从 Johnson 注，“pretence”解作“design，purpose”（设计，用意）。

㉑ 这段在初二版对开本里都没有，是从许多盗印的四开本里补来的。Schmidt 极力主张从对开本，他的理由如后。如果葛洛斯忒对藹特加“爱他得那么温存，那么全心全力地爱他”，为什么做父亲的于真相尚未大白之前，便在儿子背后那么严厉地定他的罪，使他在家里待不住，得东奔西窜地去逃命？这样子在真的人事里或好的剧情中，都说不过去。在本景和第二幕第一景里，葛洛斯忒的性格特点显露得极清楚：他对于两个儿子都没有什么舐犊的深情。在开场第一景里他和铿德的交谈中，我们可以知道，结婚和做父亲的责任于他都是无所谓的一回事。他两个儿子分明都不在他心上，要说“知子莫若父”当然更谈不到。只在他认为藹特加如同死了的一般之后，而黎琊的命运又使他自己的前途也有了阴影（第三幕第四景），他才想起儿子被缉捕的苦况，表示了一点点怜恤。次子藹特孟在外九年已见第一幕第一景，出门已九年的儿子一旦长成了回来，父亲是无从了解他的品性的；同时长子藹特加我们知道“并不比他更在我心上”，那就是说同样是个陌生人，不在他意中。既然他有了儿子，便得承认；他对于生儿的责任只如此而已。莎士比亚要我们认识葛洛斯忒是这样一个人，所以他决不会写这句话：“我爱他得那么温存，那么全心全力地爱他。”这话与剧中的前情后事根本矛盾，必然是一个自作聪明的演员加了进去，然后经人抄下来，误入四开本的。以上 Schmidt 的考证译者以为虽很有理由，但葛洛斯忒尽许会实际上对大儿子并无慈爱，等中了藹特孟的奸计，误信大儿子真要谋害他时，他嘴里忽然来一句空洞的口惠，“我爱他得那么温存，那么全心全力地爱他”。

⑩² 原文“With me into him”的结构经 Johnson 最先指出，如同“do me this”。

⑩³ 从 Heath，Tyrwhitt 二人注。

⑩⁴ 西方中世纪也和我们古时一样，信日月食和彗星出现等天象上的变化兆主凶否。虽然近世科学是文艺复兴时发的芽，但中世纪遗留下来的风俗习惯思想信仰并不能在短期间内彻底消灭。这个视自然界现象征兆吉凶的迷信便是旧时的遗风之一，好比我们在今天还有设坛祈雨，见月食满街放鞭炮等事一样。除了观察天象推算星命的占星术（astrology）之外，当时还有相手术（palmistry），点金术（alchemy），和专讲人身体液（humours）的医术等假科学，仍然深中着人心。据 Wright 说，“近来这些日食月食”是指 1605 年 10 月间的大日食，和不满一个月前的那次月食；“格致学”指哈惠（John Harvey，1563?—1592）的《辟预言之妄》(*A Discoursive Problem Concerning Prophesies*，1588)。“wisdom of nature”一辞 Schmidt 训为“natural philosophy”（格致学，物理学），Furness 亦解作“关于自然之智慧，对于自然的法则之知识。”又下文“nature”一字，《莎氏用字全典》本字项下第三条解作“人身体上与道德上的机构”，译文不宜太详，姑含糊些作“我们大家”。

⑩⁵ 据 Wright 说，此语或指 1605 年 11 月 5 日发现的“火药大阴谋”（the Gunpowder plot）。这是英国历史上一件天大的案子。天主教徒为报仇雪恨起见，密派了一个名叫福克斯（Guy Fawkes，1570—1606）的埋藏大量的火药在上议院议场地下，想趁英王詹姆士一世（James I，1566—1603—1625）去开议会的时候，将他连同上下议员全体炸得一个不留；不料事机不密，罪犯于点火前被捕，招出了好多蓄谋指使的人。

⑩⁶ 见注 ⑧⑧。

⑩⁷ Collier 疑四开本原文“surfeit”为“forfeit”之误，因当时的铅字 s，f 两字母极易蒙混，若依他的推测，这一句可译为“往往是我们自己行为不好的责罚”。但通常的善本大多不从 Collier 拟改的拼法，也不从对开本的“Surfets”，而从四开本之“surfeit”（过分，无节制，不检点）。

⑩⁸ Heath 注，意思就是说，正像决定旧时剧本里那重要关头的剧情来得恰是时候一样，因为那里全剧的进展已达到最高点，观众正等得有些不耐烦起来了。这是藹特孟在取笑他哥哥，下一句他又将自己比作一个戏子。

⑩⁹ 原文“cue”Bolton Corney 引勃忒勒（Charles Butler，1647 年卒）的《英文法》（*English Grammar*，1634）云，“Q”一字母为演剧底本上一个指示伶人上场的符号，因为它是拉丁文“quando”一字的第一个字母，“quando”的意思是“当”，就是说当这时候演员就得上场说话。Wedgwood 则援引十六、十七世纪辞书编纂人明叔（John Minsheu，卒于 1617 年前后）云，此字与“qu”同，为伶人们所习用的字眼，意思是一个戏子演唱完了，第二个接上去说话应当怎么一个模样。Wright 以为这字来源是法文的“queue”（尾巴），意思是一个演员说白的尾语，用以提醒下一个演员者，好让他预备出场。以上的训诂虽相差无几，但译者认为 Wedgwood 所援引的古解似最贴切。

⑪⁰ 原文“villanous melancholy”本意为“恶劣不堪的愁惨或忧郁”，译作“愁眉苦脸”似较合于对白。

⑪ “Tom o’Bedlam”译文作“疯叫化汤姆”，也许有人觉得太略。“Tom”是王三李二之意：“Bedlam”乃伦敦一个疯人院，是“Bethlehem”一字叫别了的。那院舍1247年初建时本名“The Hospital of st. Mary of Bethlehem”（伯利恒圣母院修道下院），为一修道院，专作招待自基督教圣地St. Mary of Bethlehem（伯利恒圣母院）来英的僧人而设；1547年上谕正式改为专收疯人的病院。当时有一帮装疯的劣丐，常自称为“可怜的汤姆”，因被名为“伯特栏里的汤姆”（Tom o’Bedlam）。

⑫ 蔼特孟哼这几个音阶毫无涵义在内，用意是要混乱蔼特加的听闻，同时又可以显得自己不见他来。有几位注家硬要装些意义在里头，似可不必。

⑬ 自“比如说”起至“得了，得了”止的原文，对开本中没有，仅见于四开本。据Schmidt说，这一段文字里有六个字，除了在这里，从未在莎氏任何作品中用过：这更足以证明这段文字非出于作者之手，乃旁人妄加的。那六个字是“unnaturalness”，“menace”（作名词用），“malediction”，“dissipation”，“cohort”和“astronomical”。虽然这段文字可疑的成分很多，但通常的版本大多把它收入。翻译时我感觉有个困难无法摆布，那便是含有s与d两个子音的双声（alliterative）字特别多。

⑭ 四开本原文作“child”，译文为简括起见作“子”。我国文学里一向把这字在男女身上通用；我以为我们不应取消这字的富有弹性的意义。

⑮ “friends”（亲人，所亲信的，亲近他的）暗指铿德之被逐于黎琊。

⑯ 几位注家对四开本原文“cohorts”都有疑问。Schmidt直认无法解释。

⑰ 四开本原文“come，come”，我这样译，虽稍嫌俚俗，但尚能传达原文的语气。

⑱ 原文“with the mischief of your person it would scarcely allay”的“with”一字，Hanmer，Capell，Johnson等认为不可解；前二者主改作“without”，后者主改作“but with”，都以为这是说葛洛斯忒愤怒得要伤害了蔼特加的身体才肯罢休。但译者觉得蔼特孟的意思还不仅止此，原文应作“(even) with...”解，方能神情毕肖；而且“even”（即使，就是）之意和跟着来的“scarcely”前后呼应，似很明显。“mischief of your person”是“危害你的身体”之意，译文稍重了几分。

⑲ 原文“practices”这一字Furness引Dyce的《莎氏字汇》解曰：“contrivance，artifice，stratagem，treachery，conspiracy”（筹划，诡计，策略，叛图，阴谋）。

⑳ 本景用散文极多。据莎氏学者研究的结果，莎剧中有四种散文：一、信札及正式文件里的散文；二、喜剧场面及低下生活的文字，如乡下佬或粗人对话，小丑打诨等；三、闲谈琐细；四、反常心性之散文，如疯狂，神经错乱，想象极度飞越等。本景散文可归入第四种。

㉑ Coleridge注：这管家正该和铿德相反，他是莎士比亚作品中最卑鄙得不可救药的角色。即就这一点而论，诗人的判断力和发明力也是灼然可观的；——因为除了是这样的一个贱东西以外，甘心替刚瑙烈做爪牙的还能有什么别的性格可言？别的罪恶都配不上他，只有这无耻的卑鄙才和他的身份相称。

㉒ 从Whalley，Steevens等释义。

㉓ 原文“sets us all at odds”意即“把我们弄得乱七八糟”，说重些便是“闹得我们天翻地覆”。

⑫4 原文“riotous”在Schmidt《莎氏用字全典》本字项下第一条内解作“tumultuous，seditious”（混乱的，骚动的），但下一景里刚瑙烈在同一种态度与情绪下又说到“riotous inn”（放荡下流的客店）：故译文兼收此二意。

⑫5 原文作“negligence”（懈怠，疏慢）。

⑫6 为明晰起见，“跟他”二字为译者所增。“question”，据Schmidt，解作“discussion，disquisition，consideration”（商讨，议论，较量）。

⑫7 原文“distaste”作“不合口味”解，但“脾胃”似比“口味”坚定些，虽然在通行口语里后者比前者普遍些。

⑫8 原文自“不能让他作主”起至“便当用责骂去对付”止，不见于对开本，系补自四开本者；但在四开本里这一段却印成了散文，是Theobald最先把它分列成行的。Schmidt说，这几行在初二版四开本里印成散文，而能很容易地重排成韵文，这就是可靠无讹的一个证明。

⑫9 原文“over-ruled”Schmidt《全典》上解作“controlled swayed”（控制，支配）。

⑬0 “with checks as flatteries，when they are seen abused.”这一行费了许多注家的笔墨去修改诠释，他们弄不明白的是那“as”；有人以为是“as well as”的意思，有人以为是“not”的排误。译文从Craig之Arden本，把这字作“instead of ”讲，意思是“阿谀被他糟蹋时，就用责骂来替代阿谀”。

⑬1 自“我愿在”起至“才好说话”止的一行半原文亦补自四开本。Schmidt亦认为可靠。

⑬2 对开四开各本都作“defuse”；Rowe，Pope，Johnson等都误认为印误，改作“disure”；Theobald本作“diffuse”，从他的注里可以知道他也不曾懂得这字的意义，Hanmer虽也照样校刊，却最先下了个准确的解释，“假扮”。目下通行本仍有作“diffuse”的，最著者如Craig的牛津本，解作“弄乱，弄迷糊”，那是从Steevens，Dyce他们的注。

⑬3 原文“thy master, ... shall find thee full of labours.”依Capell注作这样解释：铿德的主人自会见到他很能辛勤报主，而且不论效忠多少次都成。即所谓鞠躬尽瘁，死而后已。

⑬4 Coleridge评云：在黎琊身上，老年这事态本身便是个性格，——老年所自然有的缺点不用说，另外还加上那积了一辈子的命出惟从的习惯。旁人若表示一点个性出来，于他便是件毋须而可痛的事情；人家对他这么尽忠，他对人家可那么无情无义，这就够形容他的为人了。这样的性格当然变成了喜怒哀乐的大剧场了。

⑬5⑬6 黎琊问话中的“profess”指行业，职业；铿德回答中的“profess”指他的主张，他的为人。原文用意双关。

⑬7 从Eccles与Moberly注。

⑬8 原文“to eat no fish”按字面直译只是“不吃鱼”，Warburton解作“不信天主教”。英国当伊丽莎白女王（Queen Elizabeth，1533—1558—1603）时，天主教徒往往被认为国家公敌；所以有句谚语说，“他是个老实人，不吃鱼”，意即他是个基督教徒，与政府同道。按旧教徒吃鱼仅礼拜五有此成例，非每天如此；新教徒只礼拜五不必吃鱼，却无禁止吃鱼的规定。Capell以为莎氏不存此意，只说铿德是个吃肉

朋友，鱼喂不饱他。译者认为前一说比较近情，因莎氏草此剧时距苏格兰女王玛利（Mary Queen of Scots，1542—1567—1587）的被戮与西班牙大舰队（the Spanish Armada）的覆灭（1588）于英法海峡都只十多年，而虐杀天主教奸细的事件又常有闻见；莎氏作剧原为供当时公众的娱乐，没有存心印刷成书，更未曾想到要流传后世，所以并未顾到时代不符（anachronism）等问题。

⑬⑨ 原文“curious”Schmidt 释为“文雅，细致”，Wright 训“细心经营的”。至于为什么“把一个文雅细致的故事能一说就坏”是长处，则不很清楚。

⑭⓪ 从 Wright，Furness 等注，“most faint”作“很轻淡”解。Schmidt 训为“极冷淡的，漠然的”。

⑭① Coleridge 评曰：这傻子可不是一个滑稽的丑角，给站在正厅里的看客作笑料的，——在他身上莎士比亚并未委曲他自己的天才，去俯就那班观众的趣味。说他伤心的这话是诗人预备他登台的介绍辞，使他和凄恻的剧情发生关系；莎氏其他剧中普通的丑角和弄臣没有这样的介绍。他和莎氏晚年喜剧《大风暴》（*The Tempest*，1611—1612）里的妖怪皑力般（Caliban）同样是个可惊奇的创造；——他的狂呓，他那通灵的痴愚，在在可以表白出，计量出，剧景的惊心动魄。

⑭② 踢脚球在当时是个低下阶级的娱乐，只伦敦城 Cheapside 市场一带的店铺学徒在街上闹着玩，为上流人所不齿。我们的《水浒传》里说到高俅以踢球而致仕，亦有鄙夷之意。

⑭③ Schmidt 认为这是句命令语，不是问话；那便该译为“放些灵性出来”。

⑭④ Furness 新集注本上引了 Brown，Cowden Clarke 等人关于他的评论，小字大纸密印了两页多；这里为篇幅所限，只能节录一点大略。Brown 云：那件花花绿绿的短衫下面，藏得有一副何等高贵，何等温柔悌惝的心肠！也许你们所见和我所见不同，但我心目中只见他身材清瘦，眉宇间表现出他的感觉是极度的锐敏，目光明慧，一只美而圆润的嘴，颊上还带着一点病态的红晕。我愿我是个画家！我愿我能描写自己童年时对他的感觉，那时候这傻子真叫我喜欢得流泪，黎琊却只使我害怕！傻子上场来把鸡冠帽向铿德掷去，跟着就隐隐地责备黎琊那惨极了的鲁莽；我们应当从那时候起便了解他的性格，一直到最后。在这一景里，他能不顾屡次的恐吓，不顾刚瑙烈的爪牙对他的话作何解释，连续不息地倾吐他的妙语；可是他说话虽多，用意却集中在一点上，那便是劝黎琊收回他的君权。但时间已经太晚，大势已无法挽回！随后在刚瑙烈赶走他的那一顷，他还敢含怒唱出这支“劣歌”，而对于自己也许会身受刚瑙烈的危害竟没有丝毫的畏惧：

这帽儿能换到绞索子，——
那我若逮到了狐狸，
和这样的一个女孩儿，
我准把她们全绞死。
傻子便这样的跟主子。

这样一个性格竟会被伶人，印书人，与评注家误会曲解到那步田地！注意他说的每一个字；他的意思该是无法被误解的；最后他明知暗寓责备的隐语已经无用，便把他的语气转变成简单的嬉笑，想借此减少他主人的悲痛。黎琊在暴风雨里挣扎，那时候有谁同他在一起？没有一个人——就是铿德也不在——除了这傻子；只有他还在极力跟那老国王的捶心的巨痛搏击。黎琊心神上的惨痛，若没有这可怜的忠仆侍候在他旁边，便会对于观客，对于读者，都显得太厉害，太没有优美的动情力了。这傻子点动了我们的怜恤心；黎琊却把我们的想象力承注得太满，承注得发痛。Cowden Clarke 以为黎琊的这个傻子是个少年，不独黎琊一刻少他不得，便是铿德也很顾怜他；他身体单薄，感觉锐敏，所以自从经历了第三幕第二景里的那阵大风暴后，便一直没有恢复过来，等他帮着把黎琊抬上往多浮去的床车（第三幕第六景景末）之后，便一蹶不振，惫极而病，病重而殁了。Lloyd 也说他是个童子，不是个成年人。他们的依据是黎琊常称呼他“my lad”，“my boy”，“my pretty knave”。但 Furness 以为不然，他说：这傻子不是个孩子，是个成年人——莎氏剧中最机敏但也最温柔的成年人中之一，长久的生命使他精通事理，身受种种苦难又使他变得温柔。他的明智是孩童所不能有的，那只能在一个成年人身上找得到，而那成年人至多只差国王自己的年龄二十岁；他从黎琊壮年的早期起便一直做了黎琊的伴侣。参看本景注 ⑮White 的评注。

⑭⑤ 自中古时期起至十七世纪止，英法各地的王公贵族多半养得有一两名“傻子”或弄臣，专供主人作取笑消遣使用。这些“傻子”并不真傻，只是特准他们装傻，实际上都是些能言善谑的小丑。他们穿着五彩驳杂的衣服，显得古怪滑稽；头戴的小帽有时插些鸡毛作装饰，有时做个假鸡头在上面，再缀上几颗小铃。黎琊的这个傻子更是比众不同，非但不傻，还且有洞察人事与世态之慧心。中文“傻”字亦有双关的含义，可谓巧合。

⑭⑥ 初二版对开本都印成黎琊说的这话，经各家考证有误。

⑭⑦ 直译原文应为“若是你不会顺着风儿笑，保管你不久就得伤风”。虽然这意思似乎连贯些，但我们有现成的俗语何不采用？何况“笑”字与这里的情景未见得天衣无缝。

⑭⑧ 黎琊把国土政权完全交给了刚瑙烈与雷耿，结果赔了王位不算，还失掉了两个女儿；他对考黛莲狠狠咒骂了一顿，但反使她成了法兰西王后。

⑭⑨ 据 Nares 说，“nuncle”一字为“mine uncle”之缩形，通常傻子叫他的主人都用这称呼，又傻子间彼此称呼用“cousin”一名。英文“uncle”这一字涵义很广泛，可译为“伯父，叔父，舅父，姑丈或姨丈”；译文姑作“伯父”。

⑮⓪ 对开本作“the Lady Brach”；“brach”是母猎狗的通称。Archibald Smith 注云，前面的“Truth”（真话，真理）和这里的“lady”对立有些不伦不类，“lady”想系“lye”（撒谎，假话）之误。

⑮① 这一支含有处世秘诀的“劣歌”（doggerel）骤听起来鄙陋可哂，但唱者言下热泪涔涔，于无情的嬉笑中极尽讥嘲世态，针砭人事之妙。译者用苏州小热昏口吻，欲仿原文寓苦痛之赤诚于浮佻轻率中之意。

⑮② 从 Warburton，“trowest”作“to believe”解。Capell 训为“知道”。

⑮③ “多睡觉”为译者所添，为的是凑韵。

⑮④ 原意为：如果那么办，你在二十里可以找到不止两个十。那就是说，你莫以为这是老生常谈，平淡不足道，这样子过活好处多着呢。

⑮ 四开本把这个印成黎琊说的话，经细考证明有误。White说：黎琊对这个可怜的忠仆，从不当面称呼他傻子。在背后说起他，也许叫他这个官衔；但对他说话时，总是称呼他得很亲密，往往是“my boy”（译者按，“my boy”，“my lad”，“my knave”，我一律译为“小子”），虽然这可怜的家伙已在这世上有了许多年悲伤的经验。有位大演剧家麦克利代（William Charles Macready，1793—1873）因不懂这称谓，竟将他装成了个有年纪的孩子，真是个恶劣不堪的误解。

⑯ 此语为译者所增。

⑰ 自“有个人啊”起至“你抢我夺地分些去”止，对开本原文没有，仅见于四开本。

⑱ 傻子唱前一行时指着他自己（宫廷及贵家所雇弄臣都穿杂色斑驳的衣裤），唱后一行时手指着国王。后一行的“不做声”为译者所增，为凑韵。

⑲ 据Warburton及Steevens说，这是对当时滥用专卖权的一个讽刺；朝臣们有很多纳贿营私的，往往疏通斡旋，等事成之后，与请求专利者同坐其利。

⑳ 从Eccles注；他以为“speak like myself ”是“说傻话”，不过这分明是句反话，因此译文直截作“说话有理”。

⑯1 这首劣歌的译文从Johnson的诠释。

⑯2 原文“play bo-peep”为忽而掩面忽而露面，逗引小孩子的一种游戏，译为“捉迷藏”也不很妥，这里姑简译为儿戏。

⑯3 原意只是“走到傻子中间来”。

⑯4 原文“thou art an o without a figure”意即：如今你只是个零字，并无一个数字加在前面。

⑯5 Collier与Dyce认为这两行和下文的两行（“篱雀儿把布谷……”）是一首讽刺歌谣的断片。

⑯6 从Wright注。

⑯7 意即谁都知道这是父亲对女儿说的话，不是女儿可以对父亲说的。

⑯8 Steevens注，这是个旧歌里的一句叠句。Halliwell注，“Jug”为“Joan”一名的别称，也作普通对女人亲爱的称呼用，——我译为“姣”即本此解，因我国歌谣里往往有称呼亲爱的女人作“姣”的。德人Jordan译本剧，注这字有三个意义，我以为都想入非非，不可以为法则。这里傻子也许只是引一句不相干的歌辞惑乱刚瑙烈的听闻，但也说不定是故意对她说的一句反话，意思是：你这泼妇，我恨你！

⑯9 Roderick主张这是黎琊讥讽刚瑙烈的一段话；他改动了几个字，使原文适合他的解释。但Heath以为处在黎琊这样的地位，正是诧骇到不得了的时节，还不够明了他自己不幸的程度，决不会有冷静的脑筋去对刚瑙烈下讥讽。Heath解最后三行云：若不是他的理解力已经朽坏，他的辨识力被昏迷的沉睡所克制，必然是——至此他正想说出另一个可能，——那就是：他神志依然明朗，知觉依然清醒，忽然他忆及适才的经过都历历如在眼前，一阵狂怒袭来，不能自止，当即脱口问道：“哈！什么！我现在会不会是清醒着的？那不会，那不会！你们有谁能告诉我我是谁？”

⑰0 原文从这里起到“变成个孝顺的父亲”止，不见于对开本，乃补自四开本者。这

一段也许有印误，也许有阙文，也许根本靠不住，历来的注家曾打过不少笔墨官司，在此不必详记。译文从 Tyrwhitt 的标点与解释。

⑰ 原文是连系代词“which”，我从 Douce，Knight，Singer，Hudson 他们的解释，认为系指傻子前面所说的“影儿”。

⑰ 原文“graced” Schmidt 训为“full of grace，dignified，honourable”（优雅，尊严，有荣誉的）。

⑰ 从 Warburton 与 Wright 注。

⑰ 原文作“marble-hearted”，直译为“大理石心肠的”。在英文这是句成语，形容人冷酷无情；中文成语该是“顽石心肠”。

⑰ Upton 信这里的“sea-monster”指河马。但河马是个弑父淫母的恶物，象征凶杀，无耻，强暴，与不公平等恶德。Wright 不明白为什么莎氏所说的这海怪是河马；他以为也许是指鲸鱼。

⑰ “detested kite”似应直译为“可鄙的臭鸢”，但恐我们没有这样的骂法，所以只得改走了一点原意。

⑰ 指考黛莲不肯给他口惠，宣称怎样那般地爱他。

⑰ 指“一点点轻微的小疵”而言；西方修辞学有这样一格，尤其在诗里，专向没有生命的东西或不在眼前的人物致辞，仿佛那东西或人物有生命或在眼前似的，专名叫做 apostrophe，始自希腊。前面黎琊称“忘恩负义”为魅鬼，说它有顽石作心肠，也就是这一种修辞格。

⑰ 见注 ⑰。

⑱ 原文“engine”经各注家自赵叟（Geoffrey Chaucer，1340?—1400）的诗与波蒙（Francis Beaumont，1584—1616）及弗兰邱（John Fletcher，1579—1625）二人合作的戏剧里交互参证，断为“rack”（刑讯架）。

⑱ 关于这一段有名的咒誓，有人看了三位名伶表演后所作的记录很值得选译。Davies 的《戏剧杂录》（*Dramatic Miscellanies*，1784）里说：盖力克（David Garrick，1717—1779）表演这段咒誓时动人得可怕，使观众对他似乎起了畏缩，像闻见了惊雷骤电似的。他演唱时的预备动作就非常动人，先把拐杖扔掉，一膝跪在地上，两手握紧，眼望着天。Boaden 在他《垦布尔传》里极力称赞这位名伶（John Philip Kemble，1757—1823）扮演的《黎琊王》：一七八八年一月垦布尔表演黎琊（饰考黛莲的是他姊姊西桐士夫人），那晚上他那篇咒誓使人的灵魂为之创伤；他先把全身精力收敛了拢来，两手抽缩着，紧握着，显得无限的苦痛与忿怒，愈说愈热烈也更为急促，最后那一截竟致连呼吸也窒息了起来，一切都表现出他的最高的绝技和独创的发明力。他面容也饰得极好，那庄严伟大近于米凯朗琪罗（Michelangelo Buonarroti，1475—1564，意大利文艺复兴期三大师之一，精雕刻，绘画，建筑，又能诗）所手创的最可惊的人物。可是 Scott 评《垦布尔传》的一文里说起西桐士夫人（Mrs. Sarah Siddons，1755—1831）还不很满意她弟弟表演的黎琊，觉得他姿势过于圆润；她自己当即做个榜样，说是那么演才够描摹尽致；——她站起来立成一个古埃及雕像的姿势，膝盖双双靠紧，脚尖微向里边斜着，臂肘贴住了两旁，两只手合十向上，这么样装了个最局促最不优美的姿态之

后，她开始背诵黎琊的那篇咒誓，真令人毛发耸然，心惊肉跳。

⑱ 从 Warburton 与 Heath 注，此外有七八家不同的解法，不备载。

⑱ 原文作“disnatured”；从 Steevens 注，解作“缺乏亲子间自然之爱的”。

⑱ 根据 Malone 的诠释。也许有人觉得用这“劬”字太文雅，但请他细心一想：我们这二十年来的语体诗只靠一个贫乏简陋的字汇够不够用？白话文的修辞已否到了宝藏丰富，幽深微妙的境界，也刚强，也柔媚，也豪放，也韧炼，可以毋须吸收白话以外的成分，杜门谢客，专讲它自身的冲和纯净？

⑱ 这里原文作“gods that we adore”（我们崇拜的天神们啊）。

⑱ Eccles 推测只是轮到亚尔白尼与刚瑙烈值月的那开头十四天，这以前黎琊也许轮流在两个女儿处各住过多少次。但据 Daniel 推算，这时候只离第一幕第一景十四天。

⑱ 原意为：“让烈风与重雾降临你！”当时人以为重雾能传播疫疠。

⑱ “to temper clay”直译为“去弄潮尘土”。

⑱ 此语不见于对开本。

⑲ 同前注。

⑲ Coleridge 云：亚尔白尼不很信刚瑙烈的话，但他为人懦弱，怕作主张。这样的性格总是俯首帖耳地听从那些不怕多事，肯管理他或替他管理事情的人的话的。但这里也许因为他那公主夫人来势大，带了许多国土过来，所以他不得已只好示弱。

⑲ “sir”字极难译：以说话人的地位，态度，声调，与说话的时会不同，它含有尊敬，客气，讥讽，愤怒，鄙夷等大相悬殊的意义。

⑲ Schmidt 之《全典》解原文“at point”为：对不论什么紧急的事情有充分的预备。

⑲ 本 Capell 所释义。

⑲ 本 Schmidt 所释义。

⑲ 本 Schmidt 所释义。

⑲ 原文“at task”经各注家下了许多不同的诠释。译文从 Johnson 的“reprehension and correction”（谴责与惩罚），但“惩戒”似嫌太重。

⑲ 从 Hudson 注：亚尔白尼要避免和他妻子发生口角，所以对她说：“很好，我们不用争，且看你的办法行出来如何”。

⑲ 是地名，不是人名，雷耿与康华暂时的寓处；第二幕第四景说起他们去看葛洛斯忒伯爵，伯爵堡邸便在这地方邻近。古时英国伯爵都有封地，他自己往往住在那里，他的爵位也以此得名。

⑳ Moberly 注，傻子笑铿德答应赶路勤快的诺言，所以先说道：“脑子生到脚跟里去时”（就是说，一个人除了跑快腿以外别无聪明可言）“那人也许会生脑冻疮”；接着他又对黎琊说：“你没有脑子，所以你没有生脑冻疮的危险。”按傻子笑铿德乃笑他枉费奔波，去得无用；笑他仗着一点点愚忠只知跑腿，竟不用脑筋先想一下去得有用无用。傻子又笑黎琊简直没有脑筋，他不该把国土分给这样的两个女儿，却将小女儿欺侮到那步地田，如今悔已无及，又去找雷耿自讨没趣。

⑳ 原文作“thy wit”（你的聪明）：为与上文措辞衔接起见，不曾照字面译。

⑳ 为要使这句很晦涩的话稍微明白起见，“走路的”为译者所增入，并非译原文“thy wit shall not go slip-shod”的“go”字。“slip-shod”是个状词，不是个副词；“go”

已寓在“着”字里。

⑳③ 原文“will use thee kindly”据Mason注，意义双关：一是“待你很亲爱”，二是“和她的同类一般地待遇你”。以第一义解，这是句反话；第二义的所谓同类当然指和她是一丘之貉的刚瑙烈。

⑳④ 山楂形状与苹果一样，只较小较酸。

⑳⑤ 黎琊开始怀念他的小女考黛莲。

⑳⑥ 想起刚瑙烈。

⑳⑦ 或译为“笨蛋”。

⑳⑧ Delius与Wright都以为“seven stars”系指Pleiades星座中之七星，但Furness说也许指北斗七星。

⑳⑨ 从Johnson注，Delius，Wright等也同意：黎琊正在想念恢复他的君权。

㉑⓪ 想到刚瑙烈对他那么样没有心肝，除非是怪物才能那样。

㉑① 这景末两行双行骈韵体意思就是说：现在这看戏的人群里若有个处女取笑我不该跟着黎琊去奔走，那处女不久就得失身，除非我们这事变会有解决。据Eccles解释，傻子说那处女不久就得给他回来弄坏，因为他知道这一去雷耿决不会礼遇黎琊。Singer注稍异：那一个处女以为我们这一去有什么好结果，她准是个蠢货，不久就会给人骗掉了她的贞操。许多注家都以为这玩笑开得太粗俗，这两行非出于诗人之手，定是有一个自作聪明的演员妄自加入剧文，以取悦正厅里站着的观众（groundlings）的，随后以误传误，抄进了后台用的戏本里去，又印刷成书。

第 二 幕

第 一 景

［葛洛斯忒伯爵堡邸中。］

［蔼特孟与居任同上。

蔼特孟　上帝保佑你，居任。

居　任　也保佑您阁下。我才见过了令尊，告诉他康华公爵和爵夫人雷耿今晚上要到他这儿来。

蔼特孟　做什么？

居　任　那我可不知道。您听到外边的风声吗，我是说那些私下里的传闻，因为那还只是些咬耳朵偷说的谣言①呢？

蔼特孟　我没有听到。请问是什么风声？

居　任　您没有听说康华和亚尔白尼两位公爵许就要打仗吗？

蔼特孟　一点都没有。

居　任　那就请听吧，这正是时候了。再会，阁下。

［下。

蔼特孟　今晚上公爵要来？那更好！最妙了！
这一来准会②和我的事攀上了藤蔓③。
父亲已然安排好要逮住哥哥；
我还有件妙事应付得要小心着意④，

我一定得做：要做得爽利做得快，
另外也得靠命运帮我的忙！[5]——
哥哥，说句话；下来！哥哥，我说啊！

［蔼特加上。

父亲警戒着，要逮你！快逃开这里！
你躲在这里有人向他告了密！
你现在有黑夜替你庇护着安全。
你说了康华公爵的坏话没有？
他赶着这夜晚，说话就到，忙着来，
雷耿和他同来；你在他这边
没说过亚尔白尼公爵的坏话吗[6]？
你自己想一下。

蔼特加 我真的没有说过。

蔼特孟 我听见父亲在来了！请你原谅；
我一定得假装向着你拔剑相斗。
快拔出剑来；装着自卫的模样；
好好地和我对剑。赶快认了输！
到父亲跟前来[7]！——拿火来，喂，这儿来！——
快逃，哥哥！——火把，火把！［蔼特加下。］——
再会。
身上刺出一点血，会叫人信我 ［自刺臂上。
追他得分外急切。我见过醉汉
刺着玩[8]比这样还要凶。——父亲，父亲！——
住手，住手！——没有人来救吗？

［葛洛斯忒上，仆从持火把随上。

葛洛斯忒 蔼特孟，那坏蛋在哪儿？

蔼特孟 他站在这暗中，握一把利剑，咕噜着
邪魔的咒语，[9] 在那里召遣月亮
做他的卫护女神。

葛洛斯忒 可是他在那儿？

蔼特孟 您看，父亲，我流血！

葛洛斯忒 那坏蛋呢，蔼特孟？

蔼特孟 往这边逃走的，[10] 父亲，他见他不能——

葛洛斯忒 追他去，喂！赶着他。[数仆从下。]“不能”怎么样？

蔼特孟 劝诱我将您谋害，可是我告他
罚罪的天神们对杀害尊亲的大恶
不惜用他们所有的雷火来惩处，
我又向他说孩儿对父亲有多少
地厚天高的 [11] 情义；总之，父亲
他见我怎样跟他那不近情的意向
狠狠地敌对，他便使用他那柄
有备的佩剑，忍着心向我一击，
击中我无备的身躯，刺伤这臂膀；
但或许 [12] 他眼见我已激发得性起，
并不甘多让，贾着勇要跟他周旋，
或许是我大声的叫嚷使他惊心，
他就蓦然逃去。

葛洛斯忒 尽他去远走
高飞，在这境地里可不会逮不住；
逮住了——就得死！公爵，我那位主上，
我的尊贵的首领与恩公，今晚来；
我要请准他，用他的权能宣示：

谁若找到了这谋杀亲尊的懦夫，[13]
引他上焚身的刑柱，便该受我们
酬谢；谁要是将他窝藏着，就得死。

蔼特孟 我劝他放弃他那番不轨的图谋，
他厉声疾色，[14] 回报我他用心的坚决[14]；
我便恐吓他要宣布案情，[15] 他回答道：
“你这传不到遗产的野种！你想，
我要是跟你作对，[16] 既无[17] 人信你
有什么优良的德性和高贵的身份，
还有谁信你吐露的乃是真情？
不；我所否认的，——这我得否认；
哎，即使你取出我亲手的笔迹，[18]——
我会推说那都是你一人的蛊惑，[19]
狡谋，和罪大恶极的毒计所酿成；
若要人不信，[20] 你所以要伤我的生命
都因我死后的好处对你蕴蓄着
太多有力量的激刺，你便非得将
世人都变成了呆子，万无指望。”

葛洛斯忒 啊，这坏透了的恶棍真骇人听闻！[21]！
他能不承认那信吗？那坏种决不是
我亲生的儿子。[22] ［幕后号声作进行曲。
那是公爵的号声，
你听！我不知为什么他到这里来。
我要把所有的口岸[23] 完全封锁住；
那坏蛋逃不掉；公爵得准我这件事。
另外我还要把他的图像不拘

远近地分送，使全国都对他注目；
至于我那些地土，私生的爱儿，[24]
你忠诚出于天性，[24]我自会设法
叫你有承袭的权能。[25]

［康华、雷耿与从人们上。

康　华　你好，尊贵的朋友！我虽是才来，
但已闻见了一个惊人的消息。

雷　耿　如果是实事，把严刑酷罚全用尽
也不够惩治[26]这罪犯。你好，伯爵？

葛洛斯忒　唉，夫人，这衰老的心儿碎了，——
碎了！

雷　耿　什么，我父亲的教子[27]谋害你？
他还是我父亲提的名？你的蔼特加？

葛洛斯忒　唉，夫人，夫人，我没有脸说话！[28]

雷　耿　他可是就同侍候我父亲的那班
荒淫暴乱的武士们作伴的吗？

葛洛斯忒　那我不知道，夫人。——太坏了，太坏了。

蔼特孟　正是的，夫人，他交的是那些伙伴。[29]

雷　耿　那么，无怪他存心变得那样坏；[30]
那都因他们鼓动他谋害了这老人，
好合伙朋分，[30]花掉他身后[31]的进款。
就在今晚上我从我大姐那边
得知了他们的详细，她又警告我
他们若是去到我家中留驻，
我莫要收留。

康　华　我也不收留，雷耿。

蔼特孟，我听说你对你父亲却很尽
为儿的爱敬。

蔼特孟 是我的本份，爵爷。

葛洛斯忒 他把那败种的阴谋揭破，要逮他，
因此便受了你见的这一处创伤。

康　华 有人追他吗？

葛洛斯忒 有的，善良的主上。

康　华 逮到了他时，他便休想再叫人
怕他作恶。定下你自己的算计，
你能尽我们的权威，任意去处置。——
至于你，蔼特孟，你那顺从的德行[32]
如今[33]显得你这样优良中正，[34]
我们要将你重用。[35]我们正需人
有这般可靠的禀性，就最先得到你。

蔼特孟 不论怎样的事，我都愿替公爵
奔走。

葛洛斯忒 我为他感谢爵爷的恩典。

康　华 你可不知道为什么我们来这里吗？

雷　耿[36] 这样不合时，引线似的穿过黑夜
这难穿的针眼；[37]尊贵的葛洛斯忒，
我们有要[38]事要向你征询主意。[39]
我们的父亲和姐姐都写信来申诉
他们父女间[40]的争执，我忖度情形
最好还是离了家到外边[41]来回答；
故此两方的信使从家里跟了来
正等着我们差他们回去报信。

我们的老友，你且放平了心绪，

为我们这事情贡献一点我们

正迫切待用的意见。

葛洛斯忒　　遵命，夫人。——

极欢迎你们两位大人来恩幸。［号声作。人众同下。

第二景

［葛洛斯忒堡邸前。］

［铿德与奥士伐先后上。

奥士伐　快天亮了，朋友，你好；㊷你可是这家里的人吗？

铿　德　哎。

奥士伐　我们把马儿歇在哪儿？

铿　德　歇到泥洼里去。

奥士伐　劳你驾，要是你乐意我的话，㊸告我一声。

铿　德　我不乐意你。

奥士伐　那么我也不理会你。

铿　德　若是我在列士白莱豢牲园㊹里碰见了你，准叫你理会我。

奥士伐　为什么你这样子对我？我并不认识你。

铿　德　我可认识你这家伙。

奥士伐　你认得我是什么人？

铿　德　我认得你是个坏蛋，是个混混儿；吃残羹冷饭的东西，㊺一副贱骨头，神气十足，呆头呆脑的，㊻叫化的坯；给了你常年三套衣服穿，就买得你叫不完的老爷太太；㊼只有一百镑钱的绅士；㊽卑鄙下贱，穿不起丝袜子的㊾坏蛋；芝麻大的胆，[50] 挨了打骂不敢自己动手，却只会递状子仰仗官府来出头的 [51] 东西；婊子养的，尽自对着镜子发呆，[52] 手忙脚乱地瞎讨好，[53] 打扮得整整齐齐的痞棍，整份儿家私只有一只箱子的 [54] 奴才；为侍候人愿意去当娼妓；我看你只是坏蛋，要饭的，耗子胆，王八羔子，杂种的狗这几件东西的混账：我给了你这些个外号你若道半个“不”字，准打得你拉长了嗓子直叫。[55]

奥士伐 啊，你这家伙真是个怪物，你不认识人家人家也不认识你，却这么乱骂人！

铿　德 你不认识我，好一个铜打铁铸的厚脸皮，你这臭蛋！我在国王面前摔了你的觔斗，又打你，可不是只两天前的事吗？拔出剑来打，你这痞棍！这时候虽是在晚上，月亮却照得很亮，我定把你戳成一团豆蔻香油煎满月，[56] 你这婊子养的蠢才，[57] 跟人剃头刮脸的下作货，[58] 拔出剑来打。

［拔剑欲击。

奥士伐 去你的！我不来理会你。

铿　德 拔出剑来，你这坏蛋！你带着于国王不利的信来，甘心做那玩意儿的帮凶，[59] 跟她的父亲王上作对。拔出剑来，你这痞棍，不然我就横剁你的脚胫！拔出剑来，你这坏蛋；来呀。

奥士伐 救命啊！杀人！救命！

铿　德 使你的剑，奴才！站住，混混儿，站住，你这真正的奴才，[60] 使你的剑来！

［蔼特孟执剑上。

蔼特孟 怎么的！为什么事？ ［分开他们。[61]

铿　德 跟您来，好角色，[62] 要是您高兴的话，来，我教您开剑，[63]

来吧，小主人。

［康华、雷耿、葛洛斯忒与仆从上。

葛洛斯忒 使刀弄剑的这是怎么回事？

康　华 快停住，我把你们的生命打赌！

谁再动了剑就得死！怎么一回事？

雷　耿 可是大姐和国王差来的使者们？

康　华 你们争吵些什么？说呀。

奥士伐 我回不过气来，大人。

铿　德 怪不得，原来你已使足了你的胆。你这卑懦的坏蛋，没有人性的东西；[64] 是一个裁衣匠把你缝出来的。[65]

康　华 你这人好怪，裁衣匠怎么缝得出人来？

铿　德 不错，是裁衣匠缝的，爵爷；石刻师或画师做他出来不能这样坏，即使他们只学了两点钟的 [66] 手艺。

康　华 可是说出来，你们怎样吵起的架？

奥士伐 爵爷，这老流氓我看他的灰白胡子，饶了他的命，——

铿　德 你这婊子养的，只当你是个屁！[67]——爵爷，要是你准许的话，我把这不成材的坏蛋踹成了灰泥，[68] 把他涂在茅厕的墙上。——饶我的灰白胡子，[69] 你这摇尾巴的鸟？[70]

康　华 不许说话，贱货！——

你这畜生似的坏东西，懂不懂规矩？

铿　德 是，爵爷，但是一个人在盛怒之下自有一点特别的权利，他来不及顾到礼貌了。[71]

康　华 你为什么盛怒？

铿　德 为的是这样的奴才也居然佩着剑，

内里却不曾佩得有分毫的高贵。

这一类谄笑的痞棍跟耗子一般，

常把紧得放不松的神圣的绳绲[72]
咬作了两截；他们主子的天性里
只要起了点反常逆变的波澜，
他们便无有不从旁掀风作浪；[73]
火上添油，冷些的心情上洒雪；
说是道非，转动钓鱼郎[74]似的鸟喙，
全跟着主人风色的变幻而定向；
狗一般什么也不懂，只晓得追随。
瘟死你这羊癫风上身的嘴脸！
你可是笑我说话好比个傻子吗？
笨鹅我若在舍刺谟平原上碰见你，
准把你呷呷呷的赶回你老家开米洛。[75]

康　华　什么，你发了疯吗，老头儿？

葛洛斯忒　你们怎样吵起架来的？你说吧。

铿　德　天下再无两件相反的东西，
比较我和他这么个恶棍之间，
含得有更多不相容的敌忾。

康　华　为什么你叫他恶棍？他恶在哪里？[76]

铿　德　他这嘴脸我不喜欢。

康　华　你也许不喜欢我的脸，或他的，她的。

铿　德　公爵，我说话一辈子只知道坦白。
自来我却见过了比在我眼前
架在这些肩上的任是那一副
都好些的嘴脸。

康　华　　　　　　　这是个那样的家伙，
给人赞了他率直无华，便故意

装出那莽撞的粗暴，把外表做作得
和本性截然相反，[77]他不能奉承，——
只有他那副诚实坦白的心肠，——
他定得说实话！他们若听他，就罢；
假如不然，他是在那里坦白。
这一类坏货，我知道在这些坦白里，
包藏的奸刁和恶意，要多过二十个
折背伛腰，礼数周全的随侍们。[78]

铿　德　公爵，我来说真话，我来说实话，
请准您伟大的[79]光座[80]，你放出的运数
便好比炜伯氏[81]闪耀的额前那轮
辉煌的火环，——

康　华　　　　　　　　这是什么意思？

铿　德　这是不说我自己的话，因为我的话您那么不赞成。公爵，我知道我不是拍马屁的能手；谁假装着说话坦白[82]来哄骗您，谁就是个十足的[82]坏蛋；拿我自己来说吧，即使您央我当那么个东西，我不肯当会使您生气，[83]我还是不愿意当的。

康　华　你是怎么样冲撞他的？

奥士伐　我从没有冲撞过他。
最近国王，他那位主子，只因
他自己一时的误解，动手打了我；
他便在旁帮同他，曲意去逢迎
他那阵恼怒，将我在背后绊倒；
我倒了，他就使足了男儿的气焰，
咒骂，凌辱，显得他是位好汉；[84]
那样能对自行克制的人逞强，

他便博得了国王称赞他勇武；
他见这荒谬的行径初试得成功，
所以又复在这里拔剑挑衅。

铿　德　若跟这些坏蛋懦夫们对比，
夸口的蔼杰士只能当他们的傻子。[85]

康　华　拿出脚枷来！——你这倔强的老坏蛋，
夸口的老贼，我们得教你——

铿　德　　　　　　　　　　　　　　公爵，
叫我学，我年纪太老了；别对我用脚枷。
我侍候国王，是他差我来这里的；
你枷了他派来的信使，对他太不敬，
对我主人的尊严显得太毒辣。

康　华　拿出脚枷来！我还有生命和荣誉在，
他便得在那里枷坐到午上。

雷　耿　　　　　　　　　　　　“到午上！”
到晚上，我的夫君，还得整晚上！[86]

铿　德　啊呀，夫人，我若是您父亲的狗，

［脚枷自幕后抬出。[87]

你也不该这么样待我。

雷　耿　　　　　　　　　　大爷，
你是他的奴才，我就要这么办。

康　华　这就跟我们大姐说起的那人
一般模样。——来，把脚枷抬过来！

葛洛斯忒　让我恳求爵爷不要这样做；
他过错很大，[88] 好王上他主子自会
将他去责骂。您想用的这低微的惩处；

只是对那班卑鄙下流的犯小偷
和通常小罪的贱人们施行的刑罚；
君王见了他这么样坐罪受禁，
您把他遣来的信使轻看到如此，
准会因而失欢。

康　华　我自有应付。

雷　耿　大姐知道了她家臣为奉行使命，[89]
无端[90]受侮辱与凶撖，更要失欢。——
把他腿子装进去。[89]　［铿德枷上脚枷。[91]

康　华　来，伯爵，进去吧。　［除葛洛斯忒与铿德外，人众尽下。

葛洛斯忒　朋友，我替你很伤心，可是公爵
要这样，他的性情，满天下都知道，
不容人反对或阻挡。我替你去求情。

铿　德　请不用，大人。我赶路没有睡，累得很；
待我睡掉一些时候，其余的
用口哨来消磨。一个好人的命运
也会在上枷的脚上长得很好；[92]
祝福你早安！

葛洛斯忒　［*旁白*］这要怪公爵，国王准会生气。　［下。

铿　德　好君王，你定得经验到这句老话，
舍弃了天赐的宏恩来晒暖太阳。[93]
到来啊，你这指迷下界的灯塔，
凭你那慰人的光线我好拆看
一封信！若非身处着悲惨，简直
可说决无人能见到奇迹的来临。[94]

我知道这是考黛莲的信，多亏她　　　　　　　［拆信］[96]
得报了我低贱的生涯。[95]［读信］——“将在这混乱
非常的局势里寻找到时机——设法
把损失弥补回来。”[96]——又累又倦，
我一双睡眼啊，借此正好不见
这张可耻的床。[97]
再会了，命运；再笑笑；[98] 转动着轮子！[99]　　　　［睡去。

第 三 景[100]

［布景同前。］

［蔼特加上。

蔼特加　我听到缉捕我自己的告示；[101]
幸喜[102] 有一棵空树施援[102] 才逃掉
这追拿。没有一个安全的口岸，
没有一处所在没有守卫
和异常的警备要把我擒拿。能逃时
总得保全着自己；我已经决心
装一副贫困糟蹋人，把他逼近了
畜道的那绝顶卑微和可怜的外观；
我要用泥污涂面，用毡毯裹腰，
使头发缠绕扭结，用自愿的[103] 裸露
去凌冒风威和天降的种种虐待。
这境内疯叫化汤姆[104] 的实证和先例
我见过不少，他们号叫着，把一些

铁针，木刺，钉子，迷迭香的小枝，
刺进他们那麻木无知的裸臂；
他们装扮着这般可怕的模样，
向隘陋的田庄，贫贱的村落，羊栏和
磨坊里，有时狂咒，有时祈求，
强化他们的布施。可怜的抖累古！[105]
苦汤姆！如今还有他，我蔼特加没有了。[106]　　　　［下。

第四景

［布景同前。］

［黎琊、傻子及近侍上。

黎　琊　奇怪，他们竟会这样出了门，
不叫我差去的信使回来。

近　侍　　　　　　　　　　　　据我
听说，他们昨晚上还没有决意
要离家外出。

铿　德　　　　　　您来了，尊贵的主上！

黎　琊　吓？
你把这羞辱当好玩吗？

铿　德　　　　　　　　　　不，大人。

傻　子　哈哈！他绑着一副无情的[107]吊袜带。[108]系马系住头，绑狗绑熊[109]绑着脖子，猴儿[109]要捆着腰，人得扎住了两条腿；一个人跑腿跑得太忙了，就得穿上一副木头做的长袜子。[110]

黎　琊　什么人把你这样地错认了高低，

枷锁在这里？

铿　德　　　　　　他们俩：您女儿和女婿。

黎　琊　不是。

铿　德　是的。

黎　琊　我说不是。

铿　德　我说是的。

黎　琊　不是，不是，他们不会。

铿　德　是的，是他们干的。[111]

黎　琊　我对天皇巨璧德[112]发誓，那不是！

铿　德　我对天后巨诺[113]发誓，那是的！

黎　琊　他们不敢这样做，他们不能，
不会这样做；这简直比杀人还凶，
故意[114]施这样的狂暴；你要快些说，
可又得从容[115]让我知道个周详，
我派你出来，你是怎么样才该受，
他们才该罚你受，这样的遭际。

铿　德　大人，我正在他们府里边晋呈
给他们您大人的书信，循礼在下跪，
还不曾起身，突然来到了一名
在急忙里煎熬[116]得汗气[117]蒸腾的信使，
差些儿回不过气来，喘出他主妇
刚瑙烈对他们的问候；他不顾我在先，
他在后，[118]把信递上，他们顿时
就看，这一看就匆匆召集了随从，
马上上马；他们吩咐我跟着，
等有空再给回音；还给我看白眼。

在这里我又碰见了那名信使，
都为欢迎他，我才遭他们的冷淡——
就是近来常在您大人跟前
胆大妄为的那东西—— 一时恼怒
上来，我就奋不顾利害的轻重，[119]
拔剑向他挑衅；哪知他一叠连
懦怯的叫喊，惊动了这邸中上下。
您女儿女婿就派我这番过误
该当受这般羞辱。

傻　子　要是野鹅往那边飞，冬天还没有过咧。

　　衣衫破烂的父亲们
　　　　把女儿变成了瞎子。
　　背负钱袋的父亲们
　　　　享尽儿女们的孝思。[120]
　　命运是个滥贱的娼家
　　　　从不跟穷酸眼笑眉花。[121]

可是，因此上你为女儿们所受的熬煎要同你数上一年的洋钱那么多呢。[122]

黎　琊　啊，一阵子昏惘[123]涌上心来！
“歇司替厉亚”，[123]往下退；上升的悲痛啊，
下边是你的境界！——这女儿在哪里？

铿　德　跟伯爵在一起，大人，就在这里边。

黎　琊　别跟我来；待在这儿。

近　侍　除了你说的，你没有干过错事吗？

铿　德　没有。——
怎么国王的随从带来得这样少？

傻　子　要是你戴上脚枷因为问了那句话，那倒是活该你受的罪。

铿　德　为什么，傻子？

傻　子　我们要叫你去拜一只蚂蚁作老师，让它教你大冷天别去工作。我们跟着鼻子走路的人，[124]除非是瞎子，都会用眼睛；可是就在二十个瞎子中间，也没有一个的鼻子闻不出他那阵臭味儿来的。一个大轮子滚下山来时你得撒手；不然，你若跟着它下来，准把你的脑袋瓜儿打烂。[125]可是一个大轮子滚上山去时，你尽管让它拉着你走。有聪明人给你出得更聪明的主意时，把咱们这主意还给咱们；这是个傻子出的主意，除了坏蛋，咱们不劝旁人去听信。

眼巴巴[126]只为好处的先生，
　　他当差不过是装模作样，
老天一下雨他就得飞奔，[127]
　　留你在风雨中间去乘凉。[128]
让聪明人拔出腿子[129]跑吧，
　　但我要待着，傻子可不走；
傻瓜一走掉便是个坏蛋；
　　傻子可不是坏蛋，[130]我赌咒。[131]

铿　德　这是你从哪儿学来的，傻子？

傻　子　不是戴着脚枷学来的，傻瓜！[132]

［黎琊重上，葛洛斯忒同来。

黎　琊　不跟我说话？他们不舒服？累了？
昨晚上赶了整夜的路？只是些推托，
一片抗上叛乱的形景。给我去
要个好些的回音来。

葛洛斯忒　　　　　　亲爱的王上，

你知道公爵的性情何等暴躁，
他定下了主见，怎样也不能动摇。

黎　琊　灾殃！[133]疫疠！死！摧残倒坏！
“暴躁”？你说是什么“性情”？喂，
葛洛斯忒，葛洛斯忒，我要跟
康华公爵和他的妻子说话。

葛洛斯忒　是，王上，我已经通报过他们了。

黎　琊　“通报过”他们？你懂得我没有，你？

葛洛斯忒　哎，不错的，我的好王上。

黎　琊　国王要跟公爵康华说话。
亲爱的父亲要跟他女儿说话，
着她来侍候。把这个“通报过”他们吗？
我这条老命！[134]“暴躁！”“暴躁的公爵？”
你去告诉那冒火的公爵，说是——
不，还不要，也许他当真[135]不很好；
病痛常使我们忽略健康时
一应的名分；有时躯壳上的安宁，[136]
受到了病痛的[136]压迫，使精神也陪同
形骸受苦，就不由我们去自主。
我要耐着心；如今自己太使性，[137]
便把抱病人当作无病人去准绳。——
［望着铿德］[138]不如死！为什么他要枷坐在此？
这件事使我信他们故意不露脸[139]
只是个奸计。放下我的仆人来！
去告诉公爵和他的妻子，说我要
跟他们说话，就在此刻，马上；

叫他们出来听话，不然我要在
他们卧室门前一声声地[140]捶鼓，
捶破他们的梦魂。[141]

葛洛斯忒 我但愿你们大家和气。 ［下。

黎　琊 天啊，我的心，向上升的心！[142]下去！

傻　子 喝它下去，老伯伯，好比厨娘[143]把活跳的鳗鱼放进热面糊[144]里去时一样；她手里拿着棍儿，向它们呆脑袋上几下一敲，喝道："下去，贱东西，下去！"那厨娘的兄弟却对他的马非凡爱惜，草料上都涂上奶油。[145]

［葛洛斯忒重上，康华、雷耿及仆从同来。

黎　琊 愿你们两个早安。

康　华 祝福您老人家！ ［铿德被释。

雷　耿 看见父王，我很高兴。

黎　琊 雷耿，我想你不致不高兴见我；
我知道什么缘由我得这么想；
若是你不高兴，我要跟你那位
地下的母亲离婚，让她在墓中
还担个通奸的罪名。——啊，放了你吗？

［对铿德］[146]

那件事以后再说。——心爱的雷耿，
你大姐真是个坏货。喔，雷耿，
她把她尖牙的狠毒，像一只兀鹰，［指心］[147]
钉住在这儿！我几乎不能向你说；
你不能相信她用多卑劣的行径——
喔，雷耿。

雷　耿 父王，我劝你要镇静。

我怕并非她疏忽了为儿的本份，
却是你不能赏识她品性的优良。[148]

黎　珊　哦，怎么说？[149]

雷　耿　　　　　　　　我不信在本份上大姐
会有一点儿的差池。可是，父王，
假如她约束了你那班随从的暴乱，
那无非是为了种种的原因，为了
归根结局的安全，在她却并无
丝毫的不是。

黎　珊　我咒她！

雷　耿　　　　　啊，父王，你已经老了；
你所有的生机命脉已到了尽头
边上。[150] 你得让慎重明达的旁人
约束指引你，旁人看你要比
你自己清楚得多。因此我劝你
还是回到大姐那边去；说一声
你委屈了她，父王。

黎　珊　　　　　　　　　　向她请罪？
你看这样于尊卑的伦次[151] 如何：
“亲爱的女儿，我承认我已经年老；　　　　［下跪］[152]
老年乃是个累赘。我特为[153] 跪下，
求你恩赏给我衣食和居处。”[154]

雷　耿　父王，别再那样了；多难看的把戏。
回大姐那里去吧。

黎　珊　　　　　　　　雷耿，我决不。　　　　［起立］
她裁了我半数的侍卫；用白眼[155] 对我；

毒蛇般用她的长舌戳痛我这心。
上天千年万年来郁积的天谴
一起倾泻在她那颗忘恩的头上！
凶邪的大气，[156] 使她腹中的胎儿 [157]
四肢残废！ [158]

康 华 算了，父王，别瞎说！

黎 琊 急电的乱刀，[159] 把你们疾闪的锋芒
插进她那双睥睨不认人的眼睛！
洼湿间蛰伏的浓雾，被太阳的光威
吸引出来的毒雾啊，快去损坏
她年轻的美貌，[160] 摧毁 [161] 她倔强的骄傲！

雷 耿 啊，神圣的天神们！你暴性一发，
也会同样地咒我。

黎 琊 不会，雷耿，你决不会被我诅咒；
你温柔的本性不会变成悍暴。
她眼中放射着凶焰，但你的目光
和煦温人而不加灼痛。你不会
对我的所好嫉忌，裁我的随从，
向我申申地诟骂，削我的支应，[162]
总之，闭关下闩地摈我在门外；
你多懂些亲子间的义理，儿女的本责，
和蔼的言行，和领受了深恩的铭感；
我给你的那半份江山你不曾忘掉。

雷 耿 父王，有事快说。

黎 琊 谁枷我这信使的？

［幕后号声作进行曲。

康　华　那是什么号报？

雷　耿　　　　　　　　我知道，[163]——大姐的。

这正合她来信说就到。——［奥士伐上。］你主妇来了？

黎　琊　这气焰好来得容易的[164]奴才，全仗他

那恩宠无常的主妇替他撑腰。——

滚开，臭蛋，不要到我眼前来！

康　华　父王你什么意思？

黎　琊　　　　　　　　　谁把我仆人

上的枷？——雷耿，我但愿你不曾知道。——

谁来了？

［刚瑙烈上。

啊，天神们，如果你们

还爱惜老年人，如果你们那统治

寰宇的仁善还容许敬顺耄耋，

如果你们自己也已经老了，

就得替我来主持；快派遣神使

下来帮我！[165]——［对刚瑙烈］[166]你对着这胡须不羞吗？

喔，雷耿，你会牵着她的手？

刚瑙烈　为什么不牵手？我怎样做错了事？

被莽撞乱认作过错，老来的懵懂

强派的，并非真正是过错。

黎　琊　　　　　　　　　　　　　啊，

肚子，[167]你太韧，太结实了；你还受得住？——

我仆人怎么上了枷？

康　华　　　　　　　　　　　是我叫上的；

可是他自己的胡作非为该受

更重的惩创。

黎　琊　　　　　　你！原来是你？

雷　耿　我劝你，父亲，衰老了，就莫再逞强。[168]

你且回去，裁掉你侍从的半数，

寄寓在大姐那边，等一月期满，

然后再来找我；我现在离了家，

又没有那相当的存聚作你的供应。

黎　琊　回到她那里？裁掉了五十名侍从？

不，我宁愿弃绝了屋椽的掩蔽，

在野外跟敌意的风寒激战，[169]我宁愿

作豺狼的伴侣，为饥寒所痛捩而悲嗥！[170]

跟她回去？吓，那热情的法兰西，

他未得妆奁，娶了我们的幼女，

我不如跪在他座前，像侍仆一般，

求赐些年金，养活这低微的老命。

跟她回去？不如劝我当这个

可鄙的奴才的第二重奴仆。

刚瑙烈　　　　　　　　　　　　随你便。

黎　琊　女儿，我求你不要逼我发狂。

我不再给你麻烦，孩子；别了。

我们从此后决不会再相见面。

可是你还是我亲生的女儿骨肉；

不如说你是我肉里的一堆病毒，

我怎样也得要自认；你是我毒血

凝成的一个疔疮，一个痈疡，
一个隆肿的脓痈。我不再骂你了；
要有羞辱来时让它自己来，
我并不呼它来作你的责罚；[171]我不向
居高行审的雅荷[172]说你的坏话，
不求司霹雳的帝神[172]施放巨雷。[172]
你能改就改；听凭你慢慢去从善。
我能静待着；我能带领了武士
百名，和雷耿同住。

雷　耿　不准是那样吧；
我还不期待你来，也不曾预备得
任何供应，能对你作相宜的迎迓。
你得听大姐的话；理解你这番
暴怒[173]的人们不能不[174]以为你老了，
因此——可是她自有她做事的分寸。

黎　琊　你说实话吗？

雷　耿　我敢担保没有错。
什么，五十名侍从？还嫌不够？
为什么你还多要？嗳，为什么
你要那么多，既然危险和虚靡
都不容这么多的人数？一家有二主，
那么许多人怎么能相安无事？
那太难；简直不能。

刚瑙烈　为什么你不能
让二妹或是我手下的仆从们侍奉？

雷　耿　为什么不那样，父亲？那时候他们若对你有疏慢，我们便能控制。
要是你来我这里，我如今发现了
一个危险，我请你只带廿五名；
多来了不承认，[175]也不给他们住处。

黎　琊　我一切都给了你们——

雷　耿　你给得正及时。[176]

黎　琊　——叫你们作我国土的护持人，[177]信托人；
但是还保留着那么多名的随侍。
什么，只能有廿五名来你这里？
雷耿，你可是这样说？

雷　耿　我再说一遍；
我不容你多带。

黎　琊　这些恶虫显得
姿容还端好，却还有更恶的东西在；
不恶到尽头还有些微的可取。——
［对刚瑙烈］我跟你回去。五十比廿五加倍，
你比她有两倍的爱。

刚瑙烈　听我说，父亲：
为什么你要廿五，十名，乃至
五名，我们有的是两倍多的随从，
奉了命供你去差遣？

雷　耿　就是一名
也有何需要？

黎　琊　唉，不要讲需要；[178]
最贱的东西，对于最穷的乞丐，
也多少带几分富裕。[179]若不容生命

越过它最低的需要，人命只抵得
蚁命一般地贱。你是个贵妇人；
假如穿暖了衣裳已算是华贵，
你的命就不需这样华贵的衣裳，
因为这不能给你多少暖意。
至于那真正的需要，[180]——啊，天哪，
给我那镇定，镇定是我的需要！
你们见我在这里，诸位天神们，
一个可怜的老人，悲痛和风霜
岁月一般深，都是莫奈何地[181]惨怛。
倘使是你们鼓动了这两个女儿
跟她们父亲作对，别把我愚弄得
吞声[182]忍受；用威严的盛怒点燃我，
别让女人的武器，那一双泪眼，
沾湿这大丈夫的脸！——不，不会，
你们这两个灭绝人性的母夜叉，[183]
我要向你们那么样报仇，会叫
全世界都要——我准得做那样的事，——
什么事还没有知道；可是全世界
都要骇怕得发抖。[184]你们想我要哭了；
不，我不哭。　　［疾风暴雨至。
我很该哭了；可是要等这颗心——
裂成了十万粒星星，[185]我方始会哭。——
啊，傻子，我要发疯了！
［黎琊、葛洛斯忒、铿德与傻子同下。

康　华　让我们退去吧；大风暴来了。

雷　耿　这屋子太小；容不下那个老人
和他的人马来宿歇。

刚瑙烈　只怪他自己；他自己不要安顿，
就得去吃他自己荒唐的亏。

雷　耿　光是他本人我倒很愿意接待，
但不能有一个随从。

刚瑙烈　　　　　　　　我也这样想。——
葛洛斯忒伯爵到哪里去了？

康　华　跟着那老人出去的；他回来了。

［葛洛斯忒重上。

葛洛斯忒　国王在那里大怒。

康　华　　　　　　　　他往哪里去？

葛洛斯忒　他叫着要上马，哪里去我可不知道。

康　华　还是让他去他的；他自己做主。

刚瑙烈　伯爵，你可别把他在这里留下。

葛洛斯忒　哎呀！夜晚上来了，暴风刮得紧；
附近好多哩路程没有一丝儿
半点的树影。

雷　耿　　　　　喔，伯爵，那些
刚愎自用的人自招来的苦楚，
正该作他们的教训。⑱⁶把门关上。
他带着一群强梁无赖的随从；⑱⁷
他们惯会哄骗他，⑱⁸如今不知要
耸动他干什么，你还得担心提防。⑱⁹

康　华　关上门，伯爵，这夜晚来得险恶；
我们的雷耿说得对。躲开这风暴。　　［同下。

第二幕　注释

① 对开本原文“ear-kissing arguments”，直译可作“亲着耳朵（说）的题旨”。

② Schmidt《莎氏用字全典》释“perforce”为“at any rate”（无论如何）。

③ 原文“weaves itself ... into my business”，直译“织入……我的事”太牵强。

④ 初版对开本作“queazie”，四开本作“quesie”，现通行的善本大多作“queasy”。Steevens 释为“难于措置，不安定，须应付得巧妙”，Knight 解作“逗人（发痒）”。

⑤ 对开本原文本句作“Briefness and fortune，work！”修辞学里所谓“顿呼”（apostrophe）者，直译“‘快做’和‘命运’啊，你们帮我的忙吧！”嫌僵硬。

⑥ 原文“have you nothing said Upon his party，against the Duke of Albany？”Hanmer 以为和上句意义相同，应这样解释：“你没有说过和亚尔白尼公爵作对的他这一边的坏话吗？”Johnson 认为此句根本不可解，原文有印误。最先诠明这前后两句的要推 Delius：为要使蔼特加心慌意乱，好劝他赶快亡命到远处去，蔼特孟特地骗他，叫他相信这里到处有危机潜伏，实在不能再待；所以在前一句里，蔼特孟问他说过康华公爵坏话不曾，在这一句里把意思反过来，又问他在康华公爵这边说过亚尔白尼公爵坏话没有。Moberly 进一步诠释后一句说：那仗还只是“也许就要”打，并未真正开始，所以亚尔白尼可以要求康华责罚说他坏话的人，作为讲和的条件；同时在康华这边，如其战备尚未修齐，打胜仗尚无十分把握的时候，也未必不肯容纳对方的要求，正像当时远谋深算的伊丽莎白女王（Queen Elizabeth，1533—1558—1603）在相同的情形下肯那么办一样。

⑦ Delius 注，蔼特孟说这两句话时故意很响，好叫外面听见。

⑧ Steevens 引与莎氏同时的剧作家马斯敦（John Marston，1575—1634）的《荷兰妓女》（*The Dutch Courtezan*，1605）第四幕第一景道：“哎，你瞧；在我这边，总算把整个心很虔诚地发誓给你了，——为祝福你健康喝得我糊涂烂醉，在着火的酒里掺葡萄干来直吞，吃玻璃，喝尿，刺伤自己的臂膀，另外还为你献了一切别的殷勤。”刺臂作为献殷勤的例子在莎氏同时的剧作家里很多，想在当时的年轻人中一定很流行。

⑨ Warburton 注，葛洛斯忒在上一幕第二景里显得很迷信这一类事情，所以把他犯忌的咒语怂动得一定很有效。

⑩ Capell 注，应当指错一个方向。他们父子不得谋面，无从解释真情，蔼特孟便好利用他们的误会，从中施展他的诡计。

⑪ 原意为“怎样多，怎样强的恩义”。

⑫ 对开本原文作“And when”，四开本作“But when”，Staunton 主张改为“But whe’r (i. e. whether)”，Furness 认为这是毫无疑问的改法；译者也觉得这样一改在语气转折上很紧炼，故译文从之。

⑬ 原意仅为“谋杀的懦夫”。

⑭ Johnson 解“cursed”为“severe，harsh，vehemently angry”（严厉，粗暴，勃然大怒）；又训“pight”为“fixed，settled”（果决，坚定）。

⑮ 其实早已向葛洛斯忒“宣布”过了，用不到再“恐吓”他；葛洛斯忒想必是个健

忘的人，细按下文，“discover”应为“宣布案情，或奸谋”，而不是“宣布他的所在”。

⑯ 原文这两行意思是：要是我说的话跟你说的冲突，可有人会信任你的德性和身价，因而也信任你的话吗？这是修辞学里的所谓“反话正问法”（Interrogation），为行文明白起见，译为“……既无人……”。

⑰ 原文“the reposal of any trust，virtue，or worth，in thee”，据 Wright 注，解为：“the reposure of any trust，（or the belief in any）virtue or worth，in thee”（信任你的德行和价值）。

⑱ 见第一幕第二景五九行。

⑲ Nares 训“suggestion”为“temptation，seduction”（引诱，迷惑）。Hunter 谓“suggestion”（蛊惑）为神学上的用语，是三个罪孽的牵线者之一，其他两个为欢快及同意。

⑳ 这四行译文从 Furness 之诠释，惟句法略有颠倒。

㉑ 初版对开本作“strange”，四开本作“strong”，译文本前者，从 Schmidt 的注释“enormous”。采“strange”的有 Rowe，Knight，Schmidt，Furness 等评注家。

㉒ 原文“I never got him”对开本所无，系补自四开本者；可译为“我决没有生过他这样的儿子”。“got”为“begot”之简形。

㉓ 译文从 Schmidt 之《莎氏用字全典》；但有些注家释“port”为“城门”，非“口岸”或“港口”。

㉔ 原文只是“natural”一个字，“私生的”与“出于天性”乃译它的双关意义。

㉕ 原文“capable”（有权能）这样用法是句法庭上的特用语；据 Lord Campbell 说只有律师才会这样说，普通人不会。

㉖ Schmidt《全典》把原文“pursue”归入该字第三项下，作寻常“追赶”解；我觉得似应归在第四项下作“虐待，伤害，惩罚”解。

㉗ 小孩受洗礼有一位（或两位）教父与教母，他们的责任是为小孩命名，并保证担任他的宗教上的训养，——这小孩便是他们的教子。雷耿在极力牵扯些罪名到黎琊身上去。

㉘ 原意为“羞耻心但愿把这事掩藏起来”。

㉙ 原文“consort”普通注家都解作“俦侣，同伴”，但 Furness 以为含有“鄙夷”之意，那么可译为“徒党”。这一行描写一个官僚称得上传神透骨。

㉚ 原文“though he were ill affected”不含怀疑或将来的意义，解见 Abbott 之《莎氏文法》301 条。

㉛ 此二语系译者所增。

㉜ Capell 注，“virtue and obedience”即“virtuous obedience”（有德的顺从）；但直译语气不顺，不如改为相差无几的“顺从的德行”。

㉝ 对开本原文作“doth this instant”；Warburton，Johnson 主张改为“in this instance”；Heath，Jennens 主张改为“doth，in this instance”；译者从原文。

㉞ 原文“commend itself”（有德的顺从举荐它自己）不宜直译，所以改为“显得你这样优良中正”，虽微有变动，但大致不错。

㉟ 原文“you shall be ours”（你将是我们的）即“我们将引用你”的意思。

㊱ Hudson 注，雷耿从她丈夫口里抢话来说正合她的悍妇本性。这两位意志刚强的贵妇人总以为世界上没有人做事赛得过她们自己。

㊲ Theobald 认为原文“threading dark-eyed night”要不得，主张改为“treading ...”。但我们知道把夜行比作穿针引线（之难）是有它的社会背景的：英国在伊丽莎白女王时代路灯不亮，街道极坏，僻静处常有路劫发生，所以在晚上出门，别说到郊外，就是在伦敦城僻静些的街上走路，也是件不容易不安全的事情。

㊳ 初版对开本原文作“prize”，四开本原文作“poise”，意义略同，都为“重要”。

㊴ 据 Keightley 注，这一行（在文法上不成整句）后面准是遗漏了一行，不妨这样补进去：“Have been the cause of this our sudden visit”（这是我们忽然来看你的原因）。

㊵ 原意所无，译者所增。

㊶ 本 Johnson 注。

㊷ 对开本原文作“Good dawning to thee”（祝君晓安），四开本作“Good event o thee”（祝君晚安）。Warburton 改对开本之“dawning”为“downing”，意即“祝君安息”，据他说这是当时通行的晚间招呼。但 Capell，Mason，Malone 等都证明“dawning”没有错。Malone 注，分明天正在快黎明的时候，虽然月亮还没有下去；铿德在开场后不久确说过那时候还在夜间，但在本景景末他分明对葛洛斯忒道了声早安，跟着又叫太阳快些放出光来，他好看一封信。

㊸ Delius 注，“if thou lovest me”（要是你喜欢我）一语在问话或请求语前乃是句陈辞俗套，并不能照字面直解。铿德有意要寻奥士伐的不是，照字面回答他。

㊹ Capell 注，我们不知道那列士白莱（Lipsbury）是在什么地方，可是我们知道（？）它是个以拳斗闻名的村庄，那儿有拳术师在一个围圈里击拳赛艺，这圈子就叫做“Lipsbury pinfold”（列士白莱拳斗场）。Steevens 猜测那是个监狱：他说，“Lipsbury pinfold”大概即为“Lob's pound”的另一个叫法，原因是“Lipsbury”与“Lob”二字用同一个字母开头，而“pinfold”又和“pound”同义；“Lob's pound”乃是个有名的牢狱。Nares 说这也许是个故意杜造的名字，意思是“牙齿”，因为嘴唇（Lips）里的圈栏（pinfold）是个极显的谜语。Halliwell，Wright 二人觉得 Nares 这个猜解最近似，但并无实证可凭。Dyce 对于各家说法都不满意，虽然“pinfold”他认为没有疑义作“pound”（兽栏）解。Schmidt 与 Onions 在他们的字典里也都自认不知解释，“pinfold”则皆训为收容走失的牛马的“兽栏”。译文姑作“列士白莱豢牲园”。

㊺ 原文“an eater of broken meats”（一个吃肉屑杂碎的人）意即一个下贱的、靠主人吃下来的剩菜残羹去果腹的奴仆。

㊻ 原文“shallow”Schmidt 之《莎氏用字全典》训为“stupid，silly”（愚昧，蠢，傻，呆），并不解作“肤浅”。

㊼ 原文为“three-suited”（穿三套服装的）。对此的诠解各家很不同，译文从 Wright 注，因与下文呼应得很密切。Farmer 以为应作“thirdsuited”，意即“穿第三次旧货衣服的”。Steevens 注，这也许是挖苦他穷，只有三套衣服更替着穿；或者耻笑他在法院里有三件负债被控的讼案（“suit”不作“衣服”，作“讼案”解）。Delius

主张不是笑骂他穷，乃是鄙薄他喜欢修饰，一天总得换三回衣服，或同时把三套衣服都穿在身上。Wright 解曰：假如我们知道了莎士比亚当时主子与仆人间通行的规约，这句话也许就不难明白了；一年三套衣服大概是当时的家主须给与佣工的津贴的一部分：——在庄孙（Ben Jonson，1572—1637）的喜剧《静默的女人》（*The Silent Woman*，1609）里，有个敖忒夫人（Mrs. Oner）将她的丈夫当作仆人看待，她这样骂他："请问是谁给你的养命钱？是谁津贴你的人食和马料，一年三套衣服，还有四双袜子，一双丝三双毛的？"

㊽ Steevens 引着密多敦（Thomas Middleton，1570?—1627）的喜剧《凤凰》（*The Phoenix*，1607）第四幕第三景一句剧辞来证明原文"hundredpound"是骂人穷的意思："怎么的？是不是将我当作个只有一百镑钱的绅士看待？"但 Delius 以为或可作身材瘦小，体重只有一百磅解。Craig 则认为系对詹姆士一世滥赐封爵的讥讽语。

㊾ 原文为"worsted-stocking"（穿毛袜子的）。Steevens 注，英国在伊丽莎白女王柄政时（1558—1603）长丝袜奇贵，唯上等人都穿长丝袜，穿羊毛袜的只有佣仆和极穷的人。

㊿ 直译原文"lily-livered"可作"肝里毫无血色，白得像百合花似的"。我国语文里形容懦怯只说"胆小"，或更尽致些说"芝麻大的胆"；若说"白肝"或"百合花色的肝"就怕除译者自己外无人能懂得。

(51) Mason 注释原文"action-taking"云：若有个人你把他打了，他不敢大丈夫似的用剑锋来跟你解决曲直，只跑进法院里去告你行凶殴打他，那人就是"action-taking"（递诉状的）。

(52) "glass-gazing"（对镜发呆的），Eccles 注，为一个把时间消磨在对着镜子，顾影自怜上的人。这正合我国理想男性美的小白脸的起居注。

(53) 原文为"superserviceable"，从 Johnson 注，作"滥献殷勤"解。

(54) Steevens 与 Schmidt 解"one-trunk-inheriting"大致相同：一个人他所有的财产都在一只箱子里装得下去的。

(55) 原意仅"大声哀号"。

(56) 据 Nares 注，"a sop o'th'moonshine"大概是一碟菜的特别名称；那是一种做鸡蛋的方法，名叫"eggs in moonshine"。制法是把鸡蛋放在油里或乳酪里煎，上面盖一层葱头丝，另加些酸味的果汁，豆蔻，与盐。

(57) 原文为"cullionly"，系从四开本。Wright 引莎士比亚同时人弗洛留（John Florio，1553?—1625，为近代小品文始祖法人蒙登［Montaigne，1533—1592］之英译者）的解释："Coglione，a noddis，a foole，a patch，a dolt，a meacock"——以上除最后一解为"怕老婆及缺乏男性的人"外，其余都可训作"蠢才或傻瓜"。

(58) 原文"barber-monger"Mason 释为喜欢修饰的人，好与理发匠交往，每天打扮得头光面滑。Moberly 以为是理发匠一义之引申说法，含有言外的鄙薄。译文从后一解，以其用意较深，着眼处乃在笑骂奥士伐厚颜献媚，行径卑鄙。

(59) 原文"take vanity the puppet's part"严谨些应译作"帮同（这本劝善剧里的）那扮演'虚幻'的木偶"（从 Johnson 注）。这句译文单看不好懂，需要一点概括的戏剧史来作背景。自从旧罗马的戏剧堕入粗俗，淫靡，衰颓，被中世纪新兴的教会逐渐禁演之后，西欧各国戏剧曾中断了有一千年左右。直到第十世纪末叶，新剧的萌芽方始在各处耶稣教会的宗教礼节里透露出来。最初只是弥撒礼前列队的僧侣们唱和些圣诗，做一点动作姿势。随后《圣经·新约》里耶稣的生平事迹，由片段而整段而全部，渐被简略地演唱出来；那所以要演的起因，当然是要让不懂拉丁韵文的普通人知道僧侣们唱的是什么事。只要逢到教会的圣节，如复活(Easter)，圣诞（Christmas)，主显（Epiphany）等诸节期，各处的礼拜仪式里都有演唱这一项，——这演唱我们叫它做"祈祷诗式的神迹剧"(liturgical mysteries)。后来《旧约》里有些故事也被采用了进去；总之，从"创世纪"一直到"世界末日"，只要跟耶稣牵得上瓜葛的故事，用韵文编成了唱和的辞句，都可以归入"神迹剧"这一类。至于演唱圣母马利亚与圣徒们生平事迹的，另外有个名称，叫"奇迹剧"(miracles)。到了十三世纪，这些"神迹剧"与"奇迹剧"在西、南、北欧各处大多抛弃了拉丁文，而用当地白话作为演唱的媒介，风行浩荡；在英国则当以十四五世纪为全盛时期。采用白话的结果，对此发生兴趣的观众便大量地增加；教寺里容纳不下许多人，于是演唱的仪式便得在附近空地上举行。然后材料也跟着扩充了，往往不限于宗教故事；喜剧与粗谑的成分也因观众的需求，而有加无已。僧侣们觉得这演唱愈变愈不合他们的身份，终于这件事渐由教会掌握中转移到各城镇同业公会（guilds）手里去了。这种真正戏剧的雏形都很简单肤浅，无甚文学上的价值；不过它们有两个特点，内中至少后一个是相当重要的，那两点是对于宗教的诚信与改窜原故事处那滑稽的成分。那些滑稽的琐屑演化着，膨胀着，另外加上了中世纪民众对于寓喻的癖好，便形成一种戏剧方式，可名为"劝善剧"(moralities)：那剧中的故事并不要依赖《圣经》，却须新创；体裁为寓喻的，说人在世上怎样受种种的诱惑；剧中人物以抽象的居多，如各种美德，各种劣性，魔鬼和它的扈从；演员为各业的店佣工匠之流；经费则由各同业公会分担。铿德所说的"虚幻"与"浮华"(vanity）便是上述"劝善剧"里常见的劣性之一，在这里则隐指刚瑙烈不可一世的气概并不能持久，又暗暗地表示在黎琊演的这本人生剧里，赏善罚恶跟旧时的"劝善剧"里同样地天理昭彰，非人力所能避免；至于"木偶"一语也分明是骂刚瑙烈的话（从 Singer 注)，说她是个女子，是个男子的玩偶。我觉得我用的译文"甘心做那玩意儿的帮凶"比这注里的译法要醒目些，虽然显得不很忠实。

⑥⓪ 原文"neat" Steevens 释为"finical"（修饰得干干净净的)；Walker 释为"pure, unmixed"（纯粹的，真正的)；Staunton 与 Rushton 则以为是一句反话，隐指奥士伐的品性像牧牛奴的身体一般干净，那就是说一般龌龊。

⑥① 对开本原文作"Part"，似为蔼特孟所说的一个字；四开本缺。译文从 Dyce 拟改的"Parting them"，作为舞台导演辞。

⑥② 原文"goodman boy" Schmidt《莎氏用字全典》训为"gaffer"（老头儿，老公公)，Onions《莎氏字典》解作开玩笑或讥讽的称呼。我觉得译成"小老头儿"也可以；译文作"好角色"，除取它的一些玩笑，一些讥讽的意义外，还含有多少惊赞的意味，——惊赞蔼特孟那么一个小后生，不曾学过剑术，居然敢拿着剑出来阻止他

们两人动武。

⑥③ 原文“flesh”是个打猎的术语，意思是初次给猎狗尝到生肉味；又初次试剑插入对方肉内也叫“flesh”。译文作“开剑”，因为我们语言文字里类似的例子很多，如用滥了的“开幕”，店铺“开张”，菩萨“开光”，吃素人“开荤”，初次学作文章的“开笔头”等。铿德以为蔼特孟是个没有经历的少年，要教他剑术的初步。

⑥④ 原意为“人性不承认有你”，直译嫌僵硬。

⑥⑤ Schmidt 注：因为你一身最好的部分是你的衣服。莎氏晚年著的悲剧《沁白林》（*Cymbeline*，1609—1610）第四幕第二景里有这样一句话：

> “不，坏蛋，你那个裁缝，
> 他是你祖父，他可也并不认识你；
> 他做了你这衣服，这衣服又做的你。”

我们也有“衣冠禽兽”的说法。

⑥⑥ 从四开本原文；对开本作“two years”（两年的）。Schmidt 主张从后者，他说学画和学雕刻的只当两年学徒还满不了师，——四开本把对开本的“两年”改为“两天”，有形容过分之弊。

⑥⑦ 直译原文当作“... zed！你这用不到的字母！”，按“zed”即二十六个英文字母中的最后一个，Z。班来脱（John Baret，1580？年卒）在他的英文、拉丁文与法文的三联字典《蜂窠》（*An Alvearie*，*or Triple Dictionarie in English*，*Latin*，*and French*，1574）里不列这个字母的项目。Farmer 与 Wright 都征引莎氏当时的文法学家，说 Z 这个字母只有听得到，但很少看见。译文在“看不见”这层意思上着笔，虽然结果在字面上相差甚远。

⑥⑧ 原文为“tread this unbolted ... into mortar”。Tollet 注：“unbolted mortar”是用不曾筛细的石灰做成的灰泥；要弄碎泥里的硬灰块一定得工人穿上了木履踹蹈；所以“unbolted”是“粗陋”的意思。

⑥⑨ Staunton 注，这是描绘得入情入理处：铿德在盛怒之下忘记了那家伙诡称饶他的是他的性命，不是他的灰白胡子。

⑦⓪ “wagtail”我们叫做鹡鸰，或脊令，是一种栖息水边的鸟，行动时上下摆动长尾。译文不作“鹡鸰”，为的是想保持原文显而易见的意义。本字通常的注家都释为这一种鸟；但另外还有个转借的意义，那便是骂人为娼妓，——列莱（John Lyly，1554?—1606）的喜剧《马达士王》（*Midas*，1592）第一幕第一景里的“wagtaile”便这样用法。

⑦① 此语为译者所增，可以删去，但恐因此使上句涵义欠显。

⑦② Warburton 注，这里的“holy cords”乃指亲子间天然的羁系；这暗喻取自礼拜堂置圣坛的内院里的那些绳子，搅起家庭变故的人便比如亵渎圣物的耗子。

⑦③ 原文为“smooth”，Furness 释为“奉承”，Onions 也训“奉承，怂恿”。

⑦④ 一种鸟，又名翠鸟，鱼狗，鴗，栖止水滨，善于水面捕食小鱼。有个民间的迷信，说把打死的钓鱼郎挂起来，不论风从那一方吹来，鸟喙会指定那个方向。

⑦⑤ 原文这两行极晦涩，评注者意见纷歧，至今尚无确切的诠释可凭。关于舍剌谟平原（Sarum plain）即今英国南部尉尔特郡（Wiltshire）内之索尔兹布立平原

(Salisbury plain)，固然是并无疑义。可是传说中的开米洛（Camelot），虽在英国是个家喻户晓的地名，谁都知道那是雅叟王（King Arthur，生卒于 400—600 年中）会聚他的“圆桌武士”（the Knights of the Round Table）的所在地，但究竟在什么地方却有四个不同的臆测。第一说，开米洛在英国西南部之索美塞得郡（Somersetshire）内，即今困斯开米尔城（Queen's Camel）；第二说，在正南部之汉堡郡（Hampshire）内，即今之温彻斯特城（Winchester）；第三说，在威尔斯南部之蒙莫斯郡（Monmouthshire）内，即卡利恩城（Caerleon），第四说，即今英国西南角康华郡（Cornwall）内之开米尔福城（Camelford）。开米洛这地名考证不出尚无大碍，问题是莎士比亚写这两行时作什么联想：想起鹅呢，还是想起战败的武士？据 Hanmer 注，索美塞得郡内开米洛一带的原野上以养鹅著名；所以铿德这句辱骂，意思是要把奥士伐这只蠢鹅赶回它的老家去。但据 Staunton 解释，这两行与鹅并无深切的关系，（Goose ... cackling）二字只是用作骂人为笨货的暗喻，而却与马洛立（Thomas Malory，活跃于 1470 年前后）之《雅叟之死》（*La Morte d'Arthur*，1485）四十九章所叙雅叟王娶杰纳维公主（Guinevere）的事为类推的比拟，因当时国王手下有三位武士出去寻求白鹿（the Quest of the White Hart），沿途被他们战败的武士们都送回来由国王发落；这就是说铿德在威吓奥士伐，若有机会把他痛打一顿之后，准送给黎琊去处置，莫以为这是好笑的勾当。Dyce 以为这两层意思并不冲突，字句间却同时暗射着它们。译者笔拙，无法把这两层意思兼收并蓄，姑从直截简明的 Hanmer 注。

(76) 原意为“什么是他的错处？”，为音律亦为语气连贯起见，改如今译，想无大出入。

(77) 从 Johnson 注，“garb”作“外表”解。Wright 说这“外表”特别在指语言。

(78) Schmidt《莎氏用字全典》诠释原文“observants”为“obsequious attendants”（卑躬折节的随侍们）。Coleridge 评注康华这话全段云：莎士比亚把这样深沉的真理放在康华、蔼特孟、意亚谷（Iago，为莎氏四大悲剧之一《奥赛罗》[*Othello*，1604—1605] 中之恶人）等人口里，一方面在表达作者自己的意思，另一方面乃在显示这些真知灼见应用得怎样不得当。Hudson 注，次等剧作家往往不让他们的恶人有这样的真知灼见，只叫他们说些真正骇人听闻的谬见，可是实际上有一点才智的恶人决不那样做。

(79) 从对开本之“great”（伟大的）。四开本作“graund”与“grand”（巍巍的）；自 Pope，Capell，Jennens 等一直下来到 Craig 之牛津本等都从之。Knight 注，自四开本改成对开本不是没有理由的，因为铿德本意虽在夸张，但“grand”一字未免过火，讽刺得太露骨了。

(80) 据 Delius 注，这里的“aspect”与后面的“influence”都是占星术里的术语，姑分别译为“光座”与“运数”。

(81) “Phoebus”即希腊神话里太阳神亚波罗（Apollo）的别名，意即“放光者”，兹译为“炜伯氏”。我们神话里的羲和与他最相像不过，但羲和只驾车而不司艺术。

(82) 此二语原文都是“plain”，为同字异义的双关（pun）用法；前一个“plain”意即“frank”（坦白），后一个意即“pure”（纯粹）。为保存本来的面目，这整句或许这样译更好些，“谁假装着说话干脆来哄骗你，谁就干脆是个坏蛋”。

⑧③ 原文“though I should win your displeasure to entreat me to’t”简略得有些欠明了。Johnson下这样一个诠解：即使我能使你回心转意，从你现在这样不高兴我的心情里转变到喜欢我得甚至于央我当一个坏蛋。Delius的解释大致与此相同。Schmidt以为“your displeasure”是通常称呼在上者“your grace”一语的反话，含有讽刺或笑骂的意味。我觉得这些注解都不很合适，不如这样子阐释原意较切：“though I should win your displeasure by declining your entreaty to me to be such”，译文即本此意。

⑧④ 从Schmidt之《全典》。

⑧⑤ 原文“But Ajax is their fool”，依字面译可作“藹杰士只是他们的傻子”。根据Heath，应这样解释：像藹杰士那么个坦白，率直，而又勇敢的人，往往会被这一班坏蛋当作施展他们伎俩的把柄。依这说法，铿德乃在指他自己；但“坦白”，“率直”，“勇敢”等语都是Heath的训辞，原文所无，所以本句也未尝不能解作对康华发的，说他有威权而乏知人之明，容易被奥士伐那样的鼠辈所愚弄。译文依据Capell所注，Furness亦赞同：以夸口闻名的藹杰士和这班东西比起来简直是小巫见大巫，显得愚弱可笑。按希腊文学里藹杰士有大小之别，都是战士，都有矜夸之名；但据Schmidt之《莎氏用字全典》及Onions之《莎氏字典》，这里所指的乃是大藹杰士（Ajax the Greater）。大藹杰士为舍剌米斯（Salamis）国王，忒拉蒙（Telamon）之子，脱罗埃大战（Trojan War）时征脱罗埃军中有名的英雄，神勇仅次于阿凯利司（Achilles），魁梧轩昂，猛武多力，而有出言好夸大之名声。传说脱罗埃岛国王泊拉安默（Priam）之子海克托（Hector）（大战中以宽弘博大而兼神武闻名的勇士，为理想的男子）被阿凯利司杀后，海克托御身的盔甲不派给他而派给奥笛修士（Odysseus），他因此气得发疯，自刺而死。

⑧⑥ Cowdon Clarke注：这话穿插得极妙，不但借此可以描画出雷耿的性情好仇易怒，喜加惩创，而且也足赖以调剂剧中的时间，使第四景黎琊到堡邸前面见忠仆坐枷受辱时为夜去晨来，但已非清早，所以该景经过相当的延续，到了景末时正值一天度尽，暮飙怒号的当儿，这一切时间的进展都交代得近情而合理。莎士比亚在同一景同一场对话里使一整天在我们眼前逝去，但一切都是这样的自然紧凑，如无缝之天衣。

⑧⑦ 这句舞台导演辞的位置系根据各版对开本之原文。Dyce把它放在“来，把脚枷抬过来！”后面，近代版本大多从Dyce。

⑧⑧ 译文从这里起以下四行，在原文为四行半，初版对开本付阙如，此系补自四开本者。

⑧⑨ 这两段在原文成连续的一行，亦为初版对开本所无，补自四开本者。

⑨⓪ 译者所增。

⑨① 原文没有这句导演辞，这是从Pope所增。

⑨② 原文“A good man’s fortune may grow out at heels”，各注只有猜度，而无肯定的诠释。Eccles注，也许他想说，一个好人处在逆境里说不定也会遇到好运；“at heels”也许是指他戴上脚枷的那件丑事。Hudson也不敢断定究竟什么意思：上脚枷叫做“处脚刑”，铿德大概在指这一件事；但不明白的是这两点，还是一个好人在

这样的情形下也能交好运呢，还是即令一个好人的命运也会在它鞋跟上破出窟窿来，——“out at heels”同时又是句成语，鞋破袜穿，脚跟外露，交坏运的意思。Furness 以为说不定铿德在对自己开玩笑：“脚跟露出来”那句成语是个暗喻，因为倒霉的人不须真正那么样，但如今他受着脚刑，暗喻便变成了实事，应用那句成语岂不含有双关的意义？这一说我觉得可疑：铿德在大怒之下，继遭巨辱，恐没有闲情说笑。Hudson 第二个猜测我认为也不很切合剧情：铿德被黎琊驱逐，甚至需涂面乔装才能回来侍候他的爱主，那命运已是够恶的了；这回上了脚枷，虽是个奇耻，但已是第二次受厄于命运，若说出“好人也会交恶命运”那样的话来，便有语气与剧情脱节之弊，似欠经营。Eccles 注与 Hudson 之第一点我以为可无复疑义，故已在译文中表达出，因为除了以上所陈的反证外，还有一点正面的证据可寻。铿德意思是说，小人不会永远得志，君子也有交好运的时候；莫以为我枷着脚便会长久倒霉下去，我的好日子也许就要来了。他这样乐观的原因是怀中藏得有一封新接到的考黛莲的信。我们知道他对她有绝大的好感，信仰，与希望，——信仰她真心爱父亲，希望她和她夫婿来救黎琊；所以他这样乐观并不可怪。

㉝ 这一句流行的谚语（Common say）在和林兹赫（Holinshed）所著的《史纪》（*Chronicles*，1577）里已引用，经 Capell 在注里指出。Malone 引豪厄尔（James Howell，1594?—1666）之《英国谚语汇纂》（*Collection of English Proverbs*，1660）道：“他离开了上帝的祝福到暖太阳里去，那就是说，舍掉好的去就坏的。”这谚语的根源不明，据 Johnson 猜想也许该是指医院或慈善机关里遣发出来的人说的，而 Hanmer 则以为是指逐出房舍与家庭的人，他们除了喝风饮露晒晒太阳而外，别无生活上的安适可言。

㉞ 原文作“Nothing almost sees miracles but misery”，译者觉得 Capell 注还切实。Delius 阐发得很透彻，他说考黛莲会想到他，她的信会送到他手里，在他看起来真是个奇迹，但只有身处在悲惨里的人才能体验到这样的奇迹。Bradley 认为“身处悲惨”不是铿德在夫子自道，而是在说黎琊；我以为太勉强。

㉟ 原文“informed of my obscured course.”从初版对开本作句号；通常本子到此都不断句，用大读号使句子连续下去。所谓低贱的生涯乃是指涂面变装，当个普通仆从的那件事。

㊱ 对这段文字各注家议论如麻，Dyce 因认原文根本太晦，或有印误，对各家的解释及修改都不满意。但我以为 Jennens 在不作“拆信”及“读信”的原文上加了这两句导演辞，又改了些标点，已很明畅；他还有 Steevens，Collier，White 等人的赞同。Collier 笺注得好：我们须记得铿德手上有一封考黛莲写给他的信，他想在这不够亮的光线里辨明信内所叙何事；可是他看不清楚，许是因此所以这段文字特别晦。他只能辨认出不多几个字来，虽然不能使观众确定，但已足够使他们知道，信里所说的一个大概。译文即本 Jennens 之改正本；译者还有点意见可以附在 Collier 注后。铿德终夜奔波，又累又倦，加上生了那么大的气，又况年事已高，而这时候天还没有亮清，月亮说不定已经下去，以他那样的愚忠，不挣扎着看到信里的一个大概，是不肯放心睡觉的；因此模糊念一两句，上下文不很接气，这段文字便显得晦了。其余的注家都以为铿德并未读信，只自语了一阵就睡熟，不

知他们对他那番贫困不移生死不顾的责任心如何发落。Tieck 及 Cowden Clarke 甚至以为这个老人太倦了，所以说得断断续续，意义不明：这么，铿德简直是个老糊涂了！须知铿德睡觉累与倦固然是重大的原因，但看了信放心得下也是个必要的条件；他目前没有被释的希望，借睡觉可以消磨些时间，但一方面又是故意的，他不愿看到“这张可耻的床”，他的脚枷。

⑰ 原文“lodging” Onions 训“住处”，Schmidt 训“床”，都指脚枷。这一行根据 Pope 只有两音步半，用意很妙，近代版本都从他的排列法，译文也极力追步着前尘，因此读时演时都应将字音拉长着重，以补充五音步常数之时间，表示厌恶与耻恨。

⑱ 对开本原文作“smile once more，turn thy wheel！”，Johnson 改小读号为大读号。四开本原文作“smile，once more turn thy wheel！”，Collier 之二版本也如法修改，如从 Collier，可译为：“笑吧；再转动着轮子！”

⑲ Dowden 注：铿德没有幻想，无所憧憬，他并不信冥冥中有一位至高无上的神灵护佑着人间的良善，这是他和蔼特加的不同处。他对于正义的忠诚全恃他那一点拼命的本性，那本性是不顾这世上一切的现状的。莎士比亚要我们知道，对于真理、公平与慈悲最热烈最确切的效忠不是别的，乃是纯粹出诸本性的效忠精神，并不依赖神学上的理论给予任何刺激或靠傍。铿德是亲身经历过沧海的，除了命运而外他不知有何更高的权威主宰着世间的一切变故。因此，他把他那份热烈的行正道的信念和坚毅的癖性，格外搂得紧些；因为有了那样卓绝的癖性之后，一旦遇到奇凶惨祸，一个人就逆受得下去了。铿德身处在苦难里见到的“奇迹”是法兰西就要来救他的爱主，考黛莲对她父亲的忠诚果如他所料……

⑳ 初版对开本原文第二、三、四景不分景，都归入第二景内。现在这分法始自 Pope，近代通行版本大多从他。

㉑ 当时告示人民有文告与口告两种办法；这里是口告，有小吏在街上高声布告他的年貌、籍贯、罪名与赏格等。

㉒ 原文“happy”有“making happy，propitious favourable”（使快乐，有神助，吉利）之意，空树对人是使快乐，人对空树是感激它施恩。

㉓ Schmidt《莎氏用字全典》释原文“presented”为“offered”，意即“（自己）供给的”。

㉔ Steevens 引戴构（Thomas Dekker，1570?—1641）所著《伦敦之疯丐》（*The Belman of London*，1608）云：“他赌咒他是伯特栏里出来的，说话故意乱七八糟：你但见他赤裸的皮肤上各处都刺得有针，特别是臂上，那样的痛苦他很愿意吃（其实于他并不难受，他那皮肤不是害了脏病已经死透，便已被风雨吹打结实，太阳炙硬），为的是要你信他是个失心的疯子。他自称为‘可怜的汤姆’，走近人前时就大喊‘可怜的汤姆冷啊’。这一类疯叫化有的非常快乐，整天唱些自己编造出来的歌；有的跳舞，有的号啕痛哭，有的哈哈大笑；还有的很执拗，哭丧着脸，见人家屋子里人不多，就大胆撞进去，逼迫恐吓仆佣们给些他们所要的东西”。参阅第一幕第二景注 ⑪ 及第三幕第六景注 ⑫。

㉕ Warburton 主改原文“Turlygod”为“Turlupin”（抖鲁鲁）。Douce 谓前二说都不很对，旧时意大利语叫疯人为抖鲁宾或抖鲁鲁，但到了英文里就被念别为

"Turlygood"（抖累古），所以应从念别的字拼音。好些近代版本都从 Douce 的拼法。

⑯ Ritson 注：变装了这个性格，我可以保存自己；我蔼特加这人却从此完了。

⑰ 原文"cruel"释"残忍的，无情的"，与解作"双线毛织的"之"crewel"发音近似。Collier 与 Halliwell 先后注云，旧时的剧作家常用这音同字不同的双关作为取笑的资料。吊袜带通常用羊毛织物制成，但这里铿德所绑的分明不是毛织的，却成了无情的了。Furness 在新集注本里说，不如将原文"cruel"改为"crewel"，因前者为显而易见的事实，后者才是道地的双关。

⑱ 原文"garters"（吊袜带）隐喻铿德戴的脚枷，但同时另含有一番善意的侮弄。按英国最尊贵的勋位名曰"吊袜带勋位"（The Most Order of the Garter），相传于 1344 年间为英王蔼德华三世（Edward Ⅲ, 1312—1327—1377）所创设。传说某次宫廷跳舞会上有艳名的索尔兹布立公爵夫人（Countess of Salisbury）脱落了一条蓝色吊袜带，被国王拾得；为避免众人注意那位夫人起见，他就把那吊袜带绑在自己腿上，一面说道"Honi soit qui mal y pense"（谁对这个起了什么坏意，谁就得遭殃），又说"我要使国内最尊贵的贵族认为戴这条带子是件荣誉的事"。他本想创一个"圆桌武士勋位"，这偶然的变故使他改计，设立了一个"吊袜带勋位"。这贵勋的授与，限于国王自己，太子威尔斯亲王（Prince of Wales）授了这勋位，才初次打破这惯例。

⑲ 莎士比亚时代的英伦，把兽类作娱乐，除了绅士阶级的骑马、养狗打猎、放鹰而外，还有一般平民喜欢的斗鸡、耍猴子、纵狗咬熊等戏。

⑳ 原文"nether-stocks" Steevens 谓为"长袜"之旧名。

⑪ 此二行对开本阙，补自四开本。

⑫ 见第一幕第一景注 ㊹。

⑬ 罗马神话中之天后，为巨璧德之妻。巨诺（Juno）相当于希腊神话里的天后海拉（Hera），如巨璧德（Jupiter）之于宙斯（Zeus）；她是结婚与妇女的保护者，又为女战神。

⑭ Edward，Heath，Johnson 等皆释原文"upon respect"为"对（君使的）尊严"，有误。Singer 最先解如译文，Wright 举一旁证证实此说。

⑮ Schmidt 云，"with all modest haste"为不缓不急，要把全情和盘托出来，能说得多么快就多么快。

⑯ 原文"stewed"本为"煨炖"，但"煎熬"与"蒸腾"似较近我们的语气。

⑰ 此二字为译者所增。

⑱ Capell 释原文"spite of intermission"为"虽然他见我那时候正在呈递一封早到了的信"。Cowden Clarke："不顾那应有的停顿"，好让他自己稍停一下喘息，让我能站起来接受我的回答。Schmidt："虽然我的事情被他这么打断了，我应得的回话被他稽迟了。"Furness 补充说，那便是俗语所谓"不顾'先来先侍候（或打发，调度，应付）'"的意思。

⑲ 直译原文"Having more man than wit about me"可作"我的男儿气概（或血气）多过于机智"。

⑳ 这里"孝"字就不易避免。参阅第一幕第一景注 ⑲。本行也许可直译为"儿女对

他们很客气”，但韵脚嫌太勉强。

㉑ 原意“从不对穷人转钥匙（开锁，启门）”。

㉒ 直译原文仅为“可是，因此上你为女儿们所受的煎熬要数上一年那么多呢”。原文“dolours”（悲伤，痛苦）与原文所没有的但字句间影射着的“dollars”（洋钱）发音近似，用意双关。“因此上”乃系指黎琊当初将国土政权分给她们。“dollar”据Craig 云，为莎氏当时西班牙钱币 peso 之英名，英文又名之曰“Diece of eightl”。

㉓ “mother”即“hysterica passio”，为神经受剧烈刺激而失常的一种病症，通常限于女人，今名叫作“hysteria”（歇司替厉亚）。惊怖或悲伤过度的女人发起病来往往会喜怒失常，语无伦次，甚至大声号哭，或四肢痉挛而口中作狂呓，与疯癫差不多。中文译为“歇斯底里”或“癔症”。据 Percy 说，莎士比亚用这病名系取自哈斯乃大主教（Samuel Harsnett，1561—1631）所著的小册子名叫《对天主教徒过分欺人行骗的揭发状》（*A Declaration of Egregious Popish Impostures*，1603），因莎氏当代以为这种神经变态不限于女人。

㉔ 对原文这一句，Johnson，Malone 及 Halliwell 的笺训大同小异。Malone：人类可以分成亮眼与瞎子两类。一切人，除掉了瞎子，虽然都是跟着鼻子走路，却都靠眼睛领导着他们行事；这些人，眼见得国王已经倒运，都已离他而去了。至于那班瞎子呢，虽然只有鼻子作他们向导，可也都舍弃了这样一个穷君，各自投奔他们的前程去了；因为在二十个瞎子中间，他们每一个的鼻子都嗅得出黎琊“在命运的坏心情里沾上了一身泥，他身上那不高兴味儿极浓”。

㉕ 原文“break ... neck”（打断颈子）至今仍是句极通行的成语，起自绞刑的施行（hanging 并非真正缢毙，却是运用罪犯的身重，使大绳结向他后颈上一击，打断他的颈椎），随后一切危险丧生的事都借用此语。这里毋须直译。

㉖ 此语为译者所增。

㉗ 或译为“一下雨他就踉跄逃去”。

㉘ 此语为译者所增。

㉙ 同前。

㉚ 第七行从 Johnson 注，颠倒“knave”与“fool”二字的先后。依据 Johnson 说，第八行亦须颠倒这二字的次序，意思方能明白，但译者认为不必要；若依他则应当译为“坏蛋可不是傻瓜”，意思就是说坏蛋是聪明人，决不会在风雨里陪着主子，“我傻子才肯这样做，所以我傻子是个傻瓜”。（读者请注意：王公贵人雇用的滑稽者或弄臣 Fool 我一律译为“傻子”，到处皆有，天生愚蠢的，或骂人蠢货的 fool 我译为“傻瓜”。又这首劣歌前散文里的“傻子”与歌辞第六、第八两行里的，悉依此区别，从 Furness 本译。）Johnson 外其他的解法我以为和上文的冷嘲态度不符。Bradley 把“turns”解作“follows the advice of ”（听从了……的劝告），我觉得难于令人置信；若依他的解法，前一行该译为“那走掉的坏蛋是听从了傻子”。

㉛ 原文“perdy”为法文“par Dieu”（凭上帝）的误读。

㉜ 据 Schmidt 说，这“fool”（傻瓜）不是个恶意的称呼，乃是按前面歌里的道德观点出发的一个尊称，是好人的别名，傻子自己也用这个称呼。若依 Schmidt 之说，意思似乎太密，这里我想傻子分明在打趣锃德太笨。也许这又是个双关用法。

⑬③ 原文为“Vengeance！”，译文从 Schmidt 之《莎氏用字全典》所释。

⑬④ 直译原文，“我的气息和血！”

⑬⑤ 原文无“当真”字样，这意义在重读的“is”上表达出来。Coleridge 注，黎琊正在极力替他女儿找借口，真惨。

⑬⑥ 译者所增。

⑬⑦ 从 Craig 之 Arden 本注。

⑬⑧ 这导演辞为 Johnson 所添。

⑬⑨ Malone 释“remotion”为“离家出外来”。译文从 Schmidt 注。

⑭⓪ 译者所增。

⑭① “Till it cry sleep to death”，Steevens 以为是捶鼓声把他们从睡梦中叫进死亡里去。这意思很好，但 Knight，Staunton，Wright，Furness 等都采用了 Tieck 的解法，说捶鼓声把他们的睡眠叫醒，闹得他们睡不着。

⑭② 见前注 ⑫③。

⑭③ “cockney”在这里毫无疑问作“厨娘”解，虽然原来许是个贱称，指女性化的男子或被溺爱坏了的孩子。

⑭④ Nares 谓这厨娘在做烙饼，用鳗鱼做饼馅子。

⑭⑤ Craig 注：此为愚举，因草料上涂了油马就不吃。

⑭⑥ 这导演辞为 Rowe 所增。

⑭⑦ Pope 所增。

⑭⑧ 原文这一段句法有弊病，但意义正如 Wright 所说，极清楚。

⑭⑨ Coleridge 注：一件残忍的事变正在被“苦主”诉说到热血奔腾的关头，突然来了一声意料不到的冰冷的辩护：再没有比这个更碎人的心肺或更表现出辩者的铁石心肠的了。读者只需想象雷耿说“啊，父王，你已经老了”时有多么可怕——然后从他的年老那一点上，那是满天下都认为应受尊敬与宽纵的，她却从那上面下那样骇人的结论，说“说一声你委屈了她”。黎琊以往一切的错处到这里都增加了我们对于他的怜恤。那些过失我们只认为是使他遭受灾祸的罗网，或者是帮着两个女儿加重她们虐待他的助力。

⑮⓪ 第一幕第一景景末雷耿说，“那是因为他年纪大了，人就懵懂了起来；可是他素来做的事，总是连自己也莫名其妙的。”“Nature”一字从 Schmidt 之《莎氏用字全典》解作“human life，vitality”（人之生命，活力）译，恰与以上所引切合无间。此句按字详译，当作“你内在的生机已站在限制她的那范围的边上”，但似欠显豁；雷耿的意思无非是劝他“你已到了风烛残年，不可轻举妄动。”

⑮① 从 Warburton 解，“the house”为“家中长幼的次序”。Capell 则主张解作“家长”。

⑮② Davies 云：盖力克（见第一幕第四景注 ⑧①）饰黎琊演到这里就双膝跪下，两手合十，低声下气地背这段动人而嘲弄的陈请辞。

⑮③ 译者所增。

⑮④ 原文“bed”作广义的“居处”，不作“床”解。见 Schmidt 之《全典》。

⑮⑤ 原文“look'd black”与译文字面上恰成“黑”与“白”之对，但二者的涵义都是“以恶意相顾视”。

⑯ Furness 释原文“taking”为“malignant，bewitching”（凶邪）。又原文“airs”（大气，空气）Jourdain 以为应当作“fair' es”（小神仙，小妖），下面原文“young bones”他解作“初生的婴孩”，不解作“胎儿”，因为他说据历来童话或传说，那些小妖有祸福初生婴儿的能力。

⑰ 据 John Addis，Jun. 所释。

⑱ 从 Schmidt《莎氏用字全典》。

⑲ 这一段译得比较要自由些，直译无法捉摸原诗的神情于万一；可是原文的紧练与精锐仍未能逼近。

⑳ Nichols 注：英伦天气多雾，极易生丹毒（erysipelas），患了这种病脸上的皮肤满起着水疱，红肿奇丑，“损坏美貌”。

⑯ 从 Malone 注，“to fall”，为他动词，作“摧倒”解。虽然 Wright 与 Furness 不以为然，我却觉得依 Malone 的解释文气更足一点。

⑯ “sizes”Johnson 最先释为“allowance”，我觉得译为“支应”或“供奉”都可以。

⑯ Steevens 注：大人物到来时往往有他们自己的号手吹送一个特别的调子：康华不知此调，但雷耿已听熟了她姐姐的进行曲，所以一听便知。Delius 以为此说未必尽然，雷耿知道刚瑙烈来乃因信里提起。

⑯ “easy-borrowed pride”（借来得容易的骄傲），Eccles 注与 Moberly 的略有不同。Eccles 谓：那骄傲并无它本身的重要原因，它的来源也并不怎样重要，而且奥士伐所恃的势头又只是一点点险诈无常变幻不测的恩宠。Moberly 则云：未建任何功绩，能使借来的骄傲变为合理。

⑯ 从 Schmidt 之《全典》释“to take part”项。

⑯ Johnson 所增。

⑯ Schmidt 之《全典》释原文“sides”为“胸”；可是我们中国人的肚子很多能，除了吃饭思想以外，受气也得它兼差，故在译文内用“肚子”似乎较为自然。

⑯ 原意“就显得衰老（或软弱）吧”。

⑯ 原意仅为“向空气的敌意宣战”。

⑰ 原版四开对开各本及大多数的版本都作“To be a comrade with the wolf and owl，Necessity's sharp pinch！”（跟豺狼和鸱枭作伴侣，事势的锐捩！）Schmidt 本在“owl”后作句号，以后三字独立，成一修辞学上的所谓“错格”（anacoluthon，前后文语气不调，以示文体之骤变）。译文系从 Furness 之集注本所校正者：“To be a comrade with the wolf，and howl Necessity's sharp pinch！”（作豺狼的伴侣，去嗥呼饥寒的锐捩）。Furness 对此有一段精深透辟的笺注，但迻译一部分如后。“这个变动，自四开及对开各本之‘owl’改为‘howl’乃是从 Collier 手注的二版对开本；我以为这个更改是无可置疑的。老本子上把‘Necessity's sharp pinch’当成一句插语，那就是说，黎琊在一阵狂呼怒号之末，忽而驯静了下来；那驯静我认为极不合莎氏的气质或品性的。在现在这读法里有个深悲重怒得可怕的极峰；黎琊宁愿弃绝了屋椽，凌冒着大风雨，在狼群里悲嗥着饥寒。豺狼和鸱枭，除了它们都是夜游动物之外，还有什么作伴的事实可说？可是那老本子的刺耳处倒不甚在豺狼与鸱枭之相与为侣，却在不存莎氏气质的那萎靡无力处，在把‘Necessity's sharp pinch'一语弄成了弃绝屋椽与豺狼为伍那件事的一个解释。仿佛黎琊在狂怒之中忽然停下来解释说，人们通常是不会爱这样无家的穷苦与这样可怕的俦侣的，只因被事势所迫，才会走上这条绝路。在那老本子上，黎琊的怒涛缺少了一个浪顶；那巨浪汹涌而来，高大得骇人，但它正该'撞岸作雷鸣'的时候，忽然缩成了一抹辩解的微波，悄悄退去。……假使有人觉得号呼饥寒的锐捩是个勉强的隐喻，我回他说比拿着武器跟大海作战（罕秣莱德语）并不见得更勉强。"……前面这段评注反复申论着那旧版本之如何柔弱无力而不合莎氏的气质，似乎很值得我们的注意。

⑰ 此系译者所增益。

⑫ 雅荷（Jove）即巨璧德，手持霹雳，见第一幕第一景注⑳。

⑬ 原文"mingle reason with your passion"；查 Schmidt 之《莎氏用字全典》释"mingle"作"join"解，故应作此译。

⑭ "must be content"即"cannot help，cannot but"之意，见 Schmidt 之《全典》；中文译为"不得不"。

⑮ 原文为"give ... notice"，从 Wright 所解。

⑯ Hudson 注，这三两个冷字里显出了多么结实的一颗狼心！雷耿与刚瑙烈的分别就在前者善于放这般刻毒的讽刺；否则她们便似乎显得太彼此重复，太不近情理了，因为人性和自然一样，决不重复她自己。

⑰ 从 Moberly，"guardians"作委任护持或保管国土者解。

⑱ Coleridge 注，注意这初次打怔后的平静竟能让黎琊去论究是否。

⑲ Moberly 云，乞丐在赤贫里也有些最贱不过的东西，那些东西也能说是多余的。Schmidt 之《全典》释"superfluous"为"生活于富裕中"。

⑱ Moberly 谓，要想象得出莎士比亚许会怎样完成他这一句，除非那个人也是个莎士比亚。这位可怜的国王没有说出他的定义来，半途而止；一点不错，他真正的需要是镇定。

⑱ 译者所增。

⑱ 原意为"安驯不抵抗"。

⑱ 或译为"女怪"。

⑱ 此行与原意稍有出入；直译当作"可是它们（指上文他准要那样做的事）将会是这世上的恐怖"。

⑱ 原文"flaws"，Singer 引 Bailey 说，特别指宝石上碎下来的薄片或屑粒。

⑱ 原意为"教师"。

⑱ Clarke 注，这时候事实上还跟着黎琊的只剩铿德和傻子两个了，可是她硬说还有大队的随从跟着他，——这样板着铁脸皮的假诈正合雷耿那厚颜无耻的性格。但是 Eccles 以为从第三幕里的某一段推断，国王的随从武士们还没有到来。

⑱ 原文为"have his ear abused"（使他的耳朵受欺骗）。

⑱ 直译本意为"智慧叫（你）骇怕"。

第 三 幕

第 一 景

［一片荒原。］

［风狂雨骤，雷电交作。铿德与一近侍各自上。

铿 德 除了这坏天气，还有那个是谁。

近 侍 一个心里跟天气一般不安静的人。

铿 德 我认识你的。国王在哪里？

近 侍 在跟恼怒的暴雨疾风们厮吵；
他在叫大风把陆地吹进海洋，
或把卷峰的海浪涨到岸[①]上来，
好叫世间的一切都变过或完结；
他撕着白发，[②]那盲怒的狂飙便顺势
一把把地揪住，视同无物一般；[③]
他在他渺小的生命世界[④]里挣扎，
想赛过往来鏖战的风雨们的淫威，
这夜晚，便是干了奶的母熊[⑤]也伏着
不敢去寻食，[⑥]狮子和腹痛的饿狼
都保着毛干，他却光着头呼号
奔走地要叫一切都同归于尽。

铿　德　可是有谁跟着他？

近　侍　　　　　　　　只有那傻子，

从旁极力地开着玩笑，想辟开
他痛心的患难。

铿　德　　　　　　　阁下，我的确认识你；

敢凭我的观察[7]寄托你一件要事。
亚尔白尼和康华之间，双方
虽在表面上互相用奸计遮掩，
我知道已起了分裂；他们有些个[8]——
权星高照的，那一个没有？——属僚们，
外形像属僚，[9]暗中却为法兰西
当间谍和探报，私传着我邦的内情。
看得见的，[10]比如二位公爵间的忿恨[11]
和彼此的暗算，[12]或者两人都对
年高恩重的国王严酷无情，
再不然就有更深的隐事，以上
那种种许只是遮盖这隐事的虚饰；[13]
可是法兰西[14]确已有一军人马
混进了这分崩的王国；他们觑准了
我们的漫不经心，已在几处
我们最优良的港口偷偷登了岸，
准备露他们的旗纛。现在跟你说；
你若敢信赖我，就赶快去多浮，[15]那边
自会有人谢你，你只须据真情[16]
去报告，何等没情理与逼疯人的悲痛
是国王怨愤的原由。

我是个出身贵胄名门的上流人，
为的是知道得清楚可靠，才把
这重任交与你阁下。

近　侍　我还得跟你谈谈。⑰

铿　德　不，不要。⑱
你想证实我绝对不仅是这片
外表，只把这钱袋解开，拿着
这里边的东西。你若面见到考黛莲，——
放心你准会，——给她看这一只戒指，
她就会告你，你现在不认识的同伴⑲
是谁。这风暴真可恶！我要寻国王去。

近　侍　我们来握手再会；你还有话说吗？

铿　德　只一句，可是，论轻重，⑳比什么都重要；
若是我们找到了国王，——寻他去你往
那边走，我向这边，㉑——谁先见到他
就招呼那一个。　　[各自下。

第 二 景

[荒原的另一部分。风雨猖狂如故。]
[黎琊与傻子上。

黎　琊　刮啊，㉒大风，刮出你们的狂怒来！
把你们的头颅面目㉓刮成个稀烂！
奔湍的大瀑和疾扫的飞蛟，㉔倒出
你们那狂暴，打透一处处的塔尖，

淹尽那所有屋脊上的报风信号！
硫黄触鼻，[25]闪眼杀死人的[26]天火，
替劈树的弘雷报警飞金的急电，
快来快来，来烧焦这一头白发！
还有你，你这个震骇万物的雷霆，
锤你的，锤扁这冥顽的浑圆的世界！[27]
捣破造化的模型，把传续这寡义
负恩的人类的种子顿时捣散！

傻　子　唉，老伯伯，在屋子里说好话[28]要比在这外边淋雨好得多呢。好伯伯，里边去；对你的女儿们求一声情；这样的夜晚是不可怜聪明人也不可怜傻瓜的。

黎　琊　吼畅你满腹的淫威！大雨同闪电，
倒你们的怒涛，烧你们的天火出来！
你们风雨雷电不是我的女儿，
我不怪你们怎样地给我白眼；
我从未给过你们疆土，叫你们
作孩儿，你们不该我顺从和爱敬；[29]
尽管倾倒出你们那骇人的兴采；
我站在这里，你们的奴隶，一个
又可怜，又衰颓，又残弱，给人糟蹋
透了的老人。可是我说，你们啊，
你们是一群下贱卑鄙的鹰狗，
勾连了两个狠毒的女儿，凭高天
来痛打一个这般老这般白的头。
唉唉！恶毒啊！

傻　子　谁头上有屋子遮着头的就有个好遮头。[30]

脑袋还不曾有屋子时，
“遮阳”㉛若先有了地方住，
它们俩便都会生虱子，
化子们就这么娶媳妇。㉜
谁要是乱糟蹋脚指头，
好比他乱糟蹋他的心，㉝
那痛鸡眼就够他去受，
好睡里要呜呜地哭醒。㉞

因为从来的美妇人总是要对着镜子做鬼脸的。㉟

黎　琊　不，我要做绝对镇静的典型，
不说一句话。

［铿德上。

铿　德　谁在那里？

傻　子　妈妈的，㊱王上和一块“遮阳”㊲在此，咱们俩一个是聪明人，一个是傻瓜。㊳

铿　德　啊呀，大人，你在这里吗？夜晚
到了这样，就是爱夜晚的生物
也不再爱它；就是那些素常
夜游的走兽，也被这暴怒的天空
吓住，一起在巢穴之中藏身；
记得我成年以来，就不曾有过
这样大片的电火，这样爆炸得
怕人的响雷，这样咆哮的风号
和雨啸。㊴人的天性受不了这许多
苦难或惊慌。

黎　琊　　　　让上面那片翻江

倒海的老天找出他要找的仇雠。[40]
罪恶不曾露，刑罚未临头的罪犯，
快快去打颤。杀人的凶手，藏起来；
还有破誓的罪人，乱伦的伪善者。
外表堂皇冠冕，私下却谋害过
人命的奸徒，快去抖成千百片。
深藏晦隐的罪戾，赶快去划破
你们的包皮，对这些可怕的传令使
求天恩的赦免。我是个作孽无几
遭孽太深的受屈者。[41]

铿 德　　　　　　　　　　唉，光着头？
大人，去这里不远有一间棚屋；
那也许能给你一点友情的庇护，
把这阵风潮避过；你且去歇一下；
待我回这家比石头还硬的人家去，——
他们适才问起你，可不许我进门，——
强他们施铁石的[42]恩情。

黎 琊　　　　　　　　　　我渐渐觉得
神志紊乱起来了。——小子，跟着来；
怎么样，小子？冷不冷？我自己也冷呢。——
这草堆在那里，朋友？——人逢到急迫时
好不奇怪，滥贱的东西竟会得
变成珍贵。——到你的棚屋里去来，
来吧。——可怜你这个傻子小使，
我心里倒还有些在替你悲伤呢。

傻 子　　谁要是还有一点神志清，

哈呀咧啊唷，雨打又风吹，
就是每天都风吹又雨打，
也得满足他的命运。

黎　琊　不错，小子。——来吧，领我们到这棚屋里去。

［黎琊与铿德同下。

傻　子　好一个[43]夜晚！——可以弄冷一个婊子的心。我在未去之前要说一阵预言哩：

传教师[44]空谈多过了实话时；
酿酒的把水掺进了麦芽时；[45]
贵人们做了裁衣匠的老师；[46]
生大疮的家伙都逛过了窑子；[47]
公堂上的案子若件件审明白；
穷武士跟他的马弁都不欠债；
若是毁谤不在舌尖上生；
剪绺的小偷不走进人群；
守财奴肯说了他地下的窟藏；
窑姐儿同婊子造起了礼拜堂；
那时节咱们这英伦的世界
准会变得乱纷纷地崩坏。
那时节一来，谁若是还活着，
要走路就尽管迈开了大脚。

懋琳就得说这一阵预言；因为我比他早生。[48]

［下。

第 三 景

［葛洛斯忒堡邸中之一室。］

［葛洛斯忒与蔼特孟同上。

葛洛斯忒 唉，唉，蔼特孟，我不喜欢这不近人情的干法。我求他们准我去可怜他，他们就不准我使用自己的屋子；还命令我不准提起他，替他求情，或是不拘怎样去照顾他，不然就要罚我永远失掉他们的恩宠。

蔼特孟 真凶蛮无理，[49] 真不近人情。

葛洛斯忒 算了；你可别说。两位公爵中间已起了分裂，此外还有件事比这个更糟：今晚上我接到一封信，说出来很危险；我把信已锁在壁橱里去了；国王如今身受的这些虐待是会好好地报复的；有一部分军队已经上了岸；[50] 我们得帮着国王这边。我要去找他，私下救他一救；你去跟公爵说着话，好让我这番善心不给他知道；他若叫我，只说我不舒服，睡了。就是我为这事会丧了命，还得要救他；他们确是这么恐吓我的，但国王是我的老主人。有重大的[51] 事变快发生了，蔼特孟；告诉你，你得小心些。

蔼特孟 这一番被禁止的[52] 殷勤，连同那封信，
我得马上让爵爷知道。这是将
高功去买赏，父亲要失掉的准会
全归我掌握；那便是他所有的封地。
年老的倒了，年轻的就乘时[53] 兴起。

［下。

第四景[54]

[荒原上。在一棚屋前。]

[黎琊，铿德，及傻子上。

铿　德　就是这地方，大人；好主公，进去吧；
血肉的人生[55]经不起在夜晚荒野里
受这样的淫威。

[风雨猖狂如故。

黎　琊　　　　　　　　让我一个人在这里。

铿　德　好主公，里边去。

黎　琊　　　　　　　　可要我心碎不成？[56]

铿　德　我宁愿自己心碎。好主公，进去啊。

黎　琊　你以为这猖狂的风暴侵上了肌肤
乃是件大事；对你也许是如此；
可是大患所在处小患就几乎
不能觉到。你要躲避一只熊，
但若是须向怒号的海上去逃生，
你就宁愿接触那熊的嘴。心宽时
身体才柔弱；如今我心中的风雨
把我感官上一切的知能[57]全去掉，
只除了这心中的捶打。儿女负恩！
是不是好比这张嘴要撕破这只手，
只因它举着食物喂了它？我准得
尽情地责罚。不，我不再哭泣。

这样的夜晚关我在门外？倒下来；
我能忍受。这样的一个夜晚？
啊，雷耿，刚瑙烈！你们的老父，
真慈爱，他慷慨把一切交给了你们，——
啊，那么想就得疯；让我别想；
别再想那个！

铿　德　　好主公，进这里边去。

黎　琊　你自己进去；去寻求你自己的安适；
这风暴正好不让我有余闲去顾念
更使我痛心的那些事。我还是进去。——
进去，小子；你先走。[58]——无处住的穷人，[59]——
别待着，你进去。我祷告完了就来睡。——

［傻子入内。

可怜你们那班袒裸的穷人，
不拘你们在那里，都得去身受
这无情风雨的摧残，你们那没有
房檐的头顶，不曾喂饱的肚腹，
还有全身的百孔千穿的褴褛，
怎么能掩护你们度这样的天时？
啊，我太过疏忽了这件事！如今，
盖世的荣华啊，你正好服这剂良药；[60]
暴露你自己，去尝尝赤贫的滋味，
你才会把多余的享受散播给他们，
也显得上天公平些。

蔼特加[61]　［在内］一哼半，一哼半！[62]可怜的汤姆啊！

［傻子自棚屋内奔出。

傻　子　别进来，伯伯，这儿有个鬼。救命啊，救命！

铿　德　牵着我的手。——谁在那里？

傻　子　一个鬼，一个鬼，他说他叫可怜的汤姆。

铿　德　你是什么人，在那草堆里哼哼地叫苦？走出来。

［蔼特加饰一疯人上。

蔼特加　走开，有恶鬼跟着我！“风来吹过多刺的山楂枝。”[63]
呒！上床去暖暖吧。

黎　琊　你把全份家私都给了你女儿们吗，所以弄成这样？

蔼特加　谁把什么东西给苦汤姆？恶鬼领着我穿过了火苗和火焰，通过了浅水和旋水，跨过了泥沼和泥洼；他把尖刀放在我枕头下，[64]绞索子放在教堂里我的座上；[65]把耗子药放在我汤盏边；弄得我心骄气傲，骑上了一匹栗色的快马颠过四吋宽的桥，将我自己的影子当作个逆贼去追。天保佑你的五巧！[66]汤姆好冷吓。O，do，de，do，de，do，de.[67]天保佑你不受大风灾，不交晦气星，不中邪气！[68]对苦汤姆发发慈悲吧，可怜他给恶鬼闹苦了。这下子我可就逮得住他了，这下子，还有这下子，这下子。

［风雨猖狂如故。

黎　琊　什么，他女儿把他弄到了这样吗？——
你难道一点都不能留？要全给她们？

傻　子　不，他留下一张毯子，不然我们的脸全给丢光了。

黎　琊　让浮在我们上空的，那些一窥见
人类的过错便马上降罚的瘟疹，
落在你女儿们的头上！

铿　德　大人，他没有女儿。

黎　琊　该死，逆贼！除了他狠心的女儿们

再没有东西能磨他到这样不像人。
被遗弃的父亲对自己的身体这般
不存怜恤，⑲可是已成了风气吗？
这惩罚好不贤明！就是这身体
生出那班鹈鹕⑳似的女儿们。

蔼特加　“小鸡鸡坐在小鸡鸡山上，”㉑
Alow：alow，loo，loo！㉒

傻　子　这冰冷的夜晚要把我们都弄成傻瓜和疯子了。

蔼特加　小心恶鬼；顺从你的爹妈；说话要守信用；㉓不要赌咒；莫去跟有老公的婆娘犯奸；别把你的宝贝心儿用在衣裳显耀上面。汤姆好冷吓。

黎　琊　你以前是做什么事的？

蔼特加　做过心高气傲的㉔当差；㉕把头发卷得鬈鬈的，㉖帽子上佩一副手套；㉗侍候过东家太太心里的欲火，跟她干了亏心的勾当。㉘我赌的咒跟说的话一般多，青天白日下又把它们一笔儿勾销。睡着时打算怎样淫乱，一醒来就干。酒我爱得如同宝贝，骰子和性命一般；爱女人要比土耳其人㉙还厉害。心肠假，耳朵软，㉚手段辣；懒惰得像猪，阴险得像狐，贪得像狼，疯得像狗，猛得像狮子。㉛别让鞋子吱吱叫，绸衣窸窣响，逗得你为了女人把灵魂儿颠倒。别让你的脚跨进窑子，你的手摸进女人的裤子，㉜你的名字落进放债人的簿子，另外你还得跟恶鬼对抗。“冷风总是吹过那山楂枝”。说“suum，mum，nonny.㉝多尔芬我的孩子，孩子唫，停住！让他骑过去吧”。㉞

［风雨猖狂如故。

黎　琊　你裸着身子在这样的狂风暴雨里头，还不如死了好呢。人就不过是这个样儿吗？仔细端详端详他。你不用蚕儿什么丝，不借畜牲什么皮，不少羊儿什么毛，不欠猫儿什么香。[85]吓？咱们这一伙儿三个都是装孙子的。[86]你才是真东西；原来不穿衣服的[87]人不过是你这样可怜的一个光溜溜的两脚动物。去，去，你们这些装场面的废物！来，扣子解掉。[88]

［撕去衣服。

傻　子　请安静些吧，伯伯；这夜晚要泅水可太尴尬了。[89]大[90]空地上一点小火好比是个老色鬼的心，只一小粒火星，他身上旁处都是冷的。瞧这儿来了杆会走路的火。[91]

［葛洛斯忒手执火炬上。[92]

蔼特加　这就是忽烈剖铁及白脱[93]那恶鬼；一打了熄火钟[94]他就开始，直要到第一声鸡啼[95]才走开；[96]他叫人眼珠上长白翳，[97]好眼变成斜眼，好嘴唇变成兔唇；他叫白麦的穗子[98]长上霉，又伤害地上的小动物。[99]

圣维妥[100]在原野上巡行了三趟；
他碰见梦魇煞和她的九小魍；[101]
叫了她下去，
要她发个誓，
去你的，雌妖魔，[102]赶快[103]走开去。

铿　德　大人，你觉得怎么样？

黎　琊　他是什么？

铿　德　谁在那儿？你找什么东西？

葛洛斯忒　你们是什么人？你们叫什么名字？

蔼特加　我叫苦汤姆，我吃水青蛙，癞蛤蟆，蛤蟆豆，[104]壁虎和水蜥；[105]恶鬼一发火我心里烦躁起来就得吞吃牛矢当拌生菜；

我也吞吃老耗子和沟里的死狗；[106] 又喝死水池上浮着的绿苔；我在乡下从这一区给鞭打到那一区，[107] 上脚枷，吃刑罚，坐监牢；我背上有三套衣服，身上有七件衬衫；

胯下有马儿骑，身上有剑儿佩；[108]
汤姆这七个年头来的饭和菜
是大小耗子和同样的小野味。[109]

小心我这跟班的。——别闹，死殁尔禁！[110] 别闹，你这魔鬼！

葛洛斯忒　什么，您大人没有好些的人作伴吗？

蔼特加　黑暗亲王是一位绅士；[111] 他名叫模涂，又叫马虎。

葛洛斯忒　大人，我们 [112] 亲生的骨肉 [113] 变成了
这么坏，竟会对生他的人心存仇恨。

蔼特加　苦汤姆好冷吓。

葛洛斯忒　同我屋里去，我不能为服从公主们
残酷的命令，便弃去我对您的本责；[114]
她们的禁令虽要我关门下闩，
尽这暴戾的夜分扼住您大人，
但我依然要冒险出门来，寻您
去到炉火和食品都备就的所在。

黎　琊　让我先跟这位哲学家说话。——
打雷的原因是什么？

铿　德　好主公，接受他这番供奉吧；屋里去。

黎　琊　我要跟这位博学的底皮斯人 [115] 说句话。——
你是研究什么的？

蔼特加　我研究怎样躲魔鬼和怎样杀虱子。

黎　琊　让我私下问你一句话。

锂　德　请你再催他一声就走吧，大人；

他神志开始在乱了。[116]

葛洛斯忒　　　　　　　你能怪他吗？

［风雨猖狂如故。

公主们巴他死。啊，那个好铿德！

他说过会这样的，可怜他遭了流放！

你说王上发疯了；我告你，朋友，

我自己也差点发了疯。我有个儿子，

如今已给我逐出；他谋害我的命，

还是最近，很近呢；我爱他，朋友，

再没有父亲更比我爱他的儿子了；

实在告诉你，那阵子伤心弄得我

神志全乱了。真是好一个晚上！——

我实在[117]求王上，[118]——

黎　琊　　　　　　　　　喔，对不起，阁下。——

尊贵的哲学家，咱们在一起。

蔼特加　汤姆好冷啊。

葛洛斯忒　进去，家伙，这里，棚屋里去暖暖吧。

黎　琊　来吧，咱们都进去。

铿　德　　　　　　　这里走，主上。

黎　琊　跟他去；我要跟我的哲学家在一起。

铿　德　大人，顺了他吧；让他带着这人儿。

葛洛斯忒　你带着他来。

铿　德　得了，来吧，跟我们去。

黎　琊　来，好雅典[119]人。

葛洛斯忒　别说话，别说话！莫做声。

蔼特加 “洛阑骑士[120]来到暗塔前。

他老说着‘fie，foh，fum’，

我嗅到一个不列颠人[121]的血腥。”

［同下。

第五景

［葛洛斯忒堡邸中。］

［康华与蔼特孟上。

康　华 我离开以前一定得报复。

蔼特孟 主上，我这般不顾父子的恩情，却一心报主，人家不知要怎样说法，[122]想起了真有点[123]害怕。

康　华 我如今才知道，并非全是为了你哥哥本性凶恶所以要谋害他，只因他罪有应得，他自己那些可议的坏处激发得你哥哥那么样干的。[124]

蔼特孟 我的命运好不恶毒，现在我这么公正了回头又得后悔！这就是他说起的那封信，证明他是替法兰西当奸细的。天啊！但愿他没有这个逆谋，或者发现的人不是我！

康　华 跟我去见爵夫人。

蔼特孟 要是这信上的话是真的，您手头有的是大事情要办呢。

康　华 不管真假，[125]这件事已叫你当上了葛洛斯忒伯爵了。

去寻找你父亲，我们好逮住他。

蔼特孟 我若找见了他在救助国王，便能加重他的嫌疑。[126]我还要继续尽忠，虽然忠诚和父子间的恩情[127]冲突得使我很痛苦。

康　华　我信托你，你也自会觉得我的爱宠比你父亲更可爱。[128]

［同下。

第六景

［毗连堡邸之佃舍内一室。］

［铿德与葛洛斯忒上。

葛洛斯忒　这里比露天要好些；安心待着吧。[129] 我去设法添几件东西来，好让这里舒服些；我不久就回来。

铿　德　他所有的聪明才智完全让位给了狂怒。愿天神们报答你的好心！　［葛洛斯忒下。

［黎琊，蔼特加，与傻子上。

蔼特加　弗拉忒阑多[130] 在叫我，他告诉我说尼罗在阴湖里钓水蛙。[131]——要祷告，天真儿，[132] 又得要留神那恶鬼。

傻　子　伯伯，请告诉我，一个疯子是一位绅士还是个平民百姓。

黎　琊　是个国王，是个国王！

傻　子　不，他自己是个平民，他儿子却是位绅士；为的是他看见一位绅士儿子在他眼前，他就成了个疯子平民。[133]

黎　琊　要有一千把烙得通红的铁叉[134]

嗞嗞地刺进她们，——

蔼特加[135]　恶鬼在咬我的背。[136]

傻　子　谁相信一只狼没有野性，一只马没有毛病，[137]一个孩子的爱情，或一个窑姐赌的咒，谁就是个疯子。

黎　琊　准得这么办；我马上来传讯她们。——

来，你请坐，学识精通的大法官。——

还有你，圣明的官长，这边请坐。——
来吧，你们这两只母狐狸。

蔼特加 瞧，他站在那儿睁着眼！娘娘，给当堂在审罪还要有人瞅着你吗？[138]

“过这小河来跟我白西”。[139]

傻　子 “她那船儿在漏水，
她又不能向你说
为什么不敢过水来跟你。”

蔼特加 恶鬼装着夜莺鸟[140]的歌声在烦扰苦汤姆。好拍当势[141]在汤姆肚里嚷着要吃两条鲜青鱼。[142]不要阁阁阁地尽叫，[143]魔鬼；我没有东西给你吃。

铿　德 你觉得怎么样，大人？别呆呆地站着
可要躺下来靠在座垫上安息吗？

黎　琊 我先要看她们的审判。——传进证人来。——
你这位长袍大服的法官请升座。——
还有你，你是他执法的同伴，也请
傍着他就位。——你也是陪审的人员，
也请坐下。

蔼特加 让我们公平裁判。

“你醒着[144]还是在睡觉，牧羊儿？
羊群都在麦垄上；
只要你有样的小嘴吹一声，
羊群就平安无恙。”

拍尔！[145]这猫是灰色的。

黎　琊 先把她提上来；这是刚瑙烈。我当着廷上诸位宣誓，她脚踢可怜的国王，她的父亲。

傻　子　走过来，女犯。[146]你叫刚瑙烈吗？

黎　琊　她赖不掉。

傻　子　对不起，我以为你是只折椅。[147]

黎　琊　这里还有个，她这副狰狞的面目
显得她的心用什么东西[148]做。——拦住她！
武器，武器，快拿剑来，点上火！
贪赃舞弊！坏法官，你怎么放她逃？[149]

藹特加　天保佑你的五巧！[150]

铿　德　啊，可怜！——大人，你从前常夸说
保持得有的那镇静，如今在哪里？

藹特加　［旁白］[151]我开始对他起了那样深的同情，
这眼泪就要妨碍我这番假装。

黎　琊　小狗们和旁的狗，屈蕾，小白，小宝贝，[152]瞧，它们都在对我咬。[153]

藹特加　让汤姆把帽子来扔它们。[154]——滚开去，狗子们！

不管你是黑嘴巴，白嘴巴，
咬人用的是不是毒的牙；
大獒，灵猩，杂种的猛猘儿，
猎狗或哈叭，警犬，[155]花雌儿，[156]
卷尾的狗子[157]或截尾的狃，[158]
汤姆准叫它哭了又去号；
只要把我的帽子这样丢，[159]
它们便跳过了短门都逃走。

Do，de，de，de。停住！[160]来，去赶开教堂的守夜会，[161]乡村的市集，和城镇的市场。苦汤姆，你的牛角[162]空了。

黎　琊　那么让他们把雷耿开膛破肚；看她心上生着什么东西。天

生这些硬心肠可有什么缘故没有？——你，先生，也是我的一百个武士里的一个；不过我不喜欢你这衣裳的式样。你会说这是波斯装；⑯可是把它换了吧。

铿　德　好主公，躺在这里歇一会吧。

黎　瑯　别做声，别做声，拉拢了帘幕；对了，对了。⑯我们要在早上吃晚饭呢。

傻　子　我要在午上睡觉。⑯

［葛洛斯忒重上。

葛洛斯忒　过来，朋友；国王我主在哪里？

铿　德　在这里，大人；且莫惊动他，他神志
完全迷乱了。

葛洛斯忒　好朋友，请你抱着他；
我私下听到了一个要害他的奸谋。
我备得有一架床车；放他在车上，
赶往多浮城，⑯朋友，那边你自会
遇到欢迎和保护。抬你的主公。
你若再作半点钟的迟延，他和你，
连同回护他的任何人，准都没有命。
抬起来，抬起来，跟我走，我马上领你
去到那备就的床车。⑯

铿　德⑯　历尽了千重
磨难的身心⑯如今已沉沉入睡。⑰
这安休也许能抚苏你破碎的神经，⑰
但若果事势不佳良，那就难治了。——
过来，来帮忙抬你的主公，你不能
退缩在后边。

葛洛斯忒[172]　　快来，快来，外面去。

［铿德，葛洛斯忒，及傻子，舁黎琊同下。

藹特加[173]　眼见到年高位重的[174]和我们同病，
我们便不甚为自身的疾苦伤心。
最可悲莫过于孤身独自去忍受，
将有福者[175]与开怀的乐事遗留在背后。
但若果忧愁有俦侣，受苦[176]有同伴，
心中可就淡忘了许多的磨难。
那使我弯腰的痛楚使国王弓身，
我的便显得何等轻，何等好容忍：
我们父亲和儿子异曲而同工！[177]
去吧，汤姆！注意那高处的来风，[178]
只等诬蔑的讹传证明你恂良，
荣誉恢复后，你便能重现本相。
今晚上尽风云去变幻，[179]愿国王逃掉。
躲着，躲着。　［下。

第 七 景

［葛洛斯忒之堡邸。］

［康华，雷耿，刚瑙烈，藹特孟，及仆从上。

康　华　［对刚瑙烈］快去见令夫君公爵去；给他看这封信；[180]
法兰西军队已经上了岸。——把葛洛斯忒那逆贼找出来。

［仆从数人下。

雷　耿　马上绞死他。

刚瑙烈 挖掉他的眼睛。

康　华 留给我来处治。——蔼特孟，你陪着我们姐姐走。我们对你那谋叛的父亲的报复不配给你看见。你到公爵那边，向他上议作速准备；我们也照样在准备。[181] 两方的驿马得加快传递信息。——再会了，亲爱的姐姐——再会，葛洛斯忒伯爵。[182]——［奥士伐上］怎么了，国王在哪里？

奥士伐 葛洛斯忒伯爵引他离了境。
有三十五六名他的武士正在
火急地寻他，恰跟他在城门前碰到；
他的挟着他和伯爵的另一班从人
向多浮进发，夸说有武装的朋友[183]
在那边保护。

康　华 替你主母去备马。

刚瑙烈 再会，亲爱的公爵和妹妹。

康　华 蔼特孟，再会。——［刚瑙烈，蔼特孟，与奥士伐同下。
把那个逆贼找出来。
把他小偷似的反缚着膀子带来。［另有数仆从下。
虽然我们不能开秉公的审问
判处[184]他死刑，但我们的权威自会
顺从[185]我们的愤恨，世人只有去
非难，却无从来阻止。——那是谁？那逆贼？

［二、三人挟葛洛斯忒上。

雷　耿 不知恩义的狐狸！[186]是他。

康　华 把他那干瘪的[187]臂膀缚紧了。

葛洛斯忒 您两位是什么意思？好朋友，要顾念你们是我的客人；别害我，朋友们。

康　华　绑住他，我说。

雷　耿　　　　　　　绑得紧，绑得紧。——臭贼！

葛洛斯忒　你这位忍心的爵夫人，我不是那个。

康　华　绑上这椅子。——坏蛋，你自会明白——

葛洛斯忒　我对仁蔼的天神们[188]赌咒，你这么
扯掉我的须实在太下流。

雷　耿　这样白，却是这样一个逆贼！

葛洛斯忒　恶毒的夫人，你拉掉我颏下的这些须，
它们会活起来在神前[189]将你控告。
我是东道主，你不该强盗般糟蹋我
殷勤款待你的容颜。[190]你预备怎么样？

康　华　来，法兰西最近给了你什么信？

雷　耿　爽利些回答，因为我们已知道。

康　华　你跟最近偷进王国来的叛徒们
又有什么勾结？

雷　耿　你将发疯的国王送进了谁手里？
你说。

葛洛斯忒　我有一封猜测情形的信函，
写信的乃是中立的，并不是对方。

康　华　真刁。

雷　耿　　　又假。

康　华　　　　　　你送国王上哪里？

葛洛斯忒　上多浮。

雷　耿　　　　为什么上多浮？不是说不准你——

康　华　为什么上多浮？——让他回答那句话。

葛洛斯忒 我已给系上了桩子，得对付这一场。[191]

雷　耿 为什么上多浮？

葛洛斯忒 为的是我不愿眼见你残酷的指爪
抓出他可怜的老眼，我不愿眼见你
那凶狠的姐姐把她野猪似的长牙
刺进他香膏抹净了的圣洁的肌肤。[192]
就是那海水，受了他光头赤顶
在地狱一般的黑夜里忍受的风暴，
也会涌上去[193]泼息上边的星火；
可怜的老人啊，他却要上天下大些。
那样猖狂的[194]风雨夜若果有豺狼
在你大门前悲嗥，你也该说道：
“好门子，开开门，可怜一切野兽吧，
任凭它们平时是怎样地残酷。”[195]
但我会眼见到天罚飞来，降落在
这般的孩儿们头上。

康　华 　　　　　　　　你可决不会
见到！——你们跟我按住这椅子！[196]——
让我用脚来踹掉你这双眼睛。

葛洛斯忒 谁想活到老年的快来救我！——
嗄，真狠毒！嗄，天神们！

雷　耿 那边的要笑话这边的，那只也踹掉。

康　华 你若见到了天罚——

仆　甲 　　　　　　　　住手，主公！
我自小侍候你到如今，可没有再比
我现在这要你住手更加尽忠了。

雷　耿　怎么的，你这狗子？

仆　甲　　　　　　　　　　　你若是个男子，

为了这件事我也会向你挑战。[197]——

你是什么意思？[198]

康　华　　　　　　　　我的佃奴？[199]　　　　　［主仆拔剑相向。

仆　甲　得了，来打，冒冒义愤的险吧。　　　　［康华受伤。[200]

雷　耿　你的剑给我。[201]——贱人敢这样犯上？

［抽剑从背后刺他。[202]

仆　甲　嗄，我给刺死了！——你还剩一只眼，

大人，能亲自见到他吃点亏。——嗄！　　　　［死去。

康　华　别让它再见到什么。——烂掉贱肉冻！[203]

现在你眼光在哪里？

葛洛斯忒　一片漆黑，难道没有人来搭救？[204]

我儿子蔼特孟在哪里？——蔼特孟，燃起你

骨肉的至情，[205]来报复这骇人的罪恶！[206]

雷　耿　滚开，谋反的坏蛋！你叫他，他却恨你；

对我们透露你那个奸谋的就是他；

他是好人，不会来可怜你。

葛洛斯忒　啊，我笨到这样！蔼特加可冤了。

天神们，饶我吧，祝福他康宁无恙！

雷　耿　去把他推出大门外，让他嗅着路

到多浮。——［一仆引葛下。］怎么样，夫君？

你怎么这样？[207]

康　华　我受到一处剑伤，跟着我，夫人。——

把那个没有眼睛的坏蛋赶出去；

扔他在粪堆上。——雷耿，我淌血淌得快；

这伤来得不巧。[208]挽着我的臂。　　　　[雷耿扶康华下。

仆　乙　要是[209]这人有什么好结果，不拘
怎样的坏事我都做。

仆　丙　　　　　　　　　要是她活得长，
到头来还能得一个好好的老死，
所有的女人全都会变成妖怪。

仆　乙　让我们跟着老伯爵一同出去，
去把那疯叫化[210]找来，他想上那儿
就领他上那儿，那浮浪人什么都肯做。

仆　丙　你去。我去拿一点亚麻子和鸡蛋清[211]
敷在他出血的脸上。但愿天救救他。　　　[各自下。

第三幕　注释

① 通常"main"本解作"海"，但此处原文 Capell，Wright，Schmidt 等都训为"陆地"。Delius 仍解作"海"。Jennens 则主张改为"moon"（月亮）：他说海水涨上陆地是常有的事，不能算作天大的混乱，与上行"叫大风把陆地吹进海洋"不相称，可是海水涨上月亮却真是异常的大变，与黎琊的疯狂极恰当。我以为 Jennens 窜改此字的理由不够充分，因为陆沉（海水大举地涨上陆地而不退）并不是什么安静的寻常变故。至于他主张改的"月亮"我觉得有幻想（fanciful）之嫌。

② 原文自这里起到"一切都同归于尽"不见于对开本，是从四开本里补入的。

③ Delius 解"make nothing of"为"遇之以不敬"，Schmidt 谓为成语"make much of"之反面，译为"视若无物"差不多。Heath 训为暴风把他的头发扯下来，"吹得不见"，不妥。

④ Furness 说，这里的"little world of man"也许特指旧时占星术里的一句术语，说"人"是"小世界"（microcosm，or "the little world"），这"小世界"含蓄着"大世界"（macrocosm）里的"天"和"地"的一切成分，所以也就是"大世界"的雏形或缩型。

⑤ 从 Warburton 诠释，"cub-drawn bear"为被幼熊吸干了奶的母熊。就是肚饥与饲养幼雏也不能使母熊在这样的晚上到窟外去觅食。

⑥ 此语为译者所增。

⑦ 从对开本之"my note"，Johnson 释为"我的观察"，意即"凭我平时的观察所得，知道你是个可靠的人"。四开本作"my art"，Capell 解作"看相的艺术"。但

Hudson 说得好，铿德已认识这位近侍，知道他的为人，看相术未免运用得多费了。

⑧ 自这里起到"掩盖这隐事的虚饰"止，四开本原文缺佚。

⑨ 从 Delius 解。Capell 以为"who seem no less"是说权位和他们差不多高低的他们的下属。

⑩ 对开本原文自此起至"遮盖这隐事的虚饰"不成整句；Schmidt 断为"……虚饰"与"可是……"之间必有缺文，这缺文是对开四开两种本子都遗漏了的。

⑪ Wright 释"snuffs"为"争吵"，译文根据 Nares。

⑫ 从 Steevens。

⑬ 各注家训"furnishings"大致相同，如译文。

⑭ 原文自这里起到本段末仅见于四开本。

⑮ Dover 城为英国极东南的港埠，正对着法兰西的卡雷城（Calais）；二城相距仅多浮海峡之一水，宽二十英里余。

⑯ Schmidt《莎氏用字全典》释原文这里的"just"为"真实，根据事实"。

⑰ Delius 注，这句话有客气的拖延时间或拒绝请求之意，所以铿德说"不，不要"。

⑱ 自这里起到景末，铿德的语气愈来愈急促，在寥寥的九整行与三短截里，若除去后者不算，竟有过半数是"泛行"或"跨行"（overflow or run-on lines）的；当然，他是急于要找黎琊去，这内中的迫切便在诗式上显化了出来。

⑲ Schmidt 说对开本原文这里的"that fellow"当作"那同伴"解，不是"那人儿"。四开本作"your fellow"（你的同伴）。

⑳ Abbott 之《莎氏文法》第一八六节释这里的"to effect"为"with a view to effect"，意即"权衡结果的轻重"。

㉑ 依 Wright 注。

㉒ 原诗风格的嵯峨雄浑，毫无疑问说得上古今独步。在文艺创作里，从正面抒写这种自然涌现的人类热情的，以崇高（sublimity）而论，从没有能与黎琊的这番狂怒相颉颃的。这段奇文译起来极费经营，而且不能直译：它用意及措辞的得当与一股翻江倒海的气势，凡是对英文、英文诗，有一点感觉的读者，谁都能欣赏得到；可是把它译成我国语文，事实上最难的是在传达出诵读原诗时的那风声雨声与霹雳声，——那层言外之意，声中之旨。对于这一点，译者自承笔拙，不能完全做到。但译文里有几组同声与近音字，译者希望它们多少还能帮助些用意及措辞上的力量。

㉓ 原意仅为"脸"。

㉔ 原意为"龙卷"或"水柱"，起自海上。"cataracts ... hurricanoes"这两个神妙无比的多音字，若直译为"大瀑布……龙卷"，便会把它们的绘声效用完全消灭掉。

㉕ 莎氏常用"sulphurous"（硫黄的）形容电闪，想因触电的东西有极浓的硫黄气息。

㉖ 原文"thought-executing"Johnson 释为"执行死刑快得和思想一般的"，Moberly 则解作"执行降你们（天火）下来的天帝（巨擘德）的思想的"，我觉得前说较为切当，但因直译成中文太累赘，太弛缓，故改作现在这译法。

㉗ 原意为"这世界的冥顽（或臃肿）的浑圆"。Delius 注，这"浑圆"不但指地球的形状，还影射下两行里的妇人的妊娠。我以为尽可不必，影射了反有重复之弊。

㉘ 原文“court holy-water”Steevens 及 Malone 等都解为译文。

㉙ 从 Schmidt。

㉚ 或译为“头盔”。

㉛ 原文“cod-piece”本是莎氏当时戴在男子裤裆前面的一块遮护甲，用意怕是在遮蔽或掩护里边的器官，但结果反引起人家注意。这里是暗喻阳具本身。我从字面直译，作“遮阳”，并不是伞，乃简名遮阳具的东西。

㉜ 从 Mason，意即“许多叫花子都是这样讨的老婆”。

㉝ Capell，White，Furness 三家对于这两行的笺注大同而小异。Furness 注，一个人若对他身体的卑贱部分大加爱惜，而对于贵重部分反毫不爱惜，他便准会身受到久常的痛苦，——黎琊爱惜刚瑙烈与雷耿而鄙薄考黛莲，如今他是在吃他自己的亏。我觉得这样解法（把原文“make”解作“爱惜”）与原文下一行里的鸡眼痛意义冲突：事实上若一个人爱惜脚趾甚于爱惜心，他就不会有鸡眼，更不会有鸡眼痛。但若把原文“make”解作“糟蹋”，这四行劣歌便成了极苦心极深刻的反嘲了；参看下条注。

㉞ 这八行劣歌辞笺解如下。一个人穷得连自己的屋子都还没有时，如果他想享受性欲上的快乐，准会生满了许多虱子：许多乞丐便是这样娶妻的。一个人若把应当对待他的心的手段（就是说，很恶劣的手段，像黎琊对待他的心似的）对待他的脚趾，就准会痛得整夜睡不了觉。换句话说，好好对待你的脚趾（你身体的不重要部分），可是对待你的心（你身体的重要部分）尽不妨坏些，—— 一句极苦痛的反话。第二幕第四景傻子对黎琊说起厨娘的那段话，跟这里的反嘲用意相仿。

㉟ Eccles 想入非非，他的诠释此处不必转录。Furness 解得比较合理，他说这是傻子的惯伎，他说了一阵太尖利的话以后，往往来一两句不相干的笑话，专为扰乱人家的注意力，或按一按他自己的辞锋。

㊱ “Marry”即圣母马利亚“Mary”，作发誓用。译文姑用我们的“国誓”。

㊲ Dcuce 注，莎氏戏把这个名字加在傻子身上，原来傻子的服装上这块不雅观的东西特别触目，目的是要引人嬉笑。

㊳ 称黎琊为聪明人，当然是一句反话；傻子自称为傻瓜，当然是讥笑他自己的不识时宜。

㊴ “groans of roaring wind and rain”按意义译应作“……的呻吟”；但原文有四个 r 的双声（alliterative）音，兹就可能范围内译成四个叠韵字（内中“哮”与“啸”亦为双声字），故只得略改原意。

㊵ 与原文略异；直译原文应作“让我们头上演出这可怕的混乱的天神们找出他们的仇雠”。

㊶ 原文“I am more sinned against than sinning”乃一名句，常被引用。

㊷ 原文“scanted”意为“不轻易给予的”或“吝啬的”。

㊸ “brave”并不能解作“勇敢”，当与现代英文之“splendid，excellent”同义，译成中文则为“妙极”。这里是句反话。

㊹ 这一段“预言”有些评注家认为非出自莎氏之手，乃当时扮演傻子的一个丑角妄自续的貂；这赤心爱主的傻子，他们说，绝不会让他的主子在这大风暴里半疯半

癫地走开去，他自己却停下来说这一大堆毫无意义而绝不需要的粗话；他们又说，一六〇八年的四开本上没有这段文字更足以证明它的不可靠。Capell 说莎氏为这傻子写了两起“预言”：第一起包括前四行，说起当时社会上的实在情形，第二起包括第五行至景末，那是决不会发生的事情；想是作者先写第一起，后来把它废而不用，代以第二起；随后作者去世，演员不知底细，以误传误，把两起都印进了对开本。

㊺ 即酒麴。

㊻ 有人解作不付账，叫裁衣匠学一点乖，似非是。Warburton 与 Schmidt 都解作贵人们比裁缝多懂些裁衣术，或教他们时装的新式样。

㊼ 大疮即杨梅疮。原文“burn'd”意义双关：如与“heretics”（邪教徒）联在一起讲，当为中世纪时对邪教徒施行的火刑；如与后面的“but wenches' suitors”，互相呼应，则当从 Johnson 所注，解作“杨梅疮”，莎氏当时名为“（欲）火毒”。译文作“不烧邪教徒，嫖客才烧死”，但依然有些不知所云。

㊽ 这是故意说一句“时代不符”（anachronism）的话开玩笑。据传说《黎琊王》与《圣经·旧约》里的犹太国王（King of Judah）觉许（Joash）同时，远在耶稣降生之前；懋琳（Merlin）则相传为雅叟王（King Arthur）之宫廷巫师，雅叟王据说生于纪元后五世纪之末叶：估计起来，这傻子当比懋林早生一千三百年光景。

㊾ 此系译者所增。

㊿ 初版对开本原文作“footed”，四开本作“landed”。Schmidt 谓“footed”意即“landed”（上了岸），Onions 之《莎氏字典》亦如是说。

51 原文这里的“strange”不应作“奇怪”解，应释为“重大”，见 Schmidt 之《全典》本字项下第六条。

52 原文为“forbid thee”，Wright 谓训作“forbidden thee”。

53 原文本无此意，译者所增。

54 Coleridge 注曰：啊，诸般万种的惨怛都荟萃在此！外界的自然在风狂雨骤中，内在的人性打着痉挛，——黎琊的真疯，蔼特加的装疯，傻子的谵语，铿德的绝了望的忠诚，——此情此景确是前未有古人，后尚无来者，设想过！只把它当作一幅眼所能见的图画看，也比任何米凯朗琪罗（Michael Angelo Buonarroti，1475—1564），受了任何但丁（Dante Alighieri，1265—1321）的启示，所能设想得到的更要惊心动魄些，而这样的画也只有米凯朗琪罗才能运笔。若把这一个剧景让盲人听到，那就不啻是大自然的呼号由人事作喉舌，从人心深处在倾泻出来。这一景以透露出黎琊确实疯狂的征象而结束，更显出第五景穿插得特别适当，——那间断恰好让黎琊在第六景上场时完全疯狂。

55 原文“nature”应属 Schmidt 之《莎氏用字全典》本字项下第三条内，解作“the physical（and moral）constitution of man”，如译文。

56 原文作“Wilt break my heart？”，Steevens 信黎琊这问话不是向铿德发的，乃在问他自己的心；因此标点就得改动一下，作“Wilt break，my heart？”（你要碎了吗，我的心？）。Steevens 又说，铿德禀性忠仁，所以虽然明知他主人并不向他发问，还是要回答一声。较 Steevens 早些的 Warton 却有个很巧妙的诠释：黎琊仿佛说，

“这个仆人的忠爱与感恩心，比我自己两个孩子的强得多。虽然我把王国给了她们，她们还是很卑鄙地遗弃我，让我这样一个白发满头的老人由这样可怕的大风暴雨去侵凌，而这个与我无亲无故的人倒肯怜恤我，要保护我使不受风雨的淫威。一个纯粹的陌生人对我这样好我受不了；他使我心碎。”

(57) “feeling”平常译作“感觉”，但此处则嫌行文重复，故译为“知能”，因感官上的知能就是感觉。

(58) Johnson：这一声吩咐表示内心经过打击后的谦卑，仁蔼，和不拘礼节。

(59) 原文“poverty”（贫穷）以抽象代表具体，跟下两行语气相接。

(60) 原文极简练，仅为“服药吧，荣华”。

(61) Coleridge 评曰：蔼特加的装疯正好减去一点黎琊的真疯所给人的大震荡，大刺激，同时在这并比之下又可以显得这两种疯狂绝对不同。在全部戏剧文学里表现疯狂的方法总是言语举止间的轻率无常，尤其在奥推（Thomas Otway，1652—1685）的作品里，——黎琊的疯狂是唯一例外。在蔼特加的狂呓里莎士比亚让你看见一个固定的用意，一个以实际利益为前提的目的；——在黎琊的疯狂里却只有他那番唯一的沉痛，念念不忘，像漩涡，永无宁息而永不进展。

(62) Capell 说这是在量他自己掩藏在干草里的深度，Steevens 则以为他在数测海者所估计的海水的深度。

(63) 从对开本之“风”；四开本作“冷风”。各注家都以为这是一首失传的歌谣里的一行。

(64) Theobald 最初发现蔼特加自始至终的假疯话大多系取材于哈斯乃大主教（Samuel Harsnet，1561—1631）的《对天主教徒过分欺人行骗的揭发状》（*A Declaration of egregious Popish impostures*，1603）一小册子内；这里的尖刀和绞人索乃出于该书附录《威廉斯审问录》（*Examination of Friswood Williams*）中。

(65) Delius 认为这是表示即使最圣洁的地方也不免有引人自杀的诱惑。

(66) 据 Johnson 说，五巧（five wits）系指接收五种感觉的五个智能，那五种感觉即由五官传入脑部。Malone 引用史蒂芬霍司（Stephen Hawes，卒于 1523？）的一首诗《大爱》（Graunde Amoure，1554），说五巧乃指“普通智力，想象，幻觉，估量与记忆”。这五巧往往被人与五官相混，但 Malone 举出莎氏商乃诗第一四一首，证明他们完全不是一回事。

(67) Eccles 注，这是在装出冷得发抖的人的声音。

(68) “taking”即第二幕第四景注 ⑯ 所释“taking airs”之意，译为“邪气”。

(69) Delius 说，这是指汤姆赤裸的手臂上插得有针刺，但 Clarke 认为这是指汤姆袒裸着身体立在风雨里。美国大伶人蒲士（Edwin Thomas Booth，1833—1893）的《舞台提示录》（*Prompt Book*，1878）里有这样一句导演辞：“自蔼特加臂上拔下一根棘刺或长木钉，准备插在他自己臂上”；到黎琊说完了话时又有“蔼特加拉住黎琊手臂，抢掉那根棘刺”。不知蒲士见过 Delius 的注释本否。

(70) 西方旧时的寓言故事里常说起小鹈鹕（pelicans）要喂饮了大鸟的血液才能生长的故事。Wright 征引“Batman uppon Bartholome”（1582）云：“鹈鹕鸟太爱它们的幼雏了。小鹈鹕长得大胆起来，羽毛转变成灰白时，便要打老鸟的耳刮子；母鸟还打了一下，便把小的们打死。到了第三天上母鸟便扑击她自己的两胁，流出热血来洒在小鸟身上。死雏得了这热血就还苏复活了。”

⑦1 Collier 引列忒孙（Joseph Ritson，1752—1803）的《歌登妈妈儿歌集》（*Gammer Gurton's Garland*，1783）如后：

“小鸡鸡，小鸡鸡，坐在小山上；
他若没有去，就还在原地方。”

按原文“Pillicock”为嬉爱男小孩的称呼。

⑦2 依 Furness，从对开本里的“Alow：alow ...”；通行本都作“Halloo，halloo ...”（哈，哈……）。Furness 云，说不定这一行是模拟鸡啼的；不知为什么我们遇见了这样无甚意义但也很妙的状声字定要改变原本里的拼法，易“alow”为“halloo”。

⑦3 从 Pope 之校正文，大多数通行善本都沿用这个校订。

⑦4 译得拘谨一点该是“心里意里都骄傲的”。

⑦5 译文本 Schmidt 所解，作普通男仆。Knight 释“serving-man”为献殷勤的骑士或情夫（cavaliere servente），似欠妥。“serving-man”与“servant”意义不尽同，不能完全通用；现代英文里也有这个区别。

⑦6 Malone 引哈斯乃大主教书中的一段，证明此语亦出自该书；按那个《揭发状》里说起天主教驱邪师某某诈称喜鬈发者乃是中了“虚骄魔”的蛊惑，这魔鬼驱出了人身便变成一只孔雀。Furness 以为这鬈发也许指莎氏当时的情郎们所佩的“爱情发绺”（love-lock）。

⑦7 Theobald 注，通行的习俗男子帽上佩手套有三种不同的动机：第一，他有个情妇或意中人爱着他，给了他那只手套；第二，表示对他某个好朋友的敬意；第三，与仇人决斗前帽上佩戴手套，作为挑战的标记。这风气肇自武士风盛行的中世纪。

⑦8 或译为“黑勾当”。

⑦9 土耳其人以多妻闻名。

⑧0 Johnson 注，“听信坏话”。

⑧1 Wright 注，据 Skeat 告他，Richard Poore（卒于 1237）于十三世纪初所制的《女修士规律》（*Ancren Riwle*）里说，人世“七大恶孽”（the seven deadly sins）各有一只兽畜代表：狮子代表骄傲，蛇代表嫉妒，麒麟代表愤怒，熊代表迟钝，狐狸代表贪婪，猪代表好吃，蝎子代表淫欲。

⑧2 原文“plackets”各家注解很繁，现择要摘译一二。Dyce 之《莎氏字汇》说，此字究竟原来有没有不雅的意义，他不能确定，解释也很多，如裙，如女人下身的亵衣，女人衬裤上的袋，女人衬裤的裤裆，及妇女的胸衣。White 注，分明“placket”一字在莎氏当时和后来是女人常用的一种衣服，因为用途太秘密所以不容易描摹叙述，又因为太普遍所以不必细说，于是那东西在渐渐不用之后，连名称也便变成了个名称的影子了。

⑧3 此三字并无意义。Steevens 认为也许是本剧的演员随意加上去的，因为他们和排字人一样，常会把他们自己所不懂的弄糟，或在他们认为是胡闹乱说的话上再添些他们自己的打趣。

⑧4 原文此句，若不是毫无意义的胡诌，一定是莫名其妙的引语。Johnson 注，要解释

它并无多大的希望，或何等需要。可是任何解释都不妨一试。这疯子假装着心骄气傲的样子，又装出自己正骑着马在路上遇到有人不许他通过，但那个人眼见敌不过他，便改变了主意让他过去，又叫住孩子多尔芬（Dolphin 即 Rodolph 之简称）莫跟他交手，尽他通行。Steevens 有一个很有趣的故事解释此句，但恐全属臆造，姑不迻译。

㊰ 指麝香猫。

㊱ “sophisticated” 可译为“不纯粹，矫揉造作，或装腔作势”，但似不及北平土语里的“装孙子”有色彩，有力量。

㊲ 据 Wright 注，原文“unaccommodated”泛指没有必需的设备，此处特别指没有衣服穿。

㊳ Furness 说，伦敦有位卓越的小说家兼剧作家向他提起过，这是句舞台导演辞。

㊴ 更准确些译为“要去泅水这是一个太坏的夜晚”。

㊵ 对开本原文作“wilde”（荒野的），Jennens 校正为“wide”（广大的），译文从后者。Jennens 的理由是，校改之后这里的“大”和下文的“小”成了对照，似乎较称；Walker 佐证此说云，“野”是近代诗的风格，不合于伊丽莎白时代的诗的格调，他又举了些莎氏同时作家的例子，证明“wide”常被误印为“wilde”。

㊶ Furness 注，虽然这句话分明指葛洛斯忒和他的火把，但剑桥本从了各版四开本让葛洛斯忒就在这里上场来，那似乎嫌太早了些。在列次四开本里（假如它们是从舞台演唱本里印下来的），与其说那些导演辞是指导演员们上场的，不如说是指导他们作上场的预备的。在面积很有限的莎氏时代的舞台上，很难想象葛洛斯忒此刻已上了场，而黎琊竟在十行之后方始见到他。按四开本把这句导演辞放在这里，对开本则把它放在傻子这段话的前面；Furness 不用这两种读法的任何一种，却根据着他上面的理由，从 Pope 本把这导演辞移在下面铿德的“大人，您觉得怎么样”之后。译者觉得 Furness 的理由似欠充分。上场的预备那一层太说不过去；为什么旁的演员，或饰葛洛斯忒的演员在别处，都不用预备，而此处独异？其次，莎氏当时的舞台动作并不是呆板的，写实的：舞台虽小，尽可以有两个台中人物在舞台的前后或左右而各装不知，等走近来才互相见到；而且葛洛斯忒出了场又可以走一步用火把照一照，同时又得防火把被风雨弄灭，因此藹特加说完了一段话后他才走到他们几个人身边。在台上的几个人里边以傻子最机敏，所以葛洛斯忒执着火把一走上舞台上的荒原，他就远远地见到有人。傻子那样一说，藹特加也望见了；他因为掩饰自己起见，便用足了劲说疯话，假装没有瞥见有人来，——这是他的心虚，怕被父亲认出了原身。忠诚的铿德一心只注在他主人身上，什么都不闻不见，所以葛洛斯忒走近来时他还在问黎琊觉得怎样，直等黎琊问了“他是什么”才觉得有人，问“谁在那儿”。黎琊已有一点疯，脸色难看（铿德问他“大人您觉得怎么样？”就是因为他面色不好），他心里只想着他自己，而感觉的注意力则集中在一个新发现的疯子身上，所以铿德打断了他的注意力后他才见到有人走近来。至于葛洛斯忒呢，在这样的暗夜里执着一个火把，还得保护它不被吹灭，当然见不到暗处是什么人了。

㊷ 不从 Furness 而从四开本，理由见上注。

⑬ 对开本原文“Flibbertigibbet”，魔鬼名。Percy引哈斯乃书中说：“Frateretto，Fleberdigibbet，Hoberdidance，Tocobatto是四个合跳着滑稽舞的魔鬼，被蛊者女仆沙拉威廉斯（Sarah Williams）中魔发作时就唱着悠扬有致的歌儿，让他们四个跳着舞。”考脱猗来瑚（Randal Cotgrave，卒于1634年？）所编的《法英字典》（1611）释法文“Coquette”一字道：“一个呶呶不休或骄傲的多嘴姑；一个东串西闯或举止轻佻的浪荡妇，一个饶舌妇，或胡说八道的家主母；一个坏人名声的散谣娘，一个好管人闲事的唧唧咕咕婆（flebergebit）。”在现代英语里（flibbertigibbet）一字亦为称呼饶舌者之专名，特别指多话的女人。

⑭ 打熄火钟的制度乃是诺门人（the Normans）征服英伦后所带来的，当威廉一世（William the Conqueror，1027—1087）与威廉二世（William the Rufus，崩于1100）两朝时执行得最严，夏天在日落后，冬天在晚上八点，一切灯火炉火都得熄灭；中世纪时大小城镇里的住房多半用木制，这办法于防火倒很有益处，虽被目为诺门人虐政之一。禁火令不久就停止执行，但打熄火钟的习惯却流传得很久，据说至今有些偏僻的乡镇上还留着这个旧习。

⑮ 传说妖魔鬼怪等不祥东西听见了第一声鸡啼就都会销声匿迹。《罕秣莱德》第一幕第一景自一五〇行起有以下一段说起此事：

“我听说
公鸡，它是替早晨报晓的号手，
一阵阵啼响它高亢峻峭的喉咙，
把白日的神灵唤醒；一经它警告，
不论在海上或火里，在空中、地下，
一切游魂和野魅都会慌忙
赶回他的本界……”

⑯ 原文“walks”，从Schmidt，解作“goes away”（走开）。

⑰ 原文为“the web and the pin”，Malone及Wright都引着弗洛留（John Florio，1553?—1625）的意英字典（初版1598年），证明就是“Cateratta”，或“Cataract”，即眼珠上的白翳。

⑱ “穗子”二字为译者所增，根据《罕秣莱德》第三幕第四景第六四行里的例子。

⑲ 原文作“the poor creature of earth”，Hanmer改为“... creatures ...”。按此处“creature”一字似用作集合名词（collective noun）：虽然校改并不绝对需要，但改后意义要明显得多，——否则亦可解作“人”。

⑳ 这首劣歌词，除了“九小魍”和“雌妖魔”两处外，完全依据Warburton的诠释。据说原文“Swithold”即“Saint Withold”（圣维妥），为安眠的保护神，他使人不被梦魇煞所侵扰。“叫了她下去”即叫她跨下人身；“要她发个誓”即要她赌咒不再骑上去。这全首劣歌词是个驱魔的灵诀，最后一行为念诀人对梦魇所发的急咒或敕令。

㉑ 原文“nine-fold”，从Capell注，释如译文。

㉒ 原文“witch”平常解作“巫婆”或“施行妖术者”，但此处似不应直译。

㉓ “right”（即downright，马上或赶快）原文本没有，是Warburton所增补的；增补的

理由是为押脚韵（在英文里此字加在行尾），因脚韵在这样的灵诀或咒语里是很重要的。译文“去”与“去”本不能押韵，但因是一首劣歌也就无妨。

⑭ 北平语称蝌蚪为蛤蟆豆。多谢徐霞村先生告诉我这个。

⑮ 原文“water”后“newt”一字省略。形似壁虎，但在水中，专名为蝾螈。

⑯ 据 Delius 注。

⑰ 伊丽莎白朝的法律规定犯浮浪罪的施鞭刑，又遍送附近各乡区示众。

⑱ 原意仅为“武器”。

⑲ Capell 注，此两行乃袭自一个旧的“韵文传奇”（metrical romance）名“Life of Sir Bevis”里边的。“Dere”一字 Malone 说是指一般的兽类；Schmidt 说不很确，乃特指野味而言。

⑩ 死殁尔禁（Smulkin）和下文的模涂（Modo）及马虎（Mahu）都采自哈斯乃书中。死殁尔禁为一小鬼；模涂为五大鬼总司令之一，统率七大恶孽（the seven deadly sins）；马虎亦为五大鬼总司令之一，他的权力很大，兼充地狱里一切魔鬼的“狄克推多”，但为礼让起见，他自承须受模涂的节制。

⑪ Steevens：蔼特加此语乃是嗔怪葛洛斯忒的问话发的。

⑫ Cowden Clarke 评注这两行说，这是莎氏生花妙笔之一。疯汤姆有些语音或声调葛洛斯忒听了就联想到他大儿子的“逆行”，那事情他就用来和黎琊两个女儿的逆行相提并论。蔼特加感到了这层危险，便把他的疯叫分外装得响些，一来为掩盖他的真声音，二来也为使人深信他确是疯汤姆而不疑。

⑬ 原文为“血肉”，即中文“骨肉”之意。

⑭ 从 Wright 所解。

⑮ 古希腊东部皮屋希阿（Boeotia）共和邦之主要城市名底皮斯（Thebes）。据 Craig 在 Arden 本上云，“博学的底皮斯人”一语在莎氏当时大概可以懂得，但现在意思已经失传。译者不敢强作解人，只得让读者诸君也不懂。

⑯ Steevens 引渥尔朴尔（Horace Walpole，1717—1797）所著悲剧《神秘的母亲》（*The Mysterious Mother*，1768）的跋语如后：“一个完全疯狂的人物不配在舞台上表现出来，至少是只能在短时间内偶一出场，剧院的任务是在展露情感，不在模仿癫狂。描摹惨遭不幸以致神经错乱的人物，最好的例子当推黎琊王。他的心绪总是萦绕在两个女儿的负恩上的，他每一句话总使人兴回想而生怜恤。如果他完全为疯癫所支配，我们的同情就会减退；那时候我们会断定他已不复感觉到痛苦了。”

⑰ 原文“I do beseech your grace”的“do”字读重音，故译“实在”。

⑱ Cowden Clarke 注：这里葛洛斯忒想把黎琊领到毗连他堡邸的佃舍里去过夜，避风雨；但黎琊不肯离开他的“哲学家”。葛洛斯忒当即叫那个疯叫化进棚屋里去，免得待在黎琊面前碍事；但黎琊要跟他一同进去，说“咱们在一起”。铿德本想扶开黎琊，但见他“要跟我的哲学家在一起”，便央求葛洛斯忒随顺了他，“让他带着这人儿”同走。葛洛斯忒当即首肯，要铿德带着那个人向他们要去的方向走；铿德随即遵行。本景的棚屋和第六景里的佃舍有截然的分别。第六景里说起的“垫子”和“折椅”显得那边的设备比这边棚屋里的要好些；也许那是葛洛斯忒治下

的一个佃户的农舍。

⑲ 雅典（Athens）为希腊之首府。

⑳ 原文“Child Rowland”即“Child Roland”之俗呼，意大利文称为奥阑铎（Orlando）者是也。他是中世纪查理曼大帝（Charlemgne, 742—763—814）宗教武侠传说系统里的最著名的武士，是大帝的外甥，据说身长八英尺，骁勇善战。这三行意义不连贯而又不很押韵，与剧情可说全无关系，只能当作“苦汤姆”的疯话看。Capell在他的注里于第一第二两行之间加上了一行，想把剧情解释进去，遭了集注本编者 Furness 的一顿嘲笑。Ritson 猜想第一行译自某一法兰西或西班牙的歌谣，后两行引自另一来源。但 Dyce 认为这三行都出于同一歌谣，不过也许跟本来的面目略有一点差异；他又说苏格兰语的那原歌谣在杰米荪（Robert Jamieson，1780?—1844）的《北地古风辑遗》(*Illustrations of Northern Antiquuies*，1814）里还有一断片保存着。那断片的歌谣是：“口喝着 fi fo，fum! ｜我闻到一个基督教徒的血（肉香）！ ｜不管他死或生，我要用剑儿｜把他的脑瓜敲出（白）脑浆。”Halliwell 以为第一行采自咏洛阑特骑士的一支民歌里，后二行则自题目《雅克和巨人们》(*Jack and the Giants*）的一支歌谣里借来，至于“fie，foh，fum”这通行的呼喝则不知其详。

㉑ Wright 注云，不说“英吉利人”而说“不列颠人”，显得莎氏作此剧时已在英王詹姆士一世（James I，1566—1603—1626）治下；詹姆士本为苏格兰王詹姆士六世(1567—1625)，即英国王位时英苏两邦合并，统称为大不列颠。

㉒ 原文“Censured”与现代英语里的同一字意义略有出入，不仅作“谴责”或“非议”解，而且是没有色彩的“评判”或“议论”，可以褒贬两用。

㉓ “Something”即“Somewhat”。

㉔ 译文本 Cowden Clarke 及 Nichols 之笺注。多数注家说原文“merit”不作葛洛斯忒的“罪有应得”解而是蔼特加的“德行”，那是不通的；他们没有把“... not altogether... your brother's... but（also）...（your father's）...”全句的文势看清楚。须知康华这时候用意并不在赞扬或洗刷蔼特加，他说话的重心乃在责葛洛斯忒；他所以原谅蔼特加也只在表彰葛洛斯忒的罪大恶极，说即使亲儿子想谋害这样坏的父亲也并不足深责。换句话说，原谅蔼特加“并非……”的上半句乃是陪衬语，深责葛洛斯忒“只因……”的下半句方始是正文。

㉕ 怎么能不管真假？如果是假的，岂不成了一封诬陷他的信？康华所以对葛洛斯忒这样地痛恨，至少有一半是因为葛洛斯忒违反了他的命令，去侍候他的岳父与大恩人，那禅了位的老黎琊，——而光是这一半的原因，在康华看来，便已足够使葛洛斯忒丧失一切而不为过了。

㉖ 原文“his suspicion”指葛洛斯忒的嫌疑，不指康华的猜疑，见 Schmidt《全典》“suspicion”项下的“but also objective”子目。Theobald 认为这一句是蔼特孟的旁白，因加入一导演辞，普通现代版本大多从他；译文根据各版四开对开本（不用“旁白”）及 Schmidt 解。

㉗ Wright 说原文“my blood”是指蔼特孟的本性（natural temperament)；他举《罕秣莱德》第三幕第二景第六九行他认为相同的一个例子，意思要证明这“本性”是

情感的冲动，那“忠诚”是判断或理智的控制，两者正相对峙。我觉得那样多费周折尽可不必，照译文讲似较近生活与谈吐而不像教授演讲；这一目了然且撇开不提，同时我又觉得依译文解正好和下面康华的第二截话有呼应之势。

⑱ 直译当作“自会发现我的爱宠是个（比你自己的父亲）更亲爱的父亲”。

⑲ 直译原意为“用感谢的心情接受了它吧”。

⑳ “Frateretto”，小魔名，见本幕第四景注 ⑬。

㉑ Upton 注，据腊皮莱（François Rabelais，1494?—1553）说，尼罗（Nero，37—68）是地狱里一个弹四弦琴的，屈拉强（Trajan，53—117）才在那里钓蛙；但世人不愿屈拉强那样一位英主干那样卑微的营生，固将尼罗去替他。译者按，尼罗为公历纪元后 54—68 年间的罗马皇，像我国历史上的桀、纣一样以骄奢苛暴闻名，相传他下令纵火焚罗马城，火起时他奏着四弦琴取乐；屈拉强亦为罗马帝国之皇，柄政于纪元后 98—117 年间，乃一武功远大之英杰。Ritson 注，腊皮莱所著《巨人伽甘交怪史》（*La Via tr'es horrificque du Grand Gargantua*，1534）于 1575 年前即有英译本；据译者所知相当早的欧卡（Sir Thomas Urquhart，1611—1660）的英译本于 1653 年才出版，Ritson 所说的，想必是另一译本，不知出于何人之手。

㉒ Steevens 说蔼特加这是在称呼傻子，因旧时称“傻子”为“天真儿”（innocents）。

㉓ Collier 说，这在当时似乎已是句通行的成语。但 Hudson 与 Schmidt 都认为这是暗指诗人自己为他父亲请得家徽（coat-of-arms）的那回事，不过用戏谑的语气提及，因在作《黎琊王》之前不久莎氏曾以他父亲的名义向纹章院（the Herald's College）请得了家徽，于是他父亲由平民一跃而为世家绅士，他自己便也可以沿用这个称号。按英国社会习俗世家贵胄都有他们各自的家徽，在纹章院里有登记，平民百姓则没有，——至于当时为人所鄙夷的优伶职业者简直连请求登记的权利都没有，所以莎氏不得不取巧，用他父亲的名义去请求登记，虽然那样办也未必见得合乎当时的风习与当时纹章院颁发家徽的规则。

㉔ 原文“spits”为炙肉的铁叉。

㉕ 自这里起至注 ㊾ 止，初版对开本阙，乃补自四开本者。

㉖ 此处似应照字面译，不应作“在背后说我的坏话”。

㉗ 原文“health”（健康）Warburton，Singer，Keightley 等人的校本都改作“heels”，依他们则应译为“一只马的（后）蹄（不会踢）”。Johnson 主张维持原文，说作者此语并不在说险诈的东西，乃在指无定而不持久的东西：一只马比其他的动物更容易得病些。Ritson 以为“马蹄”毫无疑义是对的，因为“不要信一只马的蹄子，也不要信一只狗的牙齿”是一句很早就通行的成语。

㉘ Steevens 认为第二句是对刚瑙烈说的，问她是否在堂上问罪时还要招引人家瞅着她，羡慕她的姿色。Cowden Clarke 疏解这两句说：“瞧，那魔鬼站在那儿睁着眼！娘娘，给当堂在审罪还要有人瞅着你羡慕你的姿色吗？那些魔鬼正合你的意呢，你可以叫他们来瞅你。”Johnson 信蔼特加只是偶然与黎琊他们相遇，他对于黎琊所经的变故全然不知，所以说话时不会跟国王的意向合拍；因此 Johnson 信这第二句的话该是国王口说的，这里不过有个脱落了黎琊这名字的印误。Eccles 提议把“他”改作“她”，然后这两句话都应让黎琊去说。

⑬⑨ “小河”四开本误作“broome”；Capell 改为“boorne”，即今之“bourne”，大多数校刻本都从他。Collier 注，这一行和傻子唱的三行都来自一古俗歌，Wm. Birch 套了它的调子作一俗歌名《女王陛下和英伦对话歌》(*A songe between the Queenes Majestie and Englande*，1559)，歌词里英伦对伊丽莎白女王开唱道：

> “过这小河来，白西，过这小河来，白西，
> 可爱的白西，过来跟我在一起。”

译者按白西（Bessy）为伊丽莎白（Elizabeth）一名之亲昵称呼。但 Malone 指出白西与汤姆两个名称在当时往往是用来区分疯丐们男女的性别的：男的疯叫化自称苦汤姆，女的自称苦白西。

⑭⓪ Wright 注，这话是傻子的歌唱引起来的。

⑭① 原文“Hoppedance”，小魔名；哈斯乃书中作“Hoberdidance”，拼法略异，见本幕第四景注 ⑨③。

⑭② 原文作“white herring”，Steevens 解作“腌青鱼”，隐名氏 As You Like It 解作“鲜青鱼”，未知孰是。

⑭③ 据 Steevens 与 Malone 注，把魔鬼的声音比作阁阁的蛙声，系取自哈斯乃书中。

⑭④ Johnson 与 Dyce 都说这四行是什么牧歌（pastoral song）里的一节歌辞。但确实来源尚无人考出。

⑭⑤ Malone 注，这也许只是在模仿一只猫“拍尔拍尔”地念佛，但“Purre”（拍尔）亦为哈斯乃书中说起的诸小魔之一。

⑭⑥ 原文“mistress”仅用作不敬的称呼，可译为“女人”；“女犯”在字面上似太重一点，但按第一幕第四景景末傻子临走时对刚瑙烈的态度而言，似并无不合。

⑭⑦ Steevens 谓这句成语在列莱（John Lyly，1554?—1606）的《蓬皮妈》(*Mother Bombie*，1594）剧中，第四幕第二景里引用过。Halliwell 说这是句老成语，命意无适当的解释。

⑭⑧ 原文作“Store”，不可解。Theobald 主张改之为“Stone”（石头），Collier 及 Keightley 从他。Jennens 与 Jerris 则主作“Stuff”（东西），赞同的有 Schmidt。

⑭⑨ 原文自注 ⑬⑤ 至此对开本阙。

⑮⓪ 见本幕第四景注 ⑥⑥。

⑮① 这舞台导演辞是 Rowe 所加的。

⑮② 三只小狗的名字，“Tray，Blanch，and Sweet-heart”。

⑮③ Moberly 注，倒不是因为是它们的主人叫它们咬我的，却因为它们很自然地被主人的硬心肠所感染，所以才这样的。

⑮④ 原文“Tom Will throw his head at them”或译为“汤姆会把他的帽子对它们扔”。“head”该是“head-piece”（战盔，帽子）的简称，参看注 ⑮⑨。

⑮⑤ 原文“lym”。Steevens 引庄孙（Ben Jonson，1572—1637）的喜剧《拔叔罗苗节的市集》(*Bartholomew Fair*，1614）第一幕第一景内句云：“城里边所有的警犬(lime hounds）该嗅着你的气味追踪而至了。”Capell 考求本字的源流，说来自法文“limier”；他引用考脱猗来瑚（Randal Cotgrave，卒于 1634？）的《法英字典》(1611)，说“limier”训作“a Bloud hound，or Lime-nound”（警犬）。

⑯ 原文“brach”为母猎狗之通称，Cotgrave说通常是有点子或斑驳的。

⑰ Nares注，“tike”为英国北部称一种普通狗的名词，在郎卡郡（Lancashire）与约克郡（Yorkshire）二地现今仍通用作鄙薄人的称呼。Furness说新英伦（New England，英国清教徒最初移居美洲时之殖民地，即今美国东北部之六州）居民至今也还这样用法。译者按原文“trundle-tail”后省略一“tike”，此字依Nares所释译为“狗子”似尚切合。

⑱《康熙字典》引《集韵》训“猖”云，音“貂”，犬之短尾者。

⑲ 美国大伶人蒲士（Edwin Thomas Booth，1833—1893）在他的《舞台提示录》（*Prompt Book*，1878）里有这样一句导演辞，“向台左掷一草编之冠”。

⑳ 原文“Sessa”恐是毫无用意之字，姑照本幕第四景注㊹处原文底前例译为“停住”。Steevens说“Sessa”或就是“Sessy”，而后者说不定是女人名字“Cecilia”叫别了的；他又说或应作“Sissy”，“姊姊”或“妹妹”的亲昵称呼，跟后面一句连在一起也许正是一首古俗歌里的两行歌辞。

⑪ 旧时礼拜堂行落成典礼之前夕每举行一宴会，与会人士守夜达旦，名“wake”。

⑫ Malone注曰，伯特栏里的汤姆（Tom o'Bedlam）总是随身带一只“角”，作为装剩菜残羹之用；所以这里他说“他的角干了”或“空了”，意思就是在向人叫化些布施。Douce引何尔姆（Randle Holme，1627—1699）所著的《纹章院纪事》（*The Academy of Armoury*，1688）说，汤姆有“一根叫化棒，身旁挂一只牛角；衣服穿得光怪陆离，令人发噱；因为既然他叫明是个疯子，便全身上下染些红色，插些鸡鸭毛，挂些破布条，显得他确是个疯子，其实他是个假装的流氓”。Dyce的《莎氏字汇》间接引奥勃莱（John Aubrey，1626—1697）的《尉尔特郡风土志》（*Natural History of Wiltshire*，未出版，仅存稿本）说，“直到‘内战’以前，伯特栏里的汤姆常是到处来往的。他们本是些可怜的疯汉，关在伯特栏疯人院里，等病势稍好一点就给放出来讨东西。他们左手臂上戴着一只锡镯，有四英寸长，这是脱不掉的；颈上用线或带子挂一只大牛角，到人家门前乞食时就把这牛角吹起来；讨到了汤水食物便倒在牛角里，用塞子塞住。”参阅第一幕第二景注⑪及第二幕第三景注⑭。

⑬ Moberly注，当詹姆士一世（James I，1603—1625）朝上波斯有一位大使派遣到英国来；在主教门街（Bishopsgate Street）圣鲍笃而夫教寺（Saint Botolph's）的墓园里至今仍留得有一块墓碑，纪念这大使馆的秘书，上面刻着：“若有波斯国人来到这里，让他念了这个墓铭替他的灵魂祈祷。主接纳他的灵魂；因为穆汉默特效恩惠（Maghmote Shaughsware）长眠在此，他是波斯国瑙洛邑（Noroy）城人氏。”对这外国的奇装开这样一个玩笑也许是因为当时伦敦城里有这些波斯人在。

⑭ Bucknill评注云，葛特加在陪着他一同发疯的过程中，黎琊的言语行动始终还算安静。只在傻子不见后，葛特加又去当了他瞎眼的父亲的向导时，国王才完全举措狂乱，言不成语。可异的但又无疑的事实是，除了使疯狂的人作疯狂的人的伴侣以外，很少东西能使他们安静下来。这事实不容易解释，但也许因于天才的敏悟，也许基于经验所得，莎士比亚对这一层却显得是很知道的。

⑮ Capell注，傻子来这句打诨，用意是叫我们预备失掉他；因为他说了这句话就跟我们分手，正在这本戏的“晌午”（就是说，剧本的中心）时分。White注，快到这

剧本的中心时傻子忽然不见了，他对黎琊“我们要在早上吃晚饭”这句话回答得妙，说“我要在午上睡觉。”他为什么不回来？分明是为了这个理由：黎琊发疯时他总是跟在左右，用他简单的智能与粗陋的聪明，对黎琊的狂呓发一些评注式的唱和；但过此以往，黎琊已自暴怒的癫狂转进了麻痹的痴騃，傻子若继续说趣话下去就会叫我们听了感觉到不愉快。这情境凄楚得太惨酷太壮烈了，不能容许一个弄臣再那么调侃嬉谑，如无其事。即令以莎士比亚之神奇，也无法对这人生基本的悲感开什么玩笑了。于是这可怜的傻子找出了他自己的一角，面对着墙，在他生命的中午去睡他最后的一觉——他已经尽了他的职责。Cowden Clarke 也说傻子所说的“午上”是暗指他自己生命的中午。译者认为这两种对于“午上”的诠释全都有商量的余地。为什么傻子说的话每句都得寓有隐意？凑巧这里是他的最后一句话，但也并无向观众告别的绝对必要。我们须随时记得作者是在写，并非在注释他自己的作品。葛洛斯忒在本幕第四景里说：

“但我依然要冒险出门来，寻您
去到炉火和食品都备就的所在。”

黎琊以垂暮之年，在疾雷暴雨之下，奇悲骇怒之中，挣扎了这许多时候，如今所需要的只是睡眠，即令有华宴在前也万万不能下咽，所以他说“我们要在早上吃晚饭”，傻子回他“我要在午上睡觉”，意思无非说“你明早上可以吃今天的晚饭，现在可以睡了，我现在却睡不着觉，说不定明天午上勉强可以，至于吃晚饭就根本谈不到了。”这是有意义的，绝不是 Capell 所说的胡调，但也并不玄秘得怎样不可思议。至于 White 所说的“他为什么不回来”的理由当然很对（但与“生命的中午”不生必然的关系），无可置疑；换句话说，剧情至此紧张已极，嗣后无一笔之松懈，不能任傻子插入一二无关局势发展的闲话。

⑯⑥ 见本幕第一景注 ⑮。

⑯⑦ 原文“provision”为“供应”或“设备”，想系指床车而言，译者志此存疑。

⑯⑧ 自此以后迄注 ⑰② 系补自四开本者。

⑯⑨ 据 Schmidt 之《全典》“nature”本字项下第三条析义。

⑰⓪ 原文“Oppress'd nature sleeps”Schmidt 主张应作“Oppress'd nature，sleep！”（历尽了千重磨难的身心，睡吧！）。原文仅寥寥三字，不易译；直译当为“遭劫的身心睡了”，但殊嫌突兀。

⑰① Theobald 改原文“sinews”为“senses”，Malone 及 Hudson 附从他，说黎琊的筋络肌肉并不破碎，破碎的乃是他的心神知觉。但 Delius 指出莎氏在别处常把“sinews”作“nerves”（神经）解。

⑰② 原文自注 ⑯⑧ 起至此止，系补自四开本者。

⑰③ 自此至景末对开本付阙如。原文以下十余行，除最后一行多之外，俱采双行骈韵之格律，行文风格亦与上下文颇有不同。Theobald 评注云，此段独白非常精警，里边的情绪，与人性与剧情两都切合无间。Johnson 及 Delius 等亦先后极力维护此段文字，断定是莎氏的手笔。剑桥本之 Clark 与 Wright 持异议，判为他人手痒之假托。译者与剑桥本校刊者颇有同感。

⑰④ 原文“our betters”仅为“高位者”。

⑰ Heath 注，原文“free things”为“无疾苦者”。

⑱ 译文从 Delius 注。

⑰ 原文“He Childed as I father'd”极难直译，意即“他的有孩儿正如我的有父亲，我们吃亏的情形很相同”。

⑱ 原文“high noises”Capell 说是指显要者间之纷扰，Steevens 释为开战前的大声混乱。译文略采前意，因战前的混乱亦为显要者间纷扰之一种；但大意相似，措辞之间惜与原文略异。下面两行译文乃根据 Johnson 的笺训。

⑲ Abbott《莎氏文法》第 254 条释原文“What Will hap”为“Hap pen what Will”（尽什么去发生）。

⑳ Delius 谓这是本幕第五景蔼特孟授给康华的那封信。

㉑ Delius 及 Wright 都说原文此处的“bound”不能解作“理该”，应训为“准备好”。

㉒ Johnson 注，此系称新得他父亲禄位的蔼特孟，后面奥士伐所说的是指老伯爵。

㉓ 四开对开各本都作“Lords dependants”，有七八种有名的校刊本都从原本，意思是“随从国王的贵人们”。Pope 改原文为“lord's dependants”，意义如译文。Furness 说我们不曾听到过国王有什么随从的贵卿；我们知道国王有一些武士，而他们中间有三十五六个特地来寻他，于是他们由几个葛洛斯忒的从人领路，护卫着国王向多浮城疾驶而去。假使是黎琊自己的武士与贵卿们带着他逃走，康华和雷耿后边问起葛洛斯忒他将疯国王送进谁手里，送到那里，是什么意思？我不能不认为这些问话准是指葛洛斯忒居间有所作为，差他自己的随从们拱护着国王一同逃亡。Schmidt 主保持初版本原状，说这是指康华的随从，只因效忠于黎琊而去投奔法兰西军队。

㉔ 原文“pass upon”Johnson 释为“宣判”，后人无异议。Furness 云，此语至今仍为法律用辞。

㉕ 注家对“do a courtesy to”意见大致相同，Johnson 释为“满足”，Schmidt 训为“服从”，Wright 解作“顺从”，唯 Steevens 信其中寓一隐喻，为“弓身行敬”。

㉖ 骂他狡谲不奉命。

㉗ Johnson 注，“corky”为“干枯多皮”。

㉘ Warburton 与 Capell 俱释“kind gods”为“款客之神”（dii hospitales），Furness 认为这样解释未免过分精密。

㉙ 此三字为译者所增，是否有当尚待斟酌。

㉚ 原文为“hospitable favours”；译文根据 Steevens 的注释。

㉛ 此系隐借当时盛行的耍熊戏（bear-baiting）里的熊以自比。莎氏悲剧《麦克白斯》（*Macbeth*，1605—1606）第五幕第七景有这样两行：

> “他们拴我在桩子上，我不能逃跑，
> 只好狗熊般斗完这一个回合。”

又参看本剧第二幕第四景注 ⑩。

㉜ 国王加冕前以香膏抹体，表示袭有神恩与神赋。

㉝ 对开本作“buoy'd up”，Heath 训为“把它自己举起来”。Warburton 本及 Collier 所注二版对开本改作“boil'd up”（沸愤着去……）。

㉞ 对开本作“stern”（猖狂，凶暴）；四开本作“dearn”（寂寞，凄怆）。

⑲⑤ 对开本原文作“All cruels else subscribe”，四开本作“... subscrib'd”。这四个字Furness认为是全剧的最疑难莫决的辞语。各家笺训多得车载斗量，但大多根据四开本原文下注，这里也就不必细录了；下面仅选Schmidt及Furness二人的诠释。Schmidt说，“All cruels”不能解作别的，只能解作“一切凶残的野兽们”。把形容词当名词用，在旧时文字里本来很自由，但从没有比莎氏在此处所用的更自由了。“cruel”一字用作单数在莎氏商乃诗149首里曾见过：

“Canst thou，O cruel，say I love thee not？”

（你可能，啊，忍心的，说我不爱你？）

“the cruel”作名词用只能解作“残忍的人或物”，不能解作“残忍的事情，行为”（译者按：Heath，Cowden Clarke，Wright及Abbott底《莎氏文法》433节第一解法都这样说）；正如“the old”（老的）不能解作“老年纪”，只能解作“老年人”，或“the young”（年轻的）不能解作“年轻时”，只能解作“年轻人”。所以一切用这个抽象意义的诠释都要不得。但那班校刊家，即使把“cruels”这字讲对了，也仍是都从四开本的“subscrib'd”，认为那是个不定时式（imperfect tense）的动词。可是若从了对开本这样解释便好得多：“一切东西，在别的时候是残忍的，到了这时候也慈悲起来了（惟独你不然）”。至于“subscribe”一字，莎氏常用作“被克服”或“顺从”的意思，在这里是“被怜恤心所克服”，或“顺从自己的恻隐心”。Furness说没有一个前人的笺训他觉得满意；他也认“subscribe”当然不错，因为这是遵从初版对开本的可崇敬的权威，使“turn”（开）与“subscribe”（可怜）二字并行，作命令法的（imperative）动词用；不过他和Schmidt的差异很大，他以“cruels”为“subscribe”之宾词，Schmidt则以之为主词。他说，这段话的命意所在，是要把雷耿的父亲所已受到的待遇与豺狼等凶鲁所会受到的待遇互相比较。“你应当说：好门子，开开门，可怜它们一切的野兽吧，不管它们平时是怎样的凶狠残酷”；或是这样，“……捐弃你平时对这些凶兽们的成见，忘了它们是残酷的，只顾念它们在这样的时候应使你恻然心动”。译文应Furness的第一个解法。

⑲⑥ 这里，莎氏使葛洛斯忒在台上当众受毁失明，很受后世批评家所指摘。原来本剧情节中私生子蔼特孟陷害他父亲的事，脱胎于薛特尼（Sir Philip Sidney，1554—1586）所著《雅皑地》（*Arcadia*，1590）一书卷二里的“拍夫拉高尼亚国王之故事”（*The pitiful state，and storie of the Paphlagonian vnkinde King，and his kind sonne，first related by the son，then by the blind father*）；不过据薛氏所述，国王的私生子是独自策划他的奸谋的，他离间陷害了他的父兄，又弄瞎了父王的眼睛，驱逐他出去，那一切却并不假手于康华这样的第三者。但Capell信虽然蔼特孟对葛洛斯忒所施的暴行系得自《雅皑地》，可是这弄瞎眼睛的一举所更借重的蓝本似是格林（Robert Greene，1560?—1592）的《土耳其皇赛利末斯》（*Selimus，Emperor of the Turks*，1594）剧中的相同的情节，因彼此行凶时的情景与说话的语气都有些仿佛。Steevens亦引此剧同段，以明莎氏并不比当时其他的剧作家更喜欢在台上表现惨酷的行动；Malone则举马斯敦（John Marston，1575?—1634）之悲剧《安陶纽的复仇》（*Antonio's Revenge*，1602）在台上拔舌一事以阐明此点，Davies说莎氏终究可以设法不使骇人的动作在台上搬演出来，虽然书上是这般说的。……葛洛斯忒

这时候可以被迫到隔壁房里去；观众听得到他的狂号，那倒的确很可怕，过后他被领回舞台上来时反而不怎么样了。他回台上时眼上贴着两片用以止血的牛肠膜(goldbeaters'skin)；那么，观众看起来就可以减掉不少的恐怖或丑恶了。Coleridge素来以推崇莎氏的悲剧闻名，至此也责莎氏超过了悲剧的限度。莎剧的名译者德人Tieck说：绑着葛洛斯忒的椅子是放在舞台中央一小平台上的，当初黎琊就在那上面问他三个女儿谁最爱他。这舞台中央的小平台不用时把幕遮着，用时幕就拉开。莎士比亚跟当时其他的剧作家一样，常有二景戏在台上同时表现。……所以就有这一层好处，在隔开正式舞台与台中央小舞台的柱子内外，不但可以表现双重的动作，还能使柱子里边的动作给遮住一部分；可是虽被遮住，观众依旧能意会得到。也许葛洛斯忒就坐在这小台上不给观众看到，康华站在他近边则可以在台下望见，雷耿站在前台，比康华低些，但跟他很近，至于那班侍从却是都在大台上站着的。康华，当然很可怕，挖出了葛洛斯忒的眼珠，但这举动是并不看得分明的；有几个按住椅子的仆人挡着视线，而且小台上两张半幕中之一是下着的。康华说“让我用脚来踹掉你这双眼睛”，不应由字面直解；作者当然并不如此用意。康华说话时有一个仆人冲上小平台去刺伤了他；大台上的雷耿马上抽了另一仆从所佩的剑，将第一个仆人从背后刺去。台上的人物都在移动中，因而观众的注意正在散乱时，葛洛斯忒便失去了他那一只眼睛。他的狂号听得到，他的人可看不见。他随即从小台门里进了幕后去。康华和雷耿便走到台前来，由边门出去。我心目中的这一景是这样的，也许这么便能减去一点它的恐怖性。诗人相信他的朋友们都是心志坚强的，他们会被大体上的恐怖所动，但不会去注意那些血肉淋漓的小关节。Ulrici论此云：将康华弄瞎葛洛斯忒的这番情节搬上舞台来，只能引起人家的厌恶，厌恶可和美，和伟大，力量，或崇高，绝不相同，结果它只能损害悲剧的功效。不管莎氏当时的观众比现在人有否较坚韧的神经纤维，——艺术的职务并不在顾问神经的坚韧与否，乃是在增强、刷新与提高人的心志与情绪，而这样的剧情即使在最坚韧的神经上也不会发生上面所说的好影响。Heraud评云：这里悲剧的两个主要原素，怜悯与恐惧，可说已发挥得登峰造极了。但莎氏谨防着不让它们超过相当的限度。他也许可以推说，他只在描摹传说里的一个野蛮的古代，那时候的人是习见习闻这一类骇事的，所以剧中人物不觉得它可怖。可是没有这么回事。在许多人中间放进了一个能见到这层恐怖又同情于被难者的仆从，莎氏便把鄙恶（disgust）化成了怜悯。其他的仆从们也都可怜起这个瞎了眼的老人来了，领他出去，帮他治伤，又将他放在安全的所在。这全盘的情绪，借同情作推动力，是向怜悯方面进展的。于是这可怖事情的恐怖性（horror）便减低到恐惧（terror）的程度，这恐惧又有葛洛斯忒的期待“天罚飞来，降落在这般的孩儿们头上”以增厚它的力量，而所谓“天罚”的情绪又都在相当于此景的歌舞队（chorus）的仆从中间表示出来。译者按，以上Heraud所论，是以亚里士多德(Aristotle，前384—前322）论希腊剧诗的批评典籍《诗学》（*Poetics*）里所结集的悲剧原则作出发点。除此而外，还有W. W. Lloyd为莎氏强辩的评论一大段，因理由似欠充足，阙而不译。至此译者也有几句话要说，——而且是不很短的几句。我觉得Davies和Tieck用意都很好，但这里利用后台或用大小两个舞台似乎都不很需要。莎氏当时的舞台布景及道具虽很简陋，但不见得简陋到如 Tieck 所说的那样，后台只备得有一只椅子，或黎琊宫中及葛洛斯忒邸内用完全一样的布景。Tieck 说，“康华说‘让我用脚来踹掉你这双眼睛’不应由字面直解，作者当然并不如此用意。”我意见正好相反，而下面仆甲说的“住手”我以为才不应望文生义。若要不当众演出踹瞎眼睛的骇剧我认为并非难事，只须康华说“你可决不会见到”时将面对观众的葛洛斯忒连椅子往后推倒，然后有几名仆从上去按住了椅子前脚，同时也遮住了观众的视线；等仆甲跟康华斗剑及雷耿刺仆甲背后的时候，按椅脚的仆从们便能把 Davies 所说的牛肠膜替葛洛斯忒贴在眼上，另外或许再涂点红色。过一会葛洛斯忒被仆从们扶起来，观众见他眼上贴得有东西，也许并不会怎样地诧异，因当时的舞台动作有许多地方是象征性的，需要意会；观众并不指望写实的动作，所以不会为了看不见葛洛斯忒果真被踹瞎眼睛而吵着要戏院退票的。

⑲⑦ 直译原文，“如果你颏下长得有胡须，为了这番争论我也会捋它的。”Delius 以仆甲所说的“争论”为对雷耿称他“狗子”而发，未免拘泥。

⑲⑧ Furness 疑心这是康华说的，也许是。但译者以为当作仆甲的话也还讲得通。他对雷耿说上句话时，康华拔剑向他走来；他见情势不妙，便问他主人“你是什么意思？（不听忠告，真要逼我自卫吗？）”他当即拔剑预备架住康华，等康华问“我的佃奴？”时，主仆两人才开始交锋。这前后相去只几秒钟。Craig 在他的 Arden 本上认为这也许是雷耿说的；此说亦有可能。

⑲⑨ Moberly 注：一个佃奴（villain）非经他主子特许不能享有财产，对他主公无法律上的权利，也许还没有资格作自由人被判罪状的证人，所以他若对他主子举剑简直是闻所未闻的放肆，对这样的行为甚么责罚都可以允许。

⑳⓪ 从 Craig 之牛津本；原文无此导演辞。

⑳① Johnson 与 Jennens 说这是雷耿对另一仆从说的，Collier 说也许是对受伤的康华说的；鄙意前说为是。

⑳② 从四开本；对开本作“刺死他”。

⑳③ 可译为“瞎掉，贱冻！”或“熄掉，贱胶！”但都不很满意。按原文“out”指眼光而言，并非说把眼珠挖出来，故不能译为“出来”。

⑳④ 原文“comfortless”Schmidt 之《莎氏用字全典》释“不给安慰”与“不给救助”两用。问号从对开本。

⑳⑤ 原文作“sparks”（火星），意即如译文。

⑳⑥ 原意为“举动”。

⑳⑦ 雷耿不知康华受伤，见他脸色惨白，所以问他：“how look your？”

⑳⑧ 因为他正要引军抵御已经入国的法兰西军队。

⑳⑨ 自此以迄景末，对开本阙。Theobald 谓此段短对话极富于人情：不论哪一家家里的仆人见了这样的酷虐施在他们主人身上，没有不起怜恤心的。Johnson 云：毋须假定他们是葛洛斯忒的仆人，因为反抗康华的是他自己的一个仆人。

㉑⓪ Eccles 以为这疯叫化不一定指藹特加，虽然指他也是可能的。但无论如何这仆人的好意并没有成功，因为随后葛洛斯忒和他的儿子是偶然相遇的。

㉑① 这个剪发匠的医方在当时很通行，因当时的剪发匠大都兼施外科手术。

第四幕

第一景

［荒原上。］

［蔼特加上。

蔼特加 但遭到鄙夷，而自己也明知如此，①
总胜如逆受着包藏②鄙夷的逢迎。
最卑微、最被命运所摧残③的不幸者，
常在希望中存身，并无所怕惧。
可悲的变动乃是从高处往下掉；
坏到了尽头却只能重回笑境。
欢迎你，进我臂抱来的空虚的大气！
你刮起了狂风吹到绝处的可怜虫，
并不少欠你分毫的恩债。④——谁来了？

［一老人引葛洛斯忒上。

我父亲，叫化似的给领着？——世界啊，世界！
若不是你古怪的变幻使我们恨你，
人生许不会老去。⑤

老　人 我的好主公，
我当着您和您父亲治下的佃户

已经有八十年。

葛洛斯忒 走开，走你的去吧；好朋友，去呀；

你给我的安慰对我全没有好处；

他们还许会伤害你。

老　人 你瞧不见路啊。

葛洛斯忒 我没有路走，所以就不用眼睛；

眼明时我却摔了跤。我们常见到

人有了长处会变成疏懈放浪，⑥

仅仅的缺陷倒反是福利的根源。——

啊，亲爱的蔼特加，我的儿，你无端

枉⑦遭了你这被诳的父亲的狂怒，

只要我能在生前亲手接触到你，

我便好比⑧恢复了眼睛的一样！

老　人 怎么！谁在那边？

蔼特加 ［旁白］啊，天神们，

谁能说“我已经到了恶运的尽头？”

我如今比往常更要糟。

老　人 这是疯汤姆。

蔼特加 ［旁白］我也许比现在还要糟，我们能说

“这是最糟不过”时还不算最糟呢。⑨

老　人 人儿，上哪儿？

葛洛斯忒 那是个叫化的不是？

老　人 又是疯子，又是叫化。

葛洛斯忒 他并不完全疯，不然就不能去叫化。

昨夜在风暴里我见过这么一个人，

他使我想起了一个人只是一条虫。

那时候我就记念到蔼特加我的儿，
但当时我对他还并不怎样爱惜。[10]
随后我又听到了一些个消息。
天神们[11]对我们好比顽童对苍蝇，
把弄死我们当作玩。

蔼特加 ［旁白］怎么会这样的？[12]
最空劳无益莫过于假扮痴骙，
在伤心人前面去调侃解闷，[13]惹得
自已和人家都不快。[14]——保佑你，老爷！

葛洛斯忒 他就是那赤裸的人吗？

老　人 是的，主公。

葛洛斯忒 那么，请你就去吧。若为了多年
难舍的旧情你对我还有所顾念，
请在去多浮的路上赶我们一二哩；[15]
带几件衣衫给这个赤身人掩体，
我要叫他领着路。

老　人 哎呀，主公。
他是疯的啊。

葛洛斯忒 疯人领着瞎子走
乃是这年头的灾殃。听从我的话，
或随你去自便，但千万离了我去你的。

老　人 我会拿给他我所有的最好的衣裳，
不管结果怎么样。 ［下。

葛洛斯忒 喂，光身的。

蔼特加 苦汤姆好冷吓。——［旁白］我不能再假装下去了。

葛洛斯忒 这里来，人儿。

蔼特加　　　　［旁白］可是我不能不假装。——

保佑你这可怜的眼睛，它们淌着血。

葛洛斯忒　你认识去多浮的路吗？

蔼特加　阶梯和城门，马路和走道，我全都认识。苦汤姆给人吓掉了巧。好人的儿子，天保佑你不碰到恶鬼！苦汤姆肚里[16]一起来了五个鬼魔啦；淫欲魔[17]奥被狄克脱；噤口魔好拍当势；偷窃魔马虎；凶杀魔模涂；还有鬼脸尖嘴魔忽烈剖铁及白脱；他后来又到手了不少的小丫头和老妈子。[18]因此上，天保佑你吧，老爷！

葛洛斯忒　拿去，收下这钱包，天降的灾殃

已使你对任何不幸都低头忍受；

我如今遭了难正好给你些温存。[19]

天神们，请永远这般安排！快让

富足有余和饕餮无厌者[20]感受到

你们的灵威，他们藐视着[21]神规，[22]

有眼不肯见，为的是全无感觉；

然后均衡的散播才夷平了过量，

人人能有个足数。你认识多浮吗？

蔼特加　认识的，老爷。

葛洛斯忒　那里有一座悬崖，[23]高高低着头

俯视那有边沿的[24]海面，真叫人骇怕；

你只用领我到那悬崖的尽头边上，

我自会把我身边的一点儿财宝

补偿你一身的穷苦；从那里起始

我就不用你领路。

蔼特加　　　　　　让我挽着你的手；

苦汤姆来带你去。　　　　[同下。

第二景

[亚尔白尼公爵府前。]

[刚瑙烈与蔼特孟上。

刚瑙烈　欢迎你，㉕伯爵；我们那心软㉖的夫君
我诧异为何不路上来迎接。——[奥士伐上。] 主公呢？

奥士伐　在里边，夫人；无人像他那样地大变。
我对他告禀那上岸来的军队，他只笑。
我告他你正在回家，他说“才坏事”；
我提起葛洛斯忒和敌国私通，
又禀报他儿子怎样效忠勤主，
他叫我蠢才，又说我把正事说成倒。
依理不爱听的话他都像高兴听，
爱听的倒反要招怪。

刚瑙烈　　　　[对蔼特孟] 那你就回步吧。
这都是他胆懦心惊之故，因而
不敢有施为；非还报不可的欺凌
他不愿去理会。我们在路上的愿望
也许会成事。㉗蔼特孟，回到我妹夫前；
催促他的征募，你领着他的队伍。
我得在家中交换了他与我的武器，
把我的纺线杆㉘递到他手里去掌管。
这可靠的仆人将在你我间来往；

你若敢为你自身去冒险，不久
也许会接到一位女将军[29]的命令。
戴上了这个；不用说；低下头来。[30]
这一吻，它若能[31]言语，会使你的精神
高升到天上。听懂了我这话，再见。

蔼特孟 我誓死相报。

刚瑙烈 我至爱的葛洛斯忒！ ［蔼特孟下。
啊，人和人竟有这许多相差！
一个女人侍奉你才是该当。
那傻瓜不应将我的身体[32]来霸占。

奥士伐 夫人，主公来了。 ［下。

［亚尔白尼上。

刚瑙烈 往常我还值得你吹一声哨子呢。[33]

亚尔白尼 啊，刚瑙烈！你不值那疾风吹到你
脸上的尘沙。我为你的气质担忧；[34]
鄙薄自己源流的天性就在它
自己的范畴里也万难保持不溃；[35]
那枝枒脱离了供给它营养的树液，
准会枯槁而死，[36]被采伐作柴薪。[37]

刚瑙烈 不用多说了；你引的[38]根本是蠢话。

亚尔白尼 智慧和善良在坏人眼里就变坏；
肮脏的只爱他们自己的癖好。
你们干的是什么？你们是猛虎，
不是女儿，你们做了些什么事？
他是你们的父亲，一位德性
淘良神灵庇护的[39]老年人，就使

缆着头的[40]一只熊也会对他致敬，
真残暴，真败类辱种！竟逼得他发狂。[41]
我那位好襟弟可能让你们那样吗？
一个须眉的男子，一位受了他
不少恩惠的公侯！如果天神们
还不派遣他们的有形的神使
快来这下界惩创这顽凶极恶，
就会有一天，
人类准得要自相去残食强吞，
像海里的怪兽。[42]

刚瑙烈 獐肝鼠胆的[43]男儿！
你有这脸皮专为挨人的拳打，
生就这脑袋乃为供人来凌虐；
你没有眼睛能判别受苦与荣遇，
你不知[44]只有蠢人才会去怜恤
那未曾作恶先自受罚的恶徒们。[45]
你的战鼓在哪里？法兰西在我们
声息全无[46]的境内已展开了旗纛，
他戴着佩羽的战盔已开始威胁
你这份邦家，你这讲道的[47]傻瓜
却坐着只高叫“啊呀，为什么他这样？”[48]

亚尔白尼 魔鬼，去望望你自己！失形的怪相
只合魔鬼有，[49]却不如呈现在女人
身上时可怕。

刚瑙烈 啊，发呆的蠢才！

亚尔白尼[50] 你这矫形藏丑的[51]东西，羞死你，

别把你妖魔的本态[52]毕露在脸上。
若使顺着血性去行事能无伤
我的身份，我准叫你全身骨架
脱尽榫，撕得你肌肤片片地飞。
可恨你虽是个恶魔，你这女身
却保了你的命。

刚瑙烈　　算了，好一个大丈夫[53]——

［一信使上。

亚尔白尼　有什么消息？[54]

信　使　啊，大人，康华公爵过世了。
他正要弄瞎葛洛斯忒的第二只
眼睛时，被他自己的仆人所杀死。

亚尔白尼　葛洛斯忒的眼睛！

信　使　　有一名他自己
所养大的家人，为哀怜[55]所驱使，拔剑
对他的家主[56]反抗他那番行动；
他怒从心起，便迎头将他击毙，
但自己也中了重伤的一击，随后
便因此丧生。

亚尔白尼　　这显得你们在上边，
公正的天神们，顷刻间能对我们
这下界的罪恶惩创得丝毫无爽。[57]——
可是，啊，可怜的葛洛斯忒，他那
第二只眼睛也瞎了吗？

信　使　　全瞎了，大人。——
这封信，夫人，求您马上给回音，

这是二公主的。

刚瑙烈　［旁白］一方面我很高兴；[58]

但成了寡妇，我那个又跟她在一起，

我想望中的全盘策划也许会倒下来，

要了我这条老命。[59] 那方面着想，

这消息可不坏。——我看了就写回信。　［下。

亚尔白尼　他们弄瞎他的时候他儿子在哪里？

信　使　跟夫人同来到这里的。

亚尔白尼　他不在这里。

信　使　不错，大人；我路上碰见他回去。[60]

亚尔白尼　他知道了那行凶没有？

信　使　哎，大人；那是他告发了他的，

又故意离开了堡邸，好让他们

放开手去用刑罚。

亚尔白尼　葛洛斯忒，

这辈子我总要谢你对国王的爱顾，

又替你那眼睛报仇。——这里来，朋友；

你还知道些什么也都告了我。　［同下。

第 三 景[61]

［近多浮城之法兰西军营。］

［铿德与一近侍[62] 上。

铿　德　法兰西国王忽然回去，你知道为什么缘故吗？[63]

近　侍　有一点事没有办妥，他出来过后才想起来，那可叫王国里

担惊冒险得甚么似的，非他回去不成。

铿　德　他留谁在这里当统帅？

近　侍　法兰西的大元帅赖发将军。[64]

铿　德　你那封信可打动了王后，引得她有什么伤心的表示吗？

近　侍　有的，阁下；她接下，当着我看了信，
不时有大点大点的眼泪滴下她
娇柔的脸颊。她好像是一位统制
那悲伤的女王，不过悲伤真倔强，
想当那驾驭她的君王。

铿　德　　　　　　　　　　啊，她感动了。

近　侍　可未曾动怒，镇静和悲伤争着要
表现她最高[65]的德性。你见过阳光里
下雨吧；她一边微笑一边掉着泪，
要比单零的悲喜或忿怒透露着
更高超的德性；[66]轻盈的浅笑游戏在
她红透的唇边，像茫然不晓她眼中
有何宾客在；那泪珠往下坠便比如
珍珠的坠子脱落了钻石穿的链。[67]
总之，悲伤会变成最可爱的奇珍，
如果悲伤能使大家都像她
那样美妙。[68]

铿　德　　　　　她没有对你说话[69]吗？

近　侍　不错，她频频喘息里吁出一两声
“父亲”来，像是心中不禁那促迫；
她叫道“姐姐们！姐姐们！羞死当贵妇
当姐姐的人！铿德！父亲！姐姐们！

什么，在风雨中间？在夜晚？别让人
相信这世上还有哀怜存在！”[70]
那妙绝的[71]双睛早已被悲啼所潮润，[72]
到这里她便倾注出一汪清[73]泪；
随即走开去独自对付忧愁。

铿　德　这是星宿们，我们顶上的星宿们，
主宰着我们的情性；[74]否则父母
全相同，[75]不能生这般相差的儿女。
自后你没有跟她说过话？

近　侍　　　　　　　　　　没有。

铿　德　这是在国王回去以前吗？

近　侍　　　　　　　　　　不，在以后。

铿　德　好吧，阁下，这可怜遭难的黎琊王
如今在城里；他偶然神志清明时
还记得我们是为什么来，可不肯
见他的女儿。

近　侍　　　　　为什么，动问老兄？

铿　德　一腔无上的惭愧挡着[76]他；他自己
不存慈爱，对她已斫尽了亲恩，
使她去逆受异邦的风云变幻，
把她的名分反给了那两个狼心
狗肺的[77]女儿，这种种刺得他入骨
伤心，如焚的羞惭使他不肯去
面见考黛莲。

近　侍　　　　　唉呀，可怜的老人家！[78]

铿　德　你没有听说亚尔白尼和康华

进兵的消息吗？

近　侍　　是的，他们动员了。

铿　德　好吧，阁下，我带你看我们的主上去，
留你在那边侍候他。为重大的原因
我还得隐藏着一些时，等我透露出
真名的那时候，你不愁空劳结识我
这一场。请跟我同去吧。　　［同下。

第 四 景

［布景同前。一帐幕内。］

［旗鼓前导，考黛莲、医师及众士卒上。

考黛莲　唉呀，是他。只刚才还有人见过他，
癫狂得像激怒了的大海；高声歌唱着；
又把丛生的玄胡索[79]和田间的野草，
所有那牛蒡，毒药芹，荨麻，假麦，
杜鹃花，和养人的麦子里蔓芜的莠草，
都采来编成了草冠戴在头上。——
派一连士兵出去；去搜遍每一亩
那麦子长得高高的田畴，找得他
引到我们眼前来。［一军官下。］——人间的医药[80]
怎么样才能恢复他已丧的神志？
谁若将他救治好，我身外的所有
全给他作酬谢。

医　师　　还有救方，[81]娘娘；

他无非欠少了安眠，那原是我们
人身的养料，要使他堕入沉酣，
却尽有许多灵验的药草，服用了
便能把疾苦消弭。[82]

考黛莲 这世间地上，
凡是能赐人健康的秘草，[83]你们
一切效用尚未经宣明的灵药啊，
快跟我这双流的眼泪一同荣长！
请你们帮同治愈这好人的惨痛！
去寻求，去为他寻来，不然时生恐
那无从制止的[84]狂怒，因没有理智[85]
去引导，会断送他的命。

[一信使上。

信　使 有消息，娘娘。
不列颠大军正在向此间推进。

考黛莲 知道了；我们准备着只等他们来。——
啊，亲爹，我此来原是为你的事；
因此法兰西大王
也不忍见我流伤心和哀求[86]的眼泪。
我们这行军，非夸诞的野心所刺激；
乃是爱，衷心的挚爱，和老父的权益；
但愿马上听到他，看见他！ [同下。

第五景

［葛洛斯忒之堡邸内。］

［雷耿与奥士伐上。

雷　耿　我姐的军队到底出动了没有？

奥士伐　出动了，夫人。

雷　耿　他亲自在那边指挥吗？

奥士伐　　　　　　　　　　夫人，可费了

好大的麻烦。你姐姐倒是位比他

更要强的军人。

雷　耿　蔼特孟伯爵没有到你主子家里

跟他说过话吗？

奥士伐　　　　　　　没有，夫人。

雷　耿　我姐姐给他的这信里可有什么事？

奥士伐　不知道，夫人。

雷　耿　说实话，他赶忙离了这里有要事去。

最糊涂莫过于葛洛斯忒瞎了眼

还容他活下去；他足迹所至离尽了

我们的人心；蔼特孟我想是去，

为可怜他受罪，去了结他永夜的余生；

另外也为去探视敌方的实力。

奥士伐　我定得赶上他，夫人，送他这封信。

雷　耿　我们的军队明天就开拔；你且

待在这里吧。路上很危险。

奥士伐　　　　　　　　　　　　我不能，
夫人。主妇责我办妥这事情。
雷　耿　为什么她得写信给蔼特孟？你不能
替她传话不成？看来是，有些事，——
我不知是什么。我会对你很好的，——
让我打开信看看。
奥士伐　　　　　　　　夫人，我还是不[87]——
雷　耿　我知道你主妇并不爱她的丈夫；
我深信她不爱；上回在这里她对
蔼特孟贵爵一叠连的秋波脉脉，
媚眼传言。我知道你是她心腹。
奥士伐　我，夫人？
雷　耿　我晓得所以说；你是她心腹；我知道。
所以让我告诉你，听我这句话：[88]
我丈夫已然去世；蔼特孟和我
已有过商量；要嫁他我比你主妇
更加方便些；其余的任你去推想。
你若见到他，请你把这个交给他；[89]
你主妇从你口里听到了如许时，
务必要请她识趣些，别痴心妄想。[90]
好吧，再会。
要是你凑巧听到那瞎眼的逆贼时，
谁将他结果了，幸运[91]便落在谁身上。
奥士伐　但愿我能碰到他，夫人！那时候
我自会表示我跟那方面走。
雷　耿　　　　　　　　　　　再会吧。　　　　　［同下。

第 六 景[92]

［多浮城附近之田亩间。］

［蔼特加衣农夫服，导葛洛斯忒上。

葛洛斯忒 我什么时候会到那山岩[93]顶上？

蔼特加 你现在正在往上爬。瞧我们多辛苦。

葛洛斯忒 我觉得地上是平的。

蔼特加 陡得可怕。

你听，可听见那海？

葛洛斯忒 真的没有。

蔼特加 你别的官能，为了你眼睛的惨痛

也都变得不灵了。

葛洛斯忒 也许真是的；

我觉得你口音改了，便是说话时

措辞和用意也比先前都好些。

蔼特加 你完全听错了。只除了我穿的衣服，

我毫无更改。

葛洛斯忒 我觉得你说话好了些。

蔼特加 来吧，老爷，这里就是了。站定着。

这么样[94]低头[95]下望真可怕得晕人！[96]

老鸹和乌鸦展翅在下方的半空中

还不如甲虫一般大。采海茴香[97]的人

空悬在崖半的中途，好惊心的行业！

我觉得他全身大小只及到他的头。

渔夫们行走在滩头像鼷鼠在匍匐；
那边抛着锚的那三桅的高舟缩成了
它尾后的小艇，那小艇成了个小得
几乎看不见的浮标。吟哦的海浪
在无数空劳的[98]乱石间逞狂使暴，
但在这巉岩的[99]高处却不能闻见。
我不想再望了，不然怕眼花头昏，
一失足会翻身滚落这万仞的危崖。[100]

葛洛斯忒 让我站在你那里。

蔼特加 把手伸给我。
现在你跟那边沿只相距一呎。
什么都可以，我可不愿往上跳。[101]

葛洛斯忒 你放手。这里，朋友，还有个钱包；
这包里一颗宝石很值得穷苦人
到手。但愿神仙和天神们使你
得了它亨通顺遂！你走远一点；
跟我说过了再会，让我听你走。

蔼特加 再会了，善心的老爷。

葛洛斯忒 我一心祝你好。

蔼特加 ［旁白］我把他的绝望儿戏到如此，都为要
把它治好。

葛洛斯忒 ［下跪］威力无边的天神们！
我要长辞这尘世，在你们眼前，
镇定着神魂，抖掉我这场奇祸；
我若能忍受得长久些，不跟你们那
不可抗的[102]意志冲撞，这可恶的风烛

余生也总有那么一天会燃尽。
蔼特加若还活着，啊，祝福他！——
好吧，人儿，祝你好。

蔼特加 我去了，老爷；再见。

［葛洛斯忒仆地。

［旁白］但生命既自愿[103]被盗，我不知想象
会不会顺手把它那宝藏盗走。
他若去到了他想去的岩边，这下子
便会使得他永远不能去再想。
还活着没有？——喂！先生！朋友！
听着，先生！说话啊！——［旁白］也许他果真
这么样死了；[104]但还能苏醒过来。——
你是什么人，先生？

葛洛斯忒 走开，让我死。

蔼特加 只除非是空中的游丝，羽毛，或空气，
这么一哷又一哷地从高而降，[105]
你怎样也得鸡卵般碎成万片；
可是你还能呼吸；有重量，有东西；
不流血，还会说话；又安全无恙。
首尾相衔接的[106]十柱船桅，还不抵
你从高直掉下地来的这样高远；
你还活着真是个奇迹。再说句话。

葛洛斯忒 但是我当真摔了没有？

蔼特加 从这可怕的白垩岩的边山[107]绝顶上
掉下来！向上望；那高歌的云雀远到
连这里不见又不闻；你只要向上望。

葛洛斯忒　唉呀，我没有眼睛。

人到了悲惨的绝境时，难道用自尽

来解脱那悲惨的权利也不让享有？

但悲惨若能骗住了暴君的暴怒，

阻挠他骄强的意志，那倒也未始

不是慰人之处。

蔼特加　　　　　把手臂伸给我。

起来；对了。怎么样？还觉得你的腿？

倒还站得住。

葛洛斯忒　　　　站得太稳了，太稳了。

蔼特加　这事情实在太奇了。在山岩顶上

才跟你分手的是个什么东西？

葛洛斯忒　那是一个穷苦不幸的乞丐。

蔼特加　我站在这下边，只见他双目炯炯，

像两轮满月；他有一千个鼻子，

头顶上高隆的觰角凹凸交错，[108]

好比是生峰的[109]海面。那是个恶魔；

因此，你这位受神明护佑的老丈，

怀念着那班清明无比的[110]神灵吧，

他们的光荣乃在把凡人无力

做到的做到，[111]你全靠他们搭救。

葛洛斯忒　我现在记得了。我从此要忍受奇惨，

直到它自己叫“够了，够了”，然后死。

你说起的那东西，我当作人；它常说

“恶鬼，恶鬼”；它领我爬上那岩巅。

蔼特加　你得心神镇定些，自在些。[112]——谁来了？

［黎琊上，身上乱插野花。[113]

神志清明的决不会这般装束。

黎　琊　不，他们不能碰我，说我私铸钱币。我自己就是国王。

蔼特加　啊，这模样好不刺人的心肺！

黎　琊　在那件[114]事情上造化可胜过了人为。[115]——这是你们的恩饷。[116]——那家伙弯弓的模样活像个赶老鸹的草人。[117]——跟我放一支码箭[118]出去。——瞧，瞧，一只小耗子！别做声，别做声；这一块烤奶酪就行了。——那是我的铁手套；[119]待我用它来向一个巨人挑战。——将长戟队[120]带上前来。——啊，飞得好，鸟儿！[121]恰在靶眼上，恰在靶眼上！Hewgh！——叫口令。[122]

蔼特加　香薄荷。

黎　琊　过去。

葛洛斯忒　那声音我认得出来。

黎　琊　吓！刚瑙烈，——有一把白胡子！[123]——以前他们狗似的奉承我，告我说，我还没有黑胡子就跟长了白胡子的一般通达事理。[124]他们口口声声应答我"是"和"不是"！[125]那样的应答可也不是敬神之道。[126]有一回大雨湿透了我，风刮得我牙齿打磕；我叫停住了打雷，雷声可不听我的话；那回子我就把他们看穿了，看透了他们的本相。[127]滚蛋，他们不是他们自称的那种人；他们告诉我我高过一切；那是在撒谎，我还免不掉打寒颤呢。

葛洛斯忒　那说话的音调我记得十分清楚。

可不是国王吗？

黎　琊　　　　对了，周身是国王。[128]

我只要一瞪眼，那百姓[129]便多么发抖。——

我饶赦了那个人的命。——你犯了什么罪？
是奸淫？
你不该死罪，为奸淫而死？用不到；
鹪鹩也在那里犯，细小的金苍蝇
就在我眼前宣淫。
让交媾尽管去盛行，葛洛斯忒的私生儿，
还比我合法的床褥间所生的女儿们，
对父亲要比较地亲爱。
去吧，淫乱，去胡干吧！因为我缺少兵。
瞧那边那装腔憨笑的婆娘，
她的脸⑬⓪显得她腿叉⑬①里有雪样的贞操，
她假装清贞洁白，⑬②一听见提起
寻欢作乐就摇头，——
野娼妇，⑬③或是放青的⑬④马，干起那营生来
不比她更外浪得滋味好。
从腰部以下她们简直是马怪，⑬⑤
虽然上身完全是女人；
到腰带为止⑬⑥她们归天神们所有，⑬⑦
下身全属于众鬼魔；⑬⑧
那儿是地狱，是黑暗，是硫磺的深坑，
在燃烧，在沸滚，恶臭，溃烂；嗽，嗽，嗽！呸，呸！——给我一磅麝香；药铺里的大掌柜，把我的想象弄香它，这儿有钱给你。

葛洛斯忒 啊，让我吻一吻那只手！

黎　琊 先让我擦一下，那上面嗅得出尘凡的气息。

葛洛斯忒 啊，残毁不完的万民的楷模！⑬⑨

这广大的宇宙⑭竟会这么破碎。——

你认识我吗?

黎　珋　你那双眼睛我很记得。你在瞟我不是?不行,瞎眼的小蔻璧,⑭随你去捣多凶的乱;我可不会再去爱了。你念念这封挑战书;只用仔细瞧它那笔法。⑭

葛洛斯忒　即使你字字是太阳,我也看不见。

蔼特加　[旁白]我不愿听信传闻;⑭但果真是⑭如此,我的心便不免片片地在碎。

黎　珋　你念。

葛洛斯忒　什么,用我这眼眶⑭念吗?

黎　珋　啊哈,咱们成了一伙儿了吗?⑭你头上没有眼睛,钱包里也没有钱,是不是?你的眼睛只剩个框,你的钱包轻得发慌;⑭可是你还瞧得明白这世界是怎么一回事。

葛洛斯忒　我心里明白出来。⑭

黎　珋　什么,你疯了?一个人没有眼睛也看得出这世界是怎么回事。用你的耳朵去瞧;瞧那儿那法官对一个笨家伙的⑭小偷骂得多厉害。听着,听进去;换乱了地位,混一混,你猜,⑮哪一个是法官,哪一个是贼?你可见过一个种地的养的狗对一个叫化的直咬吗?

葛洛斯忒　见过,王上。

黎　珋　那家伙可逃开那条狗?那上面你可以瞧见那活龙活现的所谓权力;⑮—条狗当了权,人也得服从它——

你这坏蛋的公差,停住了毒手!

你为什么要挥鞭毒打那娼家?

露出你自己的背来捱,热剌剌

你只想跟她干那桩好事,却又为

那事鞭打她。放印子钱的要绞死骗钱的。
大罪恶原来都在褴褛的衣衫里
显出来；[152] 重裘和宽袍掩盖着一切。
罪孽披上了金板铠，[153] 把法律的长枪
戳断了也休想伤得它分毫；披上了
破衣爿，矮虏使一根柴草便穿透它。
没有人犯罪，没有人，我说，没有人；
有我来作保；信我这句话，朋友，
我自有权能去封闭告诉人的嘴。[154]
你去装一副玻璃的眼珠，像一位
卑污的政客一般，假装看见你
不看见的东西。——好吧，好吧，好吧。
脱掉我的靴；用劲，用劲，对了。

蔼特加　［*旁白*］清明的思路里纠缠着胡思乱想！[155]
啊，疯癫里可又有理性！

黎　琊　你若要为我的命运哭泣，把我
这双眼睛拿去使。我们俩够熟的了；
你名叫葛洛斯忒。你得静下来；
我们当初都是哭着到这里来。
你知道，我们最初次嗅到这空气，
都呱呱地哭泣。我要对你传道；
你听着。

葛洛斯忒　唉呀，唉呀，好惨啊！

黎　琊　我们初生时，我们哭的是自己
来到了这傻瓜们登场扮演的大戏台。
这是顶上好的毡帽：[156] 成队的马匹，

蹄底下都给钉上了毛毡的软底，[157]
真是个神机妙策。我来试试看；
等我悄悄地赶上了这些女婿们，
就杀，杀，杀，杀，杀！[158]

［一近侍率仆从数人上。

近　侍　啊，他在这里；拉住他。——王上，
你的最亲爱的女儿——

黎　琊　没有人来救？什么，变成了囚犯？
我简直是生成的坯子要给命运
所捉弄。[159] 好好待我吧；你们改天
自会到手我这份赎身的买命钱。
跟我找几位外科医师来；我已给
切进了脑子里去。[160]

近　侍　你要什么都行。

黎　琊　没有帮手[161]吗？光我一个人？哦，
一个人的眼睛用作了浇花的水罐，
又用来洒落那秋风扬起的灰尘，[162]
那人儿便会弄成一个泪人儿。[163]

近　侍　大王在上[162]，——

黎　琊　我要死得勇敢，像一位衣裳
齐整的新郎。什么！我要很高兴。
算了，算了，我是一位国王，
我的主子们，你们知道了没有？

近　侍　您是位明哲的圣君，我们都奉命。

黎　琊　那就还有一线希望。[164] 来吧，你们要抓它，
可要跑得快才抓得到。“沙，沙，沙，沙。”[165]

［急奔下，从者后随。

近　侍　最卑微的可怜虫降到了这般情景
也非常动人的怜悯，更何况是君王！
那两个女儿把你的身心坑进了
整个的人间地狱，[166] 多亏这一位
又把你重复济渡了回来。

蔼特加　您好，大先生。

近　侍　　　　　　　祝福你，老兄；什么事？

蔼特加　先生，您可听说过快要打仗吗？

近　侍　听说之至，并且谁都知道；
只要辨得出声音的，谁都听说过。

蔼特加　要劳驾动问，对方的军队多近了？

近　侍　很近了，且正在疾进，那大军快随时
都能瞭望到。[167]

蔼特加　　　　　　多谢您，先生；这就够了。

近　侍　虽然王后因特别的原因在这里，
她的兵可开上前去了。

蔼特加　　　　　　　　　　劳您驾，先生。

［近侍下。

葛洛斯忒　常存恻隐的天神们，停止我的呼吸；
别让附在我身上的恶精灵，[168] 在你们
愿我去世前，重复引诱我自尽！

蔼特加　祷告得好，老丈。[169]

葛洛斯忒　这位仁善的君子，你是什么人？

蔼特加　一个最可怜的人，在命运的打击下
安身而立命；我知道而心感[170] 过悲哀，

故此就敏于[171]怜恤。把手伸给我，
我领你到一所安身的地方去。

葛洛斯忒 真感谢；
但愿天恩和天福多多临照你。

［奥士伐上。

奥士伐 正是那公告悬缉的正凶！好运气！
你那个没有眼睛的脑袋生就了
要使我交运。——种祸生殃的[172]老贼，
快记起你过往的罪孽向天祈祷；[173]
那准要杀死你的宝剑已拔出鞘来。

葛洛斯忒 让你那[174]友好的手臂[175]用够了力量。

奥士伐 好胆大的村夫，你怎敢公然扶助
这一名广布周知的逆贼？滚开去！
不然那大祸蔓延时，你同他会同遭
不幸。放开他的臂膀。

蔼特加 老先生，[176]没有旁的缘故咱可不能放开。

奥士伐 放掉，奴才，不然你就得死！

蔼特加 好先生，走您自个儿的道，让咱们苦人儿过去。咱要随便让人吓唬住了，就不用等到今儿，咱两礼拜以前就该让吓坏了。别走上这老儿身边来；走开点儿，咱跟您说一声吧，[177]不然咱就来试试，您那脑瓜儿[178]硬还是咱的棍儿[179]硬；咱可不跟您客气。

奥士伐 滚蛋，臭东西！[180] ［二人交剑。

蔼特加 小子，咱来揍你；[181]来；咱不怕你刺人。[182]

奥士伐 奴才，你把我刺死了。把钱包拿去；
你若要有一天能发迹，非得埋了我；

你把在我身边找到的一封信
去交给葛洛斯忒伯爵蔼特孟；
你往英吉利[183]军中去找他。唉，
死得真不是时候！死！　　　　［死去。

蔼特加　我很知道你；你是个跑快腿的坏蛋，
对你那主妇的凶邪险恶真是
顺从到万分地如意。

葛洛斯忒　　　　　什么，他死了吗？

蔼特加　坐下来，老丈；歇一会。——
我们来看他的口袋；他说起的那封信
也许与我有益。他死了；我只在
可惜没有刽子手来执法。[184]我来看。
让我来打开你，[185]封蜡；礼貌啊，别见怪。
要明晓仇家的主意，我们划破
他们的心；拆开一封信更合法。

［读信］别忘了我们间交宣的誓约。你有许多机会斩除他；只要不缺少决心，时间和地点自会俯拾即是。他若得胜而回，就没法办了；那时候我是个囚犯，他的床是我的监狱；所以你得从那可恶的淫热里救我出来，就替代了他，作为你那番辛勤的酬谢。

你的——但愿能说是妻——恋慕的
情人，[186]　　　　　刚瑙烈。

女人的欲海啊，浩瀚得渺无边限！[187]
想谋害那么个德行洵良的丈夫，
掉换品，竟是我的兄弟！——在这沙地里，
待我来掩埋[188]你这个奔波于淫妇

奸夫间的奸邪的[189]信使；等时机成熟，
我就向那位险遭毒手的公爷，
揭发这封可鄙的信。幸而我能
告诉他你死了，你干的又是什么事。

葛洛斯忒 王上发了疯。我这份可恶的理性
却如此矫强，我还能危然兀立着，
神思清醒地深感到自己的悲怆！
我不如也错乱了精神，不再去想念
哀愁，迷惘里虽痛苦也不自知觉。

蔼特加 让我挽着手；我听到远方的军鼓声； ［远远闻鼓声。
来吧，老丈，我替你去找个朋友。 ［同下。

第 七 景

［法军中一帐幕外。］
［考黛莲、铿德、近侍及医师[190]上。

考黛莲 忠良的铿德啊，怎么样我才能偿清
你那番仁善？只愁我生命太短促，
黾勉[191]也无用。

铿　德 蒙娘娘嘉奖[192]已然是过分的恩酬。
我所有的陈禀都和真情相吻合，
不增添，也未经截短，不爽分毫。

考黛莲 请你去改穿好些的衣裳；这服装
只是那不幸时的留念；[193]把它换了吧。

铿　德 请恕我，我敬爱的娘娘；现在就显露

真相，便和我既定的计划[194]相妨；
我认为时机未到时，且请莫认我，
我就把这隐秘当作娘娘的恩典。

考黛莲 就依你的话，贤卿。——王上怎样了？

医　师 还睡着，娘娘。

考黛莲 啊，慈蔼的天神们，
请救治他惨遭酷虐的心头这巨创！
这位被孩儿们逼迫成疯的[195]父亲，
啊，你们务必要丝丝理整他
轧轹不成调的神志！

医　师 陛下要不要
我们弄醒老王上？他睡得够久了。

考黛莲 运用你医理上的识见，随意去办。——
他换上衣服没有？[196]

近　侍 换好了，娘娘；
他正在沉睡中，我们替他更了衣。

医　师 我们弄他醒来时请娘娘在旁；
我信他举止已经安静。

考黛莲[197] 很好。

［仆从以抬椅舁黎琊上。

医　师 请您走近些。——那边的音乐响一点！[198]

考黛莲 亲爱的父亲啊，让康复将起疴的灵药
挂在我唇边，[199]让我这一吻医愈了
我两位姐姐对父王横施的这暴创！

铿　德 好一位温良亲挚的公主娘！

考黛莲 即使你不是她们的亲爹，这苍苍的白发

也该叫她们不忍。难道这是个
任凭交恶的狂飙去吹打的脸庞？
任它跟[200]满载惊人霹雳的弘雷
相对峙？像一名敢死军，[201]头戴着轻盔，
守在那最可怕的急电的飞金乱窜，
和迅雷的猛击之中？[202]我仇人的狗，[203]
纵然它咬了我，那晚上我也要让它
在炉前歇宿；你却是否宁愿，
可怜的父亲，跟猪豚和无归的浮浪者[204]
去同处，在泥污[205]和烂草之间存身？
唉呀，唉呀！奇怪的是你的生命
竟没有和灵明同时完结。——他醒了；
你跟他说话。

医　师　　娘娘，您说最好。

考黛莲　父王怎么样？陛下贵体如何？

黎　琊　你不该将我从墓中拖出来受罪；
你超登了极乐；我却被绑在火轮上，[206]
甚至我自己的热泪也熔铅似的在烫我。

考黛莲　父亲，你认识我吗？

黎　琊　你是个鬼魂，我知道，何时[207]死的？

考黛莲　依旧，依旧，迷糊得很呢！

医　师　他还不很醒；等一会再跟他说话。

黎　琊　我到了什么地方？现在在哪里？
这么大晴天？我太给骗[208]得懵懂了。
我见了旁人这样，也兀自会替他
可怜得要死。我不知要说什么话。

我不敢赌咒这是我的手。等我看；
我感觉到这一下针刺。但愿我能
明知自己的处境！

考黛莲　　父亲啊，望着我，
请伸手放在我头上为我祝福。[209]
别那样，父亲，[210] 切莫跪下来。[211]

黎　琊　　请你
别开我的玩笑；我是个极痴愚的老人，[212]
年纪在八十以上，不多也不少；[213]
要说老实话，
我怕我神志有点儿不很灵清。
想起来我该认识你，也认识这人儿；
可是我犹豫难决；因为我全不知
这是什么地方，我使尽心机
也不能记起这些衣袍，也不知
我昨夜在哪里宿歇。别把我取笑；
这事情很分明，我想这位贵夫人
是我的孩儿考黛莲。

考黛莲　　我确是，我确是。[214]

黎　琊　　你在流泪吗？不错，你在哭。请别哭。
你若有毒药给我喝，我也会喝下。
我知道你并不爱我；因为，我记得，
你两个姐姐都把我糟蹋过；她们
全没有原因，你却有。

考黛莲　　没有，没有。

黎　琊　　我是在法兰西吗？

锃　德　　　　　　　　　在您的本国，王上。

黎　琊　不要哄我。

医　师　娘娘可以安心了，失心的疯癫
已在他胸中过去；[215] 但如果要使他[216]
把他经临的后影和前尘贯串得
丝丝入扣，那可就还很危险。
要他里边去；[217] 等他更显得安静前，
且莫再打扰他。[218]

考黛莲　王上高兴离开这里[219] 吗？

黎　琊　你可要耐着我一点才好。我如今要请你忘怀和宽恕；我老昏了。[220]

［除锃德与近侍外余众尽下。

近　侍[221]　真的吗，阁下，说是康华公爵让人弄死了？

锃　德　一点不错，阁下。

近　侍　现在是谁统带着他的部下？

锃　德　听说是葛洛斯忒的野儿子。

近　侍　他们说他那个给逐出的儿子藹特加跟着锃德伯爵在德意志呢。

锃　德　传闻可没有准。我们这该仔细些了；王国的军队说话就赶到。

近　侍　这场决战许会大大地流血。再见了，阁下。　　［下。

锃　德　我殷勤护主的愿望[222] 能不能成功，
全系在今天这场决战的胜败中。　　［下。

第四幕　注释

① 译文从 Johnson 及 Schmidt 所释义。但 Johnson 又说原文“... thus, and known”或可改为“... thus unknown”，那么就该译为“但只因人家认不出才遭到鄙夷”，意

思是——一个人掩饰了他自己的真身后所受的鄙夷不足以为苦，因为他那番乔装本是出于自愿的，随时可以取消了露出真面目来，鄙夷当亦随之而止。Collier 与 Singer 都赞同这个删改，不过 Johnson 自己觉得这更动并无必要。

② 原文“鄙夷”与“逢迎”并行，字面上没有“包藏”之意，这是译者的解释。我认为这两行里的“鄙夷”与“逢迎”都指命运对人的态度而言；若从 Johnson 的更改，解作一般人对蔼特加丐装后的态度，意义便肤浅了。非但肤浅，还有文不接气之病，因自第三行起至第九行止，都在申说命运对人的态度的两极，和那两极的穷与变。因此我以为若求醒目，这两行不妨这样译：

> 但遭了命运的鄙夷，自己也明知道，
> 总胜如逆受它包藏着鄙夷的逢迎。

③ 原文“dejected”仅为“降抑”，但蔼特加处境这般横逆，语调稍强些如译文，似并无不可。

④ 据 Hudson 所释。

⑤ Theobald 改上行原文“hate”（恨）为“wait”（等），解道，假若人生的风云变幻不使我们等待着，希望运道转好些，我们决计受不住，绝不能守候到老；若依此说，这一行半可译为“若不是你古怪的变幻使我们期待着，人生就痴守不到老”。Capell 从 Theobald 之校改，训解亦大同小异。Malone 不主改动，只解释原文说，如果命运的变幻（比如说，我如今所亲见亲历的由丰盛而沦为穷蹙的两桩事就是好例子）不显示出人生如何不足留恋，那我们对于年岁这重担便不能安心去忍受，不能眼见衰老与死亡渐渐迫近而无动于衷。若依 Malone 此说，这半行便应译为“人生便不愿（或不肯）老去”。Mobetly 与 Malone 注略同，不过 Malone 说“不安心忍受”，Moberly 语气重一点，说“不乐于老死”罢了。我觉得这两种解法都不很满意。蔼特加所以说起老年，我信都因为他见了那八九十岁的老佃户的缘故；他意思是说人生的风云变幻将我们折磨得很厉害，使我们含恨饮痛而莫奈何，遂致衰老。

⑥ 初二版对开本及各版四开本原文都作“our means securs us”。自 Theobald 以降各注家以其难于索解，前后贡献不同的校读法不下八九种。但细审就原文解诂的诸家所下之诠释后，可知阐明方为合理，校改仅是多事；况对开四开各本读法相同，更可证明原文无讹。最先释“means”为“优长”、“才能”或“能力”的当推 Knight，嗣后不改原文的注家大多从他。不久 Rankin 在一本论莎氏哲学的书里即解释原意如译文，惟未供旁证。随后 F. W. J. 及 White 二氏都训“secure”为“to render careless”（使不小心），又都引莎氏悲剧《雅典人铁蒙》（*Timon of Athens*，1607—1608）第二幕第二景一八四行之“secure”为例证。Schmidt 则除此而外，又加一证。

⑦ 此乃译者增益之意。

⑧ 此行直译当作“我会说我重复有了眼睛”。

⑨ Moberly 注：果真我们能说一声“这是最糟不过的了”，我们受苦的能耐就有了个限度；但事实并不如此，因为受苦那事情总是最深的底里还有更深处。

⑩ 原文“scarce friends”直译“不怎么样能算朋友”；有人解作“at enmity”（仇恨

着），把“scarce”当作状词。

⑪ Wordsworth 云，他不信莎士比亚会让他的剧中人物，除了一个异教徒外，表示这样一个情绪的。译者按，我们曾见人译“gods”为“上帝”，这是不明白希伯来（Hebraic）系一尊宗教与希腊、罗马（Greek and Ruman）系多神及泛神宗教的分别。在 Wordsworth 这注上，我们很容易辨出这似是轻微实为严重的错误。

⑫ Furness 毫无疑义是对的；这是蔼特加见了他父亲一双瞎眼后所发的惊问。

⑬ Moberly 解原文道：像弄臣似的以事物的现情状作根据，从悲哀里提炼出箴言来，那是要不得的行业。就是说，蔼特加在批评他父亲的“天神们对我们……”那句话。这解法未免口气脱节，Furness 认为不当，有理。

⑭ Heath 注：他一方面使自己不欢，他方面又惹恼了他想去欢娱的那对手。这一整句含义甚晦，若直译该是这样：

“坏职业乃是在悲哀跟前当傻子，
把自己和旁人都激怒。”

原文“sorrow”（悲伤）解作“伤心人”我觉得较易懂得，而且在莎氏作品里类似的例子颇多。

⑮ 原意为“英里”。

⑯ 原文自此处起至“天保佑你吧，老爷！”止，对开本阙佚。

⑰ 这里五位魔鬼中第一位尚系初次显露大名，第三、第四位在上文第三幕第四景注⑩处曾提起过，第二、第五位则各与第三幕第六景注㊶及第三幕第四景注93处的魔鬼名近似；为免除不必要的混乱起见，姑改为前后一致。

⑱ 原意为“寝室侍婢与女侍”。

⑲ Wordsworth：因为我如今的这场祸患教训我同情于身受苦难的人。

⑳ 从 Onions 之《莎氏字典》。但 Koppel 解原文“lust-dieted”为“淫欲无厌的”。未知孰是。

㉑ 对开本作“slaves”；四开本作“stands”，显然有误。译文从前者，根据 Heath 及 Johnson 所释；或更准确些作“奴视着，”——奴婢待之，视为无足轻重之意。

㉒ Schmidt 释原文“ordinance”为“自然的规律”。

㉓ Moberly 注，奇怪的是葛洛斯忒往多浮去，并不是如雷耿所刻薄他的那么样，要去尽他通敌叛国的能事，乃是因万分绝望，要去投崖自尽。这陪衬的剧情里的这一点是莎氏作品中借重薛特尼（Sir Philip Sidney，参阅第三幕第七景注96），借以对薛特尼表示敬意的诸点之一；莎氏为此不惜牺牲一些事实上的可能性。在薛特尼的《雅皑地》里，我们有“一位拍夫拉高尼亚的国王受了他儿子的虐待，走到一个高岩上去自投”。Rolfe 注，这悬崖现在闻名为莎士比亚崖，在多浮城外西南方，因时有山崩已减低了高度，但仍有 350 英尺。海浪依旧扑击着石子滩，采海茴香的人依旧乘着篮子挂下去干他们那冒险的营生；但崖石并不如诗人要我们想象的那么笔立，崖脚下的东西也并不如此细小。实际上也许作者并不指定这座危崖，只是描拟着想象中的一片理想的峭壁而已。现有东南铁道穿过这多浮崖，隧道长 1 331 码。

㉔ Capell 注，“有边沿的”，因为是锁在海峡中间的。

㉕ Delius 注，他们二人同道来，到了府邸前她便欢迎他进去。

㉖ Johnson 注，要记得在第一幕终了时刚瑙烈的丈夫亚尔白尼不喜欢她毁弃恩义压迫黎琊的毒计。译者按，参阅第一幕第四景景末。

㉗ Steevens 释，"我们所愿望的事情，在我们行军完毕之前，也许会实现出来"；就是说，了结或杀掉她丈夫。训"on the way"为"行军完毕之前"不通；译文从 Mason 及 Malone 解。他们所愿望的事情未必仅指了结她的丈夫，也许蔼特加冒险成功后的局面也包括在里头。

㉘ 纺线杆应由妻子掌管，故代表妇女与家务；她如今预备把家中琐事交给亚尔白尼，她自己提着他的剑去指挥戎马。

㉙ 原意为"女主人"。他们沿途所谅解的计划大概是这样的：那方面由他回去设法剥夺康华的实力，取而代之，甚或至杀掉康华与雷耿，这方面由她回来解决她丈夫，佩上他的剑，然后二人合起来成一新天下。她这里的意思是说，他们的计谋成功后，她另有命令给他。刚瑙烈富于男性，好揽权，目下她的地位又比蔼特孟高出不少，所以她语气很显得俯就。

㉚ Steevens 以为刚瑙烈要蔼特孟低下头来，为的是她吻他时，好让奥士伐误以为她在对他附耳低语。但 Wright 觉得这样未免将刚瑙烈看得太庄重了，况且奥士伐又是个极可靠的坏蛋，绝不会泄露他们的私情。Delius 说，也许她要戴一串金链在他颈上。若从 Delius 所解，后面紧接着的"This kiss"怎么讲？我想蔼特孟大概身体很魁梧，她得叫他俯首下来才吻得到他；她们姐妹二人都热恋着他，他体格俊伟或许是个重要的原因。我一边翻译正文，一边选辑 Furness 新集本上的注解，全剧译成后取 Bradley《莎氏悲剧》(*Shakespearean Tragedy*，1922）的附注来相校雠，见该书论本剧附注页内第三条正与鄙意相同。由此可知读莎剧要创一前人所未见的新解释之难了。

㉛ "durst"（dare）偶有用作"能"或"愿"者，见 Schmidt 之《全典》。

㉜ 译文从对开本之"body"；初版四开本作"bed"，可译为"床褥"。

㉝ Steevens 注，这样的说法曾见于海渥特（John Heywood，1497?—1580）之《谚语集录》(*Proverbs*，1546）内："一只不值得吹哨子呼它的劣狗"。译者猜想这是句打猎的术语。

㉞ 原文"fear"非"骇怕"，乃"fear for"（为……担忧）之简状。对开本自此处起至注 ⑱ 止缺佚，本段系补自四开本者。

㉟ Heath 疏解原文这两行说：性情到了这样违背天性（甚至会鄙薄它自己的根源）的堕落程度后，一切固定的范围都不能限制它了，只要它碰见了任何机会或诱惑，都会泛滥溃决而不可抑止。Cowden Clarke 修正前释如后：也就不能把任何的形成它的物体包括在它自己的范畴中间了。这两行把刚瑙烈的性情比作贱视自己的泉源，终于会奔溢而逝的水流；下两行把它比作自绝于母干，遂致死去的树枝。

㊱ 原作在这里很吃力，所用的譬喻似嫌牵强：我们从未听见过什么树枝能把它自己从躯干上撕下来（... sliver and disbranch herself...）。译文"供给它营养的树液"(material sap）从 Warburton 所释。原文"material" Theobald 改作"maternal"（母亲的，为母的），附从此议的有 Hanmer，Johnson 等本子；但 Schmidt 说这改法固

然新奇可喜，可惜莎士比亚并不知道这个字。

㊲ 原文“And come to deadly use”，译者从 Moberly 之诠释。

㊳ 根据 Onions，原文“text”解作“quotation”（引语）。

㊴ 原文“gracious”，见 Schmidt 之《莎氏用字全典》本字项下第三条，亦作“圣洁”与“神圣”解。

㊵ 指要熊戏中之熊。

㊶ Wright 谓“madded”即“maddened”，莎氏不用后一字。

㊷ 见前注 ㉞。“海里的怪兽”大概指河马，虽然河马并不生息在海里；见第一幕第四景注 ⑰⑤。

㊸ “milk-livered”为肝中无血，作乳白色，即万分懦怯之意。

㊹ 自此至注 ㊽ 仅见于四开本。

㊺ Warburton 以为这里的所谓“恶徒们”乃是指葛洛斯忒那一类的人而言。Capell 指谪此说之无据，理由很充足；他说，“未曾作恶已先自受罚”这句话加不到葛洛斯忒身上去，因为从刚瑙烈看来，葛洛斯忒却是先行作恶然后受罚的；至于“恶徒们”一语分明是指黎琊，虽然这话说得可怕。非但如此，译者以为她离开伯爵堡邸时伯爵尚未被捕，捉得到捉不到还在不可知之列，受罚与否当然也同样地渺茫了。即令她离堡时在幕外眼见伯爵已被康华的从人们捉到，可是亚尔白尼对于此事的始末仍然是毫不知情，她就无从对他说起什么作恶与受罚的话。Singer 与 Capell 同意，也认为“蠢人”指亚尔白尼，“恶徒们”指黎琊那样的人而言，因为前者确曾对后者表示过怜恤。Eccles 主张“恶徒们”将她丈夫连她自己都包括在里边，她的言外之意是：“目前我们有一件龌龊勾当非干不行，但慢干不如快干，若不先下手等受了罚就嫌迟了，到那时候便只会遭人唾骂，休想博得怜恤，——只除了蠢人们的。”Malone 提议从历版四开本之句读法，“恶徒们”一语应读而不应句断；至于她那诋毁的目标呢，Malone 信大概是法兰西国王。Furness 也赞成保持四开本之原句读法，不过他的解释与上说不同。Furness 觉得刚瑙烈会以“恶徒”称呼黎琊很难使人相信，而且她自己既已在上文禁止她丈夫再以虐待亲父的罪名责她（“不用多说了，……”），她自己便不会再回到那个老题目上去。因此可以断定她所谓的恶徒是对亚尔白尼而发的辱骂，——在耻笑亚尔白尼胆懦无能之上，再加上这句辱骂，好使公爵于急于自卫之际无暇再责她无良，这可以叫做易守为攻的骂架法。译者纵观各家所注，敢说 Capell 与 Singer 的诠义最单纯也最合理，别说都有些牵强。若依 Malone 说，则“怜恤”一语便不知所云：不论亚尔白尼拒绝将兵的原因是什么，我们能断定绝不是因他怜恤法兰西王所以偃旗息鼓不作御侮的准备；这情形刚瑙烈明白得很清楚，否则她不是个悍妇，却自己成了个“蠢人”了。其次，Eccles 说之无稽，我们只须引第一幕第四景由几行刚瑙烈对她父亲的责难便知：

> “那过错便难逃责难，矫正也就
> 不再会延迟，这匡救虽然通常时
> 对你是冒犯，对我也难免贻羞，
> 但为了顾念国家的福利和安全，

如今便不愧叫作贤明的举措。”

由此可知她暴遇黎琊乃是用“大义灭亲”的口实，决不致自承她的行为有任何可议之处。最后，Furness的三个论点也都软弱无力：第一，刚瑙烈以“恶徒”称呼黎琊并不难于使人置信，因为她持有“大义灭亲”一语作护符，已如上述；同时她这句话并不比她的行为或别的话更泼辣，更狠毒，况且以此称丈夫称父亲不一样地要不得吗？第二，她不许丈夫再提此事，她自己果然也不应当再提，但并不见得不会再提。第三，易守为攻说我认为是一些强解，徒逞论评者之想象，并无其他根据可寻。反之，若从Capell与Singer说，却有两条用字的脉络可按：一，参证原文此处的“Milk-liver'd man！”及第一幕第四景三三六行之“milky gentleness”；二，参证原文此处的“a head for wrongs”；及第一幕第三景第四行“By day and night he wrongs me”。

㊻ 意即不作战备。

㊼ 原文“moral”，Delius释为“moralizing”。

㊽ 见前注㊹。

㊾ Warburton释原文“proper”如译文之“只合魔鬼有”，又“deformity”为“diabolic qualities”（魔鬼的或魔鬼似的性格）。译者觉得“deformity”一字只能用以说明形体上的丑恶，若言性情品格，则根本没有“形体”（form）可言，也就无从“变坏”（de）；Schmidt之《莎氏用字全典》释此字为“bad shape，ugliness”（恶形，丑陋），方为合理。参证下条注内Furness的解释，及再下条注。Delius注此二字云：用美好的外表掩饰内里的丑恶，二者相形之下那丑恶便分外显得可怕，——依Delius说，这全句的涵义是：“这样的阴诈在魔鬼身上显现出来还不如在女人身上显现的那样可怕。”Furness嫌此说过分精细，有剖毫辟发之病。

㊿ 原文自此处起，迄注㊸止，系补自四开本者。

51 关于原文“self-cover'd”的解释众议纷纭，大致可分为三派。第一，大多数的名注家认定无可诠解，断为必有印误，于是各提改正的字眼；我就Furness的集注本上所罗列的计算起来，共得十种不同的修改法，内中“selfconverted”（自己变幻相貌的）有Theobald，Warburton，Capell等三家校刊本共同采用，“sex-cover'd”（以女身掩护着安全的）经Crosby提议而被Hudson在他的第三版校刊本里采用，此外的八种修改法或人各为政，或一人二议，错综扰攘，未见何等高明。译者细察这第一派的笺注后，以原文虽似难懂，却并不费解，故将此十种修改姑且删略不录。第二，Johnson，Malone，Huason，Cowden Clarke，Wright等五家的意见大致相同，都认“selfcover'd”为“魔性遮盖着女性的”或“恶性克制着本性的”：若从此说，则亚尔白尼对刚瑙烈虽极厌恶，尚不无体谅之意。第三派则有Henley，Delius，Schmidt，Furness，Craig等五家（译文即根据此说），解原文为“以优美的女体掩饰着或藏匿着恶魔的本质的”。依此说则亚尔白尼痛恨刚瑙烈的热烈可说已到了沸点。以下引Furness的诠释（译者按，此说非但能阐明行文的奥蕴，并且指示了饰刚瑙烈的演员在台上如何去表演；可惜前人从未说过，否则或可免去许多争论）。Furness说：她一向变幻着形相，将真身藏匿了起来；但如今她既然显现原形，那外表上便毕露出恶魔的本来面目来了。没有一个女人，尤其是刚瑙烈，能受了她丈夫这样的痛骂而无动于衷的。她怒得身体四肢都发抖，容颜歪斜，丑怪不堪。于是亚尔白尼又告她，叫她为自己留一点余地，莫把她素来隐藏着的恶魔的真身，那奇丑极怪的本相，在外貌上全盘呈露出来。

㊾ Furness 引 Schmidt 之《全典》，证明原文“feature”一字在莎氏作品中总是用以指外形或身体的姿态，不作别解。

㊿ 见前注㊿。

54 此行亦补自四开本。

55 原文“remorse”，从 Dyce 之《莎氏字汇》，译作“同情”、“慈悲”或“哀怜”。

56 若依 Eccles 则当译为“拨开他家主的剑锋”。译文系根据 Schmidt 之《全典》。

57 此意为译者所增。

58 Malone 注：刚瑙烈的计划是要药死她妹子，——嫁给蔼特孟，——谋杀亚尔白尼，——把全王国都得到手。康华的死对于她的计划的最后一着有利，所以她喜欢；但同时那件事使她妹子有和蔼特孟结婚的方便，这个她可不喜欢。

59 原意为“可恨的生命”。她的意思是，假使蔼特孟和她新寡的妹子勾搭上了，她的整个计划就得失败，那么一来就要她的命了。“可恨”，因为那样会使她受不了。

60 从 Wright。

61 此景全部不见于对开本；Pope 最先名之为第三景；Johnson 谓对开本删去此景似只为缩短全剧之故。Eccles 的校刊本以第五景移在本景前面，名之为第三景，名本景为第四景，名第四景为第五景。据说这更改次序的目的是要使所有在多浮城附近展开的诸景更衔接些，同时也要免除旧编法所能引我们生出来的一个猜测，以为黎琊曾在野外过了一夜。Eccles 注本景云：我们可以假定，黎琊、铿德及侍从人员离开葛洛斯忒堡邸亡命赴多浮时是在早上，同时刚瑙烈与蔼特孟也离开了那边向亚尔白尼公爵府进发，而当天较晚些时失明的葛洛斯忒由一老人领导也从那边出发向多浮前进：从那天早上起算到本景，正值第四个早晨。本景开场时和铿德说话的这近侍，就是他在荒原上那风暴的夜晚差到多浮城去的那近侍。从他们的对话里可以知道他们相会还在不久之前。铿德似乎还只新到。这近侍虽比国王他们出发得早不了很多钟点，但因赶路勤快，比他们想已早到了一些时候，这期间他已有机会见过了考黛莲。

62 Johnson：即铿德差他送信给考黛莲的那近侍。但译者细检第三幕第一景，只见铿德托一位近侍去多浮城向考黛莲作口头的报告，又给他一只钱袋和一只作物证的戒指，却不见有什么书信交与他带去。我信关于书信的话若非作者疏误，致使前后不接榫，这个近侍定不是那个近侍。不过我信疏误的可能大概多些。

63 Steevens 注：法兰西国王已不复是个必要的人物，所以在全剧进展到将近结局之前，这么样找一个机会遣开他是很合适的。为使他不失身份起见，我们不应让一位君主像一些不重要的人物一样，在剧终时无声无阒地给遗忘掉；不过要使他在事先离开本剧（这一层只能以匆促返驾来达到），一定得在观众面前有一个明白交代才行。这是剧中加入本景的用意之一。假令这位君主统率着他自己的军队，经历过他王后的死难，我们很难想象他对剧情还有什么用处。到那时节，他那阵失偶的情绪便会减低黎琊亡女的沉痛所给人的效力；而从另一方面说，他既是一位可敬又可悯的人物，便会分散观众的注意力，因而就使亚尔白尼、蔼特加和铿德显得不重要了，——可是他们这三人的德行是应当特别表扬得彰明昭著的。

64 原文为“Monsieur La Far”，实译当作“赖发先生”。后来王后陷在敌人手里，但统兵的此公并无下文。

65 译意应当作“好”或“美妙”，下面“更高超”作“更好”或“更美妙”。

66 原文“like a better way”极难索解，因而各注家提议修改的本子，或改字，或改标点，约有十种之多。Warburton 倡议改为“like a wetter May”（像一个比通常更多雨的五月天）；从这读法的有 Theobald 之初版及 Johnson，Capell，Jennens 等四种本子。但在英国多雨的季节说五月不如说四月更确切些，而在莎氏作品里又往往将四月里的日子譬喻或形容眼泪，所以 Heath 直截了当改原文为“like an April day”（像一个四月里的日子）。可是被抄错或印误的作者原笔很难和四开本原文相差得这么远，于是便有 Theobald 之二版，Steevens，Knight，Dyce 及 Staunton 等等“like a better day”（像一个比平常好些的日子）。Steevens 解释这改法说：一个比平常好些的日子是那个最好的日子，而那个最好的日子又是一个于地上生物，尤其是草木，最顺遂的日子，那样的日子阳光和雨水很调节有度。这说法拐弯抹角太多，也不易使人相信。其次则有 Tollet 与 Malone 的“like a better May”（像一个比通常好些的五月天）。这读法，Tollet 说，比 Warburton 的好，因为这里阳光比阴雨占优势些，Warburton 的“比通常更多雨的五月天”却显得考黛莲悲伤超过了镇静和忍耐了。Malone 说，Steevens 的更改，“一个比平常好些的日子”，不论怎样讲法，不一定有下雨的意义在里头，同时一个又晴又雨的日子也不很能称为一个好日子，一个好些的日子，或那个最好的日子：因此，这更改也就不能代表考黛莲的微笑与眼泪同时并作了。从 Tollet，Malone 的有 Eccles，Boswell，Collier 及 White 诸校本。Boaden 和 Singer 改原文标点为“Were like；a better way”，意思是“好比阳光里下雨一样，只是更好些”。至于为什么考黛莲的又笑又哭比天的又晴又雨要好呢？据说乃是因为阳光里闪着雨光，微笑却“不晓她眼中有何宾客在”。这样解释了我们依然不很明白，于是 Singer 引《圣经·新约》里的“更好的慈悲是右手不应知道左手布施些什么”来疏证。这解法未免太玄妙了一点，但有 Delius 的赞助，虽然他并不采用他们二人的标点法。Hudson 本作“Were like：a better way ...”，上半截与 Boaden 他们所诠释的一样，下半截则附丽在下一句上，意即“说得好些，轻盈的浅笑……”。Hudson 以为这样标点了既可增进诗意，又能改善逻辑，无复可疑。Lloyd 主改为“Like a bitter May”（好比一个凄风苦雨的五月天）；这意思倒很不错，可惜与上下文不生关系。译文从 Cowden Clarke 的笺注，认原文“a better way”有双重的涵义：第一，同时微笑又落泪比单独镇静或单独悲伤更能表现她的情绪，因此比任何“单独的表示”要好些；第二，她“未曾动怒”，却用微笑和眼泪来表示她的镇静和悲伤，在这上面也能“透露出一个更高超的德性”。这解释颇能道出莎氏用字的经济与蕴藏的丰富，同时又不易原文一字，可说是比较差强人意的了，虽然也失之太晦。但 Wright 认为本意根本无法明了，各家校本也无一可称满意。此外，又有 Dodd 的“like a chequer'd day”及 Pulloch 的“link'd in bright array”。二者都视原文如敝屣，不在考证本来的读法上着眼，而在创造新意义上致力。Craig 提议改为“like a bettering day”，意思是她的微笑和眼泪好像由下雨转入晴朗的一天，那时候阳光正在赶走雨云；不过 Craig 自认这校改并不满意。Daniel（Arden 本引）谓应作“like't a better way”。他解道，考黛莲笑中含泪好像阳光里下雨，只是更要美妙些。Phelps 之 Yale 本即从 Daniel 此解，唯未采他的校改而仍用四开本原文。

(67) Steevens 谓原文“dropp'd”是珠宝钻石匠用的一句术语：“drop”为古时项串上的垂饰，项串以平头钻石穿成，上悬一珍珠坠子。至今耳珰仍名为“drops”，即本此下垂之意。

(68) Schmidt 之《莎氏用字全典》谓原文“all”与“it”应互易了地位然后加以解释，见“become”项下第三条第三节。

(69) 原文“question”此处不作问话解，乃漫指会话而言。此系根据 Steevens 之诠释，Schmidt 之《全典》亦作如是解。

(70) 译文从 Steevens 所释。但 Schmidt 说，若从 Capell 改原文“Let pity not be believed！”的“pity”为“it”，则韵文的节奏和诗的意义都能改进。按 Capell 的校订可译为：“别让人相信有这样的事！”

(71) Schmidt 之《全典》释原文“heavenly”为“Supremely excellent”，译文即据此。

(72) 原文“clamour moisten'd”，大致有讹，Furness 肯定为莎氏全部剧作中讹误最多的一景里的一个讹误。校改与注释的有十余家之多，现仅选新集注本编者认为较堪注意的两家说法。Capell 以“moisten'd”与上文的“shook”并行，以“clamour”作它的宾词。依此说法，这两行可以这样译：

“到这里她那绝妙的双睛便注出
一汪清泪，潮润了她那阵悲啼。”

Walker 则作“clamour-moisten'd”，以之与上面的“heavenly”并行，为“eyes”的形容词。译文即本此说。

(73) Schmidt 之《莎氏用字全典》释原文“holy”为“perfectly pure，immaculate”(纯清无疵)。

(74) 根据 Malone 所注，此处“conditions”不作“情形”或“处境”或“身世”解，应训为“情性，脾气，本质”。

(75) Johnson 谓“self mate and mate”为“同一个丈夫和同一个妻子”，现达意如译文。初版四开本作“self mate and make”，意同。

(76) Badham 评原文“elbows”为不通。Wright 解为“站在他臂膀（elbow）旁边提醒他过去的事情”。Schmidt 说也许是“用臂膀将他推开去”，译文采用此释。

(77) 原意仅为“狗心的”，即残忍不仁。

(78) 原文近侍称国王为“poor gentleman”，颇费索解，姑大胆改译为“老人家”。

(79) Farren 在他的《论疯癫文集》(*Essays on Mania*，1833）里告诉我们说，自此以下的一些植物都有苦、辛辣、毒、浓烈、刺激和麻醉的特性。所以黎琊编就的这顶草冠，Farren 说，非常能形容或症状他害的是什么病，甚至连病源和变化都和盘托了出来。他又说，把这些花草植物放在一起绝不是偶然的。玄胡索或名延胡索（fumitory），Theobald 等人的改正本作“fumiter”；Skeat 之《英文词源字典》

(*Etymological Dictionary of the English Language*) 谓晚期拉丁语作“fumus terrae”，意即“地烟”，形容它的滋生繁殖。Farren 又说因它叶子奇苦，日耳曼大医学家霍夫曼（Friedrich Hoffmann，1660—1742）等捣叶汁以治忧郁症及猜疑病。牛蒡的英名极混乱，最通行的 Hanmer 改正本从现代英语之“burdocks”，四开本原文作“hordocks”，初一、二版对开本作“hardockes”，三、四版作“hardocks”，而 Farmer，Steevens 等则作“harlocks”，此外异名尚多，但实际上恐系一物。Farren 说“harlocks”有几种，实上都密生芒刺，实可作芥末用。毒药芹（hemlock）为闻名的毒草，Ellacombe 说它臭味恶劣，其毒无比。闻名的原因是希腊大哲人苏格拉底（Socrates，公元前 469—前 339）被亚典城（Athens）法官判为妖言惑众，罚饮毒芹汁自尽。荨麻（nettles），Farren 云富于刺激性，触人皮肤作奇痛如焚。Ellacombe 说荨麻的纤维旧时曾作衣线用，又可织布，但切忌园中或田里让它生长，否则无法歼灭。稗谷（darnels），Farren 谓性能醉人或麻醉人，故土名为“醉汉草”（drunkard grass）。Ellacombe 云，莎氏当时一切害草的普通名字都叫“稗谷”；它的害处，他又说，不但在阻碍小麦的生长，而且稗粒与麦粒混和时简直无从分辨，所以在陶赛郡（Dcrsetshire），说不定在旁处亦然，也叫做“拐子麦”（cheat）。杜鹃花（cuckooflowers），Beisly 谓生于草原或泽地上，花作玫瑰红，开在杜鹃鸟或布谷鸟啼春时，故名。Farren 说古希腊、罗马人把它用来治疗差不多所有脑系病，至今药剂书里仍把它列在医治痉挛、癫痫和其他神经或智能病的药方里。

㊽ Schmidt 之《莎氏用字全典》训原文“wisdom”为“science，knowledge”（学问，知识）。

㊾ Kellogg 云：他这回答有极深长的意义，因为这里已约略包括了现代科学所承认的几乎是唯一的治疗原则了，即现今最卓越的医师也无非按了此理诊治病者。这里我们不见提起什么鞭挞病者、画符、念咒、传鬼、精神等等的伏魔治法，那些治法在莎氏当时就是最优秀的医师也都不免公然地应用；我们也不见提起什么用旋转椅，使呕吐，施泻剂，淋大雨，放血，剃光头，贴起疱膏药等等的假科学治法，那样的治疗直到现在（Kellogg 作书论此时在 1866 年）也还有加在那班不幸者的身上的，简直是医学史上的笑柄的不灭的纪念碑。莎士比亚用这位医师的口吻说话时，那种种无稽的诊治法一概不提，只给了我们一条又单纯，又真实，又到处可以应用的原则。

㊿ 直译原文当作“能使痛苦闭紧了眼睛”。

(83) 意即指上文所云“灵验的药草”里的秘密功能。为畅晓起见，下行“灵药”字样为译者所增益；若据原意直译，当作“所产的那尚未经宣明的效用”。

(84) 从 Delius 训，原文“ungoverned”为“ungovernable”。

(85) 原文“means”Johnson 笺解为“应当用来引导狂怒的那理智”。

(86) 原文“important”，Johnson 及 Schmidt 都训为“importunate”（迫切地要求的）。

(87) Johnson 注：我不懂为什么莎士比亚给与这样一个纯粹的小人这么多的忠诚。他现在拒绝了出卖这封信；然后当临死时又一心关切着要把它送到蔼特孟手里。Verplanck 注：莎氏在这里并非在对我们宣传平板的道学，却无意中描绘出了我们人性中很可异但很普遍的一些矛盾的道德现状。热忱的，光明正大的，甚至牺牲自己的忠诚，——有时是对一个首领，有时是在一党，一派，或一伙徒党里边，——往往和美德良行并无关系，因为在违犯普通道德律的一般人中间，这样的忠诚倒往往非常地强烈。人对上帝或对同类的情谊被峻拒或被遗忘时，即令最走投无路的心情也会抓住了一点点东西，以寄托它的天然的好群情绪，所以当他渐渐不见了高贵与真实的责任时，便会跟这个管家的一样，愈来愈变得对他自择的主子的罪恶效忠起来了。这是人为的社会里的许多道德现象之一。Johnson 是个细心观察社会的人，这现象又正在他观察的范围之内；我们奇怪的是他竟没有看出奥士伐的性格正需要这样才显得逼肖逼真。

⑱ 原文“this note”Johnson 释如译文，但 Delius 说是一封信，下面原文“give him this”他说也就是指这封信。

⑲ Capell 提议她这里授给他一只戒指，但 Grey 主张只是传口信而已，也不会如 Delius 所说的那样是一封信，因为在下一景里奥士伐被蔼特加所杀，检查他口袋时只有一封信，而这封信分明是刚瑙烈写给蔼特孟的。White 也说这是口信，但又说一件纪念品也是可能的。译者以为雷耿托奥士伐带给蔼特孟的一定是一件无关紧要的东西，一封信的说法已经 Grey 驳掉；带口信“要嫁他我比你主妇更加方便些”则恰同她自己的“蔼特孟和我已有过商量”自相矛盾，——既已“有过商量”怎么又托她情敌的心腹带此口信？那岂不是自露马脚？而且他怎么肯带？至于戒指或纪念品，我认为也不妥当，无论如何她没有理由托刚瑙烈的忠仆作此不利于他主妇的事情。

⑳ Hudson 谓雷耿的严冷、精明和透人骨髓的恶毒在这里暴露得很清楚。原文“desire her call her wisdom to her”（要她用她的智慧）他说该这样解：“让她有法子想就去照办，没法子想就拉倒。”Moberly 释为“放弃一切对蔼特孟的想念”。但我觉得译文较上列二说与原意更吻合些。

㉑ “preferment”一字在旁处往往解作“擢升高位”，但在此处宜训为“幸运”，见 Schmidt 之《莎氏用字全典》本字项下第二条。

㉒ Johnson 谓本景情节与治愈葛洛斯忒绝望的策略系全部借自薛特尼之《雅皑地》者。但细按薛特尼书中的“拍夫拉高尼亚国王之故事”与本景情节只大致相似，并不尽同，至于蔼特加治愈葛洛斯忒绝望的策略，《雅皑地》里却完全没有。

㉓ Delius 注，这“山岩”即本幕第一景景末注 ㉓ 处葛洛斯忒所说的那“悬崖”。

㉔ Johnson 评注云：这段描写自爱迭孙（Joseph Addison，1672—1719）以来很受人赞赏，爱迭孙曾有过一句不很成功的谐谑，说“谁读了它能不觉得头晕的准有个很好的头，或很不好的头”。这段描写当然并不算坏，但我以为跟诗的精妙纯粹的境界还相差得很远。一个人在一座巉岩上凭高俯瞰，往往会被一片广漠惊人到无可抗拒的毁灭感所侵袭。可是只要我们的心神能够喘息稍定，能观察到一些微末的关节，能在明白清楚的琐事上面将注意力分化开去的时候，那层势不可挡的感觉便会马上变得散漫无力了。作者这样子列举了老鸹与乌鸦，采海茴香的人与渔夫们，这样子在那崖顶与山脚间的空虚里历历安置下了人物，也就等于阻遏着读者或听者的那种穿过空虚及恐怖而沉沉陨落的感觉，结果就会把我们眼前的景色所给的那大印象消减不少。Mason 指出蔼特加所描摹的乃是一座想象中的巉岩，他

并不像一个真在巉岩边上的人一样，毋须被那可怕的大毁灭所压迫。Eccles 则谓蔼特加所以要列举这些细关末节，无非为使他哄骗他父亲的语气像真。Knight 批驳 Johnson 的评注说：在约翰荪博士的批评里，我们很可以看出他的心性，和他那时代对于诗的趣味。韦滋渥斯（William Wordsworth，1770—1850）在他诗集的再版序里已经很清楚地指出，那一类批评的根本错误是在奉意义空泛的大字眼为圭臬，认为那是唯一适当的诗的文字，而把单纯清楚的文字，“不论安排得怎样天然，又怎样切合于韵文的规律”，反认为是散文的文字。约翰荪不喜欢观察详细的关节，不肯去注意各个事物，那是他个人的爱好和当时文坛的习尚。……蔼特加描摹那巉岩的方式是专为给失明的葛洛斯忒听的。老鸹和乌鸦，采海茴香的人，渔夫，船只，能见而不能闻的海浪，——他列举的每一件人物，都是选来给他父亲作估量山岩高度的标准用的。若把各别的描摹化为笼统的形容，至少那戏剧上的适当性会被整个地破坏掉。山岩的高度若仅凭一个领路人模糊地断言，那么，在葛洛斯忒心中也就只是一片浮薄的意象而已。葛洛斯忒也许能听信那领路的人，但决不会听信得这么样真切如见，可以约略估量出那险峭的程度。约翰荪认为这是莎氏文章的欠缺处，原来正是它富于戏剧性的所在。我们毫不犹豫说，这所谓欠缺处就在诗的美质上也是超凡出众的。Knight 又说，有人向他说那山岩在潮水最涨时高出水面只 313 英尺。可见这只是一座想象中的危崖，并非实指某一石壁而言。参阅本幕第一景注 ㉓ 内 Rolfe 之注。

㊵ 直译当作“注目”。

㊶ 直译原意为“多可怕，多晕人”，但嫌太碎。

㊷ Tollet 引 Smith 氏之《渥忒福地方志》（*History of Waterford*，1774）云：在本地海边的岩石上海茴香产得很多；看人采集它真是可怕，用一条索子从岩石顶上挂下去好几哻，危危欲坠，仿佛临空的一样。Malone 注，这个人不是莎士比亚想象中的人物，因为采集海茴香实际上是当时一种普通的行业，常有小贩带着它在街上叫卖；这一类植物当时通作酸菜用，而采集它的要算多浮海边岩石上为特别多。Beisly 云：此类植物的学名为“Crith mum maritimum”，通常叫做“圣彼得草”（St. Peter’s Herb）或“海茴香”（Sea-fennel），丛生于海边石上，七、八、九月开花，花作暗茜，叶粉绿色，细长而多肉，很香，嫩叶浸在醋里可作酸菜。它不生在海水浸到的地方；莎氏注意及此，所以说它生在崖半的途中。

㊸ Warburton 训“idle”为“不毛的”；译文从 Eccles 所释。

㊹ 此为译者所增之语。

⑩⓪ 原文“Topple down headlong”字面上的意义仅为“（使我）倒身翻落”，但声音上的意义则颇难传达，因作如译文以资补救。可是译文失之冗长，又用了一个形容词：不过这缺陷是无法弥补的了。

⑩① Warburton 问，往上或向上跳有什么危险？一个人这样一跳，他说，下地时还是站在原处；所以他改原文“upright”为“outright”（往外），要这样那个人才准会坠下危崖。Heath 及 Mason 都主张维持原文，说那是在形容崖石的峭险和蔼特加如何逼近那边沿；若作“往外跳”就没有意义了。Mason 说得妙：要是 Warburton 在修改莎氏这些戏曲之前在一座危崖边一呎之内往上试跳一下，恐怕这世上就不会有

他那番苦功留下来了。

⑩② Abbott之《莎氏文法》第411条谓语尾“-less”作“not able to be”（不能，无法）解；故此处“opposeless”训为“irresistible”（不能抵抗的）。

⑩③ Hudson谓这里的“how”有“whether”或“but that”之势，译文即据此。这两行的大意是说：像他这样既然一心要自杀，也许不待事实上的跳崖，也许这样子在想象中跳一次崖就会死去。

⑩④ 从Johnson所释。Hudson谓此语语意紧接上文之“想象会不会把它那宝藏劫走”。

⑩⑤ 原文语意仅为“往下掉这么多哼”，但声音上的意义却并不这样简单：“precipitating”一字的言外之意绝不是面目全非的另一种文字所能轻易道出。

⑩⑥ 原文“at each”有不少注家修改它，其实并无修改之必要；译文从Dyce所释。此语虽不合现代英语的习惯，看来似觉异样，但在莎氏其他作品中有相同的例子可寻，Schmidt曾举一例证其无误。

⑩⑦ Knight训“bourn”为“边界”，谓指英、法二邦之交毗。

⑩⑧ “waved”Schmidt之《莎氏用字全典》释为“indented”（凹凸交错，犬牙形的）。

⑩⑨ 译文依大多数的版本，用四开本之“enridged”。列版对开本都作“enragea”（激怒的）。

⑪⓪ Theobald释原文“clearest”为“处事公开而正直”。Johnson解为“最清纯的，最不受罪恶所污损的”。Capell训为“明鉴的”，谓与葛路斯忒的不辨良好因而致祸成对比之意。Schmidt说“bright，pure，glorious”（光亮，清纯，与光华）三层意义都包括在这“clear”（清明）一字里头。

⑪① 从Capell之笺注。

⑪② Schmidt云，原文“free”指身心都不为任何病痛与烦恼所扰，有健全，快乐，放心，不关怀诸意。

⑪③ 此导演辞内野花字样为Theobald所增。

⑪④ Capell注：黎琊这段疯话是因为想起了他在位时的操作而发的，那操作便是指战争和战争的附属事物；他有时在募兵，有时在开战，又有时在操练弩弓手，看他们演习；从前曾有人以为他这疯话里也提到放鹰，下文的“鸟”即是指鹰；但现在我们懂得了，“鸟”是指“箭”，“飞得好”是射得好的意思，因为那“鸟”是飞到靶眼上去的。

⑪⑤ Schmidt释此语云：黎琊的意思是说一位天生的国王决不能失掉他自然的或天赋的权利。

⑪⑥ 从Douce。

⑪⑦ Furness及Douce都释原文“crow-keeper”为被雇专在田里驱逐乌鸦的人，Schmidt之《全典》亦作如是解。Onions则除前意外亦训为“scare-crow”（立在田里吓乌鸦的草人）。我觉得后一个意思更合理，因为很可笑；至于赶老鸹的长工，假使有的话，站在田畴间并无固定的姿势，而且老鸹是防不胜防的。

⑪⑧ Furness新集注本上说，自Steevens以下有好多校刊家都以为原文“a clothier's yard”是指《铅韦之猎》（*Chevy Chase*）里的“An arrow that was a cloth-yard long”而言。译者按，《铅韦之猎》为一著名的英、苏边界歌谣，收在很通行的Arthur

Quiller-Couch 之《牛津歌谣选》(*The Oxford Book of Ballads*) 第二卷第六辑里；上引歌词是那首民歌第二段第四十二阕的第一行。Phelps 引着 Stewart 所论原文 "clothier's yard"（衣庄一码箭）一语云，所谓"衣庄一码箭"并不跟某种量长短的标准码尺有什么关系，乃是指手臂向旁伸直时从鼻尖到大指尖那中间的距离。一个能放"衣庄一码箭"的弓箭手，箭尾在他鼻子前面时，有力量把他的弓拉出一臂长。……一个身材魁梧膂力合格的弓箭手一定得有这样长的箭，能这么用法。为行文简短起见，译作"码箭"。

⑲ 欧洲中世纪风俗，一个骑士向另一个骑士挑战时就把他的铁手套当着对手往地下一掷，对手若接受他这挑战便把那铁手套捡起来。怪大汉或巨人为古时神话传说中的人物。

⑳ "brown bills" 为十六、十七世纪英国步兵用的一种戟。原文作"戟队"解，因 "bring up" 为"引上或带领前来"，——见 Schmidt 之《全典》"bring up" 项下第一条。

㉑ Heath 及 Capell 都说原文 "bird"（鸟儿）譬喻着箭；见本景前注 ⑭。Warburton 径改 "bird" 为 "barb"（羽箭）。但 Douce 与 Steevens 主张黎琊说的是擒捕小野味的鹰，因 "well floam"（飞得好）是放鹰术里一句很普通的习用语。"Hewgh！" 则为模仿箭镞飞过时的嗯哨声。

㉒ Johnson 注，黎琊自以为在一个要塞或戒严地带里，所以在蔼特加通过之前他要他叫通行口令。

㉓ Halliwell 要我们看第二幕第四景正文注 ⑯ 后面的"你对着这胡须不羞吗？"，那"胡须"，他说，就是这里的"白胡子"；所以这里也就是责备刚瑙烈惨无人道的意思。

㉔ 直译原文作"告我说，我没有黑胡子先有白胡子"。译文从 Capell 所释义。

㉕ Pye 说，黎琊说了什么他们回答他"是"同时又回答他"不是"，不成其为奉承。Pye 有个朋友向他提议一个很巧妙的读法：把 "too" 改为 "to"，动一下原文的标点，就讲得通了。那两句并成一句的读法译成中文可作"我说'是'，他们也说'是'，我说'不是'，他们也说'不是'，可不是敬神之道"。White 采用这个读法。译者觉得 Pye 太咬文嚼字，实际上莎士比亚并不是这样一个呆板的文法学家。Singer：这也许是说，黎琊说"是"，他们也说"是"；黎琊说"不是"，他们也说"不是"；但更或许是说他们口是而心非，黎琊说"是"时，他们为奉承他起见也说"是"，但他们心里在偷偷地说"不是"，反之亦然。Cowden Clarke 谓此"是"与"不是"有无可无不可之意，说那班胁肩谄笑的朝臣们极善于伺机察色，望风转舵。

㉖ Moberly 云，此语系隐指《圣经·新约·致哥林多人后书》，第一章第十八、十九节里的"我指着信实的上帝说，我们向你们所传的道，并没有是而又非的。因为我和西拉，并提摩太，在你们中间所传上帝的儿子耶稣基督，总没有是而又非的，在他只有一是"。（用上海美华圣经会官话和合本译文。）原文 "divinity" Schmidt 之《全典》不释为"敬神之道"而释为 "theology"（神学）。Phelps 引 Stewart 之笺注云：一个人全凭他自己的利益而定他意见的可否，就干脆是个撒谎者；撒谎可

不是什么好的敬神之道。

⑫⑦ 直译可作“嗅出了他们的本味来”。

⑫⑧ 原意“寸寸都是个国王”。

⑫⑨ Walker 说，这“百姓”是百姓的总称，并不指定某一人。

⑬⓪ 原文“between her forks”Edwards 谓按文意上自然的结构，当在“snow”之后。译文即本此。

⑬① Warburton 解“forks”为叉开手指遮着脸，假作含羞之态。Johnson 亦作如是解。Furness 认为错误，但不好意思明说是什么。

⑬② Staunton 释原意为“假装清贞的羞懦”。

⑬③ Dyce 之《莎氏字汇》训“fitchew”为黄鼠狼，又谓此字此处作俚俗语用，意即如译文。

⑬④ Heath 注，“soiled”者春天放马出去吃新春早草之意，这样一放青能把马的内部涤除干净，使它充满血液。

⑬⑤ “Centaurs”为希腊神话中上半人身下半马身之怪物，极粗犷淫乱。

⑬⑥ Ingleby 致 Furness 函内引《英国的虚荣：或天责华服》（*England's Vanity: or the Voice of God against ... Pride in Dress*，1633）一书云：“很早的时候，在教会的许多邪说里，就有一支派，叫做 the Paterniani，也许就是那龌龊的‘唯智讲道会’（the Gnostics，应用波斯、希腊之神学哲学以说明基督教教理之宗教哲学派）的卵子；他们认为人身上部确为上帝所造，但自腰带以下，却是魔鬼造的；他们很自鸣得意，以为因此就可以自由处置魔鬼所造的他们的那一部分身体，只要把余下来的部分留给上帝就行了。”

⑬⑦ 译原文“inherit”为“所有”，见 Schmidt 之《全典》本字项下第二条。

⑬⑧ Malone 及 Knight 都怀疑以上这段话作者本意是否要它有音步。Singer 谓此段文字节奏太整齐了，不能仅把它当作散文，但若说它是史诗或叙事诗的音步，倒不如说它是抒情诗的音步更适当些。White 云：说不定后面这一段是几行残破的无韵体；稍稍改动一下，全段文字就很能安排成完整的五重音的无韵体韵文。Abbott 在他的《莎氏文法》第 511 节里说，高过一切的热情，像这里，和《奥赛罗》第四幕第一景三四至四四行间的狂痫，是用散文来表现的。

⑬⑨ 原文“piece of nature”，Schmidt 谓“piece”当作“model”（典范，楷模）解。若然，则“nature”一字应归入 Schmidt《全典》本字项下第三条，作“人身体上与道德上的机构”解。说黎琊在身体上与道德上为模范或典式，当然就等于说他是万众人在这两方面的典范了，故曰“万民的楷模”。

⑭⓪ Furness 说，这大概是指占星术士所谓维系“人”的“小世界”与“天地”那个“大世界”间的连索而言。见第三幕第一景注④。

⑭① 罗马神话，蔻璧（Cupid，相当于希腊神话中的 Eros）相传为一小童神，眼睛被蒙住，手携弓矢；凡间男女一被其箭镞射入心中，无不盲目相爱，永不衰替。这句话的言外之意想必是：“无论如何我决不再爱什么女人了，以免恋爱成功，将来再生出那样的女儿来，反叫自己受罪。”

⑭② Schmidt 之《全典》“penning”为“style”（风格），不知系指字体抑文章风格，姑

译为“笔法”。

⑭③ Staunton认为此处文义不明。蔼特加不愿听信传闻的是什么事？他准已晓得他父亲瞎了眼；因为在前一景里已经提起过。我们也许可以猜想，那是他见黎琊拿出了一张缉杀葛洛斯忒的告示。Cowden Clarke则谓蔼特加不看见不愿相信的是：他那瞎眼的父亲与疯狂的国王彼此相见时的那种惨不可言的情状。Delius信这是在说黎琊的情景。

⑭④ 在音律上这里的“is”应读重音，故译为“果真是”。

⑭⑤ 四开对开各本都作“the case”；Rowe改为“this case”，从这读法的有Pope，Capell等多家；唯现代善本仍遵原本。Jennens笺云：我没有了眼睛，你要我用眼眶念吗？

⑭⑥ 原文“are you there with me？”Wright训“is that what you mean？”（你是那个意思吗？）Wright引莎氏喜剧《随你喜欢》（*As You Like It*，1599—1600，可译为《听随尊便》；有人译为《如愿》，误，——按原剧释题详Furness之新集注本）第五幕第二景三二行的解作“I know what you mean”（我知道你什么意思）的“I know where you are”作为佐证。但译者认为这例子与本句至多只在行文上有些近似，用意却绝不相同；所以若一定要说彼此用意亦近似的话，本句只能亦只应解作“do you get me？”（你懂得我的意思吗？）或“do you agree with me on that point？”（我们在那上头是同意的吗？）。可是实际上彼此用意我认为完全不同：无论如何，Wright的或修正了的Wright的解释，我觉得都跟上下文语气不紧凑，不密接。从各方面看，最严谨合理的解释应如译文，意即：“你跟我一样，也倒了霉吗？”

⑭⑦ 直译本句当作：“你的眼睛在悲痛（沉重）的情形中，你的钱包在轻松（愉快）的情形中。”但这里的“case”（情形）与上文的“case”（眼眶）间那层双关却无法依样译出。黎琊以国君之尊，至此竟降到跟他自己的宫廷弄臣一样，真是惨极。

⑭⑧ 原文“feelingly”亦有双关之巧。Moberly云：葛洛斯忒说，这世界究竟是怎么一回事，他内心能深切地感觉到；黎琊误以为他在说他已没有眼睛，所以只能在心中感觉到，——因他说“什么，你疯了？……”除此而外，原文“see”字的两层意思，“看”与“知道”，亦难于译文中用同一语法表达恰当。

⑭⑨ 从Schmidt《全典》形容词“simple”项下第五条所释本字义。

⑮⓪ Malone注，“handy-dandy”是小孩子玩的一种游戏，先将两手盖着一件小东西摇几摇，然后握住了两手分开，让另一个孩子猜哪一只手里有东西，哪一只没有。

⑮① 直译原意当为“权力的代表者”或“权力的象征”。

⑮② 从对开本原文，Furness解为“从破衣服里看进去，一切的罪恶都显得很大”。

⑮③ Cowden Clarke谓“plate”为“披挂板铠”。据此则直译全句应作“使罪孽披挂铁板铠似的镀上了金”，但嫌辞费。

⑮④ 原意为“嘴唇”。

⑮⑤ 原文“imperinency”Douce谓仅指与本题不生关系的言语思想，并不含贬责或指谪之意。这个字，他说，到十七世纪中叶之后，才寓有“莽撞”或“无礼”等意义，至于用来说妇人小子“无耻”或“放刁”则更在往后许多时候。

⑮⑥ Capell注云：黎琊的疯癫到这里已改变了状态；他静了，显得有了一点理性；他

认识葛洛斯忒，看得出他的情景；叫他要镇静；……说要对他“传道”；于是他规规矩矩站成一个牧师传道的姿势，脱了帽子。说了没有几句话，他神志又乱了；那帽子引起了他的注意，跟着另一串思想又发了火；“This a good block？”（这是顶好帽子？）是注视着那帽子时说的；紧接着因为望到了他的帽子的“毡”，又联想起毡的用途。Steevens 及 Rushton 自莎氏同代作家中举例，说“block”一字在当时有“帽顶”（除去了边的帽子），“帽子”（连边都在内的整只帽子），或“帽型”（制帽用的木型）三种不同的解法。Collier 断“block”为印误。因为在本幕第四景里我们听说黎琊戴的是野花野草编成的圆环；他猜测本字应为“plot”（计谋），因二字发音略近似，容易听错。若依此说，则本语当译为“这是个上好的计谋。”Furness 对 Capell 的笺注不很满意，虽然大多数的校刊家都从 Capell 所释。他觉得黎琊藏着一顶毡帽至少使人看了很不舒服，别的且不说。他提议或者解“block”为“木砧头”，它最普通的意义，较为妥当。在美国名伶蒲士（E. T. Booth）的《舞台提示录》里，这里有这样一句导演辞，“黎琊脱掉居任（Curan）的帽子。”Furness 认为黎琊这样做确是要比脱掉他自己的帽子好些。

⑰ Malone 说，这个“神机妙策”事实上在莎氏降生五十年前已有过。在赫伯脱男爵（Edward Lord Herbert，1583—1648）的《亨利八世传》（*Life of Henry the Eighth*，1649）里，据说“玛格兰贵妇，……安排了一个很出奇的‘马上比武’（juste）；比武场是一所大厅，高出平地不少步级，铺着大理石似的黑方石；为免除滑倒起见，马蹄上都套着毡鞋，比武过后，那班贵妇们便彻夜跳舞”。

⑱ Malone：这是从前英国步军冲锋对喊阵的口号。跟我们中国自古以来的完全一样。

⑲ 从 Walker 所释义。

⑳ Cowden Clarke 说，“脱掉我的靴；用劲，用劲”，表明黎琊脚里血脉阻滞，这病状与脑筋受伤有密切的关系；而这里的“我已给切进了脑子里去”，恰好表明他头脑里殷殷作痛，使我们起非常的同情。译者按，这未免有点附会曲解吧。

㉑ 或指决斗时的副手。两人决斗，各请挚友一二人充副手，在场照顾一切。

㉒ 此二行对开本佚。

㉓ 原文“a man of salt”；本 Malone 之注释。

㉔ Johnson 训原文“there's life in't”为“这事情还没有绝望”。

㉕ Hudson 谓“Sa，sa，sa，sa”也许是用来表示黎琊逃跑时的喘息声，Stark 则谓黎琊歌舞跳跃而遁，这算是他的歌声。不知孰是。

㉖ 原文“general curse”意即“整个儿该诅咒的情形”或“完全的灾殃”。

㉗ 从 Johnson 所释义。

㉘ 古罗马神话里说，每一个人从生到死都有护生的精灵附在他身上，司理他的运气，决定他的性格，等等。罗马人信每人都有两个那样的精灵，好运气由好精灵给他，坏运气由恶精灵给他。

㉙ 原文为“father”，前面已见过一次。Hudson 谓这是年轻人通常对长者的称呼，所以藹特加不住地这样称呼葛洛斯忒，他还认不出来。

㉚ 原文“known and feeling sorrows”Warburton 训为“过去和现在的悲哀”，Malone 解为“从经验里得知的悲哀”，Eccles 释为“自己知道因而同情人家的悲哀”，

Cowden Clarke 则以为“feeling”一字有双重涵义，在自己是“亲自感到的”，人家对他所生的影响则是“非常动情的”。译文从 Schmidt。

⑰ 根据 Schmidt 所解。

⑰ “unhappy” Schmidt 之《全典》训为“mischievous，fatal”（为害的，种祸生殃的）。奥士伐这么样骂葛洛斯忒，乃是骂他私通敌国与纵黎琊来多浮的事。

⑰ 从 Warburton 所释。按基督教惯例，人死前须忏悔生前罪孽，向上帝祷求升天；所以就是罪犯或仇家，在行刑或致死以前，也必给与一个祈祷及忏悔的机会；若仓卒毕人之命，使人沦入地狱而无缘自救，在行刑人或致命者为一违犯基督教教旨的罪孽。

⑰ Cowden Clarke 以为这话是葛洛斯忒求救于蔼特加的意思。Furness 则认为是对奥士伐说的，求他用足了力气，了结他自己的自尽失败后的余命。译者确信前一说有误。

⑰ 原文仅为“手”。

⑰ 此句直译当作“先生，不等到以后有时机咱可不给放开”。原文从此起蔼特加对奥士伐所说的话据说是索美塞得郡（Somersetshire）的方言，其中如“chill”即英语中的“I will”，“chud”即“I should”或“I would”，“ice”即“I shall”等是。

⑰ “che vor ye” Johnson 释为“我警告你”。

⑰ 原文“costard”本来是英国产的一种大苹果名，Gifford 谓因此常被嬉用作“头”的诨名。

⑰ Knight 引 Grose 的《方言字汇》（*Provincia Glossary*），谓“ballow”解作“竿”或“棍棒”。

⑱ 原文意为“粪堆”。

⑱ 直译可作“拔你的牙齿”，有一点怪。Schmidt 训为“I'll curry you”（我来揍你）。

⑱ Dyce 之《莎氏字汇》释“foins”为“thrusts”（袭击，刺）。

⑱ 四开本作“British”（不列颠的），对开本作“English”（英吉利的）；参看第三幕第四景注 ㉑。Knight 云，各版四开本与各版对开本间的这一点小差异，可以证明下面两件事里的一件：初版对开本出版时，“不列颠”和“英吉利”这两个名称的分别——当初是用来对新王詹姆士一世表示尊崇之意的——已毋须过虑到了；若不然，这段文字便是在詹姆士接英国王位之前写的，随后在排印初版对开本的稿本上未经改正，故对开本仍作“英吉利”，但于一六〇六年在国王面前排演本剧的稿本上却是改正了的。

⑱ Schmidt：蔼特加所耿耿于怀的是他竟然比应当处死奥士伐的那刽子手早了一步；这事情枉费了他的气力，糟蹋了他的身份，按理他是不屑去做的。

⑱ 原文“Leave”即“give leave”之意。

⑱ Schmidt 谓，“servant”一字常被用作“lover”的别称，非但一般上流人对他们的所恋自称是如此，便是那些贵妇们也往往以此称呼她们的情人。此处刚瑙烈系主动者，故亦自称为“servant”，愈见其肉麻可笑。

⑱ 一、二、三版各对开本原文有印误：译文从 Rowe，Wright，Schmidt 等审定的四版对开本之“indistinguish'd ...”，此与初版四开本之“indistinguisht”可云并无差

别。又各版对开本作“... will”，四开本作“... wit”；译文根据前者。Theobald 引 Warburton 云：这里“indistinguish'd space”所讥讽的不是女人欲念的猖狂暴乱，而是它的变幻不测。那变幻之速真了不得：一个欲念来和另一个欲念去，其间竟无分秒的间隔或毫忽的距离；在时间上与空间上来者与去者简直全都分不开来。西班牙文豪塞万提斯（Miguel de Cervantes Saavedra，1546—1616）的戏谑传奇《吉诃德爵士》（*Don Quixote de la Mancha*，1605，1615）里那疯骑士的扈从山谷·班查（Sancho Panza）有句话说得妙，他说，“在一个女人的‘可以’和‘不行’之间，我不敢保证能插一个针尖下去。”若依 Warburton 这说法，本行可译为：“女人的欲念啊，密集得竟连成一片！”此意虽可谓极尽讽刺之能事，但细按剧情，恐未必是莎氏的本旨。Collier 谓“indistinguisht space”显然是两个听错了的字，实际上应作“unextinguish'd blaze”方能解释。若从此说，本行可译为：“女人的欲火啊，盛大得真无从去遏止！”White 与 Hudson 二氏所见一致，译文即根据他们的训解。Moberly 则谓这一行的来源也许是拉丁诗人霍瑞斯（Quintus Horatius Flaccus，前65—前 8）《诗章》第一集第十八首（*Odes* I，xviii）里的“她们贪得了慌急时便用她们自己欲念的细线去区别是与非的分野”；那就是说，她们区别是非全看她们要不要那件东西。所以莎氏这里的意思似乎是：一个女人的欲念不知道善恶的界限。Schmidt 与 White 等人所解略同，已入译文。

⑱ Johnson 最先阐明“rake up”为“遮盖”或“掩盖”；Hudson 谓美国东北六州之新英伦至今仍习用此语。

⑲ “unsanctified”据 Steevens 说是指奥士伐不得在教礼净化过的处所埋葬。Schmidt 仅释为“wicked”（奸邪，顽恶）。

⑳ Malone：各版四开本里医师和近侍所说的话，在各版对开本里都归近侍一个人说。我猜想大概因演员缺少，为方便起见，这两个原来各别的人物并成了一人。Collier：四开本为时较早，与对开本相距有一、二十年；可异的是当四开本那时候，却肯多费些钱，近侍和医师那两个人物竟各雇了一个演员去扮演。

㉑ Johnson 训原文“measure”为“一切我称赞你的好处（只嫌不够）”。译者觉得若依 Johnson 此解，原文似应为“all measure”而不该是“every measure”。Johnson 所以这样解释，我想是受了铿德“蒙娘娘嘉奖已然是过分的恩酬”这句话的影响，——以为这是针对“只愁我生命太短促，……”的回答。译者认为铿德此语是回答考黛莲“忠良的铿德啊，……”那句问话而发的，与“只愁我生命太短促”无密切的直接关系，因此，我觉得从 Becket 解“measure”如译文，方为合理。

㉒ 原意为“承认”，即承认他的好处。

㉓ 据 Steevens 及 Malone 说，“memories”解作“memorials”（纪念品）。

㉔ 原文“made intent”，Warburton 改为“laid intent”，Collier 改为“main intent”，我觉得都不妥。“made”有“既定”之意，与“intent”（决意，计划）并不冲突，也不重复。译文从 Johnson。

㉕ 原文“child-changed”依 Steevens 说可有两个解法，一是“被高年与委屈折磨成一个小孩的”，二是“被他的孩儿们害成了这个模样的”。Delius 以为这是指黎琊换了另一个孩儿；就是说，他离开了刚瑙烈和雷耿，来就考黛莲。译者认为 Steevens

之第二说最合理，Malone 与 Halliwell 俱如是解；译文即用此意。

⑯ 本景景首导演辞，有些现代版本，如 Furness 之新集注本，作："法军中一帐幕内。黎琊睡在床上，细乐徐鸣；一近侍及余众侍立。……"按"黎琊睡在床上"云云原是 Capell 想当然的增添，对开四开本里都没有，译文从 Koppel 及 Bradley 之说，把它删去。Capell 本的不合理处，据 Bradley 说，有四点：第一，读者或观众一开首就认为他们父女俩已经相见过，因为要是不然，黎琊近在咫尺，考黛莲决不会跟铿德交谈得这样安闲无事的。如果他们确已相见过，那么，随后她对他说的一段话就会显得全不紧张了。第二，黎琊在场会使观众或读者异常兴奋，只想看他们父女两人的重会，决不再有耐心去注意铿德和考黛莲的交谈了；那么，开场时他们两人的这番交谈也就完全失去了紧张的意味。第三，下面考黛莲叫黎琊"别那样，父亲，切莫跪下来"，分明烘托出父女俩初次重见时黎琊那种悔愧不安的情状。第四，父女相见了一会，医师见黎琊兴奋过度，便说"要他里边去"；如果黎琊此时原在帐幕内一张床上，又有什么里边可去？可不是要他走出帐幕外面去吗？如今我们若返观四开及对开本原文，就可以发现它们景首的导演辞互相歧异处只是前者有医师而无近侍，后者有近侍而无医师，而后者又误把医师和近侍的话都让近侍一人去说。这两种原版本的相同处是在都没有提起黎琊。由此可知黎琊当幕启时并不在台上，因此，考黛莲和读者或观众用全神听着铿德说话，并不悖理。她和铿德的谈话一完，便回过头来向医师说："王上怎样了？"医师说黎琊还睡着，当即请准了她要将他弄醒。考黛莲又问："他换上了衣服没有？"那意思并不是问黎琊换上了睡衣没有，乃是问他们除去了他的草冠，替他更上了新衣没有。近侍回答说："他睡得正浓的时节，我们已替他更了衣。"于是医师又请她在弄醒黎琊的时候站在旁边。她当即首肯，医师随即说道："请您走近些。——那边的音乐响一点。"再其次是考黛莲的话了："亲爱的父亲啊！"依初版对开本，"仆从以台椅舁黎琊上"这句导演辞是在考黛莲的"他换上衣服没有"一语后面的。黎琊那个时候上场，Bradley 认为毫无疑问是太早了些。依他说这句导演辞也许放在"请您走近些"（Koppel 主张这句话是对舁黎琊的仆从们发的，若然则应译为"你们走近些"）后面最为得体。得体的理由如下：第一，这样安排使铿德在这一景里有他相当的地位；第二，能显得考黛莲在事先并未见过黎琊；第三，使他们父女相见成一很有艺术趣味的演剧的紧要关头；第四，使黎琊下跪变成十分自然；第五，能显得黎琊略呈疲乏后就下场是势所必然的事；第六，这样安排是唯一的略有所根据的安排，因为通行本景首的导演辞"黎琊睡在床上"云云只是 Capell 的倡议，在他以前却从未听说过。也许有人说用椅子抬黎琊上场的方法太简陋，但意利沙白时人是不顾虑这些的，他们所关心的是戏剧的效果。

⑰ 自注 ⑰ 至注 ⑱，除导演辞外，原文仅见于四开本。

⑱ Capell：我认为这是诗人的一个很高超的思想；我从这句话上敢下这样一个推断：本景幕启时黎琊床后应当有一阵细乐远远地起奏；安定他神经的该是这阵音乐，治愈他疯癫的也该是它，如今这医师为要催醒他，就招呼乐师们逐渐把乐声加大起来；这么样便不仅在用意上是高超而合理，且能使剧景有声有色。Bucknill 从医学的观点上着眼，不很赞同这个办法。他说，这似乎是个大胆的试验，说不定

有很多危险。本来以音乐为能抚慰疯狂，乃是个极古而极普遍的信念；但若用音乐来打破病者服药后的安眠，而当病人醒来时又让他一睁眼便看见那样一个最易刺激他神经的人，似乎正和疯后所亟需有的那种心情上的宁静状态相背驰。莎氏仿佛有一点疑惑这个办法，因为他使黎琊几乎马上进入了一个新的疯狂状态。考最早用音乐治疯，见于载籍的，要推《圣经·旧约·撒母耳记》上卷十六章里大卫（David）弹着竖琴使扫罗（Saul）宁静的那个故事。法国精神病学专家厄斯岐洛尔（Jean Etienne Dominique Esquirol，1772—1840）说："我常用音乐治疗，但极少得到成功。音乐可以使他们宁静，但不能医好病源。我见过疯人听了音乐而狂怒；……我信古人把音乐的效用夸张得太过分，而近人所记的事实又不够多，仍难断定在怎样的情形之下音乐才真有效力。可是这个治疗法依旧非常可贵，尤其在病后的疗养期中；虽然怎样施行和施行后有无效力都很难说，但绝不应当忽略它。"

⑲⑨ Theobald，Warburton 等以为原文"restoration"应作"Kestoration"，说是对健康女神（Hygieia）的称呼，校诂家从他们的有十余人。译文据 Delius 与 Hudson 等释，Furness 亦认此为确解。

⑳⓪ 自此至注 ⑳② 对开本原文付阙如。

⑳① Reed 云：John Polemon 之《战争野史》（*Collection of Battles*，1578）中译得有意大利史家保罗·乔服（Paolo Giovo，1483—1552）关于马列那诺之战（the Battle of Marignano，1515）的一段话："他们是各县挑选出来的精壮，年富力强，英勇果敢。依他们本国的老律，只要在少壮时干过猛武过人的事，便可以得到非常荣誉的军勋，所以他们自愿请求做种种极危险的艰巨工作，甚至常有赴死如归，全无顾虑的。这班人，为了勇敢和顽强异于常人，他们本国人称之为'desperats forlorne hopen'（敢死无畏军），法兰西人称之为'enfans perdus'。因此，他们各执有一份终身的通行护照，并得终身享领双俸，且随身有一种特别的徽号。那徽号便是在帽顶上戴一簇常人所不佩的白羽毛，向后斜插着，在风中摇曳，使人见了顿起敬佩英武之感。"Whalley 云，守夜似乎是这班敢死军所做的事情之一，——译者按，欧洲中世纪时盗贼猖獗，杀人越货乃是常事，入夜后绝少交通，故守夜乃属冒死之举。

⑳② 这一行半译文与四开本原文结构略异，惟大意无差。

⑳③ Verplanck 谓，美国画家查维士（John Wesley Jarvis，1780—1834）常征引这几行诗，认为在最短的篇幅里描摹最大的憎恶被怜悯所制胜的至高典范。当那样风雨雷电的时节，便是见仇人在户外，也不忍不让进自己家里去暂避风雨，容他在炉前安享一夜温暖；那原是合于人情恻隐之常的。可是这还算不了什么，推而至于仇人的狗也要放进屋里去躲一躲那天变，而且那条狗还亲口咬过这屋主人，再加上这被伤的屋主人又是位绝对温良无忤的好女子。

⑳④ 原文"rogues"并无诋毁的意思，仅指浮浪无业之人。

⑳⑤ 原文为"short"；若没有印误，依 Moberly 说可解作"不够的"。不过这只能算强解，在遣辞选字上"short"这字是说不过去的。因此 Moberly 及 Furness 都疑心原文应为"dirt"（泥污）。Craig 训为"截短的"或"短少的"。

⑳⑥ Moberly 说，黎琊形容他自己所身受的痛苦，似是借镜于溺毙者得救重生时所经历的那种满身的疼痛。Furness 问得好，黎琊所说的是他肉体上的痛苦吗？分明不是。

⑳⑦ 初、二版对开本与初版四开本都作"where"（在哪里）；Dyce 主张从"when"（什么时候），说前者简直不通。Collier 认为这是故意的不通，显得黎琊"依旧，依旧，迷糊得很呢"。Collier 又说，问一个鬼魂它是什么时候死的并不见得通，问它在那儿死的可也不见得更不通。但译者觉得二者毕竟稍有差别：若说前一问是牛头不对马嘴，后一问简直是风马牛了。Collier 故意不通之说似近是。

⑳⑧ Johnson 释注云，我为物象形态所蒙蔽，我在冥懞无定中浮游。

⑳⑨ Hudson 谓，我们无知的祖先们以为一个父亲或母亲的诅咒是可怕得了不得的事情；所以考黛莲急于要她父亲取消他在本剧开首时对她所发的诅咒。

㉑⓪ 对开本原文无此语，系补自四开本者。

㉑① Steevens：这情形我在一部比本剧早十年左右出版的老剧本《莱琊王》（*King Leir*, 1594）里也见到。不过很难说定，这雷同究系出自模仿，抑或用意相同的偶合。

㉑② Ray 评注黎琊这两段话如下，描绘疯狂初愈心理的文字，要比写黎琊这阵自昏沉的黑暗恢复到健康的清明更忠实的，从未有过。通常从急性的疯狂清醒过来往往是很慢的，迷惘得一重又一重地卸掉，然后经过几星期乃至几个月的挣扎，病者就变成一个理性健全的常人。但遇到很少的例外时，这变化也能发生得极快。也许只有几点钟或一天之内，那病人就认清了他所处的情况，将迷惘去尽，然后用完全不同的眼光重新估定他一切的关系。

㉑③ 原意为"一点钟不多，一点钟不少"。有三五位注家认为这两行不很可靠；因为"在八十以上"显然没有说定究竟是几岁几月几日几时，但接着又说"一点钟不多，一点钟不少"，确有些莫名其妙。Steevens 及 Ritson 都猜想这是当时演这剧本的什么无知的伶人加插进去的。Knight，Walker，Hudson 等则以为这两行固然是语无伦次，但在宿疯未醒的黎琊口中说来，却为绘影绘声的妙笔。

㉑④ Cowden Clarke 评云：用寥寥数字表现一个沉默的妇人放着热情去悲泣，从来没有比这里和下文的"没有，没有"更为精妙的。这三言两语十足描画出了考黛莲这样一个女子的抑制住的哭泣；她的情性专注而不显露，但非常热烈而恳挚。

㉑⑤ 对开本原文作"kill'd in him"，直译可作"已在他内里（给弄）死掉"，许多版本都从此。四开本作"cured ..."（给治愈……）。Collier 主张改对开本之"kill'd"为"quell'd"（被镇定）。

㉑⑥ 原文自这里起到"……还很危险"止，仅见于四开本。"To make him even o'er the time he has lost." Warburton 解释为"使事态和他的理解相调和"。Steevens 赞成此解，他说这可怜的老国王没有什么话可以告人，虽然他可以听人家说许多话。所以医师的意思是——黎琊在这样神志尚未大定的状态中，使他明了他自己在疯狂时期里的一切经过，是非常危险的。Hudson："使他清算所失的时间，或使他把记忆所及的最后一天跟他目前的情景连接或配合起来。"Schmidt 之《莎氏用字全典》训"even o'er"为"给予一个完满的洞悉，一个明晰的理解"。译文从 Hudson 所解，惟措辞较为肯定而是记叙的。

㉑⑦ 如果采用 Capell 在本景开场时所增添的导演辞，译者真不懂帐幕里边还有什么里

边可去。

㉑⑧ Brigham 云：我们差不多不好意思，可是得承认，虽然莎氏写这段文章已有两世纪半（这是在 1844 年的话，距现在则已有三世纪多，不知情形有无变更，——译者），但我们对治疗精神病的方法并无多少增益。使病人睡眠，用药学上与道德上的治疗安静他或她的心神，避免一切不和善的态度和行为，而当病人渐次恢复过来正在疗养期中时防止他一切精神上的刺激，以免复病，这些方法现在仍然被认为最好而几乎是仅有的必要治疗。

㉑⑨ Schmidt 释原文“walk”为“去”或“退”。

㉒⓪ Coleridge 评注云：黎琊很动人地恢复他的理智，和他说话中那冲淡的忧愁，都很优美地使观众或读者有一个预备，——预备接受这年迈的受难人辞世时所给与的那最后一阵的悲哀但又甜蜜的慰安。

㉒① 自此以下迄景末，对开本佚。Johnson 认为这是作者专为缩短剧景而删去的；但 Malone 则谓演员于作者脱离粉墨生涯后，未得本人同意而径自截去者，未知孰是。

㉒② 直译原意应作“我的问题和目的”。

第五幕

第一景

［近多浮城之不列颠军营。］

［旗鼓前导，蔼特孟、雷耿、数近侍及众士卒上。

蔼特孟　去探听公爵最后的定计与否
还有效，往后可经过什么事劝阻
又更改了方针没有。他变换无常，
总自相矛盾。问明他下定的决心①来。

［对一近侍语此，近侍即下。②

雷　耿　大姐的那家臣准是遭逢了不测。③

蔼特孟　恐怕④是如此，夫人。

雷　耿　　　　　　　　可爱的贤卿，
告诉我，——只要说真话，——可得说真话，
你不爱我姐姐吗？

蔼特孟　　　　　　我爱她得光明磊落。⑤

雷　耿　难道你从未踏上我姐夫的路径
到过那禁地吗？

蔼特孟⑥　　　　　那你就转错了念头。

雷　耿　我怕你同她已结下不解的私情，

她已把一身所有全给了你。⑦

蔼特孟 把我的信誉打赌，没有过，夫人。

雷　耿 我决不容许她对你那么样亲昵。⑧

亲爱的贤卿，莫跟她相好。

蔼特孟 别担心。——

她和她丈夫来了！

［旗鼓前导，亚尔白尼、刚瑙烈及众士卒上。

刚瑙烈⑨ ［旁白］我宁愿战事失利，不甘心那妹子

将我们两人拆散。

亚尔白尼 亲爱的二妹，我们相遇得正好。——

伯爵，听说是这样：父王投奔了

他小女，还有忍不住我邦的暴政，

不禁疾首高呼的百姓们，也都已

跟着他同去。我问心⑩不能无愧时，

还从未心生过奋勇；但这事⑪能使我

关怀，都因为法兰西遣兵来犯境，

却不因他推戴了王上，又连结

叛民们，至于他们的兴兵，我怕是

义正而辞严，正自有重大的缘由。

蔼特孟 公爷这话伟大。⑫

雷　耿 为什么讲这个？

刚瑙烈 联合了起来共同和敌人对抗；

这些国内的私争都不是邻兵

压境的原因。⑬

亚尔白尼 那就让我们去向

我军的宿将们⑭共商行军的进止。

蔼特孟[15] 我去了马上就回到你帐中候命。

雷　耿 大姊，你跟我们一块儿去吗？

刚瑙烈 不。

雷　耿 那样最合式；你同我们去吧。

刚瑙烈 ［旁白］啊哈，我可猜透了这个谜。[16]——我就去。

［众拟下时，蔼特加乔装上。

蔼特加 若是公爷同我这样的穷苦人
曾有过交谈，且请听我一句话。

亚尔白尼 回头我来赶上你。——

［除亚尔白尼及蔼特加，余众尽下。

你说吧。

蔼特加 在开战之前，请开缄一读这封信。
你如果战胜，叫军号传呼我来到；[17]
我虽然外观鄙贱，但我能给你
看一名拥护这信里的言辞的战士。
若万一不幸，你也就料清了世务，
阴谋便自然终止。[18]祝你幸运！

亚尔白尼 待一会，等我看完信。

蔼特加 我不能等待。
到时候，只要让令官高呼挑战，
我自会再来。

亚尔白尼 好吧，再见。我准定看你这封信。 ［蔼特加下。

［蔼特孟重上。

蔼特孟 敌军已在望；扎定你队伍的阵势。
根据勤报，[19]我这里记着有他们
实力的约数；如今可不容你再有

倏忽的从容。[20]

亚尔白尼　　　　我就去预备应变。　　　　［下。

蔼特孟　我对这两姐妹都曾起誓过说爱好；
她们交互猜忌，[21] 好比见杯弓
就疑心蛇影。二人中我何从何去？
都要？要一个？都不要？两人都活着，
就一个也享受不到。要了那寡妇，
会激得她姐姐刚瑙烈恼怒成疯；
至于我同她，[22] 因为她丈夫还在，
也暂难成事。[22] 如今我们且利用
他那份声威来应战；等战事一停，
她本想把他去掉，就让她去设法
快将他除去。至于他存心要顾怜
黎琊和考黛莲，——战事一经停当，
他们在我们掌中，便休想得赦；
再说我自身眼前的处境，[23] 那只要
防护得周全，[24] 不用去疑难自扰。　　［下。

第二景

［介于两军间的一片旷野。］

［内作进军之号鸣。旗鼓前导，黎琊、考黛莲及众士卒上，过台面，下。

［蔼特加与葛洛斯忒上。

蔼特加 待在这里吧，老丈，就把这树荫
当作寓主人；祝福有道者战胜；
只要我回得来，自会带宽慰给你。

葛洛斯忒 愿神灵护佑你安全！ [蔼特加下。[25]

[内作进军及退军之号鸣。蔼特加重上。

蔼特加 快走，老人，让我搀着你，快走！
黎琊王败了，他们父女俩遭了擒。
伸手给我；来吧。

葛洛斯忒 不用再走远了，
老兄，我在这里死也是一样。

蔼特加 什么，又往坏里想了？人去世
得跟投生同样地听其自然；[26]
等成熟就是了。[27] 来吧。

葛洛斯忒 这话也对。 [同下。

第 三 景

[近多浮城之不列颠军中。]

[旗鼓前导，蔼特孟凯旋上，黎琊与考黛莲被虏；队长及众士卒随上。

蔼特孟 要几名公差把他们带走；好好
看管起来，[28] 且等掌握重权者[29]
判定要如何处置。[30]

考黛莲 自来用意
善良招祸深，原不从我们开端。

为了你，蒙难的父王，我忧心如捣，[31]
不为你，我自能藐视命运的颦眉。[32]
我们不见见这些女儿和姐姐[33]吗？

黎　珊　不要，不要，不要，不要。来吧，
让我们跑进牢里去；我们父女俩，
要像笼鸟一般，孤零零唱着歌。
你要我祝福的当儿，我会跪下去
恳请你饶恕。我们要这么过着活，
要祷告，要唱歌，叙述些陈年的故事，
笑话一般金红银碧的朝官们，[34]
听那些可怜的东西[35]说朝中的闻见；
我们也要和他们风生谈笑，
议论那个输，那个赢，谁当权，谁失势，
还要自承去参透万象的玄机，
仿佛上帝派我们来充当的密探。[36]
我们要耐守在高墙的监里，直等到
那般跟月亮的盈亏而升降的公卿
徒党们[37]都云散烟消。

蔼特孟　　　　　　　　　　把他们带走。

黎　珊　在这样的牺牲上面，[38]我的考黛莲，
就是天神们也要投奠些香花。[39]
我拉住你没有？谁若要把我们离散，
除非从天上取下一炷火炬来，[40]
将我们，像洞里的狐狸，熏出这人间。
揩干了眼泪；他们要我们哭泣，
可自会有恶毒的邪魔[41]先把他们

遍体的肌肤都吞噬；我们先看了

他们死掉。来。　　　　　　　［黎琊及考黛莲被押下。

蔼特孟　你过来，队长，听着。

收下这张文件；㊷ 跟他们监里去。

我已经提升你一级；你若奉行

这里边的训令，就上了荣华的大道；

你要明白，人得听时势去推移；

靡软的心肠不配作军人；你这件

重大的使命不容你说话；㊸ 你先说

你准定办到，不然就另去高就吧。

队　长　我准定办到，大人。

蔼特孟　　　　　　　　　就动手；完了事

你就能自庆幸运，听我说，——马上干；

依我的指令去照办。㊹

队　长㊺　我不能拉一辆大车，也不能吞干麦；

只要是人做的工作，我准能做到。　　　　　［下。

［号声大作。亚尔白尼、刚瑙烈、雷耿、队长及众士卒同上。

亚尔白尼　伯爵，你今天显示了你天性 ㊻ 的骁勇，

又多亏命运将你好好地指引；

今天这战事的敌人 ㊼ 已被你虏到。

我要你交出他们，等我们来决定，

按他们应得的罪名，也为我们

自己的安全之计，该如何处治。

蔼特孟　公爷，我认为那年老不幸的国王

该将他送交看管的专人 ㊽ 去监守；㊾

他那样的高年，更重要是他那名位，
都能吸引民心[50]哀怜拥戴他，
反叫我们用饷银招募来的士兵
倒戈[51]刺进我们发令者的眼里来。
法兰西王后我送她同去；至于
为什么理由，说不定都一样；[52]他们
明天或往后，准备你升庭去审问。
如今[53]我们流着汗，流着血；亲友们
战死在疆场；须知最有道的争端，
参与者，就是正在热血奔腾时，
遭逢了惨痛，也无有不把它诅咒。
怎么样判处考黛莲和她的父亲，
要另找相宜的所在。

亚尔白尼 阁下，对不起，
这番战争里我把你只当是下属，
不当作同僚。

雷　耿 那得看我们要怎样
借重他。我想你话未出口，[54]该先问
我们的意向。他带着我们的队伍，
又身负我们自身和权位的委托；
他掌握的权能和我这么样近似，[55]
也就无妨自号是你的同僚。

刚瑙烈 不用这般暴躁；他自身的光荣
抬高他自己胜如你给他的虚衔。[56]

雷　耿 经我授与了我自己的权能名位，
他便能跟任何位重权高者相抗。

亚尔白尼 他当了你丈夫，至多也不过这样。[57]

雷　耿 开玩笑的常变成了先知。

刚瑙烈 啊哈，啊哈！

对你这样说的那眼睛有点歪斜。[58]

雷　耿 爵夫人，我身子不很好受；[59]不然时，

我该当大怒着用恶声相报。[60]——将军，

把我的军队，俘虏，承产，都收下；

将他们，将我完全去自由支配。[61]

让大家来作证，我在这里使你

作我的夫君。

刚瑙烈 你想占有他是不是？

亚尔白尼 准不准许可不必由你来决定。[62]

蔼特孟 也不必由你，公爵。

亚尔白尼 混血儿，得由我。

雷　耿 ［对蔼特孟］传令击鼓，证明我给了你名衔。[63]

亚尔白尼 等一下；听我说。——蔼特孟，我将你逮捕，

罪名是谋叛；和你同时逮捕的［指刚瑙烈］

是这条五彩的花蛇。[64]——美貌的姨妹，

为了我妻子的利权起见，我取消

你对他的所有权，她早跟这位伯爵

有重婚的密约在先，我是她丈夫，

我反对你这要和他成婚的预告。

你若是要婚嫁，不如向我来求爱；

我妻子早跟他订了婚。

刚瑙烈 好一出趣剧！[65]

亚尔白尼 你身上佩的是武装，葛洛斯忒；

让号声去吹放。如果没有人证明
极恶的，显然的，和多数的逆图丛聚在
你一人身上，这便是我给你的担保。[66]
我自会在餐前从你这心头证实
我这里宣告你的罪名分毫不假。

雷　耿　病了啊，我病了！

刚瑙烈　［旁白］要不然，我决不再信
毒药的灵效。

蔼特孟　那是我给你的交换品。
这世上不论谁对我以逆贼相称，
便撒了个无耻的大谎。快吹送军号；
谁敢上前来挑衅，我对他，对你，——
对谁不都一样？——自会决心去
保持我忠贞的声誉。

亚尔白尼　传令官，[67] 喂！

蔼特孟[68]　传令官，喂，传令官！

亚尔白尼　信赖你个人的勇敢；[69] 因为你的兵，
征募来原都用我的名义，也都已
用我的名义遣散。

雷　耿　我病得厉害了！

亚尔白尼　她病了。——送她到我的帐幕里去。

［雷耿被扶下。

［一传令官上。

这里来，传令官，——就让号声去吹放，——把这个去宣读。

队　长　吹号！[70]　［号声作。

传令官 ［高诵］号令本部军中，若有不论哪一位出身高贵的将士，认为这僭号葛洛斯忒伯爵的蔼特孟是个叛逆多端的反贼，就让他在第三次号声时出头挑战；[71] 蔼特孟是勇于自卫的。

蔼特孟 吹号！[72] ［第一遍号。

传令官 再吹号！ ［第二遍号。

传令官 三吹号！ ［第三遍号。

［幕后有号声响应。

［号声第三遍时蔼特加武装上场，一军号手前导。

亚尔白尼 问他[73] 来这里的目的，为何在这阵
号声里来到。

传令官 你是谁？报出姓名
身份来。为什么你应答这声召唤？

蔼特加 我没有名字；奸谋的毒齿已把它
咬光蚀尽；但我来会战[74] 的那对手，
我出身的高贵却并不让他分毫。

亚尔白尼 那对手是谁？

蔼特加 他名叫蔼特孟，僭号称
葛洛斯忒伯爵，谁替他来答话？

蔼特孟 他亲自答话。你对他有什么话说？

蔼特加 拔出剑来，若果我言语冲撞的
是一副高贵的心肠，你能用武器
主张你自己的公道；这是我的剑：
你看，我向你挑战乃是我荣誉，
信誓，和武士的职业给我的特权：[75]
我声言，——尽你去力壮年青权位高，
听你有战胜的余威[76] 和簇新的[77] 幸运，

任凭你多么凶，多么勇，——你是个逆贼，
对天神不真诚，对父兄信义全无，
想危害这一位尊荣显耀的明公，
从你头顶的最高尖直到你脚下
最低处的尘埃，整是个毒点污斑
生满身的[78]贼子。只消你说声“不是”，
这剑，这臂膀，连同我登高的英勇，
准会在你那心窝里证明我这话：
你撒谎。

蔼特孟 聪明些[79]我该问明你是谁，
但既然你外表有这般勇武英俊，
言语间还显示几分优良的教养，
我便不屑去顾虑武士风的成规，
谋安全，拘细礼，拒绝对你应战。[80]
我把那叛乱不义罪掷还你头上去；
叫地狱般可恶的巨谎摧毁你的心，
又只因它们擦过了不曾留什么
伤痕，我这剑便马上会替它们开路，
让它们永远留在你心中。——吹号！

［警号频传。二人剑斗。蔼特孟倒地。

亚尔白尼 饶了他，饶了他！[81]

刚瑙烈 葛洛斯忒，这是奸谋，
按着决斗的规条你毋须去应答
一个不知名的对手；你不曾战败，
只受了人诳骗。

亚尔白尼 闭住你的嘴，女人，

不然，我就把这封信停止你开口。——
接住，你这狗贱贼；[82] 再没有名称
能形容你的坏，去看你自己的孽迹。——
别撕，夫人；我看你知道这封信。

刚瑙烈 就说我知道，法律在我掌握中，
不由你分配。谁能将我来问罪？ ［下。

亚尔白尼 真骇人听闻！啊！——你知道这信吗？

蔼特孟 别问我知道些什么。[83]

亚尔白尼 赶上她；她要亡命胡干了；止住她。[84]

蔼特孟 你们 [85] 所责我的罪状我确曾犯过；
还不止，多得多；到时候自然会分晓。
这一切都已成前尘，我也完了事。——
可是你是谁，加给我这部命运？
果真你系出名门，我便能原谅。

蔼特加 让我们交相怜爱 [86] 吧。蔼特孟，我身家
不比你低微；若说我出身比你好，
你将我这般伤害就加罪几分。
我就是蔼特加，你父亲的儿子。
天神们最是公平，把我们寻欢
作乐的非行利用来将我们惩创。
父亲在他那黑暗的胡为里生了你，
也丢了他眼睛一双。

蔼特孟 你说得不错；
真是的，命运的轮盘满转了回来；[87]
我如今在这里生受。

亚尔白尼 我当初就见你

步履间预示出身世的尊严华贵。

我得拥抱你，[88] 我若对你们父子

曾有过仇恨，让悲哀裂破我的心！

蔼特加 可敬的公爷，我知道。

亚尔白尼 你一向在哪里

躲避？怎么知道了你父亲的惨祸？

蔼特加 看护了那疾苦我所以知道，公爷。

请听我略叙些经临；等我话尽时，

啊，但愿这颗心会顿时爆裂！

为逃避追得我紧紧的那凶残的文告，——

啊，最叫人醉心的莫过于生命！

我们怎样也不甘心把一死来了事，

宁肯去随时忍受那临终的惨痛！——

我换上了疯人的褴褛，装一副外表

连狗子都鄙弃；然后遇见我父亲，

血涔涔的镶框，正新丧了那双瑰宝；[89]

我为他当向导，领着他，替他乞食，

绝望里救了他回来；可是我从未，

——啊，真不该！[90]——直到半点钟以前，

佩戴了武装，才向他，显露我自己；

我当时不敢说，虽然希望，结局[91] 好，

于是先请他为我祝了福，然后

细告他我们那长行的经过；唉，他那

有裂痕的心儿，太微弱，可不能支撑！

在极乐和深悲的两情[92] 冲激中，微微

一笑便碎了。

蔼特孟　　　　　　你这番言语感动了我，

也许有几分善果；你且接着

往下说；看来你话还不曾说尽。

亚尔白尼　如果还有话，更加要伤心，停住吧，

我听你诉叙，几乎要化成热泪了。

蔼特加[93]　不爱悲哀的[94]到这里总以为该完结；

可不知祸患不单行，悲痛上还有

悲痛要添加，多的会更多，有分教

如今这伤心的绝顶上增一层忉怛。

我正在大声号哭时，来了一个人，

他见我身处可鄙的穷途末路中，

本想要回避；但一见那是谁遭逢到

这般的不幸，他就伸长了双臂，

将我齐颈子搂紧，高声叫嚷得

仿佛要震破天空；又去拥抱我父亲；

又说起他自己和黎琊，从无人耳听过

那样可怜的故事；正细诉遭遇时，

他那阵悲哀更变得高峭欲绝了，[95]

生命的弦丝便开始脱裂。那时节

有两通号报，我离他在那边晕去。

亚尔白尼　这是谁？

蔼特加　　　　　是铿德，公爷，被放逐的铿德；

化了装他跟在仇视他的那君王左右，

供他作就是奴婢也不堪任的驱使。[96]

［一近侍手执血刃上。

近　侍　救人啊，救人，救人！

蔼特加　　　　　　　怎么样救法？[97]

亚尔白尼　你说吧，喂！

蔼特加　　　　　这血刃是什么意思？

近　侍　滚热的，还冒着烟！这是从她

心里头拔出来的——啊，她已经死了！

亚尔白尼　谁死了？说啊，你这人！

近　侍　您夫人，公爷，是您的夫人！她妹妹

让她给药死了；这是她自己承认的。

蔼特孟　我跟她们俩都订得有婚约，现在

三个人正同时婚嫁。

蔼特加　　　　　　锵德来了。

亚尔白尼　不用管她们死或活，把尸身抬出来。　　　［近侍下。

天神们这番谴罪好不叫我们

胆战心惊，但引不起我们的怜悯。[98]

［锵德上。

啊，这是他吗？这样的时会可不容

我们去细讲礼貌上应有的客套。

锵　德　我来和我的王上和主公永诀。

他不在这里吗？

亚尔白尼　　　　大事情我们忘掉了。

蔼特孟，王上在哪里？考黛莲在哪里？——

你看见这情景没有，锵德？

［刚瑙烈及雷耿之尸身被舁上。

锵　德　唉呀，为什么这样？

蔼特孟　　　　　　　只因都爱了

蔼特孟；这一个为了我先将那一个

使毒药弄死，随后她又自杀。

亚尔白尼 说得不错。——把她们的脸盖住。

蔼特孟 我口吐着生命的残喘，我决心背着我
天生的本性，在未死前稍微行点善。——
快派人，赶快去，到堡里！因为我下了
命令叫把黎琊和考黛莲都处死。
嗳，要趁早！

亚尔白尼 快跑，快跑啊，快跑！

蔼特加 去找谁，公爷？——那值班管事的是谁？ ⑲
给我一个免刑的凭证。

蔼特孟 想得周全。拿我这把剑去，
把它交给那队长。

亚尔白尼 拼命赶快去！ ［蔼特加下。

蔼特孟 他有你妻子和我的命令，叫当监
绞死了考黛莲，只推说她自尽是为
绝望过度。

亚尔白尼 天神们护佑她！——把他暂时抬开。

［蔼特孟被舁下。⑳

［黎琊抱考黛莲之尸身重上，蔼特加、队长及余人随上。

黎　琊 快哀号，快哀号，快哀号！啊，你们是铁石人！
我有了你们的那些舌头和眼睛，
便要用它们来号哭得天崩地陷！ ㉑
她一去不来了！我知道怎样时人活着，
怎样时已经死。她死得跟泥土一般！
借一面镜子给我，要是她呼吸
沾雾了镜面，哈，那她还有命！

铿　德　难道这就是世界的末日到了？

蔼特加　还许是那恐怖未来前的象兆？[102]

亚尔白尼　　　　　　　　　　　　倒下来，

终止这伤心的惨事。[103]

黎　琊　　　　　　　　　这羽毛还在动！[104]

她还没有死！要是她果真还活着，

便算我幸运，可以赎尽偿清

我从来所受的悲痛。

铿　德　　　　　　　　　我的好主公啊！[105]

黎　琊　请你走开去！

蔼特加　　　　　　这是你的朋友铿德。

黎　琊　满都去遭瘟，你们那班逆贼

和杀人的凶犯！[106] 我还许救得她回来！

如今她可一去不回了！——考黛莲，

考黛莲！待一会。哈！你说什么？——

她声音永远是轻软，温柔，低低的，

那在女人家是个优良的德性。——

我已经把那绞死你的奴才杀死。

队　长　不错，大人们，他杀了。

黎　琊　　　　　　　　　　可不是吗，人儿？

我有过那日子，用一把锋利的偃月刀

能叫他们吓得跳。如今我老了，

这种种磨难累得我不中用。——你是谁？

我眼睛不怎么顶好；等我来马上说。

铿　德　若是命运神夸说她先宠而后恨过

两个人，你同我各人眼中有一个。[107]

黎　琊　我眼光好暗啊。[108]——你不是铿德吗？

铿　德　　　　　　　　　　　　　　　　　正是，

你臣仆铿德。你仆人凯优斯[109]在哪里？

黎　琊　我跟你说吧，他是个好人；他会打，

并且打得快。[110]他已经死掉，烂掉了。

铿　德　没有死，我的好主公，我就是那人——

黎　琊　让我就来认认。

铿　德　自从你初次转进了命运的坎坷，[111]

一直跟你到如今——

黎　琊　　　　　　　　　　欢迎你这里来。

铿　德　除了我再没有旁人。[112]满目的凄凉，

阴惨惨，死沉沉。你两位长公主她们，

都是去自寻的死路，[113]死得没有救。[114]

黎　琊　哦，我也这么想。

亚尔白尼　　　　　　　　他说什么话，

连他自己都不知道，[115]我们要他

认识我们更不成。

蔼特加　　　　　　　　一点都不行。

［一队长上。

队　长　大人，蔼特孟死了。

亚尔白尼　　　　　　　　　那无关紧要。——

亲贵友好们，请明白我们的意思：

这大祸[116]该怎样善后就怎样去善后。

至于我们自己，已决心辞了任，

在这位老王上生前，把君权让给他

收回自用。——［对蔼特加及铿德］你们，各自

去复了位；

另外还有些酬功，但那可偿不清

你们那片精忠。一切的亲者

都得尝自己那美德的报酬，仇者

喝一樽应受的惩创。——啊呀，你们看！[117]

黎　琊　我这可怜的小宝贝[118]给他们绞死了！

没有，没有，没有了命！为什么

一条狗，一匹马，一只老鼠要有命，

你却没有一息气？你不会回来了，

决不会，决不会，决不会，决不会，决不会！——

请你解开这扣子。[119]多谢你，阁下。

你看见这个吗？看她，——看着，——她嘴唇——

看那里！——看那里！　　［死去。

藹特加　　晕过去了。——王上，王上！

铿　德[120]　快碎啊，我的心，快碎掉！

藹特加　　王上，向上看。

铿　德　别打扰他的魂。啊，让他去了吧！

谁把他在这具刑架上，这强韧的[121]人间，

多架些时候，准会遭他的痛恨。

藹特加　他真的去了。

铿　德　　奇怪的乃是他竟会

支持得这么久；他只是强据着生命。

亚尔白尼　把他们抬走。——我们目今的事务

是要上下一体地去同伸哀悼。——

［对铿德及藹特加］朋友们，[122]这一片邦疆由

你们两位

来主宰，请你们来支持这分崩共残碎。[123]

铿 德 公爷，我不久就要别离这尘世；

我主公叫我去，我不能向他推辞。[124]

蔼特加[125] 我们得逆来忍受着这伤心的重担；

有话说不出，只能道心中的悲痛。

最老的遭逢得最多。我们年少的

决不会身经如许，还活得这样老。[126]

［同下，奏丧亡进行曲。

第五幕 注释

① 本 Johnson 所释义。

② 各版原本无此导演辞，此乃从 Clark 及 Wright 之 Globe 本所增添者。Capell 本作“对一军官语此，军官鞠躬而下”。

③ “miscarried” 在莎氏作品中常作“死掉”解，见 Onions 之《莎氏字典》；故下文蔼特加对亚尔白尼说，“若万一不幸，……”可作或应作“你若战死时，……”。参阅原文。

④ Schmidt 之《莎氏用字全典》释原文“doubted”为“feared，suspected”（恐怕是，疑惑是）。按此乃古义；目下通用英语之“doubted”作“不信是，疑惑不是”解。二者适成相反。

⑤ “honoured” 据 Schmidt 之《全典》作“纯洁有德行”。

⑥ 自注⑥至注⑦，原文仅见于四开本。

⑦ Furness 之新集注本对“as far as we call hers”未加注释，惟意义殊欠明了。Phelps 云，这大概是说“她给到了她所能给的限度”，意即将她自身和她所有的一切全盘付托给他。但译者觉得雷耿目前最焦心急虑的只是蔼特孟的爱，其他的一切还顾不到，正如刚瑙烈的心情一样，“宁愿战事失利”，却不愿雷耿“将我们两人拆散”。

⑧ 据 Delius 注。

⑨ 这里一行半仅见于四开本。

⑩ 注⑩至注⑫亦仅见于四开本。

⑪ Theobald 的注曲解得厉害，殊不值转录。此段译文所本者乃 Warburton 及 Capell 所释义；这两位注家都把四开本原文之“bolds”改为“holds”（译者按，若不将此字改动，则“推戴了王上”应作“为王上壮胆”）。按四开本原文“not bolds the king”，诚如剑桥本之校诂者 Clark 及 Wright 所云，有简略过甚，用意突兀之弊；据他们说，这四个字也许是手民的印误，而且在它们前面也许还有一行根本被遗

漏掉，所以辞旨这般突兀而牵强。

⑫ Capell 指出这是句寓意讽刺的反话。

⑬ “邻兵压境”为译者引伸原意而加上的。此语恰与上文亚尔白尼所说的相针对。

⑭ 原文“ancient of war”，Eccles 释为“以运用战术长老了的人”，Walker 及 Schmidt 训为“宿将或元老军人”，Moberly 则解作“参将”。

⑮ 本行不见于对开本，乃得自四开本者。

⑯ Moberly 解道，你要我同去只为监视我跟蔼特孟两人中间的一切往来罢了。Delius 认为雷耿怕刚瑙烈在军机会议之后与蔼特孟私会，所以要她一同走，好监视她。Bradley 主张刚瑙烈此语不应从 Capell 校本定为旁白，下面两句导演辞也都不对，应从 Koppel 说加以更正。第一句导演辞 Koppel 改为“雷耿，刚瑙烈，众侍从，及士卒同下”，第二句他改为“蔼特孟下”。Bradley 说，亚尔白尼提议在他自己的帐幕里开一军机会议，蔼特孟当即首肯，说他马上就去赴会；参加这会议的人物是亚尔白尼，蔼特孟，与一些“宿将们”。雷耿正领着她的军士下场，但她见刚瑙烈按兵不动，便疑心她姐姐想参与会议，以便跟蔼特孟在一起。她妒火中烧，便要她姐姐同走。刚瑙烈起初不肯，但随即明白了她的用意，便一半嘲讽一半鄙夷地答应了她。姐妹二人当即领着士卒下场而去；而蔼特孟和亚尔白尼正各自下场要去开军机会议的时候，蔼特加上场来了。他的话使亚尔白尼停了下来；亚尔白尼要蔼特孟先走一步，说“回头我会来赶上你”；然后他对蔼特加说，“你说吧”。

⑰ 原意为“送信人”，为显豁起见未便直译。

⑱ Johnson 注云，“一切不利于你生命的阴谋都会终止”。

⑲ 即“殷勤的探报”。Wright 训“discovery”为“reconnoitring”（侦察）。

⑳ Heath：这是蔼特孟催促亚尔白尼快看敌军实力的约计单之意。但 Schmidt 另有一可喜的妙解，“现在可不容你再多说废话了，向来你把你所有的事情都让我去做（你瞧这敌军实力的约计单），现在你一定得亲自出马才行。”

㉑ 根据 Delius，原文“jealous”不解作“妒忌”，而解作“猜忌，狐疑”。

㉒ Mason：“我不很能打成功我这场牌。”Dyce 的《莎氏字汇》也这样解释。这里的隐喻所指的是一种四人成局的纸牌戏，对座二人成一组，两组相对输赢分数或钱，蔼特孟（和他同组的那一个当然是刚瑙烈）担心他自己不能把这场牌打赢，因为亚尔白尼还没有死。“暂”为译者所增。

㉓ Johnson 注，原文“for”解作“as for”（至于），不解作“因为”；译文本此说，作“再说”。Wright 说两种解法都可以。

㉔ Rushton 谓原文“defend”应本古意解作“commana”（指挥，支配）；译者认为无此需要。“周全”意为译者所增。

㉕ Spedding 氏对本剧第四、第五两幕的分界有详论一段，现逐译于后。将莎氏作品假定为欠缺艺术的那些批评，虽然我都置疑不甚信，可是我总以为《黎琊王》剧中确自有它的缺点在。我总以为最后两幕的意味不曾维持得完好，黎琊的热情高升满涨得太早了些，而下落消退的过程又拉得太长久。在莎氏其他的悲剧里，从没有已经绝望了的命运要人同情得这么长久的。只要对主角的希望一完事，大收场跟着马上就来。照例全剧的意味在前四幕里逐渐向一个大剧变升腾而上，到了

第五幕先是略一停顿，随即登峰而造极，于是就从高处倒坏下来；再往后便是两、三场简短而悲伤的尾景，仿佛像一声破浪的叹息。但在《黎琊王》剧中却并不如此。在第三幕里热情就已登了峰，希望就已经完结。再下去他的前途太绝望了，不够维持一股生动的意味，我们对他的同情便太惨淡，太沮丧了，不能延续下去，延尽下半本戏。我觉得第三幕终迄时还缺少一些将临的事故，一点期望中的成败关头，多少风雨欲来时的希冀或恐惧，只等时机成熟，局势一转，黎琊的命运便会有个最终的解决。我知道第四、五两幕里动作与变故并不少，但都和黎琊本人不生密切的关系。蔼特加、蔼特孟的生死荣辱都不够意味浓厚，那简直是另一件事，对于剧本自身可说是一种打扰。我关心的只是黎琊。这一层虽像是个大毛病，但我怕错处也许不在剧中而在我自己身上；也许我看法不对，于是所见便不免有失，因此我等着，希望能发现一个新观点，从那新角度上看起来全剧的动作或者能显得比较地和谐。不过除此而外，同时却另有一个缺憾，虽然在当时我以为没有像上一个那么严重，但实在太引人注目了，——我敢说，不论凭什么公正的批评原理，都得断定它是个无从辩解的弊病。我说的是第五幕里的战争，那本是极重要极重要的一仗，但了结得那么疏懈匆促，在效果上可说是一无所成，在想象上不曾留得有什么痕迹，与或然感也格格不相容，而且为了它自身不能动人的缘故，连带着使一切依附它的事情都显得不重要了。说严格些，这场战争简直等于没有，虽然我们听说已打过了，而且打败了，这么一仗，但实际上我们并不心感到有这回事。可是，在这里避免这样一个缺憾有多么特别的重要，我当时竟不曾见及；我感到的只是这缺憾对观众所生的印象太粗糙唐突——在莎氏其他的作品里从没有这样子的。在别处，只寥寥的几笔点染便把整场战事都展露在我们眼前来了——从战场的一角匆匆转换到另一角，友人或敌人间几句促迫的招呼，或几短段挣扎，追逐，或逃亡，都能表征给我们看那剧景外的战事正是怎样地如荼如火；于是，主角倒时，我们觉得他的军队果真败了。只需一两页剧辞就能产生那样一个幻象，一产生就好了。请注意我说起的这战事，它和莎氏旁的剧作中的战事迥然不相同。现代版本里的战景都在这里（Spedding 氏至此，引原文最初六行半及附带的导演辞。——译者），而剧中所有的战事也都在这里了。使人渴望已久的那法兰西军队（一切都以它为枢纽）穿过了舞台，我们的希望和同情都跟着它同去。接着是四行对话。剧景不动，但我们听见“进军的号鸣”起自幕后，跟着便来一阵“退军的号鸣”，于是从适才那英锐有为的大军去处的旷野里，上来了一个人，刚才下场去参与战役的就是他（Bradley 颇不赞同此语，因为，他说，蔼特加要亲自向蔼特孟挑战，他不会愿意参战去冒丧身之险的。——译者），如今他重复上场来，告我们说一切都已完事。没有人对莎士比亚有真正信仰的会相信作者的原意是这样一个情形。更没有人相信，这样一个情形而还能用理由来替它辩护的……我忽然想到，只需把舞台上的安排略一改动，这整个困难便可以消弭净尽。细心检视之下，我发觉一切附带的困难也都跟着不见了，如今我很满意，这才是莎氏原来意想中的真正的安排。我的提议有着这层好处，这点可靠性，就是不用改动原文的一个字母，——只需把分幕处略一移动，使第四幕延长一景半，在这里“蔼特加下”处闭幕，使第五幕也顺序稽迟一景半，在后面“蔼特加重上”处开幕。这么一来，那战事便落在两幕的交界里了，而我们的想象，既然有余暇去为战争的结局担忧挂念，那结局就自然变得相当地重要，成了剧中故事里划分时间的一个段落，并且在黎琊的命途中也成了个最后的厄运。第一幕闭幕时黎琊刚发完他第一阵暴怒，他申明和刚瑙烈永远脱离父女间的关系。第二幕里他在极度的悲惨愁苦中，黄昏时被逐出户外，狂飙暴雨驰骤并至，疯狂一步追紧一步。第三幕结尾时，内心和外界的双重风暴已淫威稍杀，一线隐约的希望和一场迢遥的报应都已有了点可信可疑的消息。第四幕的落幕我想该在悬虑最殷之处，谣传已经证实，法兰西军队已上了岸，黎琊的疯癫已消退了好些，只需法军战胜，他还能恢复原状；“王国的军队说话就赶到”，两军已互相瞭望得到；而“这场决战许会大大地流血”。到了最后，“法兰西军队通过舞台，考黛莲手挽着她的父亲”，——这是四开本里的导演辞，而四开本是不分幕的，——蔼特加下场去加入法军，只剩葛洛斯忒在树荫下“祝福有道者战胜”。幕下时我们觉得那场流血的决战正在开始，我们所有的希望便都维系在那上头。幕再启时只闻“进军及退军之号鸣”。仗已经打过。“黎琊王战败了，他们父女俩遭了擒”；至于第五幕的余责乃是要交代清楚那些逆天理违人情的分崩离析的结果，和闭拢一群受难者的眼睛。在现今通行的这舞台安排之下，这场战景简直是莎作中绝无仅有的败笔，但只要依我的提议稍一变动，全剧就马上变成从头至尾整篇是构成得又复杂又紧凑的神品了，在莎剧中再无第二篇能和它抗衡。在如今通行的这安排之下，第四幕终了后的停顿有双重的弊病：一方面于战机成熟之前打断了行军的迅速和备战的仓皇；另一方面，因为这不必要的稽迟阻隔在中间，使这场战事给人的印象更显得微弱淡薄。可是在我建议的情形之下，那停顿正落在应当停顿的所在，毫厘不爽，结果是引起了无穷的忧虑和企盼。让四开本里法军过舞台的行列进行得夸张些，威武些，“考黛莲挽黎琊的手”跟在后边（因为这么样才更显得黎琊须看战事怎样结局以定他的命运），而在第四、第五两幕之间把罕得尔（Georg Friedrich Handel，1686—1759）的伟大的战乐来奏着，我想这样的安排方真正算得尽善尽美。……以上是 Spedding 氏于一八三九年所作的评论。四十年后，他收回了一部分意见；他说他从前疏忽了这一点：对开本上蔼特加下场后的导演辞既然是“内作进军及退军之号鸣”，只要空着舞台（只除瞎眼的葛洛斯忒在树荫下低头默祷）让观众多听一下远远的人马喧哗声，那效果便和幕和幕间奏着战乐不相上下。他又替上文所谓“双重的弊病”解释说，法军所以不在第四幕而在第五幕上场，乃因导演觉得这样可以使饰小兵的演员改换法军方便些。Craig 也觉得这场决定黎琊命运的战事描写得不够充分。他说：但一位伊丽莎白时代的戏剧家要表现英军被法军在任何情形之下所战败是一种吃力不讨好的事；经验告诉他，最聪明的办法是把那战事往简略不重要里描叙。

㉖ 原意为“人得忍耐去世如忍耐投生一样”。

㉗ Steevens 叫人将“Kipeness is all”比较《罕秣莱德》第五幕第二景二百十行的“the readiness is all”，唯未下注解。许多近代注家未曾体会二者究竟有无异同，遽认“Ripeness”即解作“readiness”（有准备）。殊不知这里只是两个类似的语句结构或思想方式，涵义未必尽同，Steevens 固未尝说过前者即后者也。我认为“Ripeness”

训“有准备”远不如训它的寻常意义“成熟”好。时会“成熟”了上帝自然会叫我们去世，正如从前时会“成熟”了他叫我们投生一般。生与死都不可强求，都须等时会“成熟”和上帝的命令；所以二者我们都得忍受，不应自作主张或反抗上帝的命令。

㉘ 原文“good guard”即“guard them well”之意，见 Schmidt 之《莎氏用字全典》“guard”项下第三条。

㉙ 本 Hudson 所释义。

㉚ Steevens 谓“censure”为“判决，处断”。

㉛ Schmidt《全典》训“cast down”为“depressed”，意如译文。

㉜ 直译为“以颦眉制胜那善变的命运的颦眉”。

㉝ Cowden Clarke 评云：这是个极辛辣的讥讽，以最单纯的字句表达，正合这言语平淡而情绪浓烈的女子的本色。

㉞ 原文“gilded butterflies”（镀金的蝴蝶）Craig 训为“gay courtiers”（服装富丽的朝官们）。按英女王伊丽莎白朝（1558—1603）颇多年少翩翩衣冠炫艳的廷臣，最著者如得宠最深但终被斩首的厄色克斯伯爵（Robert Devereux，2nd. Earl of Essex，1566—1601）。

㉟ 原文“poor rogues”（可怜的坏蛋）含怜爱之意，见 Schmidt 之《莎氏用字全典》，及 Onions 之《莎氏字典》，故不应直译。

㊱ Warburton 误以“God's spics”（上帝的密探）为监视上帝行动的密探，不知他们是否为 Warburton 所派去的。Heath 和一般的解释都说是“上帝授与权能，使参透万百事物的秘奥的密探”。Johnson 诠注云，仿佛我们是天使，是上帝特派下来探报凡间的生活的，因此我们就赋有一种力量，能参透人类举动的初始动机，和一切行为的玄奥。

㊲ Moberly 谓，莎士比亚曾见过厄色克斯伯爵的失宠与被处极刑，他这里也许就是指他。

㊳ Bucknill 注本段全段云，这不是疯癫，可也不是健全的心境。情感上这么易受刺激乃是老年时常有的现象，在本剧最初几景里已被描绘得尽致，而这样的病况在这时候重复显露出来，在心象的变迁史上也恰是件极可能极真切的事。不论哪一个戏剧家，只除掉莎氏，准会使这位可怜的老国王恢复他平衡与控制一切机能的力量。他们会使爱父心效验超神，竟致能制胜心象机能的定律。但莎士比亚表现给我们看了实际上的进步确实能有多少，那就是说，身体上与道德上的双重打击所形成的疯癫果然已经痊愈，但情感的易受激动与混乱却依然如故，那原是多年积习老而弥盛的烈情的自然暴露，无法医治也无法改变。译文“牺牲”一语采它的古意，这成语如今已变成滥调，空泛得血肉全无了，可惜没有适当的代用辞，——我怕用在这里已唤不出它的本来面目了。

㊴ 原意仅为“香”。

㊵ Heath：这是指用火熏狐狸赶它出洞而言。Capell，可是为什么要“从天上取下一炷火炬来”赶他们父女两个出洞？这是因为，第一，分离他们不是件凡人的工作；第二，这句话本身是个不祥的先兆，——过后不久确有一炷上天命定的火炬将他

们分散。

㊶ 原文为“good-years”。Hanmer说是指梅毒，字源为法文的“gouje”，意即跟着军队卖淫的下等娼妓。法国俗语骂人“婊子”为“gouje”，那卖淫所得的疾病就叫做“goujeres”。Dyce之《莎氏字汇》引考脱猗来瑚（R. Cotgrave）的《法英字典》（1611）云，“gouje”为卖淫与兵士之妓女，为随军的营娼。据Morwenstow云，英国西南部康华郡（Cornwall）的古语称魔鬼为“goujere”，至今当地的土话里仍流行着这字。这更足以证明莎氏少年时因偷鹿被缉，曾逃到康华郡去暂避过一时。《牛津新英文字典》解“good-years”云，此字来源不明，渐被用在诅咒的语句中，解作定义不明的恶势力或恶媒介，旧释为“梅毒”有误。

㊷ Malone云，这是命令将黎琊及考黛莲执行死刑的一个文件，上有蔼特孟及刚瑙烈的签署。

㊸ Warburton云，所谓“great employment”（重大的任务）系指那杀害的任命而言，后来蔼特孟自承认那文件上有刚瑙烈和他自己的签署：这事就够使这个队长不负什么责任。但译者以为未必尽然。Malone谓原文“question”训“discourse, conversation”。

㊹ Moberly云，那就是说，要杀害得显出考黛莲是自杀的。

㊺ 这两行仅见于四开本。

㊻ 原文这里的“strain”Wright训为“门阀，家世”，但Schmidt之《莎氏用字全典》及Onions的《莎氏字典》都解作“天性，本性”。Craig则采Wright解。

㊼ 原文“opposites”作“opponents”解，训为“对手”或“敌人”。

㊽ 初版对开本付阙如。

㊾ 从Delius所释。

㊿ 从Capell。

(51) 从Steevens。

(52) 对开本原文作“My reason ail the same”，四开本作“My reason ...”；译者觉得后一个读法合理。若直译对开本，作“我的理由都一样”，则考黛莲既不年老，她那法兰西王后的名位又与不列颠民心无关，前后语意就讲不通。

(53) 往后这一段仅见于四开本，对开本付阙如。

(54) 原意为“说得这样远”。

(55) 从Malone。

(56) 从Furness，训“addition”为“title”（衔头，名号）。

(57) 各版四开本将这一行作为刚瑙烈所说的话。Capell注此读法云：这句话很合刚瑙烈的身份，她也许想探明她妹妹用意何在；同时亚尔白尼站在一旁享受她们二人的争辩，似乎比加入舌战好些。

(58) Steevens谓此系暗指英国旧时此成语而言，“情妒能使好眼变斜眼。”

(59) 刚瑙烈暗中给她吃的毒药开始发作，参阅下文。

(60) 原文“... stomach”Schmidt训为“愤怒”。

(61) 原文“the walls are thine”颇费猜解。有三数注家疑为印误，提议了几个改读法。Wright则断为下文蔼特孟垂毙时所说的那堡垒的围墙。但经Schmidt引了三个例证之后，似已再无疑义存在，Schmidt 说，雷耿对蔼特孟说“这墙垣是你的”乃是隐喻她自己的身体而言，她把她自己比作一座被征服的堡垒，这陷落敌手的堡墙便由蔼特孟去自由支配。

⑥2 译文根据 Johnson 的诠解。Delius 认为“你的”应说得着重些，表示不用她而应由他来阻止雷耿的婚事。

⑥3 Capell 注，蔼特孟的热情并没有升得这样高，他也没有决意非享用那“名衔”不可，甚至要动用干戈来“证明”他的地位；雷耿不知她自己的军队已被遣散，却怒火中烧，鼓动蔼特孟下场去备战，——亚尔白尼随后说的“等一下”便是阻止他下场。Furness 说，“等一下”也许是阻止雷耿下令击鼓，未必见得定是阻止蔼特孟下场；译者以为这修正有理。按各版四开对开本原没有上面“对蔼特孟”这导演辞，这是 Malone 加上去的，而 Hanmer 则从 Capell 之意于“对蔼特孟”后又加“他们二人正拟下场”。

⑥4 “gilded serpent”译为“闪金的蛇”也可以，但刚瑙烈既有她丈夫领兵，就未必戴盔披甲，又况这是在大战初胜之后，她更应盛装艳服而出。Schmidt 之《莎氏用字全典》于“gilded”项下有“gay-coloured”一义。

⑥5 Onions 之《莎氏字典》云：“inferlude”本意为“含有戏剧性或仅具模拟性的一种扮演，性质轻松或滑稽，上演于冗长的神绩剧或劝善剧（参阅本剧第二幕第二景注 ⑤9——译者）剧幕之间”；又云，此字在十六、十七世纪则往往指通俗的舞台剧，如喜剧、滑稽剧之类。Moberly 训原文“An interlude”为“我们的戏剧情节里还有情节”。Moberly 此解译者以为不可，刚瑙烈听了亚尔白尼挖苦她那么一大顿，该已猜想到她和蔼特孟间的秘密已被泄露；不过她虽然怀着鬼胎，外面仍在故作镇静，装出全不知情的样子，同时以被诬的口吻怒责丈夫演出“好一出趣剧”。

⑥6 Malone 在这句话后面及下文“那是我给你的交换品”后面，各加插这样一句导演辞：“掷一手套到地下。”参看第四幕第六景注 ⑪9。

⑥7 或译为“礼官”。他的职务很多，如登记及公布贵族的纹章，司理丧事仪仗，出告示，在敌对的两军间传信等，这里是公布决斗的挑战书。

⑥8 本行原文不见于对开本。

⑥9 Steevens 注，原文“virtue”训为“勇敢”，乃是取罗马人用这字的本义。按“virtue”我们通常解为“德行”，但此处不可望文生义。

⑦0 此系补自四开本者。

⑦1 此二字为译者所增补。在挑战的术语里，挑战者叫作“appellant”（弹劾人，控告人），他所取的控告方式就是挑战。

⑦2 对开本付阙如。Jennens：四开本有印误，叫吹号不应由蔼特孟发令，那是传令官的职务。但 Capell 断为不然：这时候蔼特孟上了劲，他抢前一步发令，侵犯了传令官的职务。据后说，蔼特孟真是本性毕露。

⑦3 Blakeway 注云，这是合于以挑战当众弹劾刑事被告的那种仪节的。“控告人和他的代诉人先到辕门前来。……于是监军保安官（Constable）和大礼官（Marshal）由传令官发问，问前来挑战的是谁，他披挂着武装来做什么。”——见赛尔腾（John Selden，1584—1654）的《决斗》（*Duello*，1610）。

⑭ 原文“cope”训“encounter”(敌对，会战)，见 Schmidt 之《全典》。

⑮ Johnson 云，所谓“信誓……给我的特权”乃是指一个武士人武士道时宣誓受戒从而获得的特权。Malone 注，蔼特孟说：“我这里拔出我的剑来。你看，我对你这逆贼挑战乃是我职业上的特权或权利。所以我声言，……”蔼特加所谓他职业上的特权，不是 Warburton 所误解的那控告本身，而是提出那控告以及用剑来维持那控告的权利。

⑯ 直译原意当为“战胜者的剑”，但原意所象征的实际上即是“战胜的余威”。

⑰ 原文“fire-new”更准确些可译为“新铸成的，或新出熔炉炙手可热的”。

⑱ 原文为“toad-spotted”(癞蛤蟆一般斑点遍体的)。按癞蛤蟆往往被视作丑恶与肮脏的表象，当时都以为它身上有毒。

⑲ Malone 注：因为要是他的对手身世微贱，他可以拒绝应战。所以前面那传令官公告道：“若有不论哪一位出身高贵的将士，……”后面刚瑙烈也因此说道：“按着决斗的规条你毋须去应答一个不知名的对手。”

⑳ 这两行译文本 Malone 所释义。“nicely”(拘细礼)即指墨守当众挑战的礼节而言，参阅前注 ⑬ 及 ⑲。“delay”译为“拒绝”，系根据 Schmidt。

㉑ Theobald 以为“Save him，save him！”应是刚瑙烈所说的(假若不错，则或可译为“来救他，来救他！”)，“这简直是荒谬，”Theobald 说，“亚尔白尼分明知道蔼特孟的逆谋，又知道他自己的妻子和他有私情，无论如何决不会关心他，要救他的命。”Johnson 主张维持原文，说亚尔白尼愿意暂时饶过蔼特孟的命，为的是想用那封信使他招认他的弑上的逆谋，然后再把他定罪。Walker 及 Halliwell 却赞成 Theobald 的校改；Halliwell 谓，我感觉到那惊呼只除了在刚瑙烈口中冲出来就罢，否则便显得太过热情。她见他倒地时脱口叫道：“啊，来救他；来救他！”随即安慰他，要他别把这件事就当作对方已得了合法的胜利，跟着她就说明她的理由。

㉒ Capell 认为“Hold，sir”是亚尔白尼对蔼特加说的：亚尔白尼生恐蔼特加怨毒太深，马上将蔼特孟结果掉，他出来加以阻止，为的是要施严刑或用别的方法使他把阴图篡弑的全部奸谋都招认出来，好给他一个更可耻的死法。若依此说，则原文“Hold，sir”当译为“请你住手，阁下”。但 Dyce，Furness，Schmidt 等都不以此说为然，主张这话该是亚尔白尼对蔼特孟说的，说时把刚瑙烈写给他而他尚未寓目的那密札放进他手里。译文即本此意，但原文“sir”，在这里正如在许多旁的地方一样，实在无法译得惬意。

㉓ 译文从对开本，四开本上是刚瑙烈说的这句话，说了方下场。Hudson 注：按理亚尔白尼该问蔼特孟“你知道这信吗”，因为事实上刚瑙烈这封信中途为蔼特加自奥士伐身上得来后就交给亚尔白尼的，因此蔼特孟并未见到。可是他还有几分丈夫气，不愿暴露一个他心爱的女人的丑恶，所以拒绝作答。但对于他自己的罪状他却不惜去从容招认。

㉔ Capell 在此后加一导演辞，“对一军官语此，军官即追踪她下场。”

㉕ 从 Bradley 说，原文这里的“you”乃是指亚尔白尼及蔼特加两个人。

㉖ Johnson 评云，我们的作者于不经意间把基督教的情绪和行为加到了邪教徒身上去。但 Cowden Clarke 问得有理，他们说，宽容大度的德性可不是合于一切时代及

一切信仰下的人性的吗？

⑧⑦ “那轮盘转满了一圈”系指命运的“轮盘”回复了原状，蔼特孟从底下开始，袭伯爵勋位时便是转到了顶上，如今却又转回原处。

⑧⑧ 含庆贺与感谢之意。

⑧⑨ 指葛洛斯忒之毁明；根据原文直译。原文之隐喻新颖可喜，不译太可惜。

⑨⓪ 原文“O fault”又可译为“啊，（是我的）过错”。但 Furness 赞同 Delius 的说法，以为“fault”的意思是“（真）不幸”。

⑨① 此处“success”不是我们通常所解的“成功”，应训为“结局”或“结果”，见 Schmidt 及 Onions 之《全典》及《字典》本字项下各第二条。

⑨② 原意为“热情的两极”，非“两情”，但不便那么译。

⑨③ 从这里起至注 ⑨⑥ 止，原文仅见于四开本。

⑨④ 这四行的原文颇费各注者诠解。Warburton 斥为“被误成该死的胡说”，当即大加颠倒改窜；但我们只有四开本作根据，要颠倒改窜不难，那么办了是否可靠却很难说。Dodd 认为原文“another”和“such”对立，说“‘不爱悲哀的’你这样的人”（such）是蔼特加在面称公爵，“爱悲哀的另一种人”（another）是在对公爵指他自己的兄弟，于是全段便变成了对蔼特孟的一番旁敲侧击的责骂，若依这个解法，可以这样译：

“不爱悲哀的到这里总以为该完结，
但世间却另自有人，在悲痛上兀自要
再加些悲痛，使多的更复多，……”

Heath 把“another”解作“另一个人”，指铿德，说他的死；若依此说，中间两行应这样译：

“但此外却另有一人，悲痛上他还要
添加些悲痛，使多的更复多，……”

Steevens 解“but another”为“但另有一个结局”，使与“period”（完结，收场）并行，意即铿德的结局。Malone 之意则与 Dodd 所见略同。Collier 与 Wright 二家笺注颇近似，Furness 认为确解，即译者据以着笔的解法；但译文“可不知祸患不单行”一语乃原文所无，认真依 Wright 的解法直译当作“只须再说一件事”。

⑨⑤ 原意为“更外增加了力量”。

⑨⑥ 原文自注 ⑨③ 起到这里止，对开本付阙如。

⑨⑦ Lloyd 评云：这一问很能表现蔼特加的多能而随时警觉的性格。

⑨⑧ Tyrwhitt 谓，莎士比亚读了一辈子亚里士多德（Aristotle，前 384—前 322）的《诗学》（*Poetics*），他也不见得能把恐惧和怜悯，那两个情绪的各别的活动，区分得更准确些。

⑨⑨ 见 Schmidt 之《莎氏用字全典》。

①⓪⓪ 此导演辞为 Theobald 所加。

①⓪① 原意为“天穹破裂”。

①⓪② “那恐怖”（that horror）乃是说世界末日的恐怖，“那恐怖的象兆”（the image of that horror）便是指目前这个景象，最初这样解释的为 Capell。Steevens 起初以为，铿

德问，目前这个景象是否就是已往种种事态的结局？——谒特加接着又问，还许只是我们心目中那真恐怖的一个表象而已？但后来他似乎放弃了这个解法，很赞佩 Mason 的笺注。Mason 大概是受了 Capell 的暗示，详疏如后。铿德所谓“the promised end”是指世界末日的到临。在《圣经·新约·马可福音》第十三章里，耶稣对他的门徒预言世界末日将如何地到来；他描摹那大解体前将先来的征兆说：“因为在那些日子必有灾难，自从上帝创造万物直到如今，并没有这样的灾难，后来也必没有。”又说，“弟兄要把弟兄，父亲要把儿子，送到死地；儿女要起来与父母为敌，害死他们。”（引官话本。）铿德默念着他眼前那无比的惨象，又想到刚瑙烈与雷耿怎样逆天理，悖人情，要谋害她们的父亲，便不禁记起了这几段文字，当即问：“这难道就是曾经预言过的那世界的末日？”谒特加便也问道：“目前这景象还许只是那恐怖未临前的一个预兆吧，那恐怖本身还在后面？”……若有批评家反对这个解释，以为剧中人物都是异教徒，所以和《圣经》并不稔熟，那他们就将莎士比亚看得太板了，我怕他并没有准确到这样。Henley 主张铿德此间乃是记起了考黛莲给他的信里的话而发的，那信里有这样两句：“……将在这混乱非常的局势里寻找到时机——设法把损失弥补回来。……”（见第二幕第二景景末。）假定铿德固然如此才发的问，他便只在自言自语，我们尽毋须硬派谒特加懂得他的本意；谒特加并未见过那封信，他继续发问不但可以有，还且需要，一个与铿德原意不相为谋的意思。总之，铿德与谒特加前后两问间有个误解：铿德心中有考黛莲的信在，谒特加所说的才是 Capell 所解释的（译者按，若依 Henley 这说法，则铿德的问话可作“难道这就是那预言所说起的结局？”），Mason 的妙解也许是真正的解释；因为虽然他引的那段《马可福音》不在说世界的末日，而是指耶路撒冷城（Jerusalem）与犹太邦国的倾覆，但一般人对这预言的了解确如 Mason 所解释的那样。Halliwell 则以为铿德的问话是一句反诘，因为这祸患来得太突兀，太出人意外；才不久以前似乎一切都有希望，正义能得伸张，善人可以获福，但结局却坏到如此！若从此说，则铿德的问话可译为：“难道这就是我们（观察刚才的大局后）所意料中的结局？”

⑩③ 关于原文“Fall and cease”，历来莎剧学者尚未有令人十分满意的见解。Pope，Theobald，Hanmer 等为省事起见，根本删去了它。Capell 云：这三个字加上了附带的动作便极容易懂得；亚尔白尼说话时只需将两手向上高举起来，又昂头注视着上方，这么就可以显得他叫掉下来的乃是上天，——掉下来压碎这样一个灾祸酷烈的世界。所谓“cease”即“让世间万物终止”之意。译文即应用 Capell 此说。Steevens 注曰：亚尔白尼眼看着黎琊那极力想救苏他孩子的情景，就想起了救不回来时他将受多大的打击，因此对他说道：“倒下来，与其活下去继续受苦，还不如马上一死了事。”Mason 说：也许这是在说那上演本剧的戏院，亚尔白尼意思是：“放下幕来，终止这场可怕的剧景。”Davies 谓，亚尔白尼或许在说：“低声一点，停止一切的叫喊，不然你们会惊扰这位垂死的王上。”Delius 认“fall”和“cease”二字是“that horror”（那恐怖）的同格名词（noun in apposition），是加在谒特加话后的一点补充，意即：“（世间万物）毁灭与终止（的象兆）？”Moberly 的解释与 Delius 者略同。Furness 认 Capell 的说法比较可靠，不过觉得亚尔白尼对天神们说

话竟会不用祈求的语气，未免可怪。

⑭ 用羽毛放在垂死者鼻前，试验他（或她）呼吸已否停止。这里黎琊的手多半在发抖。

⑮ Theobald 在这下面加一导演辞，“下跪”。

⑯ Moberly 注：他们将他的注意力分散了一会儿，他以为就在那千钧一发的片刻间他也许还能救活他的孩子，如今却完了。

⑰ 译文从 Capell 注，——命运对他们主仆两人都显示过她的无上的威权：“如今在我铿德面前站着的是你黎琊，在你黎琊面前站着的便是我铿德了。”Eccles 认为命运所宠爱的一个是某甲，命运所憎恨的是一个某乙：某甲并不指定谁，某乙乃是铿德自称。此说有一缺点，即“we”一字变成不通（原文第二行实际上变成了“我们看见我。”），因此 Jennens 主张改“we”为“you”，Furness 又改“you”为“ye”，于是原文第二行实际上便成了“您（或你）看见我。”Malone，Delius，Moberly 等三家以为上面所说的某乙乃指黎琊；其余各点则与 Eccles 所解相同。Bradley 说，铿德并不在答复黎琊的问话“你是谁”，也没有说起他自己，只指着黎琊对旁人说道：“若是命运宠爱过又憎恨过一个人，同一个人，我们如今便亲眼见到了，——就是他，黎琊。”

⑱ 译文从对开本而据 Capell 所释义。Jennens 改原文“sight”为“light”，改后的意思是“光线坏得很”。这改本经 White，Hudson，Collier 等三家的校刊本采用。又各版四开本根本不收此语，Pope 等四家从之。

⑲ “Caius”为古罗马人名字，铿德的假名。

⑳ 见本剧正文第一幕第四景，铿德将奥士伐绊倒，等他站起来时又一边推，一边打，将他赶出去。又见正文第二幕第二景及第二幕第四景注 ⑲ 之本文“一时恼怒 / 上来，我就奋不顾利害的重轻，/ 拔剑向他挑衅”。

⑪ 原文为“first of difference and decay”；译文根据 Schmidt 之《莎氏用字全典》（见“difference”项下第一条）。

⑫ 若依 Capell 所释，当作“什么人都不该欢迎”，这是根据各版四开、对开本的原文标点所下的注解。译文据 Rowe，Johnson 等校刊本，在“else”后作句号，又从 Delius，Clarke，Furness 等人的注释。Ulrici 与 Moderly 的解释则与 Capell 的一样。

⑬ Capell 谓“foredone”（自杀）跟下半行的含意为修词学上的“重复”（redundancy），不妨改为“fore-doom'd”（预先命定），——若依此说，译文可作“都是去自定的命运”。Collier 说，只有刚瑙烈是自杀的，雷耿并没有。但译者认“自寻死路”不必亲自动刀去自尽，一个人为自己预先命定这样一个结局也未尝不是一种自杀。

⑭ 按基督教教规，暴毙或自尽的人，因为临死前不及向上帝忏悔和祈祷，那灵魂是绝望的，没有救，会堕入地狱。

⑮ 对开本作“... says”（他说什么话他自己也不知道）；四开本作“... sees”（他看见了也认不出我们）。译者认为对开本读法较优，因为黎琊这时候正呆望着考黛莲的尸身在出神，虽回答铿德说“哦，我也这么想”，但所答的究竟是什么确是“连他自己也不知道”。

⑯ Capell 及 Steevens 说“this great decay”是指黎琊。译文依据 Delius 及 Furness 二家

注，不把它解作“大不幸的人”，而把它解作“大祸”或“巨变”。

⑰ Capell 谓这是亚尔白尼见了黎琊重复去拥抱考黛莲的尸体而表示的惊异。参阅注⑲Malone 注。

⑱ 原文“my poor fool”按字面译当作“我的可怜的傻子”，但不能这样译。关于这三个字，Furness 本上集得有将近二十家的诠注，现节译于后。Steevens，这是黎琊对他那才死的考黛莲（有人以为是指他的傻子，那不对）表示怜爱的意思，他正在注视她唇边还有没有气息的时候，自己蓦地死了。“poor fool”在莎氏当时是一句怜爱的语句，并不照字面直解。况且黎琊的傻子早已被忘得无影无踪；他在第三幕第六景里，尽过了在剧情中的功用之后，就悄悄退了下去，不再上场。一个父亲，目睹爱女死在他怀中，而竟会想起从前供他解闷的一个弄臣，这未免太不近情，太不像真正的悲剧和绝望了。非但如此，考黛莲是刚才被人绞死了的；但我们却不知道，也不能想象，为什么那傻子要跟她同样地死法。跟黎琊敌对的这方面，对他的弄臣并无什么利害冲突。他对于本剧的用处只在对比他主公的苦乐，减轻他主公的悲哀；那目的达到之后，我们的诗人对他的关切便完了。“poor fool”这句话，当一个臣下悼伤一位公主的夭折时说出口来，的确不配，但由一位年迈力衰，神经错乱的老国王（当他在一个已被人害死的女儿身边作最后的呼号时，理智已失了驾驭，还存在的只有舐犊的深情）说出来，却并无不妥。Reynolds 不以此说为然，他说：有些人以为黎琊在说他的傻子，不在说考黛莲，我便是这些人中间的一个。这里黎琊对他那傻子似乎特别心爱；这傻子也忠心侍候过他，当他危难窘迫的时分极力慰藉过他，那么对于他的爱顾似乎也受之而无愧。“可怜你这个傻子小使，”他在暴风雨里这样说，“我心里倒还有些在替你悲伤呢。”所以我觉得，即使在这个比暴风雨更加几分灾害的当头，黎琊忽而想起他，并没有过分地重视他。黎琊原是一位和蔼，热情，而优柔寡断的老人；或者可说是一个惯坏了的孩子到了年老的时期。这般慈祥的家庭之爱（爱他的“小使”）也许配不上一个比较英武些的性格，比如说，奥赛罗（Othello）、麦克白斯（Macbeth）或理查王三世（Richard Ⅲ），但出之于他这样的一个性格，却并无什么不合。“没有，没有，没有了命”，等等，我猜想那语气不是温和的，而是极热情极激越的，别让什么东西还活着；——让大毁灭快些来临；——“为什么一条狗，一匹马，一只老鼠要有命，你却没有一息气？”我们还可以说，按戏剧的需要，至少为剧情合理起见，这个为作者，黎琊，以及听众所全都偏爱的弄臣，不该被遗失掉或遗忘掉，应当有一个下落才是。虽然如此，我们不能在这上头推论得太远，因为莎氏并不常注意到把每一个他所创的人物都交代清楚的。不过我又得说，假若有伶人存定了这个见解，以为这“poor fool”是指考黛莲，我信听众一定会觉得很奇怪：一个父亲怎么会这样子称呼他的亡女，去表示悲伤和怜爱，而那个亡女又是一位王后？“poor fool”这称谓确实是表示亲爱的，而莎氏自己又曾在别处叫射死的鹿为“poor dappled fools”（可怜的那有斑点的傻子们），但是这样的用法却决不会，也决不能合式的，只除非是去悼惜那些很低贱的东西，爱也许可以爱，但并不可贵或可敬。Malone 确信 Steevens 的解释是对的，他说，黎琊在本景内从上场起到这里，又从这里起到他死去，可说是始终专注在他丧亡女儿的那件事上。不错，他暂时

曾被铿德分心过一会，因为铿德勉强他辨认他自己；但他立刻回到了他心爱的考黛莲身上去，重复去俯视她的遗体。如今他自己已在濒死的痛楚中挣扎；在这个肝肠寸裂的当儿，而还会想到他的傻子，那当然是不自然到了万分。最重要的理由已经 Steevens 氏说过——黎琊刚见到了他的女儿被人缢死，他来不及救她的命，虽然正好赶上了去手刃那奉命的凶手；但假若我们以为他的傻子也是给人绞死的，那可就并没有一点根据可供凭借了。至于“poor fool”这句话是否只能指“那些低贱的东西，爱也许可以爱，但并不可贵或可敬”，我想是不成问题的。莎氏用他的语句不一定严格地恰当，而且用他自己来阐明他用语的意义又往往最为可贵；那么，他在旁处既然把这个称呼加在亚多尼斯（一个又年轻又天真的美男子，非但为一位女神所重视，还为她所恋爱）的身上，而不以为不妥，在这里为何不能同样地应用到考黛莲身上去？（译者按，Adonis 为希腊及罗马神话中一美少年，为恋爱女神与地狱女神所争恋，后由天帝调处，两位女神轮流和他做六个月的夫妻；他是猎野猪时被野猪用獠牙刺死的。又按，莎氏有一首千余行的长诗，名《维纳司与亚多尼斯》［*Venus and Adoms*，1593］专叙此事）。在古英文里“fool”与“innocent”二字同义，所以这里有“poor fool”这个特别用法。我想这里这“poor fool”一语的涵义是“亲爱，娇柔，无告的天真无罪者”。Rann 似袭用 Malone 的解释，训此语为“我的不幸的、天真的考黛莲”。Knight 谓这里的“poor fool”也许和奥赛罗的“excellent wretch”（妙极了的坏东西，或可怜虫）用意相同；可是我们以为，莎氏在这里想表现的更许是一点特别的怜爱，黎琊既然已经神志昏乱，说话时便将女儿和他回忆中的那个傻子混乱了起来。在风雨煎迫中黎琊说道：“可怜你这个傻子小使，我心里倒还有些在替你悲伤呢。”现在大难临头，惨痛攻心，昏迷中过去与目前相混，于是考黛莲便变成了他的“poor fool”了。Collier 则持论中立，认为傻子若果死去，莎氏应给他另外一个死法，方不致和考黛莲的被缢相混；从另一方面说，傻子有来踪而无去迹，下落不明，也不是一个办法。此外，如 Verplanck，W. W. Lloyd，Chambers，Wright，Dyce 等多家，都赞成“my poor fool”即系指考黛莲。新集注本之编订者 Furness 则首先很疑惑，但终于信服了这个解释。此外如 Schmidt，Craig 等也都断言“poor fool”为一怜爱的称呼，指考黛莲而不指傻子。

⑲ 一八三三年四月份《每季评论》（*The Quarterly Review*）上评云：观众刚见到了、而彼此表示过、黎琊的心神的僵绝，不旋踵之间黎琊身上忽又发生了一阵极骇人的变态，亚尔白尼便不禁叫道：“啊呀，你们看！”在强烈的刺激之下，黎琊他那萎弱的身体曾有过一阵回光返照，那虚幻的振奋过后他马上又陷入了绝望之中，精疲力竭，动弹不得。但就在这一点上，旁的剧作家只会描写一个为父者的绝望，莎氏却能用微微一举手的姿势，形状出黎琊濒死时他身体内部的变化。全身的血液都已蓄聚在他心中，可是心房里那微弱的激动已不能把血液重行推打出来了。黎琊这时候已虚弱得不能解衣，但他只以为那窒息的感觉是因为他衣服太紧而起，所以对旁人说道：“请你解开这扣子。”

⑳ 此系从对开本原文；四开本里这句话是黎琊的。若从后者，前面黎琊“死去”那导演辞当移后去；若依 Wright 说，那导演辞该在铿德下次说话时。

⑫ 译文据对开本之“tough”，意思是说这人间是具不坏的刑架。Pope，Capell 等从二、三版四开本，作“rough”（强暴的，粗鲁的）。后一种读法缺少蕴蓄，有一泻无余之弊。

⑫ 原文“Friends of my soul”，属于修辞学里的所谓纡曲说法（periphrasis），意即如译文，见 Schmidt 之《全典》。原文从本行起到剧终，不用素体韵文（blank verse）而用双行骈韵体（herolc couplet）。

⑫ 原意为“这破碎的政权”。Jennens 谓最好全剧就在这里停止，译者颇有同感。

⑫ 对开本二、三、四版于铿德说完这话后有导演辞“死去”，从此者有 Rowe 等五家。Jennens 云：铿德不允从政，只因为他年迈力衰，不胜烦剧之故，却并非因为他要马上倒地而卒。他只说他不久要去旅行，然既无诀别之意，又未表示就要死的征兆，设若忽然死去，岂不太突兀，太出人意外了吗？Malone 云，铿德上场时曾说过，“我来和我的王上和主公永诀”，可是那句话和这里的要旅行一样，只能表示说话人的悲戚。“shortly”（不久）这个字确凿证实了莎氏不要他在台上死。译者觉得 Malone 此解最妥切。Moberly 谓“a journey”（一次旅行）乃是到另一世界去的意思。Schmidt 谓“My master”是指黎琊，不是指上帝“我主”。

⑫ 对开本诸版作“蔼特加”，四开本作“亚尔白尼”。Theobald 谓，演蔼特加的那演员在莎氏当时很受人欢迎，所以违着戏剧的礼节，这最后几句话不让权位大的亚尔白尼说，而让蔼特加说。Halliwell 云：这四行应由亚尔白尼说，因为他在死剩的几个人中间权力最大，地位最高。他这话又似乎在轻轻责难铿德的绝望语，告诉他“我们得逆来顺受这伤心的重担”。如果铿德死了，决不会这样平淡地过去；而且亚尔白尼这几句话也就失掉了它们的意义。Schmidt 云：这几句话分明是蔼特加说的，因为他得回答亚尔白尼刚才说的话。还有，那话里的意思——他暂时说不出他应说的话——完全不合亚尔白尼的口气，因为在这最后一景里，他从未忘怀过国家大事或公众的利益。可是最后那两行和公爵的性格却很相当，而且按照戏剧的成规也该由他出口。也许前两行和后两行本来应由蔼特加和亚尔白尼二人分说。Craig 从对开本，说 Theobald 所给的理由不成为理由；这四行，作者本意是叫蔼特加说的，因为一来他务须回答前面亚尔白尼对铿德和他所说的话，二来“我们年少的”一语由他说来也比较地自然。Bradley 也拥护对开本，他说，对铿德的绝望语所下的“轻轻的责难”似乎更适合于蔼特加的性格，而且我们也不能证明亚尔白尼年纪轻，虽然我们也没有理由猜想他年纪不轻。

⑫ Jennens 云：最后两行简直是蠢话，分明非作者原笔，不论谁只要改得好就不妨一改。Capell（从四开本）云，亚尔白尼的意思是说，他亲身经历过这许多沧桑，定会减寿几年。Dyce 云，最后一行的意义确是太晦。Moberly 注：年老和悲多对于不快乐的黎琊是同一件事情；他一生经历过那么样愁惨黑暗的时日，那么样无比的忘恩负义和暴躁的纵情任性，即使我们也活到他那样的年纪（那是多半不会的），也决不会经历到他那样的坏日子。Bradley 注，“最老的”不是指黎琊，而是指“我们中间最老的”，就是说，铿德。末行译文“还”字即从 Bradley 之以“and yet”释原文之“nor”。

附 录

一　最初版本

《黎琊王》最早的版本，和莎氏其他剧曲的版本一样，也分四开与对开两种。在十七世纪这本戏的四开本共印了三次，第一次在一六〇八年，第二次一六一九年，第三次一六五五年，对开本共印了四次，初次一六二三年，二次一六三二年，三次一六六四年，四次一六八五年。这前后七种版本中以初、二两版四开本和初版对开本最为重要，十八世纪以来各校订注释家所根据的就是它们；其余四种版本则较为次要，因为都是那三种最初版本的直接或间接的重排复印本。莎剧的原稿、抄本、演出本、记录本和印底，我们知道，都早已被时间磨骨扬灰，化归乌有；而作者当初写作的目的又只是在戏台上演出，不预备发表，所以他从未亲自监印过任何一篇剧本：因此两层原因，比较最可能与原作相近的十七世纪版本当推那三种最初的本子了。

一六〇七年伦敦书业公所的《登记录》（*Stationers' Register*）上有这样一项登记：

26　Novembris

Nathaniel Butter Entred for their copie under

th andes of SIR GEORGE

John Busby　BUCK knight and Th wardens A booke called.

Master WILIIAM SHAKESPEARE *his 'historye of Kinge LEAR' as yt toas played before the kinges maiestie at*

Whitehall uppon Sainct Stophans night at Christmas Last by his maiesties servantes playinge usually at the 'Globe' on the Bankyde. vja

这里"Nathaniel Butter"和"John Busby"是请求登记的两个出版家；"SIR GEORGE BUCK"为詹姆士一世的内廷欢娱总监（Master of the Revels），——按当时一般的书籍于印行前须经坎忒白列（Canterbury）大主教或伦敦主教所委的检书牧师检查过，方准出版，戏剧的演出则须通过内廷欢娱总监的检查，由他认为没有亵渎神圣、讥弹政治、妨碍国策、毁谤显要和语涉淫猥等错失后，就可以正式上演，上演过的剧本若要出版就不必检查牧师的重行审阅了；"Th wardens"为书业公所的主事两人，册上未列名姓；在御前上演的大概就是初次演出日期，"Sainct Stephans night at Christmas Last"为一六〇六年十二月二十六日；戏班"his maiesties servantes"乃莎氏自已所隶属且有份头的国王御赏班（the king's men）；"the'Globe'on the Banksyde"则为国王御赏班平日在那里演出，供民众看戏的地球剧院，位于泰姆士河河滨；"vja"是印书登记费六便士。

上面所说在一六〇七年十一月二十六日登记的那本书便是《黎琊王》第一版四开本，下年出版时书名页上的题名全文是：

M. William Shake-speare：| *HIS* | True Chronicle Historie of the life and | death of King LEAR and his three | Daughters. | *With the unfortunate life of* Edgar，*sonne* | and heire to the Earle of Gloster，and his | sullen and assumed humor of | TOM of Bedlam：|*As it was played before the Kings Maiestie at Whitehall upon* | S. Stephans *night in Christmas Hollidayes*. | By his Maiesties servants playing usually at the Gloabe | on the Banckeside.

| *LONDON*, | Printed for *Nathaniel Butter*, and are to be sold at his shop in *Pauls* | Church-yard at the Signe of the Pide Bull neere | St. *Austins* Gate. 1608. |

这初版四开本叫做“花牛版”（‘Pide Bull’ edition），因为书名页上载明发行人 Nathaniel Butter 的店招以花牛为记。我们现在认为初版四开本的这“花牛版”和我们现在认为二版四开本的版本，究竟哪一个在前，哪一个在后，莎剧的版本专家在十八世纪开始的一百六十余年中一直没有弄清楚。W. G. Clark 和 W. A. Wright 在他们编校的剑桥版全集（一八六六年初版）脚注里比较这两种版本时，还叫“花牛版”为二版四开本，叫我们现在认为二版四开本的版本为初版四开本。这两位声名藉藉的莎剧学者于剧本编完后才开始在序文里承认他们书中所说的二版四开本在前，故是真正的初版四开本，他们书中所说的初版四开本在后，故是真正的二版四开本。不过他们还以为这两种版本的前后相距不甚久，在同一年内印行，因为二版四开本的书名页上分明也印着一六〇八年出版。这错误一时无法消除，要留待二十世纪的莎剧学者来改正了。

然只就初版四开本而论，使问题尤其复杂化的是同属于这所谓“花牛版”的各本也不尽相同：Halliwell-Phillipps 说在仅存的十二本“花牛版”本子里（W. L. Phelps 在一九二二年耶鲁版《黎琊王》里说只知道有十本存在了）没有两本完全一样。那原因，据 Clark 和 Wright 说，大概是“花牛版”排印的当儿，有些页上的误植是印过了多少份后才被发觉而改正的，追改正后又继续印出多少份来，也有发觉了误植之后手民猜测情形以错改错，乃至改得更糟的，如此先后参差，紊乱更甚。而且（Furness 特别赞成此说）再加上改过的和未改过的各张被钉书作工人掺杂混乱了起来，没有一份份地理清，于是这版本上的隐谜就越发难于猜透了。剑桥版全集两位编者的这个假定，以及他们对于两种四开本孰先孰后的见解，随后经 Daniel 在他影印“花牛版”四开本的序文里加以确凿的证实，至此将近两百年的疑难摸索遂一扫而空。

至于各本初版四开本所共有的错误费解处，手民的印误固然是一个因素，但另有个或许更重要的原因则为排版时印底上的错误太多。据校订家研究的结果（见 E. K. Chambers：*William Shakespeare*，Vol. I，pp. 161—162，465—466；Clarendon Press，Oxford，1930），“花牛版”的印底大概是用当时的速写法（叫作‘stenography’，又叫作‘brachigraphy’）在演出时偷记下来的，然后由速记人录出全文，印书人即据以排版。“花牛版”印底来自速记的证据很多；比如说，有阙文好多段，分行往往分错（有时一行韵文开始弄错以后，跟着就把行中间的文句中断作为行的起讫，直到遇着另一错误或整段韵文结束时方重新弄对），有些韵文行完全没有音步，散文印成韵文而韵文则印成散文，全剧除逗点以外差不多不用其他的标点符号。“花牛版”《黎琊王》虽有这些毛病，但比起莎氏其他剧曲的初版四开坏印本来，还算是相当高明的，它的记录人只在分行与句读二事上欠缺了点功夫。如果速记偷记的说法不错，“花牛版”这本子想必是既未得戏班子许可，又未经作者同意的所谓盗印本了。发行人 Nathaniel Butter 虽曾把这本书向书业公所做过登记手续，保护他的版权，但那版权的获得就根本未见得合法。我们知道他在一六〇五年曾盗印过海渥特的剧本《你若不认识我，便谁都不认识》（Thomas Heywood：*If You Know Not Me*，*You Know Nobody*），后来曾被海渥特所公开责难过。

第二版四开本，经 Pollard，Greg，Niedig 等莎剧版本专家的考证（见 Chambers，Vol. 1，pp. 134—135，463 ff.，Vol. Ⅱ，p. 396），论定是“花牛版”的重排复印本，于一六一九年出版，发行人为 William Jaggard，印行前大概曾得到“花牛版”原发行人 N. Butter 的许可，但并未向书业公所作转移发行权的登记。它书名页上的题名全文是：

M. William Shake-speare, | *HIS* | True Chronicle History of the life | and death of King *Lear*, and his | *three Daughters.* | *With the unfortunate life of* EDGAR, | sonne and heire to the Earle of *Glocester*, and | *his sullen and assumed humour of* TOM | of Bedlam. | *As it was plaid before the Kings Maiesty at White-Hall, up* — | *pon S. Stephens night, in Christmas Hollidaies.* | By his Maiesties Seruants, playing usually at the | *Dlobe* on the *Banckside* | Printed for *Nathaniel Butter.* | 1608. |

这版本我们叫它“N. Butter 版”，如今已确实证明为一六一九年之二版四开本。当时印书很马虎，Jaggard 也许只把他的印底“花牛版”书名页上的书店地址划去，可并未把自己的书店地址补入，其他都一仍旧贯，就是印行年代也没有改正。这样一来，更使得莎剧学者如入五里雾中：Capell，J. P. Kemble 和初版剑桥本全集脚注里，都误认这“N. Butter 版”在“花牛版”之前；其他自 Rowe，Pope 等起以迄一八六六年前的校订注释本，则只要讲到这两种版本的年代，便无不认为它们于同一年内印行。这“N. Butter 版”现在虽已证明是“花牛版”的重排复印本，因而权威不大（Phelps 在一九二二年耶鲁本里说，他知道此书现有二十八部存在），但它有几处很有价值的改正“花牛版”印误的地方，却不能在现存的任何册“花牛版”本子里找到。并且大体上它比“花牛版”要印得好得多，——那也许是世间少有的一种恶劣印本。不过总起来看，它们是相差不顶大的两种本子，二者合起来往往与初版对开本对称，虽然在重要性上绝不能跟它分庭抗礼。

初版对开本系莎氏去世后他的戏班里的两位同事好友 John Heminge 与 Henry Condell 所付印，《黎琊王》乃其中三十六本戏曲之一。《莎士比亚喜剧史剧悲剧集》这书名初次见于书业公所的《登记录》，登在一六二三年十一月八日项下；实际登记的只是十六个从未印行过的剧本，有两个则虽未出版过也未被上册，其余十八个已都有四开本行世；申请登记的发行人为 Edward Blount 与 Issak Jaggard (William J. 之子)；审查官这一次不是内廷欢娱总监，而是圣保罗礼拜寺里的一位检书牧师，名 Thomas Worrall；登册主事姓 Cole，名不详。这部戏剧《全集》(“Pericles”一剧未收入)，据 Willoughby 说，也许在一六二一年就开始排版，中经停顿，书名页上载明一六二三年发行，但实际出书恐怕在一六二四年二月间。书名页正中印一 Martin Droeshout 所作之镌版莎氏像。《黎琊王》在这《全集》内被列入悲剧部分，占二八三至三〇九页；它与《麦克白斯》、《奥赛罗》与《沁白林》都经分幕分景，其他悲剧则不然。这版本毫无疑问要比两种四开本好得多了，而且所根据的定必是与初版四开本所用者颇不相同的另一印底。虽然它较四开本为优，但正如 Collier 所云，莎氏剧作中却很少有《黎琊王》这样靠四开本补足它的缺文，成为足本的。这是因为四开与对开版本的剧辞很有长短不同之故。据新集注本编者 Furness 氏的估计，四开本内约有二百二十行为对开本所没有，对开本内则有五十行为四开本所没有：结果四开本的总行数比对开本者要多出约一百七十五。惟 Craig，D. Nichol Smith，Phelps，E. K. Chambers 等俱谓四开本约有三百行为对开本所无，对开本约有一百十行为四开本所无。这计算颇有出入大概缘于计行的方法不一样，Furness 并两半行为一行，其余各人以两半行为两行。总之，四开与对开版本大有参差是不成问题的。这参差，多而少，少而多，便成了莎剧校订学上一片极饶兴趣的研究园地。究竟对开本付印之前，是谁做过了一番删削工作，有一处甚至把整整一景（第四幕第三景）完全取消？是作者自己吗，还是同班的伶人？有何计划，抑出于偶然？目的是要缩短剧本呢，还是要增进戏剧效果？这些都是这两种版本如此参差所引起的问题，而对于它们的答案倒是德国莎剧学者比英国莎剧学者更来得注意。

Johnson 相信对开本所根据的是莎氏自己的最后改稿，改得很匆忙随便，修短剧景的用意多，而贯串剧情进展的存心少。Tieck 以为对开本里的缺行有些也许因为詹姆士一世崩位后检查书籍较严而删去的，有些也许是为影射的地方故实已逐渐晦隐，或暗指的新闻事件已失掉时效，这一类东西莎氏剧曲中以本剧为最多；至于第四幕第三景之被削也许因为缺少了一个胜任愉快的演员去表现它，或者为了要使剧情结构单纯化，以免除若不截去便准会引起的剧景纠葛。Knight 把对开本推崇备至，断定它的删削与增添俱出于莎氏自己，并非任何编者所能代庖。第三幕第一景“他撕着白发，……都同归于尽”是一段精彩的描写，不过作者去掉它自有他的权衡，因为跟着在第二景里就可以见到黎琊在同一情形中的行动。同幕第六景“我马上来传讯她们……”一段很难说定被删的用意何在：也许因为扮黎琊的伶人在第三景里演得力竭声嘶，为节省他的精力起见，不如把这段略去；更大的原因或许是铿德在此段之前刚说过“他所有的聪明才智完全让位给了狂怒”，这场幻想的审判会显出疯人的神志太有条不紊了。藹特加在这一景临了时的叶韵独白，作者当然不妨省略它，不会感到可惜。亚尔白尼痛骂刚瑙烈的第四幕第二景被节缩得很多；若依四开本却并不能推进剧情，而对于剧中人物性格的发展也没有多大的贡献。同幕第三景完全给削掉，那是这首剧诗里最凄美动人的一景；若四开本不把它保全着，我们确乎要惋惜不置。但这一景大部分是描写的文章；这描写固然曼妙无比，尤其是使我们更深切知道考黛莲性格可爱到绝点的一些地方，然我们毕竟相信我们的悲剧诗人，Knight 说，我们相信他很严正地决意让这篇惊人的剧本完全倚重它的动作，而不靠别的东西。至于以后的缺行，直到剧终，就不多而不甚重要了。

Delius（德国莎士比亚学会《年刊》卷十）主张非但对开本的阙文不是莎氏自己的删削，就是四开本所少的也并不出于他的本意。对开本所没有的“二百二十行”他断定是伶人们所截去的，用意乃在缩短上演的时间。四开本所没有的一些行则为手民的疏误遗漏，大多起因于印底之残缺不清。就事件本身而论，莎氏既然身为伶人，由他自己去删削他的剧本，似远较由旁人捉刀为自然。但我们知道他为班子里写好了剧本，交卷之后，自己素来是漫不经心的，剧本的命运和文名的显晦悉数放在度外。对于《黎琊王》他的态度多半许是一贯的，所以上台表演的问题大致不复能使他操心，而照例由地球剧院的戏班子，剧稿的主人翁，去全权决定。况当一六〇八年，初版四开本出版而正值这本戏在舞台上风行的时候，莎氏正住在故乡司德拉福(Stratford-on-Avon)。是不是那时候或往后，Delius 问，班子里的伶人们会特地去麻烦远离伦敦的作者，请他亲自删削，以便上演，既然这样一件工作，在惯于处理此类例行公事的他们看来，分明是日常会碰见而他们自己尽可以同样不费吹灰之力去做到的事？而且假定莎氏自己果真删改过此剧的话，对开本上一定留得有确曾改易过的痕迹，必不仅止于划去多少行而已。莎氏不会自己觉得《黎琊王》里的那一段是多余的，否则他的编校注释者认作赘疣的部分他不会写入剧中。归结起来，Delius 相信对开本所根据的是较晚的一个剧稿，为剧院所有；它与莎氏原作比较还近似，不过曾经管理剧院的伶人们删削过。

Koppel（1877）与 Delius 的见解完全相反，他认为四开与对开两种版本里的删行削景都出自莎氏自己。莎氏是伶人、剧院管理人、戏剧作家与剧院诗人，他对于剧曲的出版和文名的显晦无论怎样不感觉兴趣，但对于剧本在舞台上的成败，就是说，应否把它们截长补短，以便适合于上演，可不能漠不关心。据他说，先后的次序是这样的：原来是与四开本差不多的一个剧本；其次是加长了的，就是四开本加上对开本所增的一百十行，颇像我们现代版本的方式；最后因感觉太长，大加剪裁，便成了最短的对开本所保存的那样子。Koppel 把这两种版本里所多出的或缺少的一一加以评骘，兹将新集注本所选者重述三五，以见一斑。四开本所遗的第一幕第一景三八至四三行“好让我们释去了……永免将来的争执”一段，够不上作者的水准，虽然四开本里多数的阙文确出于莎氏之本意。跟着四七、四八两行“如今我们既然要……从政的烦忧”可能是对开本里的蛇足，因它们重复了上面的“而且决意从衰老的残躯上……力壮的年轻人”一段。对开本缺少第三幕第一景“他撕着白发……”的一段与削掉第四幕第三景全景，Koppel 对它们与 Knight 的意见略同。对开本内第三幕第一景三十至四二行“可是法兰西……这重任交与你阁下”之被删，是因为黎琊的苦难已传到了法兰西（四开本里两位不列颠公爵的不和似乎是法军乘机进侵的唯一原因），若再派这位贵人到多浮去见考黛莲便成了多余的，没有目的的事了。从对开本文字上看来，我们只得到黎琊即将遇救的一点有安慰性的暗示，以及钱袋和戒指，都是这忠诚的武士所应得的报酬，而把这暗示放进这预备的剧景里，便使它变成了急进的悲剧剧情中的一瞬刻抚慰的静谧，——这正是删去这十二行的高明之处。……

Schmidt（1879）责备现代版本集纳四开与对开各版本的字句行景为不合理，因为作者从未写过那样的综合作品。四开本的不合法是显而易见的，因为对开本上莎氏两位老友 Heminge 与 Condell 在《致读者》文内说得极明白：“你们以前受了各种偷得的私印本的欺骗，那些本子全都被那班为害的发表它们的骗子在欺诈偷窃中弄得残缺失形，如今你们可以看到那些本子已治好了残疾，手足俱全。”当然，可靠的剧稿跑进书商手中，被印成四开本子，并非绝对不可能，但实际上是件极难的事。全本剧稿，我们要晓得，是在剧院管理人手里的，他们中间不见得会有一个出卖他们自己专利的内奸：而在伶人方面呢，每人只单独知道自己的剧辞，一个外面的买稿人要得到全剧剧辞，便非得使全剧的伶人们来一个有组织的同谋不成。可是雇了速写的抄手在戏院里记录全剧，只要不怕麻烦，肯花钱，却并非难事。一个速记员来不及可用两个三个，彼此替换；一次上演来不及可分两次三次，务使全文到手。《黎琊王》的两种四开版本便是这样得来的；它们与对开本相异处不值得考虑（只除了十三、四处对开本上显然的印误之外），因为后者至少与作者原稿还有间接的关系。这剧本结构谨严，而对开本所去掉的都无关宏旨，故可断言其非出于凡庸之手。我们可以假定在这版本出来的前几年，舞台上的本剧便是这个模样。关于两种四开本之较长，并不能证明它们比对开本为较全：我们只能说上演它们的时候对于舞台的需要还没有充分的经验。有人说，四开本所根据的为较早的原稿，对开本的印底是莎氏后来的改正稿。这亲自改正一说全无史实可凭。对开本的付印人分明说道，“他心手相应，想到的就畅达出来，我们难得在他稿子上见到一处涂抹”，而庄孙（Ben Jonson）引莎氏同时的伶人们的话也这样说法。四开与对开版本的异文有许多完全不相干：字句间稍有出入，意义上并无大不同，对于整篇作品则绝对不重要。如果对开本确系印自改正稿，许多改正便会给予伶人们许多麻烦和惑乱，那是断乎要不得的事。但假定了四开本印底得自速记之后，四开本上许多异文就不难推知其故了。伶人们的记忆有时未必可靠，这是一；他们也许未必认真把莎氏原剧一字不易地念出来（譬如说，在他们看来，“Stoops to folly”跟“falls to folly”无多大分别，“protection”与“dear shelter”差不多），这是二；还有速记员用的缩写，有时被手民所误读（如前者用“my l.”以代“my lord”，后者排成了“my liege”），这是三；速记稿上又往往有空缺，留待后来填补，而结果每被误填（如“high winds”误作“bleak winds”），这是四；此外速记员将剧辞听错写错，尤属意料中的常事，不足为奇。总之，Schmidt 认为四开本不可靠而对开本可靠，但对开本并非莎氏自己修改的结果。

Fleay（1879，鲁滨苏《文学撷英录》）提出阙文缘于检查说。四开本，他说，正如它书名页上所云，为一六〇六年十二月二十六日在御前上演的那个剧本；分幕分景而颇多删削的对开本则是适应舞台需要的节缩本，节缩大概在莎氏去世后一六一六至一六二二的六年间。当一六〇五年原来的剧稿写成时，时事新闻有下列各件正深印着人心：Jane 王后不久前（在 1604 年 10 月）问讯过占星术士，她对此道信仰甚深；当时正传闻着詹姆士一世与王子亨利失和；新朝的大批封爵颇为时下所讥讪；英伦与苏格兰方（1604 年 10 月 20 日）公告合并，一六〇五年十一月五日之火药大阴谋哄动着朝野，余惊未息。因此，第一幕第二景一〇三至一〇八行“我的这个坏蛋就中了这兆头；这是儿子跟父亲过不去：国王违反了他本性的慈爱；那是父亲对孩子不好。最好的日子……”的一段，在作者原意也许并无所指，惟于宫中上演怕会引起误会，故被检查官删去，而遂不见于四开本内。反之，用以替代此段的九一等行及一三七等行，内有“我爱他得那么温存；那么全心全力地爱他”，“对国王贵族们的威吓和诽谤”（指火药大阴谋），“婚姻被破坏”（指厄塞克斯伯爵夫人事）等语，对于詹姆士一世却并无冒渎之处，故被加入四开本内。还有第一幕第四景三一七至三二八行“这人计算多好！……还是要——”的一段为四开本所无，其中尤以这几行为詹姆士一世所难于容忍：

“……，他便会指使他们那暴力
护卫他自身的昏懂，甚至威胁
我们生命的安全。”

而最明显的例子是第三幕第一景二二至四二行的一段那里“他们有些个……遮盖这隐事的虚饰”的几行准是因不便上演而被删掉的，故不见于四开本，替代它的则分明是“可是法兰西确已有……交与你阁下”的几行。原来这几行

“……他们有些个——
权星高照的，那一个没有？——属僚们，
外形像属僚，暗中却为法兰西
当间谍和探报，私传着我邦的内情。
看得见的，譬如……
再不然就有更深的隐事，以上
那种种许只是遮盖这隐事的虚饰。”

触犯权贵们的禁忌非常深，因当一六〇四年冬天，英国与西班牙议和条约签订了还不到六个月，而这和约是贿赂了 Suffolk，Northampton，Pembroke，Southampton，Dirleton 等显要才成议的：所以这几行不能放在宫内上演的剧本里不必说，就是在地球剧院公演时，如果说了出来，也怎能不被观众误解为暗射这一件大规模的败法毁纪案的隐语？至于四开本的舛误百出，和对开本阙失之非出于莎氏本意，但为管理剧院的伶人们所删，则 Fleay 与 Delius 完全同意。

A. C. Bradley 谓（1904，《莎氏悲剧论》）《黎琊王》在莎氏悲剧中最伟大，最神奇，冲天贯日，莫之与京，虽然它也最富于晦暝、矛盾、难解处。（勃氏所示这篇大悲剧的短处不下二十点，但我们在这里不能列举，因若欲将作者的主旨公平表达出来，便得把他积极方面的立论也尽述无余；但那是篇幅所不许可的事，故只得留待将来，让我们万一有机会译完了四大悲剧之后，再把这本自身便为不朽杰作的

剧论也译出来，以见其全。我们鄙夷利用了勃氏的反面文章去指摘如此一篇伟构的诡计，因为那么做只能使读者得到一个扭曲论者真意的误解，——而勃氏原文分明并不会招致任何误解：他说［P. 261］全剧的没遮拦处跟它的缺点相形之下，我们不是不觉得后者的存在，便是认它们为无关紧要。质言之，断章取义，故意造成那样的误解，由严肃的观点看来，对读者简直是一种无耻的诈术，对勃氏是极大的侮蔑，对《黎琊王》则如蚍蜉撼大树，并不能伤其毫末。）这些缺点大体上是因为它的阔大、惊险、崇高、需要有它们，一小部分则许是起因于莎氏写作时的粗心。不过那小部分，创作时的疏忽遗漏固然可以认作一个或然的原因，另一个也许更真切的原因则是为了题材太丰富，怕剧文过长，演出诸多不便，故莎氏 (a) 于写作时即力自撙节，不曾照原来所想象好的计划充分挥洒出来，或者 (b) 于写成后始加以删削，惟未经一度细心的修改，遂致有些地方显得剧情不明晰，不接榫。譬如说（*Shakespearean Tragedy*，Macmillan，London，1922；note T，pp. 446 至 448）黎琊怒责刚瑙烈“什么，一下子就是五十名随从”，但检视前文，她并未说起过数目，只表示了一点愿望（“请允从我削减从人的愿望”）：也许刚瑙烈原来表示愿望时确曾说起过数目，但剧本写成后或被删去，故怒责的语意就有些脱节。（雨按，这里未必是脱节：刚瑙烈可以先斩后奏，表示愿望时已把半数的随从裁去，等到黎琊下场去才初次发现此事，于是马上回上场来，责她“一下子……”，且希望雷耿“撕掉你这张狼脸”。）还有，第一幕第一景浡庚岱公爵有向考黛莲求婚的优先权，法兰西王则被列为，并自甘居于次选，那原因大概也可以纳入 (b) 类，此外傻子的命运没有交代，以及其他的几个缺点，都可以归咎于仅事删削而未经修改。至于可纳入 (a) 类者，如葛洛斯忒于本剧开始前也许怂恿过黎琊的划分国土的意思，铿德则力持反对。如果这猜测不错的话，第一幕第四景一三五行傻子说起“有个

人啊劝过你”，和第三幕第四景一五五至一五六行葛洛斯忒谓

公主们巴他死。啊，那个好铿德
他说过会这样的，可怜他遭了流放！

这两处就会显得更有意义了。这样一来，剧中两个故事就可以联系得更为密切。……最后，全剧有三段通常被疑为他人所妄自增入者，Bradley（note V，pp. 450—453）认第一段（第一幕第五景景末两行）确系伪托，第二段（第三幕第二景从傻子的“好一个夜晚！”起至景末）亦然，第三段（第三幕第六景景末蔼特加之独白）则翔实可靠，为莎氏手笔无疑。Bradley 对此三点各举理由五六条作证，兹不具述。

E. K. Chambers（1930，*William Shakespeare*）相信四开与对开两种版本彼此对比后各自所缺少的字句行景皆为莎氏原作所固有，阙佚的原因则不一。唯一的例外是第三幕第二景景末傻子的一段预言；这十七行他认为确系伪托。四开本之印底为一速记稿，它的缺佚大率为伶人们、速记员与印工的错误，有三处则或许是检查官的删节。对开本的删削未见得高明，大致是剧院里为解决演出问题而去掉的，虽然手民的印误与检查官的删削（三处）也不无关系。遗漏第四幕第三景整整一景乃是个主要的损失，因为这一景是考黛莲前后出场相距过久的一个居间的联系。要追究从事此类删削的是莎氏自己还是同事的伶人，是件无聊而无益的事；不过我们可以断定排印对开本所根据的印底定为剧院里的演出本剧稿。

二　写作年代

《黎琊王》的写作年代，比起莎氏有些剧曲的写作年代来，可说

是还不难作相当正确的考定。现存得有两个时间上的界限，一个决自内证，一个决自外证，二者前后相距只有三年：从一六〇三到一六〇六年。

供给外证的是书业公所《登记录》，它告诉我们这本戏于一六〇六年耶稣圣诞节上演于宫中的白厅；由此可知写作必在这最晚的时间界限之前（但 Bradley 谓在宫内上演未必一定是第一次演出，见 p. 470）。从内证上我们可以找到一个最早的时间，写作必在它这界限之后。

作内证的是剧中所提及的写作前之时事三件：第一件为哈斯乃的《揭发状》，最先指出此事者为 Theobald；第二件为蔼特加装疯时所哼的小调，不用通行古歌谣里的"英吉利人"而曰"不列颠人"，此事为 Malone 所最先指出；第三件为葛洛斯忒说起的"近来这些日蚀月蚀"，首先提供我们注意的是 Aldis Wright 氏。

先说哈斯乃《揭发状》(Samuel Harsnet 发表此小册时为坎忒白列大主教 Richard Bancroft 手下的牧师，后来他自己被任为约克大主教)。此书于一六〇三年出版，书名页上的题名全文甚长，为 *A Declaration of Egregious Popishe Impostures*，*to withdraw the harts of Her Maiestie's Subjects from their allegeance*，*and from the truth of Christian Religion professed in England*，*under the pretence of casting out devils. PRACTISED by EDMUNDS*，*alias Weston*，*a Jesuit*，*and diuers Romish Priestes his wicked associates. Where-unto are annexed the Copies of the Confessions*，*and Examinations of the parties themselves*，*which were pretended to be possessed*，*and dispossessed*，*taken*，*upon oath before his Maiesties Commissioners*，*for causes Ecclesiastical AT LONDON Printed by Iames Roberts*，*dwelling in Barbican*，1603。《黎琊王》涉及此书处见第三幕第四景注 ⑭，⑬ 及 ⑩，同幕第六景注 ⑬，⑭ 及 ⑮，和第四幕第一景注 ⑰。内证三事中以这一件为最无问题，其余二件则考订家对它们的意见不大一致。

第二件内证，据Malone说，限制这本戏的写作期间在一六〇四年十月以后。第三幕第四景景末蔼特加假装着苦汤姆哼道："…… 'fie, foh，fum，我嗅到一个不列颠人的血腥。'"可是在比莎氏此剧较早些的书籍里遗留下来的这两句古曲辞都是"fy，fa，fum，我嗅到一个英吉利人的血腥"。原来苏格兰王詹姆士六世兼承英国王位而后，国会于新朝第一次开会时宣布他是大不列颠王詹姆士一世，那是一六〇四年十月二十四日。莎氏写作《黎琊王》定必在此事之后，故将流行的"英吉利人"改为"不列颠人"。Malone又推断本剧初次上演多半在一六〇五年三、四月间。怎么知道呢？书业公所《登记录》是年五月八日登录着一个"新近上演过的"剧本，叫作《莱琊王历史悲剧》（*The Tragecall historie of kinge LEIR and his Three Daughters & c.*），印刷人为Simon Stafford，发行人为John Wright。这登记的剧本不知作者何人，乃一五九四年五月十四日Edward White早已登记过的《莱琊王历史剧》（*The moste famous Chronicle historye of LEIRE king of England and his Three Daughters*）之第二次上册。Stafford与Wright登记时，Malone说，分明因莎剧《黎琊王》在戏院里上演成功，出版人希望书的销路沾一点卖座好的光，所以想用"新近上演过的"一语去蒙混买书的顾客。不过这骗局后来终于放弃了一部分，所以实际出版时书名页上还是印着《莱琊王历史剧》（*The True Chronicle History of King LEIR and his three daughters*，...）的题名，虽然"新近上演过的"一语仍未取消。若照以上的说法，《黎琊王》初次演出果真在一六〇五年三、四月间的话，它的写作期就一定在这时限之前。总结起来，本剧写作年月可以论定在一六〇四年十一月到一六〇五年二月的这四个月中。

Chalmers相当赞成前面的结论，认此剧确是作于一六〇五年一、二月间，但他觉得Malone的论据不尽可靠：譬如说，远在一六〇三年，国会尚未宣布什么统一英、苏二邦的不列颠时，早就有两位诗人 Daniel 与 Drayton 在他们的作品里用到“不列颠”与“不列颠人”二语。

Drake 主张把写作期推上两月，定在一六〇四年十一、二月间，为的是初次上演须得推上一两个月，而写作必在初演之前。发行人于一六〇五年五月八日既想用“新近上演过的”一语去骗人，可见当时这剧本已不是正在上演：真正上演应在早几个月之前。

Furness 批评 Malone 对于 Stafford 及 John Wright 二人的“历史悲剧”一语太拘泥。他们用“Tragecall”一字原很随便，并不想欺骗读者。“新近上演过的”则更是真话：这本戏在当时舞台上是一本颇受观众欢迎的第三流喜剧；倒是它的成功引起了莎氏用那题材写一悲剧的兴趣，并非莎剧《黎琊王》的成功使 Stafford 与 John Wright 睁开他们的生意眼。《莱琊王》虽有个快乐的结局，但除掉最后两三景外，整个剧本所给人的印象无疑是很悲惨的。一位年高望重的国王，饿得使他的忠仆自愿献上自己的臂膀给他疗饥，这样还不算是悲剧，怎么样才算？ Dryden（十七世纪英国诗人，剧作家，批评家）在他的《西班牙僧人》（*The Spanish Fryar*，1681）序文里说起“收场快乐的悲剧”。Nahum Tate（1652—1715，三四流诗人，改编《黎琊王》为一结局圆满的喜剧，曾在英国舞台上风行了一百四五十年）自称他的改编本为《黎琊王悲剧》。还有 Campbell（十九世纪诗人）论本剧时提及《莱琊王》，也叫它“悲剧”。那么，一个伊丽莎白时代的印书人用“悲剧”称呼《莱琊王》，我们也就不应深责了。

或许可作第三件内证的是葛洛斯忒所说的“近来这些日食月食不是好兆”等语，见第一幕第二景，注⑽。A. Wright 根据这句话和后面蔼特孟的两句（“唉，这些日食月食便是这些东崩西裂的预兆”及“我正想起了前儿念到的一个预言，说是这些日食月食就主有什么事情要跟着来”，俱见第一幕第二景）断言本剧写作期限最早不会早过一六〇五年年底。写《黎琊王》时，他说，莎氏毫无疑问还清楚记得一六〇五年十月二日的大日食和九月间（E. K. Chambers 谓为二十七日）的月食，又想起 John Harvey《驳预言之妄》（1588）一书，因当时出版物中颇多占星及预言之作。还有葛洛斯忒的“如今是阴谋、虚伪、叛逆和一切有破坏性的骚扰，很不安静地送我们去世”一语，说不定就是指十一月五日的火药大阴谋（见第一幕注 ⑩⑤）。总之，莎氏开始写作大概在一六〇五年年底冬天，完成时约为次年夏季。

Craig 在他的 Arden 版导言里（p. xxiii）引用王家天文学会 W. H. Wesley 所供给他的天象史实，证明 A. Wright 以一六〇五年日月食来考定《黎琊王》写作时间为不可靠。一五九八年二月二十一日据记录有一大月食，三月七日大日食，八月十六日月全食。一六〇一年六月十五日月小食，十二月九日月蚀几既，同月二十四日日环食。就是 Wright 自己所引的 Harvey 文也预测一五九〇年七月七日与二十一日，一五九八年二月十一日与二十五日，一六〇一年十一月二十九日与十二月十四日，都将发生日月食。Halliwell-Phillipps 对此的见解似有至理；他说要考定一本莎剧的写作年代，把剧中提及的日月食、地震等等当作暗指着实事，最易引人误入歧途。虽然如此，Craig 的结论仍把《黎琊王》放在一六〇六年内，因为它于是年圣诞节日在御前上演，而在那样的场合演出的可说难得或决不会是演旧了的剧本。

对于《黎琊王》写作年代的考订，重要者止此而已。我们不想再介绍某甲赞成 Malone 的这个见解，但反对他那个主张，或某乙不同意 Wright 的某些论据，但接受他最后的结论。莎氏蓄意写这篇剧诗，初动笔，以至大功告成，究竟各在哪年哪月哪一天；写那可怕的咒誓，那暴风雨里比风雨更威加十倍的狂怒，老父与幼女的别后重逢，究竟各在哪一天的几时几刻：这种种即使我们知道得千真万确了，又怎么样？重要的是这本戏曲本身和你我如同亲身经历的心悟与神往；此外都可说是不相干的余事。不错，在作品中把我们整个的想象沉浸了一度之后，固然不妨回出来披览一点 Schlegel，Coleridge，Hazlitt，Dowden 等评家的文章，或百尺竿头更进一两步，读一下 Bradley 之宏论及 Granville-Barker 对他的修正。但最后还得把你我的全人格，全灵魂，投入这本神武的悲剧本身，——务使我们自己变成一刹那的黎琊王：从漆黑的哀怒里超脱凡庸，乘一叶悲悯之舟渡登天光璀璨的圣境，齐死生而一永恒于俄顷之间。

三　故事来源

《黎琊王》里两个悲剧故事，主要的以黎琊为主角，次要的以葛洛斯忒为主角。葛洛斯忒故事系采用薛特尼《雅皑地》（Sir Philip Sidney：*Arcadia*）书中的“拍夫拉高尼亚（Paphlagonia）的寡情国王和他的多情儿子的可怜的境遇和故事，先由儿子说来，再由瞎眼的父亲叙述”。最初指出这源流的为 Lennox 夫人，时当一七五四年。对这考订，学者们除 Hunter 外，可说是众口一辞，都已承认。

关于剧中的主要故事源从何来，意见就不很一致了。这故事，大致是三位公主对父王，两位把怨毒报深恩，一位以浓情答苛暴，——在英国文学里由来已久，悠远比得上任何其他的故事。在《黎琊王》之前讲起这故事的有以下各家：

Geoffley of Monmouth 之《不列颠诸王本纪》（*Historia Regum Britanniae*，1139），

Wace of Jersey 之《不列颠英雄史》（*Geste des Bretons*，又名 *Le Roman de Brut*, 约 1155），

Layamon 之《不列颠史纪》（*Brut, or Chronicle of Britain*，约

1205），

Roger de Wendover 之《史花》（*Flores Historiarum*，十三世纪初），

Mathew Paris 之《大史纪》（*Chronica Malora*，1259），

Robert of GJoucester 之《史纪》（作于 1297 年后），

Robert Mannyng 之《孽薮》（*Handlyng Synne*，1303），

John de Trevisa 所译的 Ranulf Higden 之《万邦史纪》（*Polychronicon*，作于十四世纪，译于 1387），

《罗马英雄史》（*Gesta Romanorum*），作于约十三世纪末，英译成于十五世纪，

古法文传奇《大不列颠至尊常胜无比君王 Perceforest 史传》（*La Treselegante*，*Delicieuse*，*Meliflue et Tresplaisante Hystoire du fresnoble*，*victorieux et excellentisme roy Perceforest*，*Roy de la grande Bretaigne*，*fundatieur du Franc palais et du temple du souverain dieu*，按国王名 Perceforest 意为"探妖林"，作于 1461 年后），

Robert Fabyan 之《英格兰法兰西新史纪》（*New Chronicles of England and France*，1516），

John Rastell 之《消闲录》（*The Pastime of People*，1529），

Richard Grafton 之《世界通纪与英格兰专史》（*Chronicle at large and meere Historie of the Affayres of England*，1568），

John Higgins 所作《官吏镜》部分（*Myrroure for Magistrates*，作者前后有 Baldwynne，Sackville，Ferrers，Churchyard，Phair，Higgins，Nichols，Blenerhasset 等多人，1555 年之初版被禁，二版 1559 年，三、四、五、六、七各版 1563 年，1574 年，1578 年，1587 年，1610 年，Higgins 所作部分初见于第四版），

Raphael Holinshed 之《英格兰苏格兰爱尔兰三邦史纪》（*The ... Chronicles of England*，*Scotland and Ireland ... faithfully gathered*，1577），

William Warner 的《巨人亚尔彪之英格兰》(*Albion's England*, 1586, 1589),

Edmund Spenser 之《仙后》(*Faerie Queene*, 1590, 1596, 1609),

William Camden 之《不列颠三邦风土志补遗》(*Remain concerning Britain*, 1605), 以及我们在前面说起过的专演这故事的《莱琊王历史剧》(*The True Chronicle History of King Leir, and his three daughters*, 1605)。

在这许多韵文与散文的史乘、方志、传奇、掌故录、叙事诗和戏剧中，莎氏于写作《黎琊王》之前大概确曾读过的是和林兹赫的《英苏爱三邦史纪》、史本守之《仙后》和佚名氏的《莱琊王》。

可是就在故事的轮廓上，《黎琊王》也和所有的前人之作大不相同。把故事变成悲剧，这是莎氏的创辟；前人都说小公主小驸马相助莱琊王复位，两位公爵则都战死。铿德伯爵替考黛莲求情，因而激怒黎琊，被逐出境，后来又化了装追随在他左右：这情节除求情激怒两点在《莱琊王》内见之于 Perillus 一角外，亦为新创。在《黎琊王》里非常重要的傻子乃任何前作所未有。别人都说三位公主于故事开始时尚未下嫁，莎氏在剧幕初启时就告诉我们刚瑙烈与雷耿已匹配了亚尔白尼及康华二公爵，只有考黛莲，为求得她的青睐有位浡庚岱公爵正在跟法兰西国王“互相竞争”。流行的传说都只道两位长公主怎样对父王凶狠横暴，有些前人的叙述也已有大公主谋弑之说，但她们共同热恋着蔼特孟，以致自相残杀，则以本剧为始。国王的咒誓、狂怒、精神失常，都是《黎琊王》所独有；在较早的评话、诗歌、剧本里，他只是低头忍受着，至多不过来一大段可怜的诉苦。还有在莎氏之前从无人用过“黎琊”(Lear)这名字，通常总是采“莱琊”(Leir, Leyer)那读法。

和林兹赫的《史纪》，我们知道，是莎氏喜读书之一。书中莱琊王故事与沁白林（Cymbeline）故事相隔没有多少页，而莎氏后来写沁白林一剧就是取材于此书之《沁白林本纪》。《史纪》内《英格兰史》卷二第五第六章所讲的莱那王故事全文现迻译于后：

“世界开元三一〇五年，当觉斯氏（Ioas，按即觉许 Joash，见第三幕第二景注 ㊽）为犹太（Iuda，Judah）国王时，不拉特特（Bladud）之子莱那（Leir）即国王位而任不列颠诸邦之主。莱那是位施行高贵的英主，修政治邦，国泰民饶。他建立首都卡候连（Caerlier）于骚勒河（Sore）之滨，即如今的名城莱斯忒（Leicester）。他膝下只生得有三位公主，名叫刚瑙烈娅、雷耿与考黛娅（Gonorilla，Regan，Cordeilla），如同三颗掌上的明珠，而小公主考黛娅尤其得宠，此外则别无子嗣。莱那后来年老了，行动渐感不便，想知道女儿们如何爱他，且预备叫他最钟爱的女儿传袭王位。于是他问长公主刚瑙烈娅，她怎么样爱他：她当即对神道发誓，说爱他得比爱自己最尊贵的生命还要厉害。他听了很高兴，就回头问二公主，她爱他到怎样的程度：她一再发誓，说爱他得不能用口舌来表示，超过世间任何其他的生物。

“然后叫幼女考黛娅来到跟前，问她有什么话说：她答道，‘我晓得你向来对我的恩宠和慈爱的热忱，所以不能不把良心上的真话直说；我告诉你我一向爱你，并且只要我活着一天，便会继续一天把你当作亲爹来爱戴。你若要多知道些我怎么样爱你，你自己不难发现，——你对我有多么爱，你便该被我多么爱，我便也对你有多么爱。’父王听了这回答很不满意，随即把两位长公主，大的配给康华公爵 Henninus，次的配与亚尔白尼公爵 Maglanus，并且发命令，立遗嘱，说一半的国土马上分给他们去享用，还有一半等他自己去世后由他们均分。至于小公主考黛娅，他并不替她留什么余剩。

“可是恰巧有位 Gallia（即如今的法兰西）的君王，名叫 Aganippus，听到了考黛娅的美丽、淑德和优良，愿意求她为配，便派了使臣来向她父亲请求。回音带去，说是婚事可以答应，但妆奁却一点没有，因为一切都已经许给了两位姐姐。虽然这样子陪嫁全无，Aganippus 却还是娶了考黛娅，因为他只是敬重她的为人，她的温蔼的德行。这位 Aganippus 乃是治理 Gallia 的十二位君主之一，我们不列颠史书上也有记载。

“后来莱珊王更外衰老了，长次两位驸马觉得统治全境的日子还遥遥无期，就公然对他发动干戈，将君权剥夺了过去，且规定他如何度他的余生：就是说，两位驸马对于他的供应各人负担一份，让他在那范围里维持他的生活和身份。但时隔不久，两位公爵都把负担的部分逐渐缩减。而最使莱珊伤心的是眼见两个女儿对他全无情义：不论他如何所得无几，她们总嫌他享受太过。他从这边到那边，来回住了几次，后来他们甚至一个仆从也不让他保留。

“终于两个女儿对他那么样不仁不义，灭绝了父女间的恩情，食尽了从前的花言和巧语，弄得他衣食无着，被逼逃离了本土，渡海到 Gallia 去找他自己从前所厌弃的小女考黛娅，想得到稍许安慰。这位考黛娅娘娘听说他来到的情景可怜，就私下送一笔钱给他置备衣装，让他招纳一班适合他向来的尊荣身份的多少个随侍，然后再请他进入宫中。他进宫时不光是小公主考黛娅，便是她的驸马 Aganippus 也欢迎他得那么样欣快、尊荣而温蔼，他的伤了的心顿时间大受安慰：因为他们尊崇他不减似他若自己做了法兰西的君王。

“他把那两个女儿怎样待他的情形告诉了这个女儿和子婿之后，Aganippus 就立下诏谕，叫召集一大军步兵人马和一大路水兵船只，由他亲自统领，拱卫着莱珊过海到不列颠去复国。他们说好考黛娅也要同去，而他则许了她等他自己故世后把国疆全部相传，以前曾给她两个姐姐和姐夫的全归无效。

“水陆军兵调齐之后，莱琊和他的女儿女婿渡海到了不列颠；跟敌军一战之下，大破敌阵，Maglanus 和 Henninus 当场战死。于是莱琊重登王位。这样复国了两年他就崩位，距他最初登极时是四十年。他的遗体葬在骚勒河旁莱斯忒城的下游陵墓之内。

“考黛娅当即为不列颠至尊的女王，那是在世界开元后三一五五年，罗马建都前五十四年。正值乌西亚（Uzia，按即 Uzziah）王统治着犹太人，耶罗波安（Jeroboam）王统治着以色列人（Israel）的时候。这位考黛娅在她父王薨故后好好治理了不列颠约有五年，其时她的夫君也告去世。将近第五年时她两个外甥 Margan 与 Cunedag，就是前面所说的两个姐姐的儿子，因不愿在一位女王统治下过活，便引兵作乱，糜烂了一大部分国土。最后她被虏被囚，有了好男儿的勇敢但又绝望于恢复自由，悲伤到了极度，自尽而终。”

这段叙述跟莎氏在《黎琊王》里所叙的有几处不同。这里莱琊的本意乃在把整个王国交给他最宠幸的幼女考黛娅。和林兹赫在这一点上和以前的史家也全两样。还有他使莱琊把长女配给康华公爵（Duke of Cornewal），次女配给亚尔白尼公爵（Duke of Albania）；莎氏则说长女已经是亚尔白尼（Albany）公爵夫人，次女已经是康华（Cornwall）公爵夫人。最后，这里的叙述把故事后半段的虐待情形略而不详，也与莎氏所陈者稍异。

莎氏于写作前分明也曾细心读过的，除和林兹赫外，是史本守《仙后》第二篇第十章二十七至三十二节所咏的同一个故事。据这位诗人所说，莱琊问女儿们如何爱他只是想听到几顿恭维；原来他已经把国土均分作三份，正要顺着长幼的次序分授给她们。莎氏在这一层上似乎把《仙后》作蓝本，因为《黎琊王》一开头葛洛斯忒就告诉铿德，“两份土地的好坏分配得那么均匀，所以即使最细心的端详也分辨不出彼此有什么厚薄。”虽然黎琊对考黛莲说，留给她的那一份是“比你姐姐们更丰饶的国境”，但那也不过是三分之一（原文作“a third”），至多三份中以此最为肥美罢了。有一事大致不成问题，那是“考黛莲”（Cordelia）这美妙的名字系采自史本守诗中；以前所见的都读作“呆道勒、考黛娅、考黛尔”等（Gordoylle，Cordeilla，Cordeill，Cordella，Cordell）。刚瑙烈在《仙后》里遣嫁与苏格兰国王（King of Scots）为后，不配给和林兹赫的康华公爵，也不配给莎氏的亚尔白尼。雷耿则史本守让她嫁了坎布利国王（King of Cambria），不像在《黎琊王》里那样当着康华的公爵夫人，但与佚名氏《莱琊王》里的剧情则相同。还有《仙后》里的这一段：

“这话真不错，一等蜡烛点干油，
火熄了，光灭了，烛芯就不值一文钱；
所以待他解散了扈从的卫士后，
他那女儿便藐视他垂暮的残年，
开始对他留寓着心生了烦厌；”

经注家Knight指出，也许影响到莎氏，使他让傻子说“蜡烛熄灭了，我们在黑暗里边”（见第一幕第四景）。

除《仙后》外，莎氏也从《莱琊王》里采取黎琊均分国土的本意。但这位老国王决计把君权全部卸去，乃是莎氏纯自《莱琊王》剧中所得来者：其他以前的叙述绝未这样说过。莱琊在剧本开始时对他的廷臣们声言，

“世事烦扰我，我也嫌这尘世，
我但愿辞去这些尘俗的忧烦，
为我自己的灵魂作一番打算。”

后来他又说，

“我就要放下王权，摆脱国政，
叫他们升坐我人君的御座。”

这两段可以跟《黎琊王》内下面的几行参看（第一幕第一景）：

“而且决意从衰老的残躯上卸除
一切焦劳和政务的纷烦，付与
力壮的年轻人，好让我们释去了
负担，从容爬进老死的境域。”

《仙后》，我们晓得，也许最先把国王三分土地的计划示意给莎氏；但可能使这个意思格外得力的无疑是《莱琊王》，因为剧幕初起时莱琊就说要让掉王位，把政权

“均分给三个女儿，作她们的嫁奁。”

一位名叫Skaliger的廷臣向莱琊献议，说既然他已知道了公主们的求婚者，莫如让他们说一下哪一个对他最好，然后决定陪嫁土地的大小。莱琊不纳此议，谓无分长幼，土地要一样分配。廷臣们便请莱琊将三位公主配给邻邦的君主。莱琊认为可行，但又说：

“我的小女儿，美丽的考黛妺，发誓
她不愿嫁给她自己不爱的君王。”

另一位廷臣 Perillus，即莎剧内铿德的蓝本，劝莱娜不要听从众议，强考黛娅所不好；莱娜当即道：

“我决计如此，且正在想一条妙策，
去试探哪一个女儿爱我最深；
这事不知道，我心里不得安宁。
那么一来，她们会彼此争胜着，
竞说各自的爱我要超过其他。
她们竞说时，我要捉住考黛娅，
说道，女儿，且答应我一个要求，
我为你找一位夫婿，你就接受，
表示你爱我不差似两位姐姐。”

莱娜的用意是这样捉住了考黛娅之后，要她嫁一个 Brittany 国王。

其次，这故事根据一切前人所叙，只道将来的小驸马听说考黛娅的美貌和淑德，派人去向她父王求婚；莱娜对她不欢，遣她空手过海。惟独《莱娜王》剧中 Gallia 国王是亲自来到不列颠的：

“莫再劝阻我，诸位贤臣，我决意
一有好风就张帆去到不列颠，
我要乔装着，去亲访莱娜的女儿，
那三位女仙，看芳名是否过誉。”

莱娜将考黛娅逐出宫廷之后，她正巧遇到了这位乔装进香客人的君主。他说他的主人 Gallia 国王正要向她求爱，问她是否愿意嫁他；她回答得爽脆，说不必远求，愿意嫁给他自己，穷苦一点并不在她心上。Gallia国王便显露了真相，马上带她进礼拜堂。由此可知莎剧中法王亲自来到不列颠大概也是从《莱琊王》借来的意思。

还有《莱琊王》里的Perillus一角，我们已经讲过，是莎剧内“性情高贵心地真实的铿德”的先声，虽然铿德的金石为开的忠诚勇毅（有人讥他“有勇无谋”，想必希望人人都做混蛋）远非《莱琊王》的作者所能想象。Perillus对莱琊待遇考黛媂的情形叫着苦：

“啊，我伤心见主公这么样昏愚，
这样子爱听空虚无用的阿谀。”

随即他也像铿德似的劝谏黎琊：

“主公，我这晌不做声，要看可有人
出来替可怜的考黛媂说一句话。……
啊，仁慈的主公，让我来替她说，
她的话不该受这个残忍的处判。”

莱琊立即答道：

“你若爱你的性命，不准再劝说。”

黎琊对铿德的忠言作同样的威吓：

“铿德，凭你的性命
不准再说！”

不久两位长公主开始虐待莱琊，Perillus 在一段独白里说道：

“他是一面柔和的忍耐的镜子。”

(But he the myrrour of mild patience.)

黎琊在暴风雨里狂怒之余，生怕自己的理智失去统驭，“神志紊乱起来，”也说（第三幕第二景）：

“不，我要做绝对镇静的典型。”

(No，I will be the pattern of all patience.)

这两个“patience”的意义虽然两样，但字是同一个字，而且句子结构和大意的应用也都相同。后来 Perillus 也像铿德似的追随在他故主左右，鞠躬尽瘁，口无怨言。当然，话得说回来，《莱琊王》里的 Perillus 只是莎氏的气昂昂血性冲天的铿德的影子，正如嘤嘤作微鸣的莱琊不能比方疾雷不及掩耳的黎琊一样。

还有，《莱琊王》剧中那个恶劣的信使也像莎氏的奥士伐一般，是条施行罪恶咬死贤良的忠实走狗。最后但最重要的是莎氏写父女阔别后黎琊重见考黛莲的那一景，那种悔恨惭愧和温柔悌惝的情状得力于《莱琊王》者不少；而老父向幼女下跪尤其显然是从那老剧本里借来的。

《黎琊王》所含两个悲剧故事，那主要的黎琊的故事，来源已如上述。次要的葛洛斯忒故事所从来的《雅皑地》一段，现将原文全译如下：

“却说加拉厦（Galacia）王国里有一天正值隆冬，天时奇冷，忽然间起了阵狂风，下着烈雹，我想任何冬天也没有过这样险恶的气候。有几位王孙公子被雹雨所迫，被疾风击脸，只得躲进一个可供荫蔽的石窟里去暂避淫威。他们耽在里边，等着风暴过去，其时听得有两个人在说话。那两个看不见他们，因为有石洞藏身，但他们却能听到两人正进行着一阵奇怪而可怜的争论。他们便跨出一步，正好看得见两人而不致为两人所见。他们看到一个老人和一个不怎么长成的年轻人，都衣衫褴褛，风尘满面，老人是个瞎子，年轻的领着他：可是在穷困苦难中都显露出一派尊贵的气度，与那悲惨的情形不相称。老人先讲话，说道：‘算了，Leonatus，既然我无法劝你领我去了结我的悲伤和你的麻烦，让我劝你离开我吧。不要害怕，我的苦难再不能比现在更大了，而跟我最合适的也惟有苦难。我瞎了眼的步子也不会使我再遭到什么危险，因为我不能比现在更糟的了。我不是央求过你的吗，要你别让我的这祸患连累着你？走开，走开，这左近只配我来流浪着。’年轻人答道：‘亲爱的父亲，别把我最后剩下的一点点快乐抢去：只要我还有一分力量替你尽力，我还不十分苦痛。’老的呻吟了一声，好似心就要破裂，又说：‘啊，我的儿，我多么不配有你这样的儿子，你对我的情义何等责备着我的罪恶！’这些悲惨的话和其他同样的对答分明显得他们并非生来如此运蹇；几位贵公子听了心动起来，当即走出去问那少年他们是何等样人。他很雍容文雅，一股高贵的怜悯溢于言表，尤其令人肃然起敬，答道：‘诸位先生，我知道你们是外路人，不晓得这里谁都晓得的我们的苦难，——这里谁都晓得但谁也不敢表示，他们只能装作我们罪有应得。把我们的情形来说，最需要的是人家的怜恤，可是最危险的是去公然引起人家的怜恤。但诸位在此，残忍大概不会来赶上憎恶，不过要是赶上了，我们在这情形中其实也毋需害怕。’

“‘这位老人家不久以前还是拍夫拉高尼亚的合法国王。他被一个忘恩负义的硬心肠儿子，不但剥夺了他的王国，这王国，外来的武力是无法把它侵夺了的，而且还剥夺了他的视觉，那个上天也给与每个最可怜的生物的富源。那么之后，再加受了其他伤天害理的待遇，他悲伤得刚才要我领他到这块岩石顶上，想从那里跳下来自尽：我的生命原是他所赋予的，那样一来就要叫我成了他的生命的毁灭者了。诸位贵君子，假使你们都有父亲，而且感觉到做儿子的心里有怎样的天伦之爱，让我请你们将这位国王领到一个平静安全的所在。这样一个有才干有英名的国王，被虐待得这样伤天害理，你们如果不论怎么样搭救他一下，在你们也可说是行了件不小的可贵的好事。'

"不等他们回答他，那父亲就说了。他道：'啊，我的儿，你讲话多么不尽不实，把话里的主要关键，我的罪恶，我的罪恶，漏了不提！你不提若是只为顾惜我的耳朵（听觉如今是我唯一能得知事情的器官了），你是把我错解了。我把你们所看见的那太阳来起誓（这时候他把瞎了的眼睛往上翻，仿佛要寻求日光似的），我若言语间稍有欺诳，我情愿遭遇比我现在所情愿有的不幸更大的不幸，虽然这已是坏到极点了：我意思是说我最最欢迎的是把我的耻辱公布出来。所以诸位君子要知道（诸位遇见我这样一个可怜虫，我衷心切望不会对于诸位是个不祥之兆），我儿子说过的话全是真的（啊，上帝，事实叫我以儿子相称，但那对于他却成了一句辱骂）。不过除了他所说的真话之外，这些也是真的：就是我在正式婚姻之内，由一个合法生育的母亲生了这个儿子（你们如今所见到的只是他的一部分，听过我这一席话后便会多知道他些），于是我欣然期待着他到社会上去显露峥嵘的头角，直等到他开始令这些期待渐次满足的时候（我既已在这世上留得有一个跟我一样的种子，便不需妒忌别的父亲有这人间主要的安慰了），那时候我竟被我一个野生的儿子（如若他的母亲我那下贱的情妇的话确实可靠），调弄得先是不喜欢，接着是憎恶，最后便去害死，或极力设法去害死这个儿子，——我想你们谁都会觉得不该害死的呀。他调弄我所用的是什么方法，我若告诉你们时，便得很腻烦地把任何人所不会有的恶毒的虚伪，亡命的诈骗，圆滑的怨恨，潜藏的野心，和险笑的嫉妒，来干扰你们的听闻。可是我不愿意那样赘说；我喜欢记忆的是我自己的劣迹，而且我觉得责备了他的奸谋诡计也许会替我自己的罪过开脱，那却是我所不愿的。结果我命令几个我信以为能和我一样做坏事的下人把他诱到一个树林里去，把他杀死。

"'幸而那班家伙比我对他还好些，饶了他一命，让他自去苦中过活。他当即到附近的一个国里去当了个小兵。他正要因一件大功而大大擢升的时节，听到了我的消息。原来我为了溺爱那个不法而无情的儿子，让自己完全由他摆布，于是一切恩施和刑罚都归他去处理，一切职位和要津全给他的宠人去占据。不知不觉间，我自己空无所有，只留得一个国王的虚名。但不久他对我的虚名也心存厌烦，便用了种种的侮辱（如果对我所施的什么东西可叫作侮辱的话），逼我退让王位，且又弄瞎了我的眼睛。然后志得意满于他自己的残暴，叫我去自谋生路，并不关我在监中，也不弄死我，只是要我去尝尝苦难的滋味，以为取乐，——这世上若有苦难，这真是苦难了：心里满是愁惨，耻辱更其多，而最多的是自己悔之已晚的罪恶。他既然得到王位是用这样不正当的方法，保持它也用同样不正当的手段：他雇了外邦人作兵士，驻在堡垒里，一群群暴力的徒党，自由的凶杀者，把本国人全体解除了武装，使无人敢对我表示好感。其实我想很少人真肯同情我，为了我对我的好儿子那么顽愚残忍，对我的无情的野儿子那么痴愚溺爱。不过就是有人可怜我摔倒得这么凶，胸中还燃着几星未死的爱戴我的热忱，也不敢公然表示，甚至不怎么敢在门首给我布施，——那是我如今唯一的活这苦命的根源了。然绝无人胆敢发出领我走瞎步的慈悲。直等我这个儿子（天知道，他应当有个比我有德行、运道好的父亲）听到了我的消息，把我待他的大恶一古脑儿忘了，不顾危险，并且把他如今将自己导入佳境的好事也放在一边，来到这里，做着你们诸位看见他做的善行，真使我说不尽的伤心。我伤心不光是为了他那多情即使对我的瞎眼也好比一方照见我罪过的镜子，也为了他这般拼着命冒险要保全我，这才使我最伤心。命运对我这样还抵不上我应得的咎责，而他这么样为我冒着险倒真像在水晶匣里装着一匣泥土。因为我很知道，如今在位的那个，不论他怎样贱视（有理由）我这个大家都贱视的人，他还并不想弄死我，但是决不会错过弄死我这儿子的机会，因为这儿子的合法的名义（加上他的英勇和有德）也许有一天会动摇他那永不安全的暴政的王位。因为这一层原因我恳求他领我到这块岩石顶上，我得承认我的用意是要替他解除我这毒蛇般扭结他的同伴。可是他知道了我的目的，便不肯对我顺从，这是他有生以来第一次对我不顺。现在，诸位君子，你们听完这个真的故事，我请求你们把它向世上公布，使我的罪行显得他的孝行何等光荣，那是他的功德的唯一的酬报。说不定我儿子不给我满足的，你们可以给我满足：因为你们可怜救人家一命远不如可怜了结我这一命。了结了我不独了结了我的苦痛，而且可以保全这个大好的少年人，他否则一心追踪着自己的毁灭。'”

· 麦克白斯 ·

［英］莎士比亚　著

William Shakespeare

MACBETH

本书根据 H. H. Furness 新集注本及 C. M. Lewis 之 Yale 本译出

译 序

《麦克白斯》这莎士比亚四大悲剧诗中最后，也是最短的一篇 *，它所搬演表达的，大致上是根据古英格兰史家拉斐尔·霍林献特（Raphael Holinshed，约于 1580 年卒）的《苏格兰编年史》（Chronicles of Scotland，1578）所着笔的；而霍林献特乃是根据苏格兰东北部滨海的亚伯甸郡首府亚伯甸城（Aberdeen）一个大概是歌祷堂僧人（chantry priest）约翰·福屯（John Fordun，1384 年卒）的《苏格兰编年史纲》（Scotichronicon）的传说，加以申叙的。

关于麦克白斯（Macbeth，1057 年战败被诛）的古代遗闻传说，更早些可上溯到薄依思（Hector Boece，或作 Boëthius，1465?—1536）以拉丁文所写的《苏格兰史》（Scotorum Historiae，1527）上去，此书于一五二六年在巴黎出版，作者是苏格兰东北部滨海亚伯甸郡首府亚伯甸城的君王学院（King's College）首任院长，于一五四一年由牟丽郡（Moray）的副主教（archdeacon）约翰·贝伦屯爵士（Sir John Bellenden，1639 年卒）译为苏格兰方言出版。据莎剧学者克拉克（W. G. Clark，1821—1878）与赖益德（W. A. Wright，1831—1914）研究，霍林献特是根据薄依思这本书编著他的史乘的。

苏格兰国王邓更一世（Duncan Ⅰ，1040 年被弑）的将军麦克白斯［Macbeth，他于 1040 年篡夺邓更一世而称王，于 1057 年被邓更一世的太子马尔孔三世（Malcolm Ⅲ，1093 年崩殂）所战败而诛戮］与将军班轲（Banquo，他虽在莎剧《麦克白斯》中和苏格兰王的军中是一位知名的将军，霍林献特的书中也提起他，但一般地并不被认为是个历史人物），于戡平叛乱后回朝，在一处荒原上遇见三个怪异的巫婆，她们对两人发布预言，说麦克白斯将因功被赐封为葛拉密斯男爵（Thane of Glammis），又会因功被加封为考窦男爵（Thane of Cawder），最后会身登大宝，而班轲的子孙则将会成为一系列的君王，可是他自己则没有机缘称孤。果然，不久后他们尚未回朝，还在途中时就有消息到来，说麦克白斯已被封为葛拉密斯男爵，又被加封为考窦男爵。随后不久，迨回到朝中，巫婆们的预言一再应验。又过后不久，经巫婆们的预言两次应验所激发，而恰巧正值君王邓更亲自临幸到他堡邸里来时，麦克白斯首先萌发了要行刺邓更的恶念。身处在这一难逢的机会之中，麦克白斯经过一度郑重考虑之后，起初倒决定不干那凶弑勾当了，但在他妻子极力撺掇怂恿之下，他们赶紧整治了极丰盛的酒肴，先将随从君王邓更的御侍及警卫人员灌得糊涂烂醉，随即由麦克白斯亲自行凶弑驾，再经他妻子把血污涂抹在酣睡如泥的侍卫人员们手臂衣服上，迨到次日黎明时，麦克白斯就“声讨”侍卫人员，诬妄他们凶弑了御驾，把他们全部杀死。邓更的两个王子马尔孔（Malcolm Ⅲ）和唐珊培（Conalbain）幸而没有遭到那场劫难，他们感觉到这决不是侍卫人员的行凶弑驾，定必是个大阴谋，当即急急逃亡到英格兰和爱尔兰去。麦克白斯随即得到了朝臣们的拥戴，被推举而正式称王。据原来的民间传说所言，麦克白斯夫妇手上都染上了行凶的血污洗濯不掉，但在这剧本里则不可能如此，因为在第三幕第四景内他们要设宴款待朝臣们，但在心理上那血污还是无法洗掉的。

为了他所篡夺的王权安全和持久起见，麦克白斯要进一步清除掉班轲和他的全家，以免巫婆们的预言会应验，而他的家天下永久传袭的指望将终于会落空。接下来，班轲的全家被他所派遣的爪牙所杀死，只有一个儿子茀里恩斯（Fleance）幸而得以逃亡到威尔斯去。被班轲的鬼魂所困扰，也为他自己的王朝安全起见，麦克白斯去向他治下的巫觋们征询安全的计谋；他们对他说，有个不是被妇人所怀胎生下来的人将会危害到他，他应当防范淮夫郡的侯爵（the thane of Fife）

墨客特夫，此人会对他构成威胁。麦克白斯当即派遣凶徒们到墨客特夫府邸里去行凶，把他的夫人和孩子们都杀死（在本剧第四幕第一景里凶手们象征性地格杀了一个孩子和在景末追赶他的夫人要对她行凶），墨客特夫本人则不在家中，故未遭毒手。

麦克白斯行弑邓更之后，兴建了他的滕锡奈御府堡邸（Dunsinane Castle）；同时，如上所述，他大致上去清除掉两个潜在的敌手。可是，墨客特夫已流亡出国，和王子马尔孔联合起来，而后者则正在英格兰兴师聚众。后来，马尔孔招募到并经英王拨给了共一万英格兰军兵，指挥部队行军回到苏格兰。巫觋们曾预言，麦克白斯将不会被打败，除非褒耐摩的树林（Birnam Wood）会行动，又说他决不会被妇人所生的儿子所杀死。

马尔孔和墨客特夫率领了武装部队向麦克白斯进攻，军旅经过褒耐摩树林时，为了掩蔽队伍的行进，士卒们奉命每人砍下一大叉丫树枝扛在肩上，抵达滕锡奈时便应了巫觋们的预言，仿佛树林果真在行动前进。而墨客特夫出生时，因他的母亲难产，是剖腹出生，不是经由正常的分娩脱离母体下来的，故而他终于挥剑诛戮麦克白斯，也应了巫觋们所预言的先见。邓更的儿子马尔孔随即被欢呼为君王而登基。这就是莎士比亚根据霍林献特的叙述所写的《麦克白斯》这篇戏剧诗的轮廓。

上面说起，班轲虽在《麦克白斯》剧中是苏格兰王邓更朝廷上一位知名的将军，霍林献特的书中也讲到他，巫婆们说他的后人将是一系列君王；可是一般讲来，他并不被认为是一个史实中的人物。但十八世纪的莎剧学者勘贝尔（Edward Capell，1713—1781）却在他对本剧四幕三景一四〇至一五九行的评注里认为，莎氏当时的国王詹姆士一世（James Ⅰ，1566—1625），他本来是苏格兰王詹姆士六世（James Ⅵ），因英格兰女王伊丽莎白（Queen Elizabeth，1558—1603）毕生未婚，谢世后无胤嗣，由他继承，他成为英格兰王詹姆士一世，据说他有祖传天赋的仁术，不施药剂而仅仅用手摩抚，竟能治愈轻如瘰疬、重至手足风瘫的老百姓病人（见四幕三景注㉓），勘贝尔肯定认为他的祖先就是班轲。

苏格兰王詹姆士六世（James Ⅵ，1567—1625，生于1566年）兼任英格兰王成为英王詹姆士一世（James Ⅰ，1603—1625）是在一六〇三年，就在那一年他出版他的《自由君主国的真正准则》（*True Law of Free Monarchies*，1603），对于他的老师蒲卡南（George Buchanan，1506—1582）的《国王是人民选出来的，应对人民负责》（*De Jure Regni apud Scotus*，1579）是一项修正、冲淡或折衷。莎士比亚这剧本《麦克白斯》，写成时日大概在一六〇六年，在一个意义上是对英王詹姆士一世的自由君主国的主张，以麦克白斯的横凶极恶作对比，是一个祝贺与称颂的表示。《麦克白斯》最早的演出日期，据最早可稽考的证据，诗人威廉·掘勒芒（William Drummond，1585—1649）的一封信里说，是在一六〇六年的七月初旬到八月初旬期间，当时丹麦国王到英国来看望他的妹子、英王詹姆士一世的王后安（Anne，1574—1619），在那整个月内，"宫中尽是庆祝的喇叭、箫管、鼓乐，欢腾和戏剧"，大概是在这个场合《麦克白斯》最早被演出。而在伦敦剧院里上演，最早据一个知名的江湖郎中及占星术士沙萌·福曼博士（Dr. Simon Forman，1552—1611）所说，他在一六一〇年四月二十日星期六看到《麦克白斯》在环球剧院舞台上演出。十八世纪的莎剧学者、初次集注本的编者梅隆（Edmund Malone，1741—1812）以为最早对伦敦的公众演出是在一六〇六年；但此说未必可靠，大概是根据宫中所演出时的想当然。所以究竟《麦克白斯》在伦敦剧院里最早的上演时日，恐怕因没有发现确凿的证据，到如今还只能是个未知数。传闻当初国王邓更被弑后，两个王子感觉到这是个大阴谋，立即决定分别逃往英格兰和爱尔兰去，但有个说法认为他们凶杀了自己的父王所以逃亡，那出自墨客特夫之口当然只是个无稽的错误猜测，因两个王子绝对没有理由凶杀了父王一同逃亡到国外去，但由麦克白斯说来，则是利用墨客特夫的误见去掩盖他自己的罪恶，跟他们夫妇俩造成这弑杀出自侍从与警卫人员的假象绝对不相容。

麦克白斯派凶手杀死了班轲以后，作为苏格兰的新君，他夜间宴请臣僚们，站起来向他们祝酒时说，可惜班轲没有来赴宴，这时候班轲的鬼魂突然显灵，在他背后他的座椅上出现（见三幕四景三九行处），接下来邓更的鬼魂也来显灵（见九二至一〇七行处），这对于麦克白斯夫妇，可以想象，当然充满了恐怖，对于观众，即令是不信有鬼的，也多少提供了一点像真的吸引。

上面说到麦克白斯起初在郑重考虑之后，曾决定不干这桩凶杀邓更、劫取王权的暴行了。邓更在苏格兰古代历史上原来是一位宽仁有道的明君，享有广泛的民望，殷切的爱戴：

假使暗杀能把那后果羁勒住，
不生什么罣碍，一下子把成功
抓到手；光这么一击便能在此生中，
这时间的沙门滩岸边，停当完功，
那我们冒冒身后的风险又何妨？
但在这样的情势里，我们总是会
遭受到现世的报应；我们那样做
只给人以血的教训，榜样一出去
便会反过来祸及创始者自身；
无私的公道把我们下毒的酒杯
终于会送上我们自己的唇边来。
他在此对我寄予了双重的信托：

首先，我是他至亲，又是他臣下，
都不该有这样的事；其次，我作为
东道主，对他的凶手应深闭固拒，
更不该自己来操刀。何况，这邓更
行使他的权能如此谦和，从政
恁贤明有道，他那些美德会像那
舌如画角的天使们那样，控诉
杀害他、该打入阿鼻地狱的罪恶；
而怜悯，像个御风的新生裸体
孩婴，或驰骤着无形高飙的小天使，
会把这骇人的勾当吹进每个人
眼里去，以至泪雨将淹息掉狂风。
我没有踢马刺去刺我意志的两侧，
而只有跳跃的野心，但跳过了头，
会摔倒在那一边。

但是瞪着如魔血眼的野心恶煞麦克白斯夫人上场来，一下子把他的一点点忠敬恺悌消灭掉。她听到他有改变凶杀初衷的意图时，立即责备他怎么“骇怕得丧魂而失魄”。她把她自己的坚决煞辣向他示范壮胆：

我曾哺过乳，知道抚爱我正在
喂奶的婴儿多温柔；可是我当他
对我微微嬉笑时，会把我的乳头
拔出他还没长牙齿的牙龈，砸得
他脑浆迸流，若是我也像你那么
发过誓要干那营生。

在这个劝诱的高度弹性压力之下，麦克白斯终于鼓努起决心，排除了犹豫，去从事凶杀。

第二幕第一景与第二景之间，在幕后麦克白斯进行了对他君主邓更的弑杀。那完全表现出一桩争权篡夺的血腥暴行，在苏格兰古代历史上原来就极度凶暴罪恶，因为据稀疏昭远的史实，他所行弑的邓更乃是一位声誉卓越的仁君。麦克白斯弑杀了邓更之后，他跟他妻子有一段短暂的对话，告诉她说“我把事干了”；她见他手上有殷红的血污，就叫他快去洗手，把决不可随手带来的血染匕首放回楼头的凶杀现场，以及务必将血污抹在护卫人员们的衣襟臂袖上。可是他惶恐胆怯不敢回去作那诈骗伪装的收场，当即由她去实施伪装的凶杀余象。

麦克白斯的“王事”要圆满成功，根据巫婆和巫觋们玄冥的先见，须得把邓更和班轲，连同他们的子嗣，都消灭掉。邓更已被暗杀，他的两个王子逃亡到了国外去，下一个他完成“王事”的目标是要去消灭班轲和他的子嗣。

麦克白斯被朝臣们拥戴，如今已头戴王冠，掌握了苏格兰的最高权力，他轻易地雇用了帮凶去完成他的“大业”。接下来在麦克白斯欢庆他称王的晚宴上，鬼魂两次显灵，班轲和邓更先后出现，使麦克白斯丧魂失魄，恐惧惊愕，狼狈不堪。他终于见到邓更的鬼魂把血污的头发对他摇晃而惊呼出来。麦克白斯夫人极尽平生之力，辩解掩饰，推托捏造，说他年轻时就有这精神变态的病痛，时常会发作，这样就狼狈地度过了这庆贺新朝的窘局。而朝廷上，像赖诺克斯这样的贵胄人物，完全在一片蒙昧无知中了解他们周围的实际情况，成为麦克白斯的忠实信徒，故而有第三幕第六景所呈露的对于现实局势的观感。得知了墨客特夫已前往英格兰，去同邓更的王子马尔孔联合在一起，麦克白斯便派遣凶徒到他堡邸里去杀死他的妻子儿女和僮仆。苏格兰情况越来越险恶；不久，墨客特夫之外又有一位贵族洛斯也出奔到英格兰。他会见了马尔孔和墨客特夫，告知后者麦克白斯已派格杀手将他的全家和僮仆都杀绝。

到第四幕终了，马尔孔和墨客特夫听够了洛斯从苏格兰出奔传来的消息后，思想上酝酿成熟，决心带领了一万英格兰军兵回到宗邦去拔除麦克白斯这篡位的凶王：

墨客特夫 啊！我能妇人般眼泪双流，
而我的唇舌却能兀自夸勇敢。
可是，仁爱的皇天，斩除了一切
迁延；把这苏格兰的恶魔引到
和我面对面；将他放在我剑锋
所及处；他若能逃走，上天也饶他！

马尔孔 这情性显示出豪强的气概。去来，
我们去见王上去：我们的军兵
已经准备好；我们什么也不少，
只除了开拔的许可。麦克白斯已烂熟，
一摇即落；上界的神灵已麾动
使从们，替他们行事。尽你去寻安慰；
长夜已过去，晓天始白迎朝晖。

进入第五幕，麦克白斯夫人被她所坚持发动并奋力参加的奸谋，去凶杀君王邓更的内心惶恐所冲击煎熬，而在骇愕绝望中激发了癫狂，日夜无休地在梦寐中行动，念念不忘总是摩擦她的两只手，只想洗掉手上洗不掉的血污。宫中的太医对她的病情毫无办法，说她更需要的是一位牧师，他自己医治不了。她这样日夜懊恼了三四天后就死去。

同时，在滕锡奈南郊，从英格兰麾军北上的马尔孔、西华德和墨

客特夫指挥着一万名军兵部队，从午后开始，整个队伍全部肩抗着从树林里砍下的枝桠向前推进，形成一个笼罩的南面和东南、西南的包围圈，着着逼近。在原野上某一处，麦克白斯这时候已到了穷途末路，因为归顺他的邓更手下的部属有的已开始动摇，他现在正在观察怎样能抵拒从英格兰向北进军的马尔孔他们的队伍。起初，他把那青年一剑靶刺死了。但转眼之间，墨客特夫突然与他相遇，墨客特夫正是并非生母十月怀胎所顺利生产下来的平常的武士，而是娘亲不足月，剖腹而生的一位刚正不阿的英豪。两人相遇，冲刺了不太多几个回合，麦克白斯因两周来心力交困，终于不敌而被击倒。这样，凶杀了一位有道明君并取而代之的暴主就此结束了他的血腥统治。最后，马尔孔在胜利声中，宣布将和他一同起义的将佐们都晋封为伯爵，并邀请他们回到司恭去参加他的加冕为苏格兰君王的大典。

演戏的目的，如莎士比亚借丹麦王子之口在《罕秣莱德》三幕二景二十行处所说的，仿佛是拿着镜子去照见人性。在麦克白斯这性格里，为了要主宰生杀予夺的权力，去满足他称王称霸的野心，遂促使麦克白斯行凶弑杀了邓更。他为劫取王权，虽然起了杀驾之心，但起初经过一度考虑后曾决计放弃那恶念，可是经不住他妻子坚决的鼓动，终于走上招致自我毁灭的悲惨绝境。

孙大雨

一九八九年一月

注　释

* 据 A. C. Bradley《莎士比亚风的悲剧》（Shakespearean Tragedy，1956，第 467 页）所引 Fleay 对于 1623 年初版对开本《莎士比亚全集》中这四个剧本的行数统计，《麦克白斯》一九九三行，《黎琊王》三二九八行，《奥赛罗》三三二四行，《罕秣莱德》三九二四行。

麦克白斯之悲剧

剧中人物 *

邓更，苏格兰王

马尔孔
唐琊培 } 王子

麦克白斯
班轲 } 国王军中大将

墨客特夫
赖诺克斯
洛斯
曼底士
盎格斯
坎士纳斯 } 苏格兰贵族

弗里恩斯，班轲之子

西华德，瑙森褒兰伯爵，英格兰军大将

小西华德，其子

塞敦，麦克白斯之侍从副官

童子，墨客特夫之子

英格兰太医

苏格兰太医

虎贲郎

司阍

老人

麦克白斯夫人

墨客特夫夫人

麦克白斯夫人之随侍伴娘

黑格蒂 **

巫婆三人

鬼魂三五

显贵，士子，军官，兵卒，凶手，侍从与使从各数人

剧景：苏格兰；英格兰

注　释

* 剧中人物表各版对开本俱付阙如，最早提供者为 Rowe 之一七〇九年校刊本莎氏集。本表根据 Dyce 之一八五七年校刊本莎氏集。

** 月亮、大地与幽冥之女神，魔法女神。

第 一 幕

第 一 景①

［荒场］

［雷电交作。三巫婆上。

巫婆甲 我们三个人将在甚时候，
在风雨里边，雷电中，②再碰头？

巫婆乙 当这阵訇闹③显得已清净，
当这场战事胜败见分明。

巫婆丙 那要等日落西天黄昏近。

巫婆甲 在什么去处？

巫婆乙 在荒野中间。

巫婆丙 到那里去跟麦克白斯相见。

巫婆甲 我就来，灰狸奴。④

巫婆乙 癞蛤蟆在叫。

巫婆丙 马上来！

三巫婆 明朗是腌臜嘞，腌臜是明朗：⑤
我们来穿越雾蒙蒙，乌茫茫。

［同下。

第 二 景

[福来斯附近军营]

[内警号声。邓更、马尔孔、唐璐培、赖诺克斯与侍从等上，遇一流血之虎贲郎。

邓 更 那血污满身的是谁？看他的形景，
该能报告这叛乱的最近情势。

马尔孔 这是名虎贲郎，⑥ 真像位勇武的好军人，
亏得他奋战，才免了我被俘。祝贺你，
幸运，英勇的朋友！向王上报告
你离开战阵时所知的战况。

虎贲郎 在胜败
未分中；像两个力竭的泅水人，扭结
在一起，将同归于尽。那凶恶的麦唐纳——
合该是个谋反贼，从他天性里
发出来的种种极恶和穷凶丛集
于一身，使他当之无愧色——他从
西方列岛 ⑦ 上添了轻装兵、重甲士；
而命运女神对他那可恶的争端
微微笑，活像个叛逆的泼烟花：但那可
没有用：因为勇敢的麦克白斯，——他真该
有那光荣的称号，——鄙蔑着命运，
挥舞他杀人如麻冒血烟的精钢，
好比武曲星的骄子，斫开条血路，

面对着恶贼；
他从不向他握别，也不道再会，
直等一剑梢把他从肚脐豁裂到
嘴巴，将首级挂上了我们的雉堞。

邓　更　啊，勇武的表弟！卓绝的士君子！

虎贲郎　好比晓日正初升，开始光耀时，
破船的风暴与可怕的雷霆齐爆发，
同样，打从鼓舞所自来的泉源中，
涌出了沮丧来。听啊，苏格兰君王，
请您听：公道震烁着威棱，刚迫使
跳跃的轻装兵逃遁，瑙威国王，
武器雪亮人马锐，便乘机开始了
新进击。

邓　更　　　　这不使我们的将军麦克白斯
和班轲害怕吗？

虎贲郎　　　　　　唔；像麻雀吓苍鹰，
兔儿惊狮子。我若说实话，他们
却好像超量满膛装两发的大炮，
双重訇轰响，双轰入敌阵：除非
他们想在血泊里出浴，或则是
叫世人永志不忘又一处髑髅地，⑧
我可说不上——
我不能支撑了，创口在叫喊救伤。

邓　更　你这话跟你的创伤都对你极相称；
它们闪耀着光荣。去替他找医师。

［虎贲郎被扶下。

［洛斯与盎格斯上。

谁来了？

马尔孔 可敬的洛斯伯爵。

赖诺克斯 他两眼

显露出好大的慌忙！他神色似乎

有惊人的事情要讲。

洛　斯 上帝佑吾王！

邓　更 你从哪里来，可敬的洛斯伯爵？

洛　斯 打从淮辅来，大王；那里瑙威旗

乱飞扬，嘲弄着天空，煽得人民

心胆寒。瑙威王本人，带领了大军

多得真可怕；

有叛乱的反贼考陶伯爵帮他忙，

开始一场不祥的战斗；要等到

战神白龙娜的新郎，⑨全身尽披挂，

面对他力敌而势均，王剑对寇剑，

青锋对白刃，才把他的嚣张压制住；

总之，胜利归我们。——

邓　更 好大的欢乐！

洛　斯 所以如今

瑙威王史维诺请求和议，而我们

则不准他埋葬阵亡的兵将，须得他

先在圣库弥岛⑩上赔款一万元，⑪

充我们的公用。

邓　更 那考陶伯爵将不再

能骗取我们的亲信。去宣布他马上

给处死，且把他的爵位去祝贺麦克白斯。

洛　斯　　遵命照办。

他所丧失的被高贵的麦克白斯所赚。

［同下。

第 三 景

［荒原］

［雷声。三巫婆上。

巫婆甲　　你刚才在哪儿，妹子？

巫婆乙　　在杀猪。

巫婆丙　　姐姐，你呢？

巫婆甲　　有个水手浑家兜着些个栗子，
她龈着，龈着，龈着；“给我点，”我说；
那大屁股⑫婆娘⑬嚷道，“滚开，巫婆！”
她丈夫老虎号船主已到阿兰坡；⑭
但我要趁着只筛子⑮扬帆去，
像只没有得尾巴的老鼠，⑯
我要去干，去干，去干。⑰

巫婆乙　　我来送阵风⑱给你。

巫婆甲　　多谢你好意。

巫婆丙　　我也送一阵。

巫婆甲　　其余的我自己都能运；
还有在航海人海图上
它们所来去的方向，⑲

我也全知道。
我将抽干[20]他得像干草，
他日日又夜夜休想要
眼睛里有睡眠，有安息；
他将中魔似的心凄切。
他疲累了九十九个礼拜，
要萎缩，瘦削，又颓败：
虽然他的船不会沉，
但将被暴风雨所颠顿。
瞧我这里有什么。

巫婆乙 给我看，给我看。

巫婆甲 这是个艄公的大拇指， ［内鼓声。
他回家破了船已淹死。

巫婆丙 听啊，一阵鼓！一阵鼓！
麦克白斯就要在这里过。

三巫婆 司命运的姊妹们[21]，手牵着手，
在海上，在陆上，急忙忙奔走，
我们便这般来回又往复：
对你转三转，对我转三转，
再加她三转，三三计九转。
禁声！魔法已经做圆满。

［麦克白斯与班轲上。

麦克白斯 这样又腌臜又光彩[22]的日子我不曾
见过。

班　轲 从这到福来斯号称有多远？
这些是什么人，相貌这般干焦，

衣裳如此粗犷，不像这世上人，
却又身在这人间？你们是活人吗？
可是人能跟你们打话的东西？
你们仿佛懂得我，各各赶快把
龟裂的手指按在干瘪的嘴唇边。
你们该是女人，但你们的胡须[23]
不容我认为你们是。

麦克白斯 你们若说得话，
就说吧：你们是些什么样的人？

巫婆甲 大喜，麦克白斯！恭喜你，葛拉姆斯[24]伯爵！

巫婆乙 大喜，麦克白斯！恭喜你，考陶伯爵！

巫婆丙 大喜，麦克白斯！你以后要成为君王。

班 轲 亲爱的阁下，你为何一怔，仿佛是
害怕听这样的好事？望从实相告，
你们是幻象，还是只你们的外表
所显示的模样？你们以现下的尊荣[25]
和预言将晋爵、有称王的希望，祝贺
我这位高贵的同僚，他听得心醉
而神驰：对我，你们可没有说什么。
你们如果能看透了时间的种子，
能说哪一颗会滋长，哪一颗不会，
也请对我来直说，我不求也不怕
你们的恩赐与憎恶。

巫婆甲 恭喜！

巫婆乙 恭喜！

巫婆丙 恭喜！

巫婆甲　小于麦克白斯，而又要大些。

巫婆乙　没那样幸运，可更加有福。

巫婆丙　你要生君王，虽然你自己不是：
所以，都大喜，麦克白斯和班轲！

巫婆甲　班轲和麦克白斯，都大喜！

麦克白斯　且住，你们没说齐全，跟我多讲些：
锡乃尔[26]一死，我自知便是葛拉姆斯；
但怎能是考陶？考陶伯爵还活着，
是位亨通的爵士；而我要当君王
乃是件无法相信的事儿，跟不会
当考陶一样。说呀，这怪异的消息
你们从哪里得来的？或者为什么，
在这枯草的荒原上，你们以这样
表预兆的祝贺，挡着我们的去路？
说啊，我关照你们。　［三巫婆消逝。

班　轲　地里有泡沫，
跟水里一般，而这些正就是。她们
消逝到哪里去了？

麦克白斯　到了空气里，
刚才像实体，此刻化作阵气息，
消失在风里了。但愿她们还待着！

班　轲　我们说起的这些个东西可当真
在这里？还是我们吃了疯药草，[27]
失去了理智？

麦克白斯　你儿孙将会是君王。

班　轲　你自己将为王。

麦克白斯　　　　还要当考陶伯爵；
对不对？

班　轲　　　　一字不错。是谁到来了？

[洛斯与盎格斯上。

洛　斯　　王上欣闻你旗开得胜的消息，
麦克白斯；晓得了你冒死跟叛逆交锋，
他不知该对你惊奇还是赞赏，
这两者在他的胸中争竞个不休。
踌躇而不作声响，但又观照到
当天的战迹，他发现你杀入瑙威军
果敢的敌阵，畏惧全无，直杀得
血溅尸横。接着便捷报连连，
密如冰雹㉘，都称赞你卫国勋隆，
在御前倾注。

盎格斯　　　　我们奉钦命向你
致御驾的谢忱；只是来引你到御前，
不是来酬功。

洛　斯　　而作为一个更大的荣衔的征信，
他命我为他称呼你考陶伯爵：
祝颂你，尊崇的伯爵，领受这称号，
因为这就是你的了。

班　轲　　　　什么！那魔鬼
说对了不成？

麦克白斯　　　　考陶伯爵还活着：
为什么你把借来的衣袍给我穿？

盎格斯　　那过去的伯爵倒还活着；可是在

重判下正在苟延他该失的生命。
他毕竟同瑙威军敌寇相通，还是
在暗中助长逆贼，给与了方便，
抑或跟两方都同谋要覆灭宗邦，
我不知端的；但是该大辟的叛逆罪，
已招供又证实，使他身败而名裂。

麦克白斯 [旁白] 葛拉姆斯，加上这考陶伯爵，还有
最大的在后边。
[向洛斯与盎格斯] 多谢两位辛苦。
[向班轲] 你是否希望你的儿孙将来会称王，
如今给我当考陶伯爵的那些个
既已答应了他们？

班　轲 若信以为真，
恐怕除考陶伯爵之外，那还将
燃起你称尊的想望。但这真可怪：
而往往，为逗得我们去自投罗网，
黑暗的爪牙会对我们说真话，
以诚实的琐事先赢得我们，而终于
骗我们堕入不拔的深渊。两位，
跟你们讲句话。

麦克白斯 [旁白] 两句真话已讲过，
可说替南面称孤那题目的大场面
充当了可喜的楔子。——多谢两位使君。——
[旁白] 这怪异的煽动不会含恶意，也不会
含善意；若说恶，为什么它已给了我
成功的征信，以真话开端？我确是

考陶伯爵。若说善，为什么我受了
那引诱，它可怕的景象使得我毛发
倒竖，安稳的心房撞击着肋骨，
违反了自然的常规？眼前的恐惧
不敌可怕的想象那么凶；我思想
之中的凶杀不过是幻想，可是它
如此震撼我的全身心，使我心神
在冥念里头给砸烂，而什么也没有，
只有片渺茫的无垠。㉙

班　轲　　瞧我的同僚
多心醉神驰。

麦克白斯　　若命运要我为王，
哎也，命运自然会来对我加冕；
毋需我自己去奔忙。

班　轲　　新增的荣显
加在他身上，跟我们的新衣一般，
不会就服帖，要待习惯后才自然。

麦克白斯　［*旁白*］什么事要来，就让它来吧；时间
与机遇总会有，即令风雨扑天来。

班　轲　可敬的麦克白斯，我们等候你吩咐。

麦克白斯　请原谅：我这迟钝的头脑在想些
遗忘了的事。使君们，劳两位清神
我铭记在心头，每天熟习不相忘。
我们去拜见王上。［向班轲］请想想刚才
发生的这件事；待过些时候，这期间
经过了考虑，我们好开怀畅谈

彼此的想法。

班　轲　很乐意。

麦克白斯　如今已够了，

到时候再谈。来吧，朋友们。　［同下。

第四景

［福来斯。宫中一室］

［号角齐鸣。国王、赖诺克斯、马尔孔、唐瑙培与侍从等上。

邓　更　考陶可已经处决？奉命去的人

回来了不曾？

马尔孔　吾主，他们没回来；

但我跟有个亲见他死的人谈过话；

那人报说他坦白供认了叛逆罪，

求御驾宽恕于他，他深深地追悔。

他一生行为最得体莫过于临终时；

他死前显得存心把最宝贵的东西

当作最不值介怀的琐屑抛弃掉。

邓　更　没有机巧能在人脸上去寻求

内心的解释：他是位士君子，我寄与了

绝对的信任。

［麦克白斯、班轲、洛斯与盎格斯上。

啊，可敬的老弟台！

我恩赊义薄的罪愆对我乃是个

不胜的负担。你功勋奋翼作雄飞，
我报谢振翅疾追，可休想能赶及；
但愿你功劳要小些，我对你的谢意
和酬报才能正相当。我只得这么说，
你应得的报酬超过我力之所能竭。

麦克白斯 这是我职责所在，能尽忠于职守
就是报酬了。御驾理应受我们
崇奉和拥戴；我们的尊崇和拥护
对扆座和邦国来说，是子女与臣仆；
为策励万全，对御驾的爱戴、尊荣
能有所贡献，是我们份内所应作。

邓　更 欢迎你到来：我已开始培植你，
要尽力使叶茂枝荣。高贵的班轲，
你功劳并不见差池，应叫人知道
你立功并不小，容我拥抱你，将你
搂紧在心头。

班　轲 我若在那里繁茂，
那收获将属于御驾。

邓　更 我丰盛的欢乐，
富裕得满盈盈，想把自己减损些，
流几滴伤心之泪。[30]儿子们、亲属们、
伯爵们，以及列位近臣，要知道
我们将尊称赋予我们的长子
马尔孔，从此称他为垦布兰亲王；[31]
这封册将不光使他本人显耀，
其他的封爵将似众星般光照

所有的有功者。从这里到葫负纳斯，
我们还有事要对你去相扰。

麦克白斯　若不为吾王奔走，虽安逸也劳苦：
我亲自去作先锋使，使荆妻欣聆到
御驾将光临；就这样，我谨此告辞。

邓　更　我卓绝功高的考陶！

麦克白斯　［*旁白*］　　　　昰布兰亲王！
那是个梯级，我定得在上面给绊倒，
除非能跳过，因为它拦着我的路。
星星们，藏起你们的光焰来！莫让
光明照见我罪恶而黝深的愿望；
让我这两眼权装作不见这双手；
可是眼睛怕见的要干还得干，
等做得功成事已就，便不妨再去看。

［下。

邓　更　当真，功高出色的班轲；他勇武
非凡，我乐于听到他给称扬赏赞；
那对我简直是一席华宴。我们来
随他走，他关注我们而超前去筹备
对我们的欢迎：真是位无双的好弟台。㉜

［号角齐鸣。同下。

第 五 景

[荫负纳斯。麦克白斯之堡邸]

[麦克白斯夫人持柬帖独自上。

麦克白斯夫人 "她们在我得胜的那天碰到我；从最可靠的消息里我得知，她们有超人的灵智。我切念如焚，正要再向她们问讯时，她们化阵空气消失掉了。我正在惊奇向往时，王上的使从到，祝贺我大喜当上了'考陶伯爵'，不久前，这些个司命运的姊妹曾用这称号招呼我，并且叫我指望着将来，说'恭喜，你以后要成为君王！'我至亲的、同享尊荣的伴侣，这件事我想最好要告诉你，以免你不知已经答应给你的尊荣而失去了一些应得的欢喜。把这事放在心上吧，祝安好。"

你已是葛拉姆斯，加上考陶；且将是
给答应的。可是我为你的性情担忧；
那过于温存柔软，不知抄近路，
通权变；你也想显赫，不是没野心，
但缺少应有的泼辣；你愿意升腾，
却想得来圣洁又清纯；你不想
行不义，却又想不从正道而苟得；
你但愿你所据有的，伟大的葛拉姆斯，
它在叫，"你得这么做，如果想有我"；
那事儿你是怕去干，不是不想干。
你赶快就来，我好把我的精神

灌入你耳朵，用我唇舌间的勇武
声讨那妨碍你取得金冠的种种，
命运与神助显得都愿意把它来
加上你头顶。

［使从上。

你有什么消息？

使　从　王上今晚上要到来。

麦克白斯夫人　你这话是疯了。
你主公不是陪侍着他吗？如果真
这样，他自会派人来关照作准备。

使　从　夫人您，的确是这样：伯爵正在来；
小的有一个同伴比伯爵赶先，
他喘不过气来，只勉强传递了消息。

麦克白斯夫人　陪他去进酒馔；他带来了重大的消息。——

［使从下。

预报邓更将到我堡邸里来丧生，
就是乌鸦的嗓子也得更沙哑。㉝
来啊，随侍杀念的众精灵！务必在
这上头摘去我女性的温柔，把我
从脚趾到顶盖灌满可怕的凶残；
化稠我的血——堵塞住怜悯的来踪
去迹，再莫使性情里有天良的袭击
去动摇我威猛的意志，也莫使意志
踌躇不决！司凶杀的诸位神使，
不论你们影踪全无地守候在
何方，等着要把人的性命去斩杀，

请到我这妇人家的胸头来，把奶浆
化成胆汁！来啊，乌腾腾的黑夜，
裹着地狱里最幽黯的烟雾作大氅，
莫叫我的短刀看见它切开的伤口，
也莫使青天窥[34]穿了黑夜的毛毯[35]
而叫道，“住手，住手！”

［麦克白斯上。

伟大的葛拉姆斯！
卓绝的考陶！以大喜的将来来说，
那要比这两个更伟大！来书已使我
心花怒放，超脱了无知的现在，
我如今在这顷刻间感觉到未来。

麦克白斯 至亲的所爱，邓更今晚上要来此。

麦克白斯夫人 甚时候离开？

麦克白斯 他准备明天。

麦克白斯夫人 啊也，
明朝决不会日东升！[36]
你的脸，伯爵，像是一本书，人们
在那上头看得见奇怪的事情。
为把目前混骗过，要装得随和；
眼睛里、手上、口舌间你都要有欢迎，
你得跟那无邪的花儿一般样，
但实际却要做花下那毒蛇。来者
必须得恭待；你务必将今夜的大事
交给我去办；那定得使我们从今后
日日夜夜享至尊无上的威权

与统治。

麦克白斯 我们得再谈。

麦克白斯夫人 面色要清明；

神色有变动便是在胆战心惊。

此外的一切都交给我就是。

［同下。

第 六 景

［同前。堡邸前］

［唢呐鸣奏，火炬洞明。国王、马尔孔、唐琊培、班轲、赖诺克斯、墨客特夫、洛斯、盎格斯与侍从数人上。

邓　更 这堡垒坐落得煞是愉快宜人；

活跃而清新的空气爽人心脾，

使我们感觉得舒畅。

班　轲 这夏天的来客，

这常在庙宇中穿梭出没的紫燕

筑巢在这里，就可以证明天风

于此间弥漫着清芬：所有的墙墉

突出处，飞檐，腰线，拱柱，㊲ 或任何

方便的犄角上，这鸟儿都会在那厢

张挂起眠床，支架幼雏的摇篮：

它们常在彼生育和出没的所在，

我见到那里空气必清新。

［麦克白斯夫人上。

邓　更　　　　　　看啊，看啊，
我们尊荣的主妇！爱顾追随着
我们，有时倒成了我们的麻烦，
这麻烦我们可还得当爱顾来感谢。
因此上我得教你们，我们辛苦了
你们，你们却还要对我们申谢。㊳

麦克白斯夫人　我们所有的供奉，桩桩和件件
都加倍又加倍地完成，比起您陛下
恩赐给我们邸宅的渊弘的荣宠，
便显得贫乏而孤单：对于旧颁
和新赏的封爵，我们将常为您祈福。

邓　更　考陶伯爵在哪里？我们追踪他，
想赶先来这里为他安排饮宴；
但是他驰马如飞，而他的忠诚，
锋利得像他的踢马刺，帮他赶先
回家来。芳容而高贵的主妇，我们
今夜是你们的宾客。

麦克白斯夫人　　　　　吾王的臣仆
永远把他们的家人，他们自身，
他们的一切，作为是宸帐之所有，
准备随时对御驾报帐，随时
奉还给明王。

邓　更　　　　　请伸手给我；引领我
去见主人：我们对于他眷顾深，
将继续给他荣宠。承惠引，女主人。

[同下。

第 七 景

［同前。堡内一室］

［唢呐鸣奏，火炬洞明。一侍膳家宰率仆从数人捧杯盘器皿行经台上。麦克白斯寻上。

麦克白斯 假使做了这件事就算是功成
果就，那最好还是赶快做了它；
假使暗杀能把那后果羁勒住，
不生什么罣碍，一下子把成功
抓到手；光这么一击便能在此生中，
这时间的沙门滩岸边，㊴停当完功，
那我们冒冒身后的风险又何妨？
但在这样的情势里，我们总是会
遭受到现世的报应；我们那样做
只给人以血的教训，榜样一出去
便会反过来祸及创始者自身；
无私的公道把我们下毒的酒杯
终于会送上我们自己的唇边来。
他在此对我寄予了双重的信托：
首先，我是他至亲，又是他臣下，
都不该有这样的事；其次，我作为
东道主，对他的凶手应深闭固拒，
更不该自己来操刀。何况，这邓更
行使他的权能如此谦和，从政

恁贤明有道，他那些美德会像那
舌如画角的天使们那样，控诉
杀害他、该打入阿鼻地狱的罪恶；
而怜悯，像个御风的新生裸体
孩婴，或驰骤着无形高飙的小天使，[40]
会把这骇人的勾当吹进每个人
眼里去，以至泪雨将淹息掉狂风。[41]
我没有踢马刺去刺我意志的两侧，
而只有跳跃的野心，但跳过了头，
会摔倒在那一边。[42]

［麦克白斯夫人上。

什么事？有什么消息？

麦克白斯夫人 他就要餐毕：为什么你离开餐厅？

麦克白斯 他问起我吗？

麦克白斯夫人 你难道不知道不成？

麦克白斯 我们在这件事上莫进行了吧：
他最近还畀我以尊荣；而我又从
各方人士处获得了赞颂，那声名
该在这光彩焕发的时分披戴着，
不应这么早就抛弃。

麦克白斯夫人 你旧日梦魂
所萦绕的指望可是醉了酒不成？
它是否一直在酣睡，如今一觉
醒来，面对往昔所欣然憧憬的，
神色凄清而惨白？我从此估量
你对我的情爱[43]只尔尔。你是否怕在

行动中，果敢上，跟在愿望里一样？
你可是宁愿有你认为人生的华表，
过着一辈子你自承是懦夫的生涯，
让“我不敢”去追随侍候“我想要”，
好像格言里那可怜的猫儿[44]一般？

麦克白斯 请你莫说了。符合大丈夫的行为，
我都敢去做；没有谁敢比我做得多。

麦克白斯夫人 那么，是什么小女子[45]使你向我
透露这么个企图？那时候你敢于
那么做，你是大丈夫；如果比那时
更要大胆些，你将更是个大丈夫。
时间和地点两都不合式，你却要
叫它们合式：它们顺应了你心意，
如今你却骇怕得丧魂而失魄。
我曾哺过乳，知道抚爱我正在
喂奶的婴儿多温柔；可是我当他
对我微微嘻笑时，会把我的乳头
拔出他还没长牙齿的牙龈，砸得
他脑浆迸流，若是我也像你那么
发过誓要干那营生。

麦克白斯 我们若失败，——[46]

麦克白斯夫人 我们会失败！[47]只要把你的勇气
扭到弩牙[48]上，我们就不会失败。
邓更睡着后——他整天赶路的辛苦
会叫他熟睡——我将使他的两名
近侍闹酒而纵饮，喝得那么醉，

以至记忆力，脑筋的守卫，将变作
一片迷雾，而理智的容器只成为
一个蒸酒罐；当他们烂醉后猪一般
死睡的时候，对毫无警卫的邓更
你我什么事不能干？什么事不能
推在他那些烂醉如泥的亲随身上，
他们怎能不替我们使他长眠
不醒担当起罪名？

麦克白斯 只生男儿吧；
因为你这派豪强的气质只能
形成男孩儿。我们把血涂抹在
他这两个睡着的近侍身上后，
又用了他们自己的匕首，人家会
不信他们两个干的吗？

麦克白斯夫人 我们
将为他的死，伤心得嚎啕痛哭，
谁敢不相信？

麦克白斯 我下定决心，要振奋，
每一个器官去干这可怕的勾当。
去来，把美丽的外表去欺骗人们，
心怀着叵测得用假面目去掩隐。 ［同下。

第一幕　注释

① Coleridge：一启幕三个巫婆首先出现，真正的原因在于要鸣响这整个剧本性质的基音。Schmidt：幕启时巫婆们不应在场，而应鬼魂似的悄然潜入。

② 直译原文当作“在雷电中，或者在雨里”。Rowe 云：用这离反接续词“或”而不用连结接续词“和”，那景色的可怕性是减少了。雷电与雨连合在一起，提供一个

可怕的意象；但分离出来之后，它们不复给意识上一个可怕到同样程度的印象了。Knight：巫婆们总在四大［土、水、火、风］的骚扰中相会，这是显而易见的，用不到改动原文。译者觉得当以后一说为是；Singer 亦这般见解（见下条注）。就译文意象及节奏而言，当以不直译原文而作“在风雨里边”，且颠倒一下次序为宜。

③ 原文“hurlyburly”是个象声词，意即骚扰、喧闹或鼓噪。有人说是指风暴已经过去时，那不对。Singer 云：巫婆们意思是说“当战事的訇闹已过去时”，因为她们要在雷电和雨中再相见：她们惯常的处境是一个风暴。

④“Graymalkin”，灰狸奴（“Malkin”为“Mary”之爱宠异称，故直译当为“灰玛丽”）；“Paddock”，癞蛤蟆，蟾蜍：乃是这两个巫婆走阴差时役使的两个鬼介所采用的相貌。Upton 谓，要懂得这一段，我们应当设想一个被差遣的“熟鬼使”以一只猫的声音在叫，另一个“熟鬼使”则以一只癞蛤蟆的鸣声在叫。按，据说女巫们常把她们所差遣的鬼使以妖术变成猫与癞蛤蟆的相貌。巫婆丙没有说出她的“熟鬼使”是怎样形状的，但在四幕一景三行里她说那是一只“hatpier”。这字 Steevens 断定为“harpy”之拼法错误或手民误排（Dyce 谓无疑这说法是对的）；若然，则当为古典神话里有妇女身首及鸟的翼尾脚爪的一只鸟怪。但译者觉得这“熟鬼使”的形状亦应为苏格兰当地一小动物，不该从希腊罗马神话中去找。Paton 谓苏格兰东海岸有一种长爪子螃蟹名叫“Harper crab”，大概就是；Jordan 则谓作者这里当是用“herpler”（即 waddler，解作走时摇摆蹒跚似鸭子者）这字，那么，可是一只鸭子？这两种说法都有些牵强。

⑤ Johnson：这意思是，对于乖戾邪恶如我等姊妹们来说，清明便是腌臜，腌臜亦即清明。按，所谓清明包含得有美丽、清明、晴朗、纯净、白皙、荣誉、良善等意义，腌臜则代表丑陋、黝暗、阴雨、混浊、乌黑、羞辱、罪恶等。总之，是非颠倒，黑白混淆。Seymour 解作：如今混乱将开始了：让事物的正常秩序颠倒过来吧。Elwin：“Fair is foul”云云字眼上是指天气而言，因当时认为这样的风暴天气是有利于施行魔法的，而言外的道德上的意义则是说好即是恶，恶即是好，为她们即将到来的胜利表示狂喜。

⑥ 原文为“sergeant”。Steevens：〔在本剧故事来源《英格兰、苏格兰、爱尔兰史编》（*Chronicles of England, Scotland and Ireland*，1587）里〕霍林献特（R. Holinshed，?—1580？）于叙述麦唐纳的叛乱时说起国王曾派一虎贲郎去逮捕主要的罪犯们，以便鞠讯他们被指控的罪状；但他们虐待了使者，且将他杀死。这名虎贲郎定然是这里这血污满身的虎贲郎的底子。莎氏光把这名称从霍林献特那里取了来，而不去理会故事的其他部分。Singer：古时候他们不是现下所用那称呼的小军官们，而是执掌一种封建军职的武士，级别次于候补骑士（esquires）。Staunton：虎贲郎（sergeants）从前是特选来护卫国王身体安全的卫士；并且，如 Minshen 所说：“是去逮捕谋反叛逆或大人物的，恐怕他们会蔑视普通的使者，以及陪侍御前大臣（Lord High Steward of England）去审判叛逆之类的罪的。”按，这字在有些注本里解作现代英语里的“下级军官”，不对。吾国古代有虎贲郎，主宿卫事，头戴虎头冠，手持矛戟之类的长兵器。这字亦可译为“锦衣校尉”或“校尉”。

⑦ 西方列岛（Western Isles）在苏格兰西北方，又名赫布里底群岛（Hebrides）。

⑧ Golgotha，古巴勒斯坦之法场，耶稣在那里被钉上十字架。《圣经·新约·马太福音》二十七章三十三节："各各他，意思就是髑髅地。"那地方因耶稣殉难而变得有名。

⑨ Bellona，古罗马女战神，一说为战神 Mars 之妻，又一说为其妹，这里当不能是他的妻子。"白龙娜的新郎"系指麦克白斯，因为他在战场上新致大捷，所以，据 Douce 解释，在诗意上假定战争女神跟他新婚。

⑩ Saint Colme's Inch，"Inch"（innis）在盖立克语（Gaelic，位居于爱尔兰、威尔斯、苏格兰高地及法国北部古 Bretagne 省等地的 Celtic 民族的语言）里意即"岛"。这小岛在爱丁堡湾（Firth of Edinburgh）内，上有供奉圣库隆勃（Saint Colomb）的寺院，今名 Inchcomb。按，"Colombe"，法文训"鸽子"，系圣灵之象征。

⑪ Clark 与 Wright 在牛津丛刊（Clarendon Press Series）本上谓：这里提到银元乃是个很大的时代错误。铸造银元最早是在一五一八年，在波希米亚（Bohemia）之圣乔庆谷（Valley of St. Joachim），故得名为"乔庆币"（Joachim's-thaler）；而德文"thaler"即转变为英文之"dollar"。

⑫ "Rump-fed"，Colepepper 与 Steevens 训为吃下脚和零碎肉如腰子、尻肉之类的，意即巫婆甲因那妇人喝她"滚开"，故反骂她是个穷婆子，吃不起好肉，只能吃些穷人吃的下脚和零碎肉。Nares 谓应作"肥臀"解，这才能给人一个船主老婆的适切形象。Dyce 解作吃栗子的。Clark 与 Wright 解作吃最好的肉的，饱饫膏粱的。

⑬ "Ronyon"，生疥癣的妇人。

⑭ Aleppo，叙利亚一城市，意即很远很远的地方。

⑮ 据说巫婆们有本领乘一只筛子过海，或乘一枚鸡蛋壳、海扇或贻贝壳在暴风雨中过海。Steevens 与 Staunton 都征引《来自苏格兰的新闻》（*News from Scotland*），说有个大巫师费安博士是魔鬼的记账员，于一五九一年一月间受火刑而毙，因为他参与阴谋行施妖术，要使詹姆士六世陛下从丹麦国回来时在海上淹死。还有个名叫阿葛妮斯·汤姆荪的女巫又一次被带到御前来庭审，她招认同一大伙巫婆开会且同谋作恶，说在上次众圣节前夕〔十月卅一日〕她跟前面说起的那伙巫婆以及许许多多别的巫婆，共两百人，同到海上去，每人乘一只筛子，带着酒瓶，沿途喝酒作乐，到罗狄安的北柏立克教堂那里，她们一上了岸就手挽手舞蹈起来，同声唱一支歌，——

来的人哟你先去，来的人哟你且去，
你若是不先去哟，来的人哟我先去！

按，这是将近四百年前猎捕"妖巫"，刑讯逼供，罪证"确凿"，"明正"典刑（也就是说，一方面可能有迷信与敛钱等不端行为，另方面则在宗教幌子下进行迫害与株连）的一个实例。类似这样的惨案与蠢事，几百年来仍时有发生，甚至在光天化日之下还能以极大规模发生。

⑯ Steevens：应当记得（这是当时人所相信的），虽然一个巫婆能变成她所喜欢的任何种动物的形状，可是她还不能有尾巴。有些老的作家对于这一欠缺所给的理由是，虽然手和脚很容易变成一头畜生的四只爪子，可是一个妇人没有什么东西能

相当于几乎一切四足动物所共有的那条尾巴。

⑰ Clark 与 Wright：她要变成一只老鼠，在老虎号船身上去咬一个洞，使它漏水。

⑱ 据说女巫们能出卖或赠送风给人们，包在手帕里或装在玻璃瓶里，好风给主顾或朋友，坏风则给仇人。

⑲ 原文“Ports”，Elwin 校改为“points”。佚名氏论证道：“blow a port”说法离奇。巫婆甲是在说：“我不光有一切其他主要的风，而且也能影响它们所由吹来刮去的一切不同的、根据航海人卡上所标明点子的方向。”Hunter 谓，航海人卡我们现在叫作海图或航海图。他征引 Mainwaring 之《航海人字典》（1670）云，“卡或海卡”据说是“海岸的地理上的图形，上面标明得有真正的远近、高度与航路或风向：不描绘内陆，那属于地图范围之内”。Onions 之《莎氏字典》：卡上标明得有航海人罗盘的三十二点子。译者按，“shipman's card”亦即“罗盘面，罗盘方位图”。

⑳ 意即抽干他的血。

㉑ “Weird sisters”，Theobald 引霍林献特之《史编》，解作命运女神们。Clark 与 Wright：“weird”在 Jamieson 之《苏格兰语辞典》里当动词用，解作“决定或给与人们以命运”，也解作“预言”。

㉒ Elwin：“Foul”（腌臜）是说天气，“fair”（光彩）是说他的胜利。Delius：麦克白斯上场来时正在对班轲谈到他们所刚经历过的这一个战斗日的变化的运气。“Day”（日子）这字往往被用作等于“day of battle”（战斗日）解。Clark 与 Wright：一个忽然从晴朗变到风暴的日子，这风暴乃是施行魔法的结果。按，当以第一或第二说为是，第三说与原文的“腌臜”及“晴朗”的先后次序不符。

㉓ Staunton：据民间所信，巫婆们总是有胡须的。

㉔ 据 Seymour 云，“Glamis”这字在苏格兰总作为一个单音字读，剧中有四处作为双音字读是错误的。若然，则宜音译为“葛拉姆斯”；念时“葛”、“姆”、“斯”三音应轻轻带过，不占元音，在译文里只占一个音组，方能与原发音相仿佛。

㉕ Hunter：这里机巧地暗示到巫婆们所作的三次“大喜”。“葛拉姆斯伯爵”他已经是了，那是“现下的尊荣”；但“考陶伯爵”只是预言到的，这是“将晋爵”；至于称王的前景不过是“希望”，是“称王的希望”而已。

㉖ Pope：Sinel，麦克白斯的父亲。

㉗ 一种植物根株，吃了会引起疯狂，甚至致死，据说“hemlock”（毒芹）、“henbane”（菲沃斯）和“nightshade”（颠茄）都有此作用。

㉘ 对开本原文作“tale”，可解作计数的筹码。Rowe 校改为“hail”。

㉙ Bucknill 论这一段旁白云：麦克白斯的想象极端易被激动，他在此很早便提供了重要的证明，我们不应予以忽视。这一段可说用意不是在描写一阵真正的幻觉，而是在状述想象力之极度占优势，这样的情况能使有些人任意把正在思念中的事物的形象径自召唤到心目中去。这样的想象力是近于病态的，它易于超越限度，当判断力轻信臆测而放弃了它自己的功能，幻想中的东西对于心智跟真实的一般确切，“而什么也没有，只有片渺茫的无垠”的时候。麦克白斯之易于堕入幻觉这一早期的症候，在他性格的心理发展上是非常重要的。

㉚ 这是乐极而思悲。

㉛ “Prince of Cumberland” 这称号在苏格兰当时相当于现代英国的“威尔斯亲王”，即王位的承袭人，太子。霍林献特（Holinshed）之《英格兰、苏格兰、爱尔兰史编》内叙及此事时写道：“国王邓更和他妻子，她是瑙森褒兰伯爵西华德之女，生得有两个儿子，他使长子马尔孔当垦布兰亲王，作为他身后继位的嗣君。麦克白斯对此非常懊恼，因为他见到这么一来他的希望是被大大妨害了（据此邦的旧法，律例是，假使冢子还没有到接位当政之年，他的嫡系血亲应当承袭），他开始盘算怎样用武力去篡位，他自以为很有理由那样做，因为他认为邓更设法剥夺了他将来可以主张登王位的一切名义和权利。” Steevens：苏格兰的王位本来不是世袭的。当一位后继者在一位国王的任内被宣布的时候（习惯是如此），垦布兰亲王（Prince of Cumberland）这称号当被立即加在他身上，作为指定他作后任的标志。垦布兰这区域在当时是英格兰王封赐给苏格兰的采邑。Clark 与 Wright 在牛津丛刊（Clarendon Press Series）本上谓，这区域包括垦布兰、西摩兰（Westmoreland）与北司屈莱斯克拉特（Northern Strathclyde）等三个郡。

㉜ 原意为“亲戚”。French：邓更与麦克白斯为两姨姊妹之子，故为亲姨表兄弟；而邓更与麦克白斯夫人则为三表兄妹。

㉝ Edwards：她把这使从叫作乌鸦，而从他的话“他喘不过气来，只勉强传递了消息”看来，她可以说这只乌鸦是啼哑了嗓子的。Johnson：这使从说他的同伴传递消息几乎喘不过气来：这样个消息即令由乌鸦来报，也会使它的啼声增加沙哑。即令这只鸟，它的啼声是惯于预报凶讯的，也不能不以异乎寻常的沙哑报邓更之来到。Hunter：乌鸦并非是指使从而言的；说乌鸦啼报凶讯，乃是最平常不过的说法；这句话应当以它简明的、显而易见的意思来了解；就是说，即令啼报凶讯的乌鸦〔由它来啼报这个凶讯〕，也要比平常更为沙哑。

㉞ Keightley：当时“peep”这字作殷切凝视解，不作现在的偷偷窥视解。若然，应译为瞅。但 Schmidt 仍解作从缝隙间张望或窥视。

㉟ Malone 谓：原文“blanket”（毛毡，绒毯）一辞也许是莎氏自己戏园里的粗羊毛毡幕所暗示给作者的；可能园子里灯光还只半明时，莎氏自己便曾时常从台上幕后〔对包厢与池子里〕张望过。Whiter 谓，这三行里所有的意象，（代表悲剧的）大氅与短刀，以及（演出悲剧时所张的）黑色的毡幕，肯定都是从舞台事物中借来的。因“blanket”此物此字是普通老百姓日常所用到的，所以有人觉得不够典雅。如约翰荪博士便觉得这一段里非但“blanket”要不得，就是“dun”（幽黯、黝黑）、“knife”（短刀）、“peep”（张望、窥视）也都不行。对这种十八世纪的风格感，Brown 嘲笑道：用约翰荪式的较有力的语句，似应作“directa glance of perquisition through the fleecy-woven integument of tenebrosity”（直指搜索的一瞥，经由羊毛织成的阴沉之被膜）方算合式吧？Collier 也许受了 Johnson 的影响，认为，“blanket”应校改为“blankness”，其所以变成了“blanket”，他说，完全是抄写手错听的结果。White 说得好：那个人他不懂得“黑暗的毛毡”这个比喻的意义与适切性的，最好还是合拢了他的莎剧书本，日夜去看些较正路而古典的作品为是。Halliwell 亦云，这里没有理由去怀疑有什么讹误。又，“the dark” Ingleby 与 Bailey 都认为与“the night”（黑夜）同义。

㊱ Abbott：在这几个字里公然提出了凶杀邓更之后，麦克白斯夫人稍停片刻，注视着她的话所产生的效果，然后再继续说下去。

㊲ 这里原文“jutty”据 Malone 云是个名词，亦可作“jetty”，不是个形容“frieze”的状词，故当译为“墙墉突出处”。原文这一行在“jutty”后当有缺佚，音步不全；Clark 与 Wright 谓大概有个像“cornice”（飞檐，檐板）这样的字遗漏掉了，故译文姑为补入。“Frieze”这字在一些英汉辞书上译为“腰线”或“腰带”，也是个建筑上的名词。“Buttress”为扶壁，倚墙，拱柱，扶柱，或墙垛子。

㊳ 原文这三行半各家说法差不多，但当以 Elwin 与 Hudson 的解释为依据。

㊴ 一、二版对开本原文作“this bank and schoole of time”。Theobald 校改“schoole”为“shoal”（浅滩），意即人生这时间的浅滩，它所面对的是永恒那片无垠。Heath 谓“school”（学堂）在诗意上远较优越，而且与说话人的意向比较适切。我们这生命被称为学堂，因为我们在其中受教育，被审验，也因为我们自己在其中的行为使旁人学得怎样对待我们，正如在两行以后所阐明的那样。“Bank”则解作“bench”（学校课室里的长椅）。但现代版本都从 Theobald 之校订。与 Heath 正相反，译者觉得在诗意上“学堂”远不如“浅滩”为优越；将人生比作学堂可说是老生常谈，即在莎氏当时也不见得有什么新奇可喜处。

㊵ 这里作者将怜悯（人们于邓更被弑后将对他的同情）比作一个御风而行的新生裸体婴孩，紧接着又以观众所熟悉的《圣经·旧约》里的意象（《诗篇》十八篇，十节；又，《约伯记》三十章，二十二节）重述一遍，目的无非是要使比喻中的意象在观众头脑里更加清楚些。Moberley 以为是指两回事，首先比作个“肉体的婴孩”，接着又比作个神灵的天使。译者觉得这说法讲不通。试问，肉体的婴孩假如跨着风在高空里驰骤，岂不要摔下来？首先，他就骑不上去。而神灵的天使所以会在天上骑着高风飞驰，还是因为有那样的肉体婴孩在我们想象中做蓝本，否则便不可能。

㊶ Johnson：这是指大雨下来时，风势渐次减退。Delius 谓，在一阵泪雨中，激情的风暴会将它自己的势头消耗掉——这意象在莎氏作品中极普通。虽然如此，译者觉得还是 Johnson 的解释比较好，因为直接而原始，Delius 的说法失于间接，是个第二手的比喻，其根柢还是那自然界现象。

㊷ Malone：这里有两个各别的隐喻。我没有踢马刺来刺我意志的两侧；我没有东西来刺激我去达到我的目的，只除了野心，那可往往会做得过分；这意思他用第二个意象来表达，就是说，一个想要跳上他的马鞍，因跳得太猛，会摔到马的那一边去。按，原文这里取喻混乱，用字过于简略。

㊸ Ritter：假使事情是这样的话，我把你对我的情爱（即在五景九行里他所“答应给”她的尊荣）只当作跟这指望一样的、一个只是酒醉了的幻想。

㊹ “猫要吃鱼，却不愿把脚打湿。”

㊺ 原文作“beast”（畜生），是针对麦克白斯前面所说的“man”（人，但那里却解作男子汉或大丈夫）而言的，乃是个挖苦的遁辞。Elwin 说得好：麦克白斯夫人见到她丈夫所举示的理由性质高尚，在情理上立于不败之地，她便巧妙地用这极尽讥嘲的对照来挖苦麦克白斯所据守的道义立场，把他从那地位上拉开来：假使，

如你所暗示的那样，这企图不是个“人”的策略，是什么“畜生”劝诱“你”提出来的呢？Collier主张校改“beast”为“boast”（夸口），说她责备麦克白斯早先曾准备干这件事，只等待时间与地点有利于去付诸实施，但如今时间与地点已都有利了，而他却鼓不起勇气来动手，因此她说他过去对她说要刺死邓更乃是夸口或吹牛。历来学者们虽有认为“boast”较“beast”为好的，且有提出校改为“baseness”者（Bailey），但正如*Blackwood Magazine*所云，意义很好的“beast”为各版对开本事实上的本文，没有必要去校改它。关于译文，我们不应照原文就字直译，因为麦克白斯夫人是利用“man”这字的双关意义运用她的对照的遁辞“畜生”的，故前面麦克白斯话中的“man”若译为“大丈夫”，这里的“beast”应译为“小女子”，前面的“man”若译为“男子汉”，这里的“beast”应译为“女人家”。

㊻ 各版对开本作“我们若失败？”现代版本都作成“我们若失败，——”。

㊼ 各版对开本作“我们失败？”现代版本有从Rowe作“我们失败！”的，意即决不会失败；也有从Capell作“我们失败。”的，意即我们失败了就失败了，什么都完了。

㊽ “Sticking-place”，弩上射矢的机括处，即适度的应张力。这机括吾国古代叫做弩牙。易言之，即把你的勇气，像一支箭，扣在引满待发的弓弩中心弩牙上；亦即鼓足勇气，随时准备万一。

第二幕

第一景

［荫负纳斯。麦克白斯堡邸内庭院］

［班轲上，苇里恩斯持火炬前导。

班　轲　夜晚已到了甚时候，孩子？

苇里恩斯　月亮下去了；我没有听到钟声。

班　轲　月落是在十二点。

苇里恩斯　我想还晚些，爸爸。

班　轲　且慢，拿着我这剑。天上倒省俭；
灯烛全熄了。这个也替我拿着。①
瞌睡有如铅一般压在我身上，
可是我不想睡：慈悲的众位天神！
把我心中那些可恶的由不得
自己作主的胡思乱想控制住，
使我能安息。

［麦克白斯及仆从持火炬上。

把剑递给我。——是谁？

麦克白斯　自己人。

班　轲　什么，大人！还没有安憩？

王上已经上床了：他非常高兴，
把好多赏赐，叫送往府上总管房。
他将这钻石向您尊夫人致意，
说她是最盛情的主妇；总说一句，
表示无比的满意。

麦克白斯 因没有准备，
我们想伺候的愿望不得伸张，
否则还须有充分的舒展。

班　轲 都很好。
昨夜我梦见司命运的姊妹三人：
对于您，她们显示了些须的真实。

麦克白斯 我不想她们：不过，我们若能有
一小时尊暇②，倒可以谈谈那件事，
假使您愿意拨冗。

班　轲 听随尊便。

麦克白斯 时间到来时您果能屈从末议，③
那定将对您有尊荣。

班　轲 只要在增进时
不致反把它丧失，能仍然保得我
心胸纯洁和忠荩清明，我愿意
奉明教。

麦克白斯 祝您得安息！

班　轲 多谢，阁下：
也祝您安息。 ［班轲与弗里恩斯下。

麦克白斯 去告诉夫人，把我的奶酪茶冲好时，
由她去把钟敲响。你好去睡了。 ［仆人下。

我看见在我眼前的，是把匕首吗，
柄儿朝着我的手？来吧，让我来
握住你：我握你不到，但总看到你。
凶煞的幻象，你可是只能眼看到，
不能给捉摸的吗？你或许只是柄
心中的匕首，一个虚假的幻象，
蒸腾的头脑里所产生？我此刻依然
见到你，跟我此刻抽出来的这柄
形状同样地能捉摸。
你引导着我去走我正在走的路；
我恰好要来用这样的一柄家伙。
我这双眼睛便成了供其他感官
欢娱的丑角，若不是它们能抵得
彼等众长之所汇：④ 我还是看到你；
在你的剑刃上、把子 ⑤ 上沾得有血滴，
刚才还不见。根本没这样的东西：
只是那流血的差事对我的眼睛
形成了这么个模样。如今，在这个
半边世界里，万万千生灵似乎都
已经死寂，噩梦正在对幔幕里
沉睡的众生逞威施虐；群小魔
对青面的魔法女神黑格蒂正奉献
祭品而庆贺欢腾；狰狞的凶杀神
被他的守卫苍狼用哀嗥唤起后，
偷偷举着步，举着鞑尔滚 ⑥ 所迈
去强奸的长步，鬼魂般向目标进发。

坚实的土地啊，休要听我这脚步
往哪里，我怕这石板会高谈我的所在，
而把与时会相切合的这死寂⑦打破。
我尽管恐吓，他依然还活着：空言
无补于实事的迫切，只吹口冷气。

［钟鸣。］

我去，这就成功了；钟声在叫我。
邓更，你莫听；因为这是丧钟鸣，
叫你上天堂，入地狱，你都没有命。

［下。

第二景⑧

［同前］

［麦克白斯夫人上。

麦克白斯夫人 叫他们醉倒，使我胆子大，压熄其
欲焰，点旺了我的火。听！禁声！
鸱枭在锐唳，那凶杀的更夫在道声
阴惨的夜安。他在动手了：门户
已打开，那些醉饱的仆人用打鼾
在跟他们的职守开玩笑：我把
他们的奶酪茶下了药，他们生或死
在挣扎，很难说。

麦克白斯 ［在内］⑨ 那是谁？什么，喂！

麦克白斯夫人 唉呀！我只怕他们醒来，而事情

还没做；那将会不是已经干出来，
而是图谋未遂，把我们毁灭掉。
听！我已经把他们的匕首都放好；
他不会找不到。若是他睡时的模样
不像我父亲，我自己就干了。我丈夫！

[麦克白斯上。

麦克白斯 我把事干了。你不听见个声音吗？
麦克白斯夫人 我听到鸱枭在锐唳，蟋蟀在鸣。
麦克白斯 你没说话吗？
麦克白斯夫人 什么时候？刚才？[10]
麦克白斯 我下来的时候。
麦克白斯夫人 是的。
麦克白斯 听！[11]
是谁睡在第二间房里？
麦克白斯夫人 唐琊培。
麦克白斯 [自视手上] 这样子好惨。
麦克白斯夫人 说这样子惨，是个愚蠢的思想。
麦克白斯 有一个睡梦中在笑，有一个叫“凶杀”！
彼此闹醒了：我站住，听着他们；
但他们都祷告一阵子，又都睡了。
麦克白斯夫人 有两个是在一起睡。
麦克白斯 一个叫道
“上帝赐福与我们！”一个说一声
“但愿如此，”仿佛他们俩看见我
这双绞杀手的手。听到他们那
惶恐的声音，他们叫“上帝赐福

与我们！”我可说不出“但愿如此”。

麦克白斯夫人 休要想得这么深。

麦克白斯 但是我为何
说不出“但愿如此”？我极想得赐福，
可是“但愿如此”却骨鲠在喉头。

麦克白斯夫人 这些事情不该这么样去多想；
这么想，人会要发疯。

麦克白斯 我好像听到
有个声音在叫喊“莫要再睡了！[12]
麦克白斯凶杀了睡眠”，——天真的睡眠，
那织光一堆乱丝似的愁绪的睡眠，
它也是每天生命之告终，劳苦后
得到沐浴，伤痛的心神的镇痛膏，
伟大的造化最丰盛的菜肴，人生
筵席上主要的滋补品，——

麦克白斯夫人 你什么意思？

麦克白斯 它还在对整宅的人叫喊“莫睡了！”
“葛拉姆斯凶杀了睡眠，所以考陶
不能再睡了，麦克白斯不再能睡觉！”

麦克白斯夫人 是谁这么样叫喊的？哎也，伯爵，
你把高贵的劲道松懈了下来，
竟会有这样的疯念。去弄点儿水，
把手上腌臜的赃证洗掉。为什么
你将这几把匕首从那里带来？
它们得放在那里：带起去，用血
涂抹在那些个下人们身上。

麦克白斯 我不能

再去了：我害怕去想我所干的事；

再去看那景形我不敢。

麦克白斯夫人 意志薄弱！

把匕首给我。睡着的和死了的不过

像图画一般；小孩子的眼睛才怕看

画里的魔鬼。若是他还在流血，

我要在那些下人们脸上抹上些：

一定要显得是他们犯的罪。 ［下。内敲门声。

麦克白斯 哪里

来的这敲门声？我究竟怎么了，每一个

声音吓得我这样？这些是什么手？

嗐！它们要把我的眼睛剜出来。

海龙王倾倒他整个大海洋的水

可能洗净我手上的血吗？不能，

我这手会把那波涛汹涌的沧波[13]

血染得殷赤，使碧浪变得通红。

［麦克白斯夫人上。

麦克白斯夫人 我的手跟你的一般颜色，可是我

羞于跟你一般胆怯。 ［敲门声。

我听到一下敲门声

在南首门上；我们退回房里去；

一点水就把我们这事洗干净；

那可多么容易！你往常的坚毅

离了你已不知去向。 ［敲门声。

听！又有敲门声。

穿上你的睡袍，以防有人前来找
我们，显得我们还没睡。休这样
一脸的心事重重。

麦克白斯 心上有这事，最好连自己都浑不知。 ［敲门声。
请你去敲醒邓更！我但愿你能！ ［同下。

第 三 景[14]

［同前］

［司阍上。内敲门声。

司　阍 这儿有人敲门，真是的！若是一个人看守地狱门，他会有开不完的锁。[15] ［敲门声。

敲，敲，敲！以魔王的名义来问你，是谁？这是个农夫，[16] 眼看到要大丰收[17] 而上吊死了：来得正是时候；多带几条手帕儿；这儿来你会出汗。[18] ［敲门声。

敲，敲！凭还有个魔王的名义来问你，是谁？当真，是个说话含糊的家伙，[19] 他能在一副天平的任何一只秤盘上赌咒说，另一只秤盘靠不住；[20] 他为上帝犯下了足够的叛逆罪，可是不会含糊其辞去欺骗上天：啊！进来，说话含糊的家伙。 ［敲门声。

敲，敲，敲！谁在那儿？当真，这是个英国裁缝为了做法国裤子偷料子[21] 而来到这里的：进来，裁缝；你可以在这儿烧熨斗。 ［敲门声。

敲，敲；永远没个停！你是谁？这地方当作地狱是太冷了。我将不再看守这地狱门了：我本想把各行各业

都放些个人进来，让他们沿着莲馨花烂漫的欢乐路，
去赴那永世长明的祝火。

［敲门声。

就来，就来！我请你要记得看门人。[22] ［开门

［墨客特夫与赖诺克斯上。

墨客特夫 是那么晚了你才上床吗，朋友，
所以你睡到这么晚？

司　阍 当真，老爷，我们痛饮直到二次鸡啼[23]：而酒这东西，老爷，最能惹出三件事来。

墨客特夫 哪三件？

司　阍 凭圣处女，老爷，酒糟鼻子、睡觉和小便。淫欲呢，老爷，它又惹又不惹；它惹起了欲火，可是不叫满足。所以多喝酒可以说对淫欲是个说话含糊的家伙；它作成他，又破坏他；把他鼓捣起来，又加以阻挠；劝他勃发，又泼他的凉水；叫他开始干，又叫他莫开始干；结果是，把他糊里糊涂弄睡着了，便这么侮辱他一下子，跑了开去。

墨客特夫 我相信酒昨夜[24]也侮辱了你一下子。

司　阍 一点不错，老爷，侮辱我得一塌糊涂：可是拳来脚去，我也给它个厉害；我想，我比它要强得多，所以虽然有时候它突然把我绊倒，我也设法把它摔个龙踵。

墨客特夫 你主人起床了吗？

［麦克白斯上。

我们敲门闹醒了他；他在来了。

赖诺克斯 早安，高贵的大人。

麦克白斯　　早安，两位。

墨客特夫　王上已经起床了吗，高贵的伯爵？

麦克白斯　还没有。

墨客特夫　　他命我一早来将他唤醒：

我差点儿错过了时候。

麦克白斯　　我领您去。

墨客特夫　我知道这对您是番可喜的烦劳；[25]

但毕竟是阵烦劳。

麦克白斯　　这效劳的可喜处

补偿了我的微劳。就是这扇门。

墨客特夫　我要来大胆唤醒他，因为这乃是

指派给我的差使。　　［墨客特夫下。

赖诺克斯　王上今天离开吗？

麦克白斯　　他是要去的：

谕旨决定了如此。

赖诺克斯　　这夜晚过得

很不宁靖：我们过夜的那地方，

烟囱给吹倒；而且，他们说，空中

闻哀哭之声；有怪声绝叫要死人；

可怕的声调预言惊人的大火灾

和天下大乱正在酝酿着，将来到

这苦难的人间。鸱枭暗夜里通宵

叫不绝：有人说土地在发烧，在震荡。

麦克白斯　果是个风疾飙号的夜晚。

赖诺克斯　　我年轻

记忆新，记不得同样的夜晚能匹敌。

[墨客特夫上。

墨客特夫　啊，骇人！骇人！骇人！不能
言喻、无法想象，难以表达！

麦克白斯
赖诺克斯　什么事？

墨客特夫　毁灭已横施了它那凶残的业迹！
侮慢帝天的凶杀已斫破我圣主
涂遍香膏的神庙，㉖从其中窃去了
明堂的命脉！

麦克白斯　您说什么？命脉？

赖诺克斯　您是说吾王陛下吗？

墨客特夫　进这卧房去，看那吓死人的景象
会把人化成石头：莫叫我来讲；
看了，你们自己去说吧。

[麦克白斯与赖诺克斯下。

醒来！醒来！
敲响着警钟。有凶杀，谋反叛逆！
班轲和唐琊培！马尔孔！都快醒来！
抖掉这温柔的睡眠，死亡的假象，
来看死亡的真面目！起来，起来，
来看跟世界末日大审判一般样
可怕的形景！马尔孔！班轲！仿佛从
坟墓里起来，跟鬼魂一般行走吧，
来配合这骇人的景象！敲得钟响。

[钟鸣。麦克白斯夫人上。

麦克白斯夫人　有什么事情，

鸣响这可怕的宏钟，叫起满宅院
睡着的人们来会聚？讲呀，讲呀！

墨客特夫 啊，贤良的夫人！我所能说的话
不堪让您来听到；说起它听进
妇人家的耳朵，会把她惊骇坏。　　［班轲上。
啊，
班轲！班轲！我们明王的御驾
被弑杀！

麦克白斯夫人 苦啊，唉呀！什么！在我们
家里？

班　轲 不论在哪里都是太惨酷。
亲爱的特夫，我望你否认你的话，
说不是这样。

［麦克白斯与赖诺克斯上。

麦克白斯 我若在这事变之前
一小时死去，便算是幸福了一生；
因为，从今往后，人世间再没有
重要的事了：一切都无足轻重；
值得称赞的东西和快乐全死了，
生命的酒浆已吸干，地窖里只剩点
酒脚去自豪。

［马尔孔与唐珊培上。

唐珊培 什么事出了岔？

麦克白斯 是你们，却还不知道：
你们血胤的水源、泉眼、流宗
塞住了；它那灵活的喷涌处塞住了。

墨客特夫 你们的父王被杀驾。

马尔孔 啊！是给谁？

赖诺克斯 看来就是他随身的近卫们所干：
他们手上和脸上都血染着标记；
他们匕首上也如此，都没有抹过，
我们在他们枕边上找到：他们
眼瞪瞪，疯疯癫癫；没有人的生命
能信托给他们。

麦克白斯 啊！我可真后悔
不该在盛怒之下把他们杀了。

墨客特夫 为什么你要这样做？

麦克白斯 谁能顷刻间
既聪明，又惶恐，镇静而暴怒，忠诚
又中立？没有人能够：我热情的急躁
赶过了考虑再三的理智。邓更
在这里躺着，他银白的皮肤涂饰上
金红的赤血㉗；那些个偾张的伤残，
像是生命的缺口，毁灭即由此
闯入：那里，凶手们，浑身浸渍着
他们本行的颜色，匕首上不像样，
也满都是血：一个有心肝、尊爱
吾王的人，有胆子表示他的忠勇，
怎么能熬得住？

麦克白斯夫人 扶我走吧，喂呀！㉘

墨客特夫 招呼着夫人。

马尔孔 ［旁白，向唐珊培］我们跟这件事情最休戚相关，为什么我们不说话？

唐珊培 ［旁白，向马尔孔］这里，我们的恶运躲在一个小洞里，

能随时冲出来抓到我们，还有

什么可说的？让我们出奔去逃命：

我们的眼泪还没有酿得成。

马尔孔 ［旁白，向唐珊培］ 我们

有力的悲伤也还未开始行动。

班　轲 招呼着夫人： ［麦克白斯夫人被舁下。

我们袒裸着身躯㉙

很不好受，待穿好了衣服来相会，

再追查这场惨祸，根究它的端详。

恐惧与猜疑震动着我们：我站在

上帝伟大的手掌中，倚仗他我要对

谋反叛逆的诡计阴谋作战斗。

墨客特夫 我也要这样。

众 大家都这样。

墨客特夫 让我们

快快披挂好明盔亮甲㉚来相会，

去到大厅里聚齐。

众 赞成。

［除马尔孔与唐珊培外，俱下。

马尔孔 你将怎么办？我们休得跟他们

在一起：险诈的奸人假装出悲哀

是轻而易举的事。我要去英格兰。

唐珊培 我到爱尔兰；我们把命运分开

将会使我们彼此都能安全些：

我们所在的此间，人们喜笑里
藏着刀：越是血亲，却越发残忍。

马尔孔 这凶杀的箭镞射出来还未落下，
我们最安全的去处是要避开
那目标：所以，快上马；我们不用
去讲究话别，设法逃走为第一：
此间仁慈绝，奔逃亡命势所必。 ［同下。

第 四 景

［同前。堡外］

［洛斯与一老人上。

老 人 我清楚记得起七十年里的往事；
在这期间我见过可怕的时刻与
惊人的事物不算少，可是这一个
惨酷的夜晚把旧时闻见都化为
轻微不足道。

洛 斯 啊！亲爱的老人家，
你看到，上苍，仿如被人间的戏文
所烦扰，在威胁这搬演血案的坛场：
在钟上现在是白昼，但黑夜竟把
行天的灯亮掩盖得不露微芒。
正当活生生的天光该来吻遍时，
黑暗却来把大地的容颜遮蔽掉——
这究竟是黑夜在逞威，还是白日

在含羞而韬晦?

老　人　　这真是怪异乖常,
正如发生的那事情一样。上周二,
有一头鹞鹰,正在青云间盘旋,
被一尾搜索老鼠的鸱枭所扑杀。

洛　斯　　还有邓更的几匹坐骑——这事情
好怪异,但非常可靠——骏美而飞捷,
真是那良种里的明珠,忽然变野了,
冲破了棚栏,乱踢乱蹦,不受人
管禁,仿佛要跟人作战的样子。

老　人　　听说它们还对咬对吃呢。

洛　斯　　确是
那么样;我亲眼见到,好不诧骇。
亲爱的墨客特夫到来了。

［墨客特夫上。

大人,
现在情形怎样了?

墨客特夫　　哎也,您不知道?

洛　斯　　可知道谁干下这穷凶极恶的勾当?

墨客特夫　　麦克白斯杀死了那些个。

洛　斯　　唉哟,天呀!
他们能贪图些什么好处?

墨客特夫　　他们
是受教唆的。马尔孔、唐珊培两位
王子偷偷里逃跑,牵涉到嫌疑。

洛　斯　　那更违情悖理了!荒唐的野心啊,

你竟要吞噬你自己生命的指望！
那么，多半大宝会落到麦克白斯
身上了。

墨客特夫 他已被拥戴，且已到司恭
去登位。

洛　斯 邓更的遗体现在在哪里？

墨客特夫 运送到库弥玑，那是他祖宗庐墓
所在地，他们的瘗骨处。

洛　斯 你去司恭吗？

墨客特夫 不去，弟台，我要到淮辅㉛去。

洛　斯 好吧，
我要往那里。

墨客特夫 好吧，但愿你在那边
见到的一切都好：再见了！否则，
我们的旧衣袍要比新的舒适！

洛　斯 再会，您老。

老　人 上帝保佑您，也保佑那些个，他们
把坏事变好事，将仇家变朋友的人。

［俱下。

第二幕　注释

① Seymour：大概是一柄短剑或匕首。

② Clark 与 Wright 谓：这里麦克白斯的语言过分客气，这对于知道秘隐的观众来说，格外强烈地显示出他的奸险。如今王冠已在他的掌握之中，他似乎是在预先运用那孤家寡人的口气称“我们”。

③ 麦克白斯这半句话故意说得模糊隐晦，在一八七三年版新集注本上就有十五家笺注。“When'tis”，Johnson 与 Malone 解作“当巫婆们的预言实现时”。“If you shall cleave to my consent”，前者解作“您果能同意我接受王冠的决心”，后者把

“consent”校改为“content”，解作“您果能赞助我所满意的”，Hudson则解作“您果能支持我所同意的”。Steevens谓：麦克白斯心里是在说他指望于实行凶杀后所将到手的那只王冠。班轲的回答只是个决心反对去做任何坏事的引诱的人的回答。当谋弑邓更尚未成功时，麦克白斯决不会去对班轲即令稍微暗示一下他要去劫取王冠的那罪恶的企图。如果他行动得这么不小心，只要凶杀一经发觉，班轲自然会变成他的控诉者。

④ Delius：假使这匕首是不真的话，那么，他的眼睛变成了其他感官的傻子（丑角、优孟、弄臣），因为彼等（其他的感官）证明了它并无真实存在。但如果这匕首不仅是个幻觉的话，那么他的眼睛，依靠它们他看见了这匕首，便抵得其他感官的能力之总和。

⑤ 原文“dudgeon”，Nares，Singer，Dyce，Boas，Skeat，Onions等俱考证或解释为黄杨木（或树根）的柄。

⑥ 魃尔滚（Tarquin）系指史前传说里伊屈罗列亚（Etruria）王朝的最后一个罗马王Tarquinius Superbus（公元前六世纪）之子Sextus，他父亲以横暴闻名；Sextus在深夜强奸了同族人Tarquinius Collatinus之妻卢克莱茜娅（Lucretia），她告诉了父亲与丈夫后当即以匕首自戮而死：这暴行加上国王的暴政，引起了革命，罗马人蜂起推翻王朝，改易为共和执政制。

⑦ 原文“the present horror”（现在这恐怖），Warburton，Steevens，M. Mason与Malone都解作深夜的寂静，Elwin则解作麦克白斯正要去进行的凶杀。

⑧ White：不仅地点没有改变，而且也没有引进新的戏剧兴趣或事件。更重要的是，这里这戏剧动作的显见的继续是作者用意所要产生的戏剧印象所绝对需要的。麦克白斯夫人敲得钟响，麦克白斯于钟响后按照预先的约定离开这里，他暂时走开、去干那可怕的勾当时，夫人到来占据着台面，也占据着观众的注意力，在独语里她承认主动参加这个凶杀，她刚离开、去放还那些柄匕首时就听到那阵敲门声，敲门声再三发生，直等到她小心翼翼地叫她丈夫同她自己一起离开，免致被人发现他们俩，那个看门人上场来，最后是墨客特夫与赖诺克斯上场来——这一切动作是以极高度的戏剧技巧计划出来的；这动作在同一个地点的不断的继续，而且这地点是堡邸的居民们所共同熟悉的堡邸的一部分，乃是要完成这动作的目的所绝对需要的。

⑨ 这导演辞“[在内]”是Steevens所加的，他又把原来上面的导演辞“麦克白斯上”推移到七行以后。各版对开本上导演辞“麦克白斯上”在本行上面，跟着他就说“那是谁？什么，喂！”Furness解释这对开本原文的导演辞如下：麦克白斯在里边踟蹰了一会；他心中不宁，好像听到下面庭院里有一个声音，于是狼狈周章、精神错乱、未加思虑地冲到阳台上来向下面问道，“那是谁？”可是，在极度慌张中他不等下面有无回答，就赶回房间里去干那凶杀。假使苐里恩斯或班轲，或甚至府邸里他所刚才差开的任何一个仆人，只要在下面，这整个秘密勾当就会被泄漏出去。我认为这一赶回来的行动，虽似无关紧要，却显示出莎氏剧中一个昭著的美点。他喜欢（因为他总是经由激情，也经由阴谋奸计，将悲剧开动起来）把成功与失败这么平衡地悬在针尖之上。

⑩ 译文这一行内麦克白斯和夫人谁说什么话，系根据 Hunter 之校改。一些现代版本都从对开本原文作：

麦克白斯夫人　你没说话吗？
麦克白斯　　　　　　　　　　什么时候？
麦克白斯夫人　　　　　　　　　　　　　　　刚才。
麦克白斯　　　我下来的时候？

麦克白斯深夜弑君杀驾，神经紧张，似乎听见一个声音，所以问他夫人："你不听见个声音吗？"她答非所问，说道："我听到鸱枭在锐唳，蟋蟀在鸣，"但不可能接下来反问他道，"你没说话吗？"这位心情惶恐的伯爵，任何声音都使他惊惧，对于她的回答不能满意，因为他所听到的是人喉舌间的声音，他希望是她发的，而非出诸另一人口里。所以他问道："你没说话吗？"对此她答道："什么时候？刚才？"他说道："我下来的时候。"然后她答道："是的。"这才有意义，否则便变成她自己说了话反去问她丈夫"你没说话吗？"

⑪ Cowden-Clarke：麦克白斯这里所说的"听！"跟麦克白斯夫人在前面两次所说的"听！"性质相同。把它放在他们嘴里，乃是要表示这两个凶杀的同谋犯，都在以他们殷切的谛听、犀利敏感的耳朵以及凝神屏息的紧张，倾耳注意着他们生怕会打破这深夜的沉寂的任何一个声音。她第一次失声叫出后，随即自己答应道，那是"鸱枭在锐唳"；第二次后，便说"我已经把他们的匕首都放好"，表示她用耳朵在追随她丈夫的进展、他的步子和他从凶杀房间里走下来的行动：然后他，来到她面前后，也叫道，"听！"——当他喘出这个字的颤抖刚停止时，他又问道："是谁睡在第二间房里？"显示他也在倾听可能的声音，而不是在耳听真正的声音。这个字，据我们想来，意味深长地表示他们对于随时可能来的一个声音有多大的敏感，这敏感占有着那些个曾从事于这样一个冒险行为——对于灵魂和肉体都冒着险——的人，而且使他们悄声屏息，倾听着他们幻想会听到的声音，假使他们的心不在胸中乱跳，他们的良心不在他们耳朵上切切嘈嘈指责的话。

⑫ Fletcher：这寥寥几个字包含麦克白斯此后的生涯的整个历史。

⑬ "The multitudinous seas"，Steevens 谓若不是解作所有的大大小小的海，即系指波涛起伏的海浪。按，当以后说为是。原文"The multitudinous seas incarnadine"云云为可喜的惊人名句。

⑭ 对于这一剧景的看法，学者、诗人、批评家们颇不一致。Capell 谓：没有这一景，麦克白斯的衣服不能换，手也无法洗。这剧景是设想出来，给予一个合理的间隙去践行这些动作的。Coleridge 则云：这守门人的全部独语和对话，我相信是别人写来、也许经莎氏同意、供无知的群众玩赏的；后来发现它们能博得彩声，作者便用他那生花妙笔的余沛，添入"我将不再看守这地狱门了：我本想把各行各业都放些个人进来，让他们沿着莲馨花烂漫的欢乐路，去赴那永世长明的祝火"这么一句。除此之外，没有一个字有莎氏的必在其中的存在。Clark 与 Wright：或许柯勒律治连这一例外也不会提出来，若非他记起了《罕秣莱德》一幕三景的这几行：

　　　　　　　　　　但是，好哥哥，

你可休得像那些罪恶的牧师般，
指给我去闯巉险荆棘的上天路，
而像个浮肿的、不顾一切的浪子，
自己却去踹酒色无度的莲馨花
烂漫的欢乐路，不理会自己的教导。

对于我们，这滑稽的场景，说得最好也说不上属于高级喜剧的，而在这悲剧恐怖气氛的围绕中，却显得出奇地不相称，而且从效果上说，是同莎氏引入别的悲剧里去的一些滑稽片段迥然不同的。Cowden-Clarke：我们不能不认为，有很多理由相信这一景不仅是他的手笔，而且是在悲剧的这一关节处他的考虑成熟的新因素的引入。第一，它适于延长戏剧时间；第二，它的可厌的粗俗滑稽适于有力地去烘托对比、但也谐和调融那已经犯下的罪行。Wordsworth：既然我并不怀疑这段文字是作者以诚挚的热情写下的，其中有对于人性的惊人的知识，特别是出自一个醉汉口中，所以我相信读来会对于人有所启迪。

⑮ 这酒醉的司阍被敲门声所闹醒，咕噜着说来者是个鬼，而他自己是这地狱门的看守者。鬼魂这么多，老是开来开去，实在讨厌。

⑯ Hunter：一六三八年出版的一本 Peacham 所作的小册子，题名《有个人的经历所显示的我们这时代的实情》，其中有这样一个故事。有个农夫储存了许多麦草，当时每车值五镑十先令，后来市价跌到三、四十先令时他因失望烦恼而悬梁自尽，但在死透之前被他儿子剪断绳子救了下来。无疑，这样的故事是各时代都有的。

⑰ Malone：在当时，正如在目今，小麦市价的高低是歉收或丰收的标志。一六〇六年夏秋间小麦大丰收，那年市价比以后十三年内都要便宜，四分之一吨为三十三先令。上年要贵两先令，下年贵三先令。一六〇八年为五十六先令八便士，一六〇九年为五十先令。

⑱ 地狱里满是硫磺焰硝，火热，而且你会来受刑。

⑲ Warburton：系指耶稣会会员（Jesuits）而言，他们创始那可恶的、说话含糊其辞、模棱两可的教理。按，耶稣会（Society of Jesus）为天主教死硬分子、西班牙贵族 Ignatius Loyala 所创立的一个教派，建于一五三四年，目的是要扑灭宗教改革以及在邪教徒中去传播教义，于一五四〇年为教皇保罗三世（Paul Ⅲ）所批准。它的纪律、组织和秘密方法是特务性质的，活动范围遍及西欧各国，不久在英、法、西、意政界中颇为得势；但因不择手段，行为卑劣，先后跟各地政治与宗教当局发生冲突，于两个世纪中逐渐被禁止；不过于一八一四年又被复活。不论在信天主教或基督教的国家里，基督会会员这名称都是诋毁性的，等于是个欺骗者或说话含糊其辞、模棱两可的人的徽号，他撒谎撒得跟说真话一样毫不脸红，对上帝起了誓马上诳骗捏造可以心安理得。

⑳ Malone：就是说，宣了誓却干脆且立即自相矛盾。这不仅泛指耶稣会会员，而且是实指一六〇六年三月二十八日鞠讯火药谋反案（Gunpowder Plot）里的该教派在英国的修道长（Superior）Henry Garnet。

㉑ Malone 援引 Anthony Nixon 的《黑年》（*The Black Year*，1606），说明成衣匠们以前做一条法国裤子能落下半码布来，一六〇六年则能落得更多些，因为那一年年底

时新式样比较要小些紧些，此外还能偷到不少花边。

㉒ 意即莫忘了赏点酒钱给我。

㉓ Malone：约早上三点钟。

㉔ Malone：不大容易确定邓更究竟是什么时候被凶杀的。二幕一景里班轲与麦克白斯之间的谈话会引得我们假定，班轲退下去休息时当在十二点以后不久。那时候国王已经“上了床”；而班轲一就寝，麦克白斯夫人就把钟敲响，跟着麦克白斯就行凶杀驾。过了不多几分钟，敲门声便开始了，而第二与第三景之间是没有什么时间间隔的，因为司阍是听到敲门声才起来的：可是墨客特夫在这里说起昨夜，又说他被命一早来唤醒国王，以及他怕差点儿错过了时候；司阍告诉他：“我们痛饮直到二次鸡啼”；因此，我们得猜想现在至少已是六点钟；因为墨客特夫已经表示过他的诧异，何以司阍睡到这么晚。从第五幕里麦克白斯夫人的话，“一；二：哎也，那现在正该去干。”显得凶杀是在两点钟时犯下的，但那个钟点肯定跟前面提起过的班轲和他儿子间的谈话不相符；但就是那两点钟也跟司阍和墨客特夫在现在这一景里所说的话不合拍。我怀疑莎氏事实上要人猜想凶杀是在天明前一会儿犯下的，这正跟墨客特夫现在所说的话相符，虽然跟前面提起过的其他情况以及麦克白斯夫人要她丈夫穿上寝袍不大对头。莎氏，我相信，是被霍林猷特所记国王杜斐（King Duffe）之被弑所影响，决定邓更之被弑是在破晓前一会儿。

㉕ Delius：墨客特夫是在说麦克白斯的款待邓更，不是在说他领他到邓更房门首。关于后一件事，他们是不会讲得这么着重的。

㉖ Clark 与 Wright：典见《圣经·旧约·撒母耳记上》二十四章十节，“我不敢伸手害我的主，因为他是耶和华的受膏者”；又，《圣经·新约·哥林多后书》六章十六节，“因为你们是永生上帝的殿。”按，邓更的御体被认为是上帝“涂遍香膏的神庙”，他的生命为大殿或“明堂的命脉”。

㉗ Johnson：没有法子能改进这一行，其中每一个字同样地有毛病，除非把它完全涂抹掉。极可能莎氏把这些勉强而不自然的隐喻放在麦克白斯嘴里，作为机谋与诈伪的一个标帜，以显示伪善的深虑的语言和激情的自然呼喊之间的区别。这整段剧辞，经这样考虑，便成了优良判断的显著例子，因为它充满着对照与隐喻。按，这里原意为“他银白的皮肤涂饰上 / 金红的赤血作花边”；又，下面第三、四行为“匕首也不像样，/ 都穿着血裤子”：这简直是在欣赏邓更的伤口和那些凶器，且比喻得不伦不类，对照得令人作呕，显然是在暴露凶手的丑恶心灵，为他的伪善写照。Abbott：一个隐喻决不应当是牵强蹩扭的，也不该停留在一幅可厌的图景的细节上，像在这些行里似的。“金色花边”跟“血”或“血染的匕首”跟“穿裤子的腿”之间很少相似之处，而且即令有所相似也是牵强蹩扭的。相似处之渺小，使人想起不相似处之重大，这企图中的比拟就使我们想起时不免作呕。这样勉强的语言只适宜于出诸一个掩饰着罪恶的、自觉的凶手口中。

㉘ Whateley：麦克白斯夫人似乎在昏晕，当班轲与墨客特夫都在关心她的时候，麦克白斯的不关心暴露出他心知这昏晕是假装的。

㉙ Clark 与 Wright：台上所有的角色都披着寝袍上场来，脖子和腿赤露着。

㉚ 原文“manly readiness”，Clark 与 Wright 谓，首先解作“全副武装”，与班轲所说

的“naked frailties”（裸露的弱点）相对，其次也含有心理上的准备之意。

㉛ 墨客特夫家在淮辅（Fife），那里距司恭（Scone）不远。他的行动表示他对麦克白斯并无好感，他的言语则显示他对新朝的预感。洛斯，据译者看来，则是位比较年轻的贵胄，他对于麦克白斯的为人不够敏感，或许因为阅历较浅的缘故，虽然他后来也是反麦克白斯的（四幕二景他临离苏格兰前想去营救墨客特夫夫人和她的儿女，四幕三景他已到英格兰与马尔孔及墨客特夫相见）。这里，墨客特夫称他为“cousin”：这是贵族彼此之间常用的称呼，并不表示长幼或性别；故可译为“从兄、弟”或“表兄、弟”。

第三幕

第一景

［福来斯。宫中一室］

［班轲上。

班　轲　你如今已到手：君王、考陶、葛拉姆斯，
一切都如那定数的三妇人所应允；
为此，我恐怕，你要了极肮脏的手段；
可是她们说这不会传给你子孙，
倒是我却会是许多君王的根源
和先人。假使她们的说话讲得真——
如同关于你，麦克白斯，她们的言语
都灵验无比——哎也，凭在你身上
所证明的实事，在我这身上她们
怎么不会同样是天意的预言人，
因而引得我翘首而引颈？禁声！

［号角鸣奏。麦克白斯王冠王服；麦克白斯夫人王后装束；赖诺克斯、洛斯、诸显贵、诸贵妇及近侍数人上。

麦克白斯　我们的主客在此。

麦克白斯夫人　他若被忘记，
那会是我们盛宴里一桩缺陷，
一切都不合式。
麦克白斯　今晚我们备得有
庄严的晚餐，贤卿，我请你光临。
班　轲　您钦驾吩咐就是；我职责所在，
将永结忠勤而勿替。
麦克白斯　你今天下午
可要去骑马？
班　轲　去的，亲爱的吾主。
麦克白斯　否则，今天的会议里我们倒愿意
有您恳挚的计议——那总是既稳重
而又顺遂；但我们明天烦劳吧。
你要骑行得很远吗？
班　轲　远到占据着，吾主，从现在开始
直到晚餐时；我的马若跑得不快，
我还得借用天黑后一两个小时。
麦克白斯　莫耽误了来赴宴会。
班　轲　吾主，我不会。
麦克白斯　听说我们那两位残忍的侄儿
躲到英格兰和爱尔兰，不肯承认
他们那弑父之罪，对人家来一套
荒唐的编造；但那个等明天再说，
到时候有国家公务须一并解决。
你快上马吧；等你晚上回来会。
弗里恩斯可和你同去吗？

班　轲　　　　　　是的，
好吾主；我们的时间在催促我们。

麦克白斯　我愿你们的坐骑跑得快而稳；
我便这般将你们委托给[①]马背上。
再会。　　　　　　［班轲下。
晚上七点钟以前，各人去随便吧；
为了使会聚更值得欢迎，晚饭前
我们要独自过；待到那时候再会！
［除麦克白斯与一近侍外，俱下。
喂，跟你说句话。那两个人儿
侍候着了吗？

近　侍　　　　王上，他们在宫外。

麦克白斯　带他们来见我。　　　　［近侍下。
只这样不算什么；
得这样而安全才成。我们对班轲
悚惧深，他天性的高贵中自有令人
肃然起敬的威严：他敢作敢为，
而且除了无所畏惧的禀性外，
他还有股智慧能引导那阵勇敢
去安全行事。除了他的存在我对
任何人都不怕；在他的凭临之下，
我的护卫神受制而凄惶，正如
有人说马克·安韬尼见恺撒而胆怯。
当那三姊妹称呼我君王之际，
他呵斥她们，叫她们对他打话；
跟着，似先知一般，她们祝贺他

为一系君王之祖。在我这头上，
她们放了顶没有后嗣的王冠，
在我这掌中，一根无子的王权杖，
可是将有只外姓的野手强夺去，
我没有儿孙能承继。若果真如此，
我坏了心术只是为班轲的后裔；
我凶杀仁德的邓更只是为他们；
在我的和平酒樽中注入怨毒
只为了他们；将我不灭的灵魂
奉献给人类的大敌魔王撒旦，
只为了使他们，班轲的后人，为王！
与其这样，倒不如让命运来到
马战比武场，跟我拚一拚生死！
那是谁？

[近侍偕两凶手②上。

你到门外去，等叫你才来。

[近侍下。

是不是昨天我们谈起过的吗？

凶手甲 正是，大王。

麦克白斯 那很好，你们可已经
考虑过我的话？须知过去就是他
把你们压得不出头，你们却错怪我。
这事，上次谈话时我们已说清楚；
证明给你们听，你们怎样被欺罔，
怎样给破坏，他利用那些人，还有谁
跟他们一起行动，和其他的种种，

即令对只有半个灵魂的相好，
或头脑昏聩的人，也一准已讲得
极透彻，“这都是班轲所干。”

凶手甲 您已经
晓谕过我们。

麦克白斯 不错；且还要进一步，
这就是找你们两次来谈的话因。
你们性情里是否耐功竟这般
占上风，所以你们能由它去？是否
你们还基督精神满怀抱，眼见得
他那暴厉的权势催逼着你们
进坟墓，使你们的子孙永远当乞丐，
你们还兀自要替班轲这好人
和他的后代求福泽？

凶手甲 我们是人，大王。

麦克白斯 不错，在登记账目上你们算是人；
正好比猎狗，灵猩、杂种狗、卷毛狗、
恶狗、狮毛狗、龙狗、半狼狗都叫做
狗儿：标明身价的簿册上却根据
宽仁的造化所赋予各个的秉性，
而分别有快跑、慢走、狡猾、看家
与打猎之类；那里每一种各自有
单独的名称，以有别于混称它们
都是狗的那本总账：人也是这样。
却说，你们在簿册上若是有地位，
而不是个汉子的最坏等级，现在就

说出来；我会把事情告诉给你们，
干了它就是把你们的仇家打倒，
就是赢得了我们的欢心和喜爱，
他有朝还活着，我们总身心都不爽，
他一死便健旺而愉快。

凶手乙 我是这样
一个人，大王，人世间恶毒的拳打
脚踢已把我刺激得顾不得一切，
只想来一个反击。

凶手甲 我又是一个，
受够了横逆，被恶运横施倒曳，
我愿把生命作注子，赌一个输赢，
过不得好日子便索性把它了结。

麦克白斯 你们都知道班轲是你们的仇家。

两凶手 当真，大王。

麦克白斯 他也是孤家的冤仇，
而且只相隔着血淋淋三尺霜锋，③
他活着每分钟都戳痛我这胸口：
虽然我尽可持权公然消灭他，
且决心做到这一层，但不可如此，
为的是他和我有些共同的朋友，
我不能无视他们的好感，却得要
悼伤我自己所打倒的人；因此上，
我邀请你们来帮我的忙，为种种
重大的理由，遮盖着众人的耳目。

凶手乙 大王，我们将效命去干。

凶手甲 即令把

我们的性命——

麦克白斯 你们的性情在放光。

最多就在这一小时以内，我将会

告诉你们到什么地方去待着，

告诉你们最准确的、见他来的时间，④

那干掉他的顷刻；因为事情一定得

今晚干，离王宫要远些；且总得记住，

我务必不涉嫌疑：还有连同他——

事情决不可拖泥带水，有把柄——

和他一起的他儿子弗里恩斯，

也定得偎抱那阴暗时辰的噩运；

须知干掉他跟干掉他父亲对我

同样地重要。你们自己去决定吧；

我马上就来。

两凶手 我们决定了，大王。

麦克白斯 一会儿我就来看你们：待在里边。

事情已完毕：班轲啊，你灵魂若要

飞上天，还得赶今晚上去飞的好。

［同下。

第 二 景

［同前。宫中另一室］

［麦克白斯夫人与一仆人上。

麦克白斯夫人 班轲离宫了吗？

仆　人 是的，娘娘，但是他今晚要回来。

麦克白斯夫人 去禀报王上，他有空我跟他有话说。

仆　人 我就去，娘娘。 ［下。

麦克白斯夫人 什么都没有，一切全没劲，
若是愿望达到了而心中却扫兴；
弄死了人在疑惧的欢乐中存身，
倒不如我们害掉的那人安稳。

［麦克白斯上。

怎么样，王夫？你为何孤孤独独，
终日与愁思苦想作伴，浑不忘
早该忘怀的作古了的前人与往事？
全没法补救的东西应莫去挂怀：
做了的事情已经做。

麦克白斯 我们斫伤了
一条蛇，未曾斩死它：它会长合起，
完好如初，而我们，心怀着恶意，
太可怜，还得冒被它原有的毒牙
咬伤的危险。我们日日在恐惧里
进餐饭，夜夜在凄苦中睡眠，噩梦
连连惴栗栗，倒不如看天崩地陷，
上界共人间都遭难。与其给绑上
逼供台，⑤躺在五心烦躁里奋激，
何如与死者去为伴，因求得安宁，
我们曾把他们送往了宁静乡？
邓更在墓中；在生命的阵阵高烧后，

他睡得很甜；叛逆已竭尽了能力：
精钢、毒药、内乱、敌寇，已不能
损及他分毫。

麦克白斯夫人 休得再这样；
亲爱的王夫，莹润你颦蹙的眉宇，
今晚在宾客中要容光焕发神情爽。

麦克白斯 我将会这样，吾爱；请你也如此。
把你的关注安放在班轲身上；
用眼色与言辞对他表示尊重：
到如今我们还没有能站稳，但看
我们还须用这些阿谀的行止
去涤荡自己的尊荣，叫我们的面颜
变作内心的假面，掩盖着真情。

麦克白斯夫人 再休这么样自苦吧。

麦克白斯 啊！我心里
满都是蝎子，爱妻；你知道班轲
和他的弗里恩斯还活着。

麦克白斯夫人 但他们
生命的赋与期并非无限度。

麦克白斯 事情
还有可安慰处；他们可以给袭击；
所以，且快乐吧。蝙蝠在庙里起飞前，
粪生的甲虫，应黤黮的幽冥女神
黑格蒂召唤，用它催眠的吟哦
敲起晚间使人打呵欠的钟响前，
有一件非常可怕的事情干出来。

麦克白斯夫人 什么事要做?

麦克白斯 休得知道这正经,

亲鸡儿,直要等到你对它喝彩时。

来啊,掩蔽天光的黑夜,蒙住了

可怜的白昼它那祥和的眼睛吧,

运你那嗜血而无形的巨灵之掌,

把使我面色惨白的授命符牒⑥

撕得粉粉碎!天光黝暗了,乌鸦

飞向多鸦的林中去;

白昼的善良东西开始沉睡着,

黑夜的黫兵皂卒奋起去抢食吃。

你听我这话在诧异:但是莫声响;

已开始的坏事凭罪恶而变得坚强:

所以,请你,同我一起来。 [同下。

第 三 景

[同前。禁苑,有路通至王宫]

[三凶手上。

凶手甲 可是谁叫你跟我们一起的?

凶手丙 麦克白斯。⑦

凶手乙 既然他完全按照着指示,说出了

我们的职务和我们须得做的事,

我们就毋须再对他怀疑。

凶手甲 那你就

跟我们在一起好了。西天还亮着
几缕白日的余光：此刻暮色中
还在路上的行人快马急加鞭，
想早些宿上客店；我们警备着
守候的人儿近来了。

凶手丙 听！我听到
马蹄声。

班　轲 ［在内］给我们照亮，喂！

凶手乙 那就是他了：
别的候客单上的宾客都已在宫里。

凶手甲 他的马绕了远路。

凶手丙 几乎有一英里；
可是他惯常，别人也都是这样，
从这里步行到宫门首。

凶手乙 火把，火把！

凶手丙 是他。

凶手甲 胆子要放大。

［班轲与茀里恩斯持炬上。

班　轲 今晚要下雨。

凶手甲 让它下吧。

［三人同袭班轲。

班　轲 啊，奸谋！快逃走，茀里恩斯，
逃走，逃走，逃走！你好去报仇
雪恨。啊，贼奴才。

［死。茀里恩斯逃走。

凶手丙 谁灭了火把？

凶手甲 不要这样子做吗?

凶手丙 只死了一个;他儿子逃掉了。

凶手乙 我们

大一半的事儿弄坏了。

凶手甲 算了,走吧,去报命已做了好多。 [同下。

第 四 景

[同前。宫中大厅]

[酒筵齐备。麦克白斯、夫人、洛斯、赖诺克斯、众显贵,与侍从多人上。

麦克白斯 列位都知道自己的品位,坐下来:

从开始到终席,对大家都恳切欢迎。⑧

众显贵 多谢陛下。

麦克白斯 孤家自己跟列位

在一起,尽谦恭的东道之谊。

我们的主妇在她的扆座⑨上就位,

但在适当时要请她举觞祝颂。

麦克白斯夫人 请代我,王上,向众位朋友声言

致敬,我衷心对他们满都是欢迎。

[凶手甲上,立于门首。

麦克白斯 你看,他们以至诚的谢意迎见你;

两边席位相等;我坐在这中间:

尽情欢饮吧;等一会我们来环席

普敬一杯酒。[至门首] 你脸上有血。

凶手甲 这该是班轲的了。

麦克白斯 你在外边比他在里边要好。[10]
解决了他吗？

凶手甲 大王，他的脖子给斫了；我干的。

麦克白斯 你真是斫脖子的好手；但哪个斫了
弗里恩斯的，也不错：若也是你干的，
那你真成了盖世无双的拿手了。

凶手甲 大王爷，弗里恩斯逃掉了。

麦克白斯 ［*旁白*］我阵阵的激发，又在回来了：否则，
我便会心满意足；大理石一般
坚实，同磐石一样稳固，跟周遭
围抱着的空气那么逍遥无阻；
但是我此刻被监关、笼槛、锁闭，
被苛酷的[11]忧疑与危惧所禁锢。可是
班轲不碍事了吗？

凶手甲 是的，好大王：
他躺在沟里不碍事，头上有二十处
创伤；最小的一道也会叫他死。

麦克白斯 那便多谢你了。［*旁白*］大蛇已横在那里：
逃掉的小蛇有天性，将来会长毒，
现在可还没牙齿。——你去吧，明天
再跟你谈话。 ［凶手下。

麦克白斯夫人 吾王，您未曾使来宾
兴高采烈；酒筵在供陈的时节，
若不将欢迎的情意频频申说，
便等于是售卖而不是宴请的了：

为果腹，最好在家里；离了家赴宴，
殷勤的礼数是进餐的调味品；没有它，
宴聚会萧索无欢。

麦克白斯 提醒我得妙！
愿列位胃口都开敞，消化尽优良，
祝二者都顽健！

赖诺克斯 请御驾就座如何？

［班轲之鬼魂⑫上，坐麦克白斯座上。

麦克白斯 倘使我们俊伟的班轲能来到，
吾邦的英豪此刻将会集于一堂；
如今我宁肯责备他不够知己，
却不愿怜悯他有什么不测。

洛　斯 吾王，
他不来赴席要怪他出言无信。
请御驾宠赐和我们同席如何？⑬

麦克白斯 桌上已满座。

赖诺克斯 这里有空位，王上。

麦克白斯 哪里？

赖诺克斯 这里，敬爱的吾王。什么事惊动了
您御驾？

麦克白斯 这是你们哪一个干的？

众显贵 什么，敬爱的吾王？

麦克白斯 你不能说这是
我干的：切不要把你这血污的头发
对我摇晃。

洛　斯 列位，请起来；御驾在

不舒服。

麦克白斯夫人 坐下，高贵的宾朋：我王夫
时常这样，从他年轻时就如此：
请你们就座；这阵发病是暂时的；
一忽儿他就会恢复。太过注意他，
你们会惹恼他，延长他这阵苦痛：
进餐，莫去理会他。你是个汉子吗？

麦克白斯 是啊，且是个胆大的，敢对吓得坏
魔鬼的东西去直望。

麦克白斯夫人 啊，真胡闹！
这是你的恐惧在空中所幻的假象；
这是那幻觉里的匕首，你说它引你
到邓更那里去。啊！这些个激情
触发和震惊——冒充真恐惧的骗子——
倒很配得上一个妇人家在冬天
炉火前所讲的故事，且有她祖母
加以证实。真可耻！为什么你做
这样的鬼脸？毕竟，你望着的不过
是一把坐椅。

麦克白斯 请你，看那里！看呀！瞧吧！瞅着！
你怎么说吧？哎也，我顾虑什么？
你若能点头，也不妨说话。如果
丙舍和我们的坟墓一定要把
已经葬了的送回来，我们便得用
鹞鹰的肚子作我们的墓。 [鬼下。

麦克白斯夫人 什么！

在愚蠢里完全丧失了汉子的气概?

麦克白斯 我只要在这里站着，就能看见他。

麦克白斯夫人 呸，可耻!

麦克白斯 古时候，在人道的法律涤定得邦国
清平之前，流血也是桩有过的事;
是的，那以后，也有过凶杀案件，
太骇人听闻：在过去，脑浆流出了，
人就死掉，也就完了事;但如今，
他们头上挨了二十处致命伤，
还会起来把我们从座椅上推开:
这就比这样的凶杀更加骇人了。

麦克白斯夫人 尊崇的王夫，你高贵的朋友们等着你。

麦克白斯 我是忘怀了。休对我诧异，异常
高贵的朋友们;我有种怪病，对于
知道我的人却不算一回事。来吧，
我遗爱与列位，祝大家健康，干杯;
然后我才坐下来。给我点酒来;
斟满。我祝贺满堂欢，也祝贺我们
记挂的好朋友班轲;但愿他在此!
对大家，对他，我们干一杯，一切
都如意。⑭

众显贵 我们的忠诚，也都干一杯。

[鬼魂上。

麦克白斯 滚开!离开我眼前!让泥土盖着你!
你那骨殖里没骨髓，你的血已经冷;
眼瞪瞪怒视的你这双眼睛已没有

眼光。

麦克白斯夫人　　亲爱的贵人们，把这个只当作
一件平常事：再没有什么别的了；
它只是扫了大家今晚上的兴。

麦克白斯　人所敢做的，我都敢：
你可以装成毛茸茸的俄罗斯大熊，
或带角的犀牛，或赫坎尼亚老虎，⑮
对着我走来；除了你现在这样子，
变什么都行，那时节我坚强的筋肉
决不会颤抖：或许你重新活过来，
用剑向我挑战，要我去沙漠里；
假使我颤巍巍待在家里⑯不敢动，
你可以叫我女孩儿崽子娃娃。
去你的，骇人的幻影！虚假的把戏，
去你的！　［鬼下。
　　　　哎也，是这样；它走掉之后，
我重新是个人了。请你们坐下吧。

麦克白斯夫人　你用吓人的惊扰赶掉了欢乐，
打破了这良会。

麦克白斯　　　　　　这样的事情发生了，
而竟能好像夏云般在头上推过，
不引起我们异常的诧骇不成？
如今我想起你看了这些个形景，
依然面泛着桃红，而我却吓得
脸色发青，这样子你可真使我
自己都不懂，我究竟是怎样的心情。

洛　斯　什么形景，吾王？

麦克白斯夫人　我请你莫说了；
他越来越不好；说话会将他激怒。
就此，夜安吧：不必再拘泥着形式
告退，即刻请便吧。

赖诺克斯　夜安；祝陛下
就恢复康宁！

麦克白斯夫人　恳祝诸位都夜安！

［众显贵及侍从等俱下。

麦克白斯　这事会落得流血下场；有人说，
流血终于会落得流血：听人说
石头曾走动，⑰ 树木讲过话；⑱ 朕兆
和占卜曾凭借喜鹊、穴鸟、白嘴鸦，
泄露过最机密的凶手。现在是夜里
什么时候了？

麦克白斯夫人　将近同晨光争胜时，
明暗难分。

麦克白斯　墨客特夫抗谕不奉命，
你怎么说法？

麦克白斯夫人　可派人召过他，您？

麦克白斯　我偶然听到这么说；我将派人去。
他们中没有一个人我不在他家里
买通了一个仆人的。⑲ 我要在明天——
一清早——去找那几个命运的姊妹们：
她们必得多讲些；因为我如今
一心要用这最坏的方法去知道

我最坏的场合。为了我自己的利益，
一切的原则都得让路：我踩在
血里已走得这么远，假使我不再
徒涉前进，打回头将和往前走
一般辛苦。我心里有怪想得干出来，
待干了以后才能给人家辨好歹。

麦克白斯夫人 你缺乏调剂人身心的睡眠。

麦克白斯 来吧，
我们去睡觉。我这奇怪的自骗自，
是新手的恐惧，需要多经历，多从事：
干这营生我们还不熟练。 ［同下。

第 五 景

［荒原］

［雷声。三巫婆上，遇黑格蒂。

巫婆甲 哎也，什么事，黑格蒂！你像在生气。

黑格蒂 我没理由吗，你们这些个丑婆娘，
鲁莽灭裂不知礼？你们怎敢向
麦克白斯私下打交道，吐奥秘，
泄露那有关生死的大玄机；
而我，你们法术的都管司，
灾祸事都由我暗中来驱使，
今番却为何不叫我参加，
去显示我法术神通多广大？

而尤其糟的是，你们鼓着劲
只替个反复无常、骄横
险诈的魔孙跑腿脚，他只顾
为自己，哪知还有你和我。
可是如今要补救还来得及：
现在且散去，在阴湖[20]坑窝里
明早上再跟我相会：那壁厢
他会去，把前途休咎问端详：
准备好你们的灵符与器皿，
连同那密咒和一切应用品。
我要乘风翩翩去，这夜晚
我得用来报恶兆，注凶惨，
中午前大事一定要干好：
有一颗幽微的露滴高高
挂在那弯弯新月的末梢头，
不等它掉下地我要接在手：
那一经用魔法秘方提炼净，
能召遣那样机巧的鬼精灵，
他们只用施展些障眼法，
便能轻易地把他活坑煞：
他将鄙夷着命运与死亡，
浑无禁忌去任性纵癫狂；
而你们都知道，愚妄的刚愎
乃是人生世上的大仇敌。
[内有歌声“去来，去来”，云云。]
听！在叫我；我的小精灵，你们瞧，

坐在一朵雾云里，等我来飘摇。　　　　　　　　［下。

巫婆甲　　来吧，我们赶快；她不久就回来。

［同下。

第六景

［福来斯。宫中一室］

［赖诺克斯与另一显贵[21]上。

赖诺克斯　　我方才的话刚和你的想法一致，
那可以再这么讲下去：不过，我说，
事情却有点儿怪。仁德的邓更
颇受麦克白斯怜念：圣处女，他死了：
极勇武的班轲夜行走得太晚；
您若高兴，许要说，是茀里恩斯
杀了他，因为茀里恩斯已逃跑：
人不该夜行得太晚。谁不会认为
马尔孔、唐珊培杀他们仁德的父亲，
多骇人听闻？那真是可恶的罪行！
这事使麦克白斯多么悲伤！他可不
义愤填膺地，马上把两个烂醉而
死睡的罪犯戳翻了？那岂不豪杰？
真是的，并且也明智；因为那两个
要否认的话，会把任何人[illegible]激怒。
所以，我说，他一切都处置[illegible]很好；
我想他若把邓更的两个儿子

给逮住，——他不得成功，想天意所定[22]——
他们该尝到杀父亲是什么味道；
弗里恩斯也如此。可是，莫说了！
为了说话太爽直，以及没应召
赴凶王[23]的筵宴，我听说墨客特夫
遭到了黜逐。大人，他目今在哪里？

贵　人　邓更的儿子（他的嗣位权这凶王
把它拦到手）如今在英格兰宫中
作客，受到那非常虔诚的爱德华
恁隆重的款待，所以命运的乖违
不曾使他的尊崇受丝毫损失。
墨客特夫便到了彼邦，去恳求
那敬神的英王帮他把瑙森褒兰
和善战的西德华振奋起来：有了
这两起支援——再加天意的裁可——
我们又可以白天进餐饭，夜晚
得休眠，宴会上不会有血刃横飞，[24]
矢忠勤，承受自由人所能有的荣显；[25]
那种种我们如今都渴望而殷求。
这消息使当今大为震怒，于是他
准备要启动干戈。

赖诺克斯　他派人宣召了
墨客特夫吗？

贵　人　他派的：回话是一声
断然的“足下，我不去”，那着恼的来使
转回头哼一声，仿佛说道，“你将

后悔不该把这样的回话累赘我。”

赖诺克斯 那正该使他提防，尽他的聪明
趁早作准备。愿有个神圣的天使
比他先飞到英格兰朝中去预报
他带去的消息，那么，也将有先期
送来的天恩福讯早些到魔掌下
我们这苦难的宗邦！

贵 人 我愿为他祝祷！

[同下。

第三幕 注释

① Clark 与 Wright：这是假装一本正经的玩笑口吻。

② Clark 与 Wright：这两个不是职业凶手，在下文内可以知道，而是两个兵士，他们的命运，据麦克白斯所言，是被班轲的权势所毁了的。

③ 原文“distance”，Warburton 解作敌意，Clark 与 Wright 训疏远、敌对、龃龉，Skeat 释为隔阂，大致差不多。Steevens 谓：这样一个距离，如你死我活的仇敌们会彼此面对面地站着，当他们的争端一定得用剑来解决的时候。这隐喻被继续到下一行里。Elwin 云：这里这隐喻所代表的是情感上的活跃的敌忾；而且它是这样一种敌忾，它存在着的每一分钟都威胁着要摧毁我心向往之的东西，或我想望中的生活，这敌忾被想象为一个正在对我作殊死斗争的死敌，他的戳刺时刻对准着我的胸口，或我身体的最致命部分。译者觉得把“distance”解释得太拘泥刻板固非所宜，因为那样就会把这两行所含的一个隐喻的整体拦腰切断，但如 Elwin 那样讲得隐入玄虚，又必然会丧失作者的本意。为畅达起见，译文从 Steevens 说把“将招致流血的距离”索性点明为“血淋淋三尺霜锋”。

④ 从 Cowden-Clarke 所解。

⑤ Clark 与 Wright 谓，“on the torture”系暗指拷问台而言。

⑥ 这是假定有这样一张符牒，赋班轲以生命，或者允许他的儿孙作君王。

⑦ 这是描写恶人做坏事的精彩之笔。他们因为自知是坏蛋，所以永远不相信任何人，如果派了某甲去做某一件事，必另派某乙去从旁监视，再加派某丙去密报某乙在怎样监视某甲。他们一旦当了权，即令万一想做一件好事，也绝对不可能，因为他们那见不得天日的鬼祟手法必然把人和事都弄坏，除非那被派的人不奉命而断然脱离他们。

⑧ 这一行 Johnson 解作：从首席到末座，你们的来到都极受欢迎。佚名氏训为：一句

话说尽，你们极受欢迎；从开始到终席，要去掉一切厌烦的拘束。Cowden-Clarke 则谓，除 Johnson 所解外，还含有这一意义：从最先来的到最后到的，都要感觉极受欢迎。

⑨ Gifford：古时堂上正中有坛，坛上置座椅，上覆以华盖。

⑩ Johnson：我更喜欢班轲的血在你脸上而不在他体内。莎氏也许是说：班轲的血在你脸上，比他自己在这堂上要好。Hunter 谓这是句旁白，并非对凶手所言。麦克白斯走近门首，见到凶手脸上有血，这与灯烛荧煌、满堂欢宴的情状相比，使他不禁震骇失色，但他又想起杀死班轲是多么重要的一件大事，当即自言自语说道："你在外边比他在里边要好。"接着，他恢复了过来，当即问来人道："解决了他吗？"

⑪ "Saucy"，Schmidt 解作无限的、浩渺的、放肆的，跟囚禁之意适成相反，为一个富于表情的、矛盾形容法。Koppel 则训为辛辣的、苛酷的、猛烈的、咬人的。

⑫ 这导演辞在各版对开本上是在麦克白斯夫人上面所说的"……萧索无欢"之后，最初在一七六七年之 Capell 校注本上移后了两行半，近代版本大率从他。这鬼魂只有麦克白斯一人看到，来宾与夫人都不见。历来学者们对它有各种不同的说法，兹扼要介绍如下：Seymour 认为麦克白斯初次见到的应当是邓更的鬼魂，二次看见的才是班轲，前后是两个不同的鬼。因为如果只是一个鬼在同一剧景前后两次出现，第二次出现便不能增加新的恐怖。"如果丙舍和我们的坟墓……"这句话分明不能应用到班轲身上，他刚被杀死，当然说不上丙舍或坟墓，所以只能是对邓更说的。有人会说，"你不能说这是我干的，……"这句话只能对班轲而发，不可能对邓更说。如果这是对班轲狡辩的遁辞，因为麦克白斯杀班轲是指使旁人去行凶的，那么，以他的诡辩和强词夺理，他也能说他杀死的只是个睡着了的受害者，邓更的醒着的鬼魂不应当向他来讨命，因而这句话还是可以应用到邓更身上。〔按，这就有点勉强了。〕而况，"我只要在这里站着，就能看见他"这句话只能应用到邓更身上，因为麦克白斯是在对他夫人说的，她还没有听说过班轲被杀。邓更的鬼魂离开以后，麦克白斯在比较镇定的心情中想到，既然已经埋葬了的邓更能从坟墓里出来找他，班轲也可能来对他显形，虽然他"头上挨了二十处致命伤"。夫人打断了他这阵冥想后，他当即跟宾客们"在一起"，而正当他举杯祝他的朋友健康的时候，就在那一瞬间他朋友的鬼魂蓦地出现了。Knight 则认为初次出现的是班轲，二次出现的为邓更，因为初次的导演辞很明白，随后的对话里并无与之矛盾的内容；对开本内无班轲之鬼下场的导演辞，有之只是 Steevens 在其校注本内所加（在三四行后）；而后来的鬼魂上场时，在各版对开本里的导演辞只是"鬼魂上"，如果说还是班轲，在戏剧艺术上就不见得高明，而从麦克白斯对前后两个鬼魂的不同的恐惧程度而言，则这第二个鬼颇有可能是邓更而不是班轲。Collier 与 Dyce 认为第二个鬼是邓更的说法不可凭信，因为麦克白斯对雍容可敬的邓更说出"用剑向我挑战，要我去沙漠里"这样的话不合式，而"你这双眼睛已没有 / 眼光"也只能是对刚死的人说的；而且一六一〇年四月二十日《麦克白斯》上演于环球剧院时，有一个名叫 Simon Forman 的医生曾看到并写下了日记，其中并无邓更的鬼魂上场的说法，而当时莎氏本人还活着。Hunter 则赞成 Seymour

的说法，谓对开本里初次出现的鬼魂应当是邓更；如果是班轲的话，鬼魂二次上场的导演辞便应当是“鬼魂重上”而不是“鬼魂上”了；对开本内这里的导演辞跟别处的一样，分明有错误；第一次鬼魂下场前麦克白斯所说的“丙舍”、“坟墓”等语只能是对邓更说的，但看二幕四景近尾处墨客特夫对洛斯说，邓更的遗体已经

运送到库弥玑，那是他祖宗庐墓
所在地，他们的瘗骨处，

而不可能是对班轲说的，因为他刚被杀死，尚未下葬；至于第二次的鬼魂，那显然是个军人，不是个文人；关于 Forman 医生的话，那并不能决定班轲是唯一的一个鬼魂。Fletcher 谓，舞台上出现这样血肉模糊的鬼魂，根本与莎氏的意图相左；且我们几百年后的观众都能清楚看到，而剧中人除麦克白斯外竟无一个人能看见，尤足以证明这只是戏院老板与庸俗的观众的曲解而已。White 认为两次鬼魂都是班轲，因为麦克白斯把他念念不忘地记挂在心上，所谓疑心必生暗鬼：鬼初次出现后他便说，“你不能说这是我干的”，这是因为他指使了别人去下毒手，所以是在对鬼撒谎；而第二次的鬼还是班轲，因为麦克白斯为解除来宾对他的疑虑起见，第二次夸口说，“但愿他在此”，不料鬼魂果然又来了，于是他更加骇愕惊惧。Halliwell 谓，麦克白斯向老国王邓更挑战，要到沙漠里去决斗，那是不会的。Elwin 指出，麦克白斯的注意力起初是对他的王后的，后来是对他的宾客们的；因为心情忐忑不安，他不愿意坐下来，所以不由自主地不去注意那空位子；后来他被迫于一再恳请之下，方去对他注目，所以鬼一出现时他并未立即见到；这个戏剧意想，优美地表示出麦克白斯的心情激动与刺激着观众（他们等候着他去看到鬼魂）的兴趣，是非常完美的。Bucknill 与 Hudson 则都指明这里的鬼魂是麦克白斯精神错乱中的幻觉，是个主观的鬼，不是个客观的出现；当初他看到空中有匕首时他神志还很冷静，不信它有客观的存在，但后来他不能睡觉，或者睡后噩梦通宵，成天成夜不得休息，因而就看见了人家所看不到的鬼魂。按，西梠士夫人（Mrs. Sarah Siddons，1755—1831，扮演麦克白斯夫人与其他莎剧女主角的名伶，曾被誉为“悲剧女神”）则主张麦克白斯夫人也见到这两次鬼魂的出现，但她的兄弟名伶 John Philip Kemble（1757—1823）则在他的演出里根本没有鬼魂上场。

⑬ Hunter：洛斯说这两句话时，麦克白斯方才看到这鬼魂。赖诺克斯请他之后，他正待要去就座，突然见到了鬼魂，心中满是恐怖，他向后退缩，于是洛斯也请他就座。

⑭ Warburton 解为对大家祝愿，所祝的在上面已讲过，即爱、健康与欢乐。

⑮ 位于欧、亚两洲之交的大盐湖里海（Caspian Sea），古名为赫坎尼亚海（Hyrcanium Mare）。在它南面的广袤地区古时叫作赫坎尼亚（Hyrcania），以产老虎闻名，在罗马博物学家普林尼（Caius Plinius Secundus，23—79）的《自然史》（*Historia Naturalis*）里有记载。此书于一六〇一年有霍兰特（Philemon Holland）之英文译本出版。在霍氏英译本里讲到赫坎尼亚老虎的对面一页上也讲到犀牛。以上采自 Clark 与 Wright 之牛津丛刊本（Clarendon Press Series Ed.）本剧注。

⑯ 原文“inhabit then”有二十四家注释，译文从 Henley，Steevens，Tooke 所解。

⑰ 这里确指的是什么故实，不清楚。Paton 谓可能系指摇石或“审判石”而言，据说

古督伊德教徒们〔古时高卢人（Gaul）与不列敦人（Briton）之宗教信徒 Druids〕测验一个人是否犯罪即仰仗这些石头。一个无辜者轻轻碰一下这样一块石头，它会立即动摇，但秘密的凶手竭尽平生之力也休想动得它分毫。假使莎氏于写作本剧前曾到过麦克白斯本乡去熟习他的材料（我信他去过）的话，他不可避免地会注意到这些遗踪故迹。在葛拉姆斯堡（Glamis Castle）附近，就有这样一块石头。

⑱ Steevens：也许指暴露 Polydorus 被凶杀的那［三］棵树，见 Virgil：Æneid，Ⅲ，22，599。

⑲ 元恶大憝，狡猾奸险而猜忌，谁都信不过，必与人人为敌，结果定然是覆灭。这倒不是“天网恢恢，疏而不失”，而是情势所酿，事有必然。

⑳ 哀扣浪（Acheron）原为古希腊一河流，但在荷马史诗《奥特赛》（卷十）里是阴曹地府（Hades）的悲伤川。莎士比亚把它作为从人间进入下界的燃烧湖。这里，据 Cowden-Clarke 云，巫婆们用它来称呼麦克白斯堡邸附近的一个污水潭或黯池塘。

㉑ 这位没有姓氏的显贵，据 Johnson 云，在原稿上当为“Angus”（盎格斯）之简写“An.”，但想被誊录者误抄为“another Lord”（另一显贵），故在初版对开本上也就跟着错下去。

㉒ Delius：这插句是讲给观众听的，不为赖诺克斯的同伴所闻见。

㉓ Clark 与 Wright：原文“tyrant”不是作为这字的近代涵义，训暴君或凶王，而是当作篡位者或逆王用的。但 Schmidt 还是解作凶王或暴君。

㉔ Delius：他是想起了筵宴进行时来报告暗杀班轲消息的那个凶手。

㉕“Free honours”从 Schmidt 所解。

第四幕

第一景

［窑洞。洞中架起一沸滚之大锅］

［雷声。三巫婆上。

巫婆甲 虎狸斑猫儿[①]已叫了三回。

巫婆乙 三回，小刺猬也叫了一回。[②]

巫婆丙 长脚蟹[③]在叫；时间到，时间到。

巫婆甲 绕着锅儿转着圈儿走；
把毒心毒肺望着锅里丢。
癞蛤蟆躲在冷石头下面，
睡了三十一个黑夜和白天，
经过恁久流出的毒汗水，
先在魔锅里翻腾又滚沸。

三巫婆 加倍又加倍，劲儿狠，劲儿猛，
锅下火烈烈，锅里滚腾腾。[④]

巫婆乙 泥沼里的蛇做的卷扎肉，
在锅里滚炖、烹煮再烧熟；
水蜥的眼睛，青蛙脚指头，
蝙蝠身上的绒毛，狗舌头，

毒蛇舌叉和蛇蜴的刺，
蜥蜴腿子，猫头鹰的翅，
熬成一锅猛烈的惨酷膏，
翻腾得地狱凶羹般滚又烧。

三巫婆 加倍又加倍，劲儿狠，劲儿猛，
锅下火烈烈，锅里滚腾腾。

巫婆丙 死尸制的药，龙鳞片，狼牙齿，
饕餮的海鲨的食管和肚子，
黑夜掘起的毒药芹的根，
咒天骂神的犹太人的肾，⑤
山羊苦胆和天狗吞月时、
撕裂下来的紫杉小枝子，
土耳其鼻子，鞑靼人嘴唇，
娼妇在沟里刚正才出生、
就把来勒死的婴孩手指头，
煮成一锅糊，又黏又是稠：
加上只老虎的心肝和脏腑，
合成我们这满满一大锅。

三巫婆 加倍又加倍，劲儿狠，劲儿猛，
锅下火烈烈，锅里滚腾腾。

巫婆乙 再用点狒狒⑥的血浆来收膏；
这魔丹便又可靠又是好。

［黑格蒂上。

黑格蒂 啊也！做得好！你们好辛苦，
大家享到了好处都有数。
现在，绕着这锅儿来唱歌，

绕着圈儿像小妖和仙娥，
使你们投入的东西更着魔。

［乐调与歌声奏唱“黑鬼使”云云。

巫婆乙 我的大拇指有点儿刺痛，
这儿有什么坏事在响动。
打开，门锁，不管谁在叩扃。

［麦克白斯上。

麦克白斯 做什么，你们这些个隐秘、恐怖、
子夜里营生的丑婆子！你们干什么？

三巫婆 一桩没名儿的正经。

麦克白斯 我用你们
法术的名义庄严地恳请你们——
不管你们怎样知道的——回答我：
即令你们释放了罡风让它们
跟教堂作战；即令滔天的白浪
毁灭与吞没了航行；即令麦子
未抽穗给吹得倒伏，大树被刮倒；
即令堡垒坍塌在校尉们头上；
即令宫殿与高塔⑦把头斜倒在
础上；即令造化的种子整个儿
宝藏全被撒散在地上，直等到
毁灭也感觉厌倦；这些都不管，
只回答我问你们的话。

巫婆甲 你说。

巫婆乙 你问。

巫婆丙 我们会回答。

巫婆甲　　　　　　　　　　你说你愿意

听我们来说，还是听我等主司们讲。

麦克白斯　叫他们来吧：让我来见见他们。

巫婆甲　把吃掉九头猪仔的那母猪

猪血倒进去；把绞索勒住

凶手行刑时，他渗出的油珠

洒进火焰里。

三巫婆　　　　　　来啊，不管你

品位高或低，巧妙地显出你

自己的形象和职掌的玄机。

［雷鸣。首次幻显，一戴盔之首级。⑧

麦克白斯　告诉我，你这不相识的神怪——

巫婆甲　　　　　　　　　　　　　　他知道

你在想什么：听他讲，你自己莫说。⑨

首次幻显　麦克白斯！麦克白斯！麦克白斯！对墨客特夫，

对淮辅伯爵要当心。让我去。话已尽。⑩

［下逝。

麦克白斯　不管你是什么，多谢你对我警告；

你正点中我的恐惧。只再说一句，——

巫婆甲　他不受命令：这里还有另一位，

比第一位更有威力。

［雷鸣。二次幻显，一浴血之婴孩。

二次幻显　麦克白斯！麦克白斯！麦克白斯！——

麦克白斯　我若有三只耳朵，也会听着你。

二次幻显　要凶残、勇猛、坚决；要嘲笑、鄙蔑

人所能有的一切威力：因为，

没有女人生的人能伤害麦克白斯。

［下逝。

麦克白斯　那尽你去活着好了，墨客特夫：
我何必怕你？可是我要使自信
加倍地坚强，我要有命运作保证：
你还是不能活；那么，我才可以对
懦怯的恐惧说它在撒谎，不管
雷声而安然就寝。

［雷鸣。三次幻显，一头戴王冠之孩童，手持树枝。

这是什么，
像君王的后裔一般升起，头戴着
至尊的冠戴？

三巫婆　听着，莫跟它说话。

三次幻显　要像狮子般豪强，要威棱显赫，
莫管谁焦躁，谁恼怒，谁企图谋叛：
麦克白斯决不会有人能战胜，除非
褒耐大森林指向滕锡奈高山，
来对他讨伐。

［下逝。

麦克白斯　那决计不会：谁能
强制征召起森林，叫树木脱出它
地下的根株？可喜的朕兆啊！好！
谋叛的阴人，褒耐大林子起来前
切莫起来，我们位崇的麦克白斯
便定将安度天年，把呼息交付与

时间与尘世的惯序。不过我的心
跳着，想知道一件事：告诉我——魔法
若许你讲得这么多——班轲的后人
是否将统治这王国？

三巫婆 莫再多问了。

麦克白斯 我一定得满足：拒绝了我这要求，
永恒的诅咒将落在你们头上！
让我知道。为什么那锅儿沉入了
地下去？这乐声又是什么？

［奏唢呐。

巫婆甲 哑戏！

巫婆乙 哑戏！

巫婆丙 哑戏！

三巫婆 给他的眼睛看，叫他的心悲伤；
要来得像心影，要去得像幻象。

［八代君王之行列依次过，最后一王手持一镜，班轲之魂尾随。

麦克白斯 你太像班轲的鬼了；下去！你头戴
王冠，烙痛我的眼珠：你的头发，
你这圈金箍的头儿，跟那第一个
一样：第三个跟前面一个又一样。
恶劣的丑婆子！为什么你们给我看
这个？还有第四个！跳出眼眶来，
眼睛啊！什么！这一线相承要牵延
到世界末日吗？还有一个吗？第七！
我不要再看了：可是第八个又出现，

还拿着一面镜子，照给我又看到
好许多；又有一个我见他手揽
双球与王杖三支⑪。骇人的景象！
此刻我见到的确是；因为头发上
血粕模糊的班轲在对我微笑，
手指着他们作为是他的后胤。

［幻显消逝。

什么！当真如此？

巫婆甲 是的，大王爷，当真是如此。
但为何麦克白斯张皇失智？
来，姊妹们，鼓起他的兴趣，
表演我们最好的欢娱。
我们来作法使空中箫簧闹，
你们把异样的圆舞来跳，
好让这大王爷和和蔼蔼
说我们欢迎他，对他表敬爱。

［乐声。三巫婆起舞，瞬即［与黑格蒂］同逝。

麦克白斯 她们在哪里？去了？让这恶时辰
在日历里边永远受诅咒。进来，
外边的来人！

［赖诺克斯上。

赖诺克斯 御驾要什么？

麦克白斯 你见到
那命运的姊妹们吗？

赖诺克斯 没有，吾主。

麦克白斯 她们可不是打你身旁过去了？

赖诺克斯 当真不曾过，吾主。

麦克白斯 空气经她们
穿过就得中毒，什么人相信了
她们就得打进地狱门！我听到
急马奔蹄响：乃是谁到来了吧？

赖诺克斯 有两三个人送信来，吾主，禀报
墨客特夫逃往了英格兰。

麦克白斯 逃往了
英格兰！

赖诺克斯 是的，吾主。

麦克白斯 时间啊，你在我挥动杀手锏之前，
竟已先着了飞鞭；迅疾的意向
休想能实现，除非有行动陪随；
从今往后，我心中第一个意念
便得是手里第一个行动。就在
此刻，为使意念变实事，想与干
要同时并进：我要突然去袭击
墨客特夫的堡垒；攻占淮辅城；
把他的妻子、儿女、同他有血缘
关系的一切不幸者都付诸剑刃。
决不蠢材般夸口；我意向冷却前，
要办到这正经：但莫再见神见鬼！
这些个近侍此刻在哪里？去来，
引我去他们那里。

［同下。

第 二 景[12]

［准辅。墨客特夫之堡邸］

［墨客特夫夫人、伊子及洛斯上。

墨客特夫夫人 他做了什么事，要逃往国外？

洛　斯 夫人，

你得要镇静。

墨客特夫夫人 他却一点都不镇静：

他这逃亡是发了疯：我们的行动

浑无事，我们的恐惧倒使我们

变成了叛徒。

洛　斯 你不知这是他的明智，

还是他的恐惧。

墨客特夫夫人 明智！扔下了妻子，

扔下了孩子，舍弃了房廊和家业，

独自去逃亡？他不爱我们；他缺少

人情的恩爱；即令那可怜的鸱鷯，

鸟里边最最小，有幼雏在窝中，也会

对鸱枭作战。[13]一切只为了恐惧，

再无一点儿恩情；逃亡得这般

不合情理，明智是同样地欠少。

洛　斯 最亲爱的表妹，请你抑制住自己：

至于你丈夫，他性情高贵、聪明、

有英断，洞察这时季的风云谲诡。

我不敢再多说什么：但如今这日月
真够残酷了，我们自己都不知道，
却已当上了叛逆，有时候我们
听信无端的恐惧所酿成的谣言
而震恐，⑭ 自己也不知恐惧些什么，
只在惶骇的大海上漂流激荡。
我向你作别：不久我又会得再来。
事态恶到了尽头会停止，或许会
好转到以前的形景。漂亮的侄儿，
上帝保佑你。

墨客特夫夫人 他有父亲，可是他没有了父亲。

洛　斯 如果我再待下去，便是个呆子，
那会使我蒙羞辱，使你不安心：⑮
我立即告辞。 ［洛斯下。

墨客特夫夫人 小家伙，你父亲死了：
你将怎么办？你预备怎样过活？

儿　子 鸟儿般，妈。

墨客特夫夫人 什么！吃虫子和苍蝇？

儿　子 我是说弄到什么就吃什么；
它们就是这样的。

墨客特夫夫人 可怜的鸟儿！
你从未害怕过网罗、鸟黐、陷阱
和机关。

儿　子 为什么我要害怕，母亲？
网罗不是张着捉可怜的鸟儿的。
父亲并没死，不管你怎么去说。

墨客特夫夫人 不对，他死了：你没了父亲怎么办？

儿　子 不对，却说你没了丈夫怎么办？

墨客特夫夫人 哎也，我能在不拘哪个市场上

买下二十个。

儿　子 那你买来了又卖掉。

墨客特夫夫人 你说话像傻子；⑯ 不过，实在说，你这大年纪，倒是够机灵的了。

儿　子 我父亲是个叛逆吗，妈？

墨客特夫夫人 是的，他是。

儿　子 什么是叛逆？

墨客特夫夫人 哎也，一个人发了誓又撒谎的就是。

儿　子 所有的叛逆都这样的吗？

墨客特夫夫人 每一个这样做的人是个叛逆，就得给绞死。

儿　子 他们发了誓又撒谎的人都得给绞死吗？

墨客特夫夫人 每一个。

儿　子 谁去绞他们呢？

墨客特夫夫人 哎也，那些诚实人。

儿　子 那么，那些撒谎背誓的人儿是傻子了；因为他们人数很多，足够去打败那些诚实的人儿，把他们绞死。

墨客特夫夫人 上帝保佑你，可怜的小猴子！你没了父亲怎么办？

儿　子 他若是死了，你会哭他；你若是不哭他，看来我就要有个新父亲了。

墨客特夫夫人 可怜的小油嘴，瞧你这胡说八道！

［使从上。

使　从 上帝保佑您，贤淑的夫人！您是

不认识我的，虽然我十分知道

夫人高贵的品位。我恐怕有什么
危险正在向您迫近来：您如果
能听一个老实人劝告，请休要
在这里；离开吧，带着孩子们就走。
我觉得这么样惊吓您太粗鲁；
对您更坏些便要算凶暴的残忍，
那可太迫近着您了。上天保佑您！
我不敢多待了。

[使从下。

墨客特夫夫人 我该逃往哪里去？
我没做坏事。可是我如今记起了
我在这尘寰俗世，这里做缺德事
往往会给人称赞，做好事有时候
却倒反叫人认为是危险的愚蠢。
那么，为什么，唉呀，我还要摆出这
女人的自卫来，说我不曾做坏事？

[凶手数人上。

这些是什么脸？

凶手［甲］ 你丈夫在哪里？

墨客特夫夫人 我希望他不在什么那样的坏地方，
那里像你这样的人能把他找到。

凶手［甲］ 他是个叛逆。

儿 子 你撒谎，你这毛耳朵的坏人。

凶手［甲］ 什么！你这小混蛋。叛逆的种子！

[戳刺

儿 子 他杀死了我，妈：快逃走，请你！

［墨客特夫夫人下，口呼“凶杀”，
凶手数人尾追。

第 三 景

［英格兰。王宫前］

［马尔孔与墨客特夫上。

马尔孔 让我们找一处僻静的荫蔽所在，
来痛哭悲怀。

墨客特夫 我们倒不如握紧着
丧门剑，勇士般去捍卫沦落的宗邦；
每天早晨有新的寡妇在哀号，
有新的孤儿在啼哭，有新的悲伤
掴打着天颜，回响下来时好似天
也感到苏格兰的怆痛，阵阵高鸣
叫苦。

马尔孔 我相信的事我要来哀恸，
我知道的事我自会相信，我所能
矫正的事，待找到有利的时机，
我自将矫正。你的话也许是正确的。
这暴君，只提起他名字便使我们
舌上会起泡，曾一度被认为诚实：
你对他敬爱有加；他还未触及你。
我年事尚轻；而你也许经由我
看中他的什么⑰，同时也看到牺牲

一头柔弱可怜又天真的羊羔，
去平息一位煞神的忿怒为得计。

墨客特夫 我不是奸险之徒。

马尔孔 但麦克白斯却是。
洵良有德的天性可能为效忠于
王事而步入奸邪。但我要请你
原谅；你是怎样一个人，并不会
因我的想法而有所变更；天使们
依旧银光闪闪，虽然那最亮的
已堕落，虽然一切卑劣的东西
都貌若高雅，但原来高雅的还得
照旧。

墨客特夫 我希望落了空。

马尔孔 也许在那上头
我就启动了怀疑。为什么离妻
别子——他们该是你珍贵的动力，
情爱的结节——全没有安排，竟不曾
告别？我请你，莫以为我这些疑虑
是你的耻辱，它们乃为我的安全
而起：你也许当真很可靠，不管
我怎样想法。

墨客特夫 流血，可怜的乡邦，
流血吧！酷烈的暴政，尽你去基坚
础固就是了，因为仁善不敢来
将你压抑！尽情去横行无忌吧；
你篡得的名位已被确认！再会了，

殿下：我决不做你猜想中的奸徒，
即令能奄有那暴君掌中的全部
疆土，再加上整个宏富的东方。

马尔孔 请不用气恼：我适才所说的不是
仅仅为怕你。我想起我们乡邦
因不胜重负而陵夷；它流泪流血，
每天旧伤上又加新创：我也想，
许有人愿为我卫护王权而兴兵；
在此我就有仁德的英格兰[18]提供
好几千人马：可是，尽管这一切，
一旦那暴君的首级踩在我脚下，
或挂在我这剑上时，我可怜的乡邦
在那后继者的治下，准会有比先前
更多的罪恶，受难更深重，有更多
种类的苦痛。

墨客特夫 他将是什么样人？

马尔孔 我说的乃是我自己；在我这身上
我知道桩桩件件的罪恶已接上
枝桠，它们生发[19]时，凶恶的麦克白斯
会显得清纯如雪，而可怜的邦人
将他和我的无边邪恶比较时，
会要把他当作是一只小羔羊。

墨客特夫 可怕的地狱万头攒动中，没有个
魔君奸邪可恶能超过麦克白斯。

马尔孔 我承认他残忍、淫乱、贪婪、阴险、
奸诈、横暴、恶毒，凡有名的罪孽

他无一不沾；但我的淫欲无底止，
罔限极：你们的妻子，你们的女儿，
你们的娘子，你们的闺女，都不能
填满我的欲壑；我这淫欲能压倒
一切反抗我意志的阻障；倒还是
麦克白斯为王要胜如我这样的人。

墨客特夫 无限的淫欲确是性情里的[20]凶暴；
不少快乐的御座曾为之而早虚，
许多君王齐陨落。但仍然休得
害怕去承受本该属于你的尊位；
你不妨私下里纵情于声色，外表
却凛然，去蒙蔽世人的耳目。我们
乐意的娘子们不愁少；你这喜好
一传开，自会有人献身于尊荣，
只恐你人非饿鹰，吞不了那许多。

马尔孔 除荒淫无度外，在我恶劣的品性里
还有那无餍的贪婪，所以有朝
一日我为王，我便要杀害贵族们，
占夺他们的土地，要这个的珍宝，
要那个的房廊；吞并愈多，愈使我
馋痨，我会要伪造些不公的争端，
陷害忠良，为财富而不惜将他们
摧折。

墨客特夫 这贪婪要比短暂的炎炎
夏日般的[21]淫欲毒害深，它的根株
更恶毒，我们有些位君王曾为它

而丧生：但仍请不必忧疑；苏格兰
自有你自己份内丰华的收获，
来满足你这些欲望；你另有优点
相平衡，这种种还可以令人忍受。

马尔孔 可是我没有优点：与君王权位
相适应的美德，如公平、诚信、节制、
稳定、宽洪、坚决、仁爱、谦虚、
虔诚、宥恕、勇敢、刚毅，我一无
所有，但每种罪恶的新腔变调
我无不能曲尽其妙。唔，我如果
当权，便要把和睦的甘醴倾入
地狱，使普世的安靖鼎沸，扫荡
遍天下的和协。

墨客特夫 啊，苏格兰，苏格兰！

马尔孔 这样的人儿是否宜治国，你说：
我就是我所说的这样。

墨客特夫 宜治国！不行，
活着都不配。啊，悲惨的吾民呀，
在这篡位暴君的血腥统治下，
何时你才能重睹昌隆的岁月，
如今王位的嫡胤又这么头顶着
诅咒而自绝于继承，且使他的家世
也蒙羞？你父王是位圣德的明君；
你生身的母后，跪着比站着的时候多，
在世时每天在虔修身后[22]。再会吧！
你自承的那些罪辜将我驱离了

苏格兰。啊，我的心，你希望到此
已毁灭！

马尔孔 墨客特夫，这高贵的激情
是心地高洁的产儿，它已抹去了
我心头对你的栗栗危惧，使我在
思想里恢复你原有的忠诚与荣誉。
奸魔的麦克白斯用许多这样的诡计
想赚我回到他势力之下去，亏得我
沉着的明智牵住我不使仓皇
轻信；可是让上帝在你我之间
来安排一切！从今往后我请你
将我来指引，我自毁的言辞即此
一笔勾销，我起誓撤回我堆在
自己头上、与我不相干的污点
与罪愆。我还没接近过女色，从未
背弃过誓言，几乎没有贪求过
我份内所应有；从来不破坏信义，
就是把魔鬼出卖给他的同伴
我也不会，爱真理不下于爱生命；
我初次编谎话是刚才讲起我自己。
我真实的自己向你，向可怜的宗邦
奉命；正指向着那里，在你来此前，
老将西华德，统领着一万军兵，
已整装待发。如今我们在一起，
但愿成功的机会跟我们为之而
争辩的动机，同样地确实。为什么

你不响？

墨客特夫　　这样可喜和可恼的事情
一同来，很难相调和。

［太医上。

马尔孔　好吧；等一下再说。王上出来吗，请问？

太　医　是的，贵卿；有一群苦恼的病人
等着请他治[23]；他们的病痛战败了
岐黄的大巧；但上苍赋与他的手
这样的神灵，只须他一触，他们
顿时就好。

马尔孔　　多谢你，太医。

［太医下。

墨客特夫　　他说的
是什么病症？

马尔孔　　这叫做君主病症：[24]
这是件最神奇莫测的正经，从我
居住在英格兰，我常见这位贤君
施治。他怎样祈求上苍，只有他
自己才知道；但害这怪症的病人，
脓肿而溃烂，看来真可怜，外科
医术绝没有办法，他着手而成春；
念着神灵的祷辞，将一块金币
挂在他们的颈上；且听说这种
治病的天恩他还传与了后王。
连同这奇异的功能，他还有天赐
预言的秉赋，和诸般天惠的祯祥

环拱着他御座，显见他福佑盈丰。

［洛斯上。

墨客特夫　请看，谁来了？

马尔孔　故国的来人；可是我不认识他。㉕

墨客特夫　最亲爱的内弟，欢迎你来到此间。

马尔孔　我现在认识了。亲爱的上帝，请及早
消除使我们作客他邦的因由吧！

洛　斯　殿下，心愿如此。

墨客特夫　苏格兰依然是
从前那样吗？

洛　斯　哎也！可怜的旧邦；
它几乎怕认识自己了。它不再是我等
慈母之邦，只能称我们的坟墓；
那里再无人，只除了蒙昧无知者，
会偶一欢笑；那里叹息与呻吟
与号叫撕裂了天空也无人闻问；
那里劲厉的悲哀如寻常的激动；
死人的丧钟在那里几乎没有人
问起为谁敲；好人的生命比他们
插在帽上的鲜花萎谢时还先逝，
不等生病就死去。

墨客特夫　啊！话说得太细，
可是也太真！

马尔孔　最近有什么伤心事？

洛　斯　那惨案过后一小时，说时就有人
唏嘘；每分钟会发生一件新的来。

墨客特夫　我妻子怎样？

洛　斯　　　　哎也，很好。

墨客特夫　　　　　　　孩子们呢？

洛　斯　也很好。

墨客特夫　　　　那凶王没有对他们的安宁

打击吗？

洛　斯　　　　没有；我离开他们时，他们

还安然无恙。

墨客特夫　　　　你说话休得要吝啬：

怎么样？

洛　斯　　　　当我到此来传报消息时，

我载的负荷很沉重，有个传闻

说许多英豪都已经起义；这说法

我相信已证实，特别因为我见到

凶王的兵马已发动。目今正是

驰援的时候了：你在苏格兰一露脸，

会兴发军兵士卒，使妇女都操戈，

为解除他们可怕的苦难。

马尔孔　　　　　　　　我们就

前往，让这事成为他们的安慰吧。

英格兰君王御驾借给了我们

西华德将军和一万军兵；基督教

世界再没个比他更老练的好军人。

洛　斯　但愿我能以同样的安慰相回答！

可是我有话，应在荒野里空阔间

呼号而出，那里没有人能听到。

墨客特夫　是有关什么的？涉及这大局？还是
私人的伤心事？

洛　斯　凡是心地诚实的，
没有个人儿不参与到一份悲痛，
虽然主要的部分只和你有关。

墨客特夫　如果是我的事，请休得留着话儿
不讲；快给我知道。

洛　斯　莫叫你耳朵
永远鄙弃我这舌头，它要使它们
闻见从未听到过的最悲痛的消息。

墨客特夫　嗯！我猜到了。

洛　斯　你的堡邸突然
受袭击；你夫人与儿女横遭残杀；
我若讲述那经过，会要在一大堆
被屠戮的你的亲人之上，再加上
你这一条命。

马尔孔　悲悯的上苍！什么！
汉子；切莫把你的帽儿拉下来
盖住了前额；倾吐着悲哀；那悲痛
若是不声响，对负伤过度的心儿
便会去窃窃私语，说得它破裂。

墨客特夫　我的孩子们也都？

洛　斯　妻子、孩儿、
僮仆，找得到的一古脑都完。

墨客特夫　而我
却不在那里！我的妻也给杀了吗？

洛　斯　我已经说过。

马尔孔　且请莫伤心：让我们
为克报这大仇配制药石，来医治
这没命的哀痛。

墨客特夫　他没有孩子。㉖我所有的小乖儿巧宝？
你是说所有的？啊，地狱的鹰鸢！
一扫而光？什么！我全部的小鸡儿，
连同他们的鸡娘，好狠辣，一爪子
都给抓光？

马尔孔　要像个汉子般去抗争。

墨客特夫　我会要这么做；可是我不得不情往
难禁：我不能不记起这样的往事，
那对我真宝贵异常。青天在上边
望着，怎不帮他们忙？墨客特夫，
你罪孽深重！他们都为你而丧生。
我好不枉空，他们横遭这屠戮，
不是为他们自己有什么过错，
而都因被我所连累。上天给他们
安宁吧，如今！

马尔孔　让这事做你的砥石，
磨砺你青锋的利刃：化悲哀为忿怒；
莫叫雄心衰歇，点燃它的烈火。

墨客特夫　啊！我能妇人般眼泪双流，
而我的唇舌却能兀自夸勇敢。
可是，仁爱的皇天，斩除了一切
迁延；把这苏格兰的恶魔引到

和我面对面；将他放在我剑锋
所及处；他若能逃走，上天也㉗饶他！

马尔孔　这情性显示出豪强的气概。去来，
我们去见王上去：我们的军兵
已经准备好；我们什么也不少，
只除了开拔的许可㉘。麦克白斯已烂熟，
一摇即落；上界的神灵已麾动
使从们，替他们行事。尽你去寻安慰；
长夜已过去，晓天始白迎朝晖。

［同下。

第四幕　注释

① “Brinded”，亦可作“brindled”，Wedgewood 解作“条纹的”，Clark 与 Wright 解作“黄褐色的”，实际上都是说灰色虎狸斑猫，前者为花纹，后者是颜色。Warburton 谓，自古以来，猫是巫婆们的鬼使与宠儿。这迷信的怪想也许是这样开头的：当戛林雪娅（Galinthia）被命运三姊妹（据 Antonius Liberalis 所言，见《变形记》），或被巫婆们（据 Pausanias 在《蠢物记》内所言）变成一只猫时，黑格蒂可怜她，把她作为她自己的女祭司。当百头怪子（Typhon）迫使诸天神祇与女神们藏身于百兽的形象内时，黑格蒂将她自己也变成了一只猫。

② Steevens：巫婆乙只重复了巫婆甲所说的次数，以证明她所说的不错；然后又说，小刺猬也已叫过，但只一回。或者这样理解更容易，小刺猬叫过三回，等一下又叫了一回。Elwin 及 Clark 与 Wright 则谓，这是巫婆们计数的方法，以三作为单位，遇到四就要说三加一。

③ 见一幕一景“灰狸奴”注。

④ Abbott：莎氏极少用四重音韵文行，除非当巫婆们或其他的怪异人物说话时，那时候便押着韵。这两行三人合诵的叠句，在 Furness 新集注本附录里引得有将近三十家的二十一种德文翻译，非常启发人。

⑤ 原文为“肝”。

⑥ 狒狒属猿类，面貌在狗与人之间，体长三尺许，四肢长略相等，疾走如飞，趾能握物，长毛作灰褐色，性凶暴，食人。又名费费，吐喽，亦有枭羊、枭杨、山精等名。

⑦ 原文作“金字塔”。

⑧ Upton：戴盔的首级象征地代表麦克白斯的首级，被墨客特夫斩下来送交马尔孔。

血糊的婴孩是墨客特夫尚未达月，经开刀在他母亲肚子里挖出来。一头戴王冠手持树枝的孩童，是王子马尔孔，他命令兵卒们各人伐下枝柯一支，擎举着带到滕锡奈山前。

⑨ Steevens：在行施魔法时不可讲话，要绝对噤口。

⑩ Staunton：古时候都以为用咒语与魔法宣召来的鬼魂们不耐烦人家问他话，急于引退。Clark 与 Wright：注意，这第二次幻显的即墨客特夫，"比第一位更有威力"，第一位是麦克白斯。

⑪ Warburton：这里用意是对詹姆士一世表示敬意，他初次以一人之尊统一了两个岛屿与三个王国；他的世系据说是出自班轲的宗族的。Steevens：对于后一项事实，莎氏似乎是完全知道的，不过他把班轲写成一个不但天真，而且高贵的性格，而据历史上说，在弑杀邓更这件事上他是和麦克白斯合伙同谋的。Clark 与 Wright：这里所说的"双球"大概是指詹姆士两次加冕，先在司荼（Scone），登苏格兰王位，后来又在伦敦威士敏斯忒（Westminster）教寺，就任英格兰国王。按，一六〇四年登英格兰王位时，他的名衔是大不列颠、法兰西与爱尔兰之王，所以要手持三根王杖。八代君王是罗伯二世与三世（Robert Ⅱ，Robert Ⅲ）和六位詹姆士（James），莎氏写作本剧时的"当今"是第六位。

⑫ Bodenstedt：删去这一景，如在舞台上往往是那样，会把麦克白斯的性格表现得比莎氏本意美好得多，同时也会减弱墨客特夫惨痛中的哀呼的力量，以及麦克白斯夫人在梦游那一景里刺心的自问的力量。我们务需给看到麦克白斯的不必要的凶恶已达到了什么程度，即令是天真无邪的妇孺他也决不放过。更重要的是，在这描写伪善的奸险与绝灭信义的野心的悲剧里，墨客特夫和他妻子是代表诚实的忠忱与家庭美德的典型人物。

⑬ Harting 谓这类例与事实相刺谬。

⑭ Hudson：恐惧使我们听信谣言，可是我们不知道恐惧些什么，因为我们恐惧了还是莫名其妙，在这一种心理状况中，人们更加相信，因为他们恐惧，而又更加恐惧，因为他们不能预见危险是怎样的。译文从 Schmidt 所解。

⑮ 这一行各家无注释。Schmidt 在《莎氏用字全典》里解作"那会使我失态（也许是说，我该流泪，那是对我不合式的）和使你难受（或悲哀）"，译者觉得可以商酌。洛斯原来是来报信的，他担心麦克白斯多半会对墨客特夫家属施行报复，所以想叫夫人带着孩子们逃走。但他又顾虑在自己能帮忙之前惊动夫人于事无补，故关于逃走一事只字未提，只说了一句"我不敢再多说什么"，以增加惊恐不定的气氛。他预备马上离开此地去设法布置，一等安排就绪，便回来带他们母子同走，故云"不久我会得再来"。他意思是，如果他不马上采取行动，还待在这里，麦克白斯的手下人来看见他在此，他自己必将受辱，而夫人必定会于心不安。他当然没有料到凶王的报复会那么凶恶，且来得这么迅速。他大概安排好了逃亡步骤后，在回来的路上听到夫人全家被杀的凶耗，于是只得单独逃往英格兰去。

⑯ "With all thy wit"，C. M. Lewis 解如译文。看上下文语气，这反解似颇贴切。

⑰ 对开本原文作"discerne of him"，Theobald 校改"discerne"为"deserve"，意即"应受他的酬报"。按，校改没有必要，Upton 与 Hudson 解释得对："of him"即

“from him”，“something”系指“他对你的荣宠”。

⑱ 英格兰王也。

⑲ 原文“open'd”，Delius 谓系带进前面“grafted”（嫁接树枝）那比喻而言的，故应解作“展放、生发或滋长”。

⑳ Delius 注“In nature”谓：这是属于“tyranny”（凶暴）的；这样的有机体内的淫欲无度被比作麦克白斯的暴政（政治上的凶暴）。译者按，Delius 所谓“属于‘tyranny’的”系指文法上的隶属，意即谓这里的句子构造是“... is a tyranny in nature”，但看他句子后半句就很明白。译文便是根据这诠释着笔的。Clark 与 Wright 在牛津丛刊本（Clarendon Press Series Ed.）本剧注解内把 Delius 的用意看走了，说根据 Delius 所析，这句子应解作“无限的淫欲，其性质是一个篡夺”，“tyranny”这字他们训为“篡位”)，他们并且征引莎剧《朱理亚·恺撒》二幕一景六九行“一个人的情状，/ 便好比一个小王国，遭受到一场 / 造反般性质的叛乱”，以说明“nature”这字的涵义为“性质”。译者觉得这可以说是他们的另一个解释，但与 Delius 之说法无关。此外，他们还提供了又一个解释，谓“intemperance in nature”是一个词，此句可解作“无限地纵情于淫欲是一个篡夺”。他们觉得这两个说法，当以第一个为较好；但无论如何，“tyranny”，在这里总解作“篡位”，因此正式的国王才失掉了他的王位。

㉑ Hudson：这激情（淫欲）会像夏日般燃烧一时，而将似夏日般逝去；可是那一个激情，贪婪，没有这样的时限，它将老而弥坚，到死方止。

㉒ Clark 与 Wright：她活着的每一天是在为死后准备。

㉓ 传说麦克白斯为苏格兰王时，英格兰王爱德华长老（Edward the Confessor，1002?—1066）有以手接触、立即治愈瘰疬之名。这病因而叫作“君王病症”。好几位爱德华的继位者都有此天赋的仁术。詹姆士一世也是其中之一，这一段剧辞便是写来对他致敬的。Clark 与 Wright 谓，爱德华这一神奇的本领是他的同代人所相信的，至少在他死后不久为众所信，且特别受教皇亚历山大三世所认可，因而他被推崇入众圣之列。伊丽莎白女王的天主教子民们也许为爱国关系，认许她也具有这一能力，虽然他们有点疑惑，怎么教皇公布将她逐出教会以后，她还是跟以前一样有此能力。查理一世在约克城时，一天内手触了七十个病人。查理二世出亡到布鲁日时还是手触病人的，不过省了赐赠那枚金币；他复辟以后还是施行着此术，且被认为有显著的成效。约翰荪博士最早的回忆是他小时候，在一七一二年，被引到女王安（Queen Anne）御前去手触医病。他颈上挂的金牌（已经不是普通的金币，在查理二世朝时特铸一金牌专供此用）至今还保存在大英博物馆内。Furness：Theobald 是第一个注意到这件事的人，以及四幕一景一二一行之“又有一个我见他手揽 / 双球与王杖三支”，作为考证本剧写作时日的两个内证。

㉔ 见上页注。

㉕ Steevens：马尔孔远远就认出洛斯是他的邦人，乃是看他的服装。

㉖ 墨客特夫这话引起三种不同的解释。一说是“他没有孩子”系指马尔孔没有孩子，所以他不懂报仇这药剂医治不了我这哀痛：主此说者有 Ritson，Malone，佚名氏，Harry Rowe, Dalgleish , Delius, Hudson 等。一说是“他没有孩子”系指麦克白

斯没有孩子，所以他会干出这样杀尽全家妇孺的惨酷事：主此说者为 Knight。再一说是“他没有孩子”亦系指麦克白斯，惟与第二说不同，谓我要想报仇也没法报，因他们既不存在，我便无法杀死他们：主此说者有 Steevens，Hunter，Elwin，Halliwell，Clark 与 Wright 等。译者倾向于第三说。

㉗ Hudson：这个小小的“too”（也）字用在这里是为使前文的意义异样地更加强烈。有一遭把他放在我剑锋所及处而我若不杀掉他，我就比他还坏，那时候我不但自己宽恕他，还要祈求上帝宽恕他：或许是，那时候我跟他一般坏，愿上帝宽恕我们两个。我举不出任何一个别的例子，那文字能更强烈地充满着意义。

㉘ “Our leave”Cowden-Clarke 解作开拔前的告别，Schmidt 则释如译文。

第五幕

第一景

［滕锡奈。堡邸内一室］

［太医与伴娘上。

太　医　我已经同你陪守了两夜，可不见你所报告的实有其事。她上一次梦游是什么时候？

伴　娘　自从他陛下上了战场，[①]我见过她从床上起来，披上寝袍，把文书柜子[②]开了锁，取出柬帖[③]来，折叠起，写些个字，读一下，然后封起来，再上床去睡；而那一晌都是熟睡着的。

太　医　身体里有大骚扰，同时要生受睡觉的好处，又要做醒着时的行动！在这沉睡的激动里，除了梦游和其他的动作之处，你听见她在什么时候说过些什么话？

伴　娘　那个，太医，我不好在她背后说起。

太　医　你可以和我说，你跟我说倒很恰当。

伴　娘　也不对你，也不对任何人说，若是没有别人在旁能证实我的话。

［夫人上，手持尖烛。

你看！她在来了。这正是她的模样；而且，凭我的性命，睡得很熟。仔细瞧着她；悄悄站着。

太　医　她怎样来的那盏烛灯？

伴　娘　哎也，就在她身旁：她身边总是点着灯；她吩咐叫这么的。

太　医　你看，她两眼睁着。

伴　娘　是的，但是那视觉是闭着的。

太　医　她现在做些什么？瞧，她在摩擦两只手。

伴　娘　这是她惯常的动作，像在洗手。我见过她继续这样一刻钟之久。

夫　人　这里还有个斑儿。

太　医　听！她说话了。我要记下她的话，过后满足我的记忆好更有力些。

夫　人　去掉，可恶的斑儿？去掉，我说！一；二：哎也，那现在正该去干。地狱很阴暗！呸，王夫，呸！是个军人，还害怕？有人知道我们何用怕，既然没人能来向我们问罪？可是谁想得到那老头儿有那么多血？

太　医　你听到那话吗？

夫　人　淮辅伯爵曾有个妻子：如今她在哪儿？什么！这两只手永远洗不干净吗？别再那样了，王夫，别再那样了：你这惊跳一下把什么事情都弄坏。

太　医　得了，得了；你已经知道了你所不该知道的事。

伴　娘　她讲了她所不该讲的话，这个我很清楚：上天才知道她所知道的事。

夫　人　这里还有血腥味儿：阿拉伯国所有的香料都熏不香这只小手。啊！啊！啊！

太　医　那是好深的一阵叹息！心上的负荷该很难堪。

伴　娘　即令为了使全身都享受尊荣，我也不愿胸中有这样一颗心。

太　医　很好，很好，很好。

伴　娘　求上帝能这样吧，太医。

太　医　这病我真治不了：不过我倒知道有些梦游的人却是在床上好好死去的。

夫　人　洗你的手去，穿上了寝袍；休得这样脸色苍白。我再告诉你一遍，班轲已下葬；他不能跑出坟墓来。

太　医　竟是这样吗？

夫　人　上床去，上床去：有人在敲大门。来，来，来，来，把手伸给我。已经做了的事不能使它没有做。上床去，上床去，上床去。

［夫人下。

太　医　她现在会上床去吗？

伴　娘　马上。

太　医　可耻的耳语在外边传播。伤天
害理的行径产生反常的骚乱；
病毒的头脑会把它们的秘密
泄露给没耳朵的枕头；她更需要
一位牧师，用不到医师。上帝啊，
上帝，宽恕我们大家吧！看顾她；
一切能伤害到她的东西都挪走，
不断地看护着她。就这样，夜安：
她使我目为之诧愕，心为之惑乱。
我想着，却不敢口说。

伴　娘　夜安，好太医。

［同下。

第 二 景

［滕锡奈郊区］

［军鼓与旗旆前导。曼底士、坎士纳斯、盎格斯、赖诺克斯与众军兵上。

曼底士 英军已迫近，统军将领是马尔孔，
他舅父西华德和那位好墨客特夫。
报仇的敌忾在他们胸中火炽；
他们那刻骨的仇恨会激奋即令是
麻木的相好，起来去沥血，去杀伐。

盎格斯 近褒耐森林我们将遭遇到他们；
他们会开到那厢来。

坎士纳斯 谁知道唐瑚培
可跟他哥哥在一起？

赖诺克斯 他准是不在，
兄台：我有全体贵胄们的名单：
有老西华德的儿子，以及许多
无须的青年，如今都起誓来一试
他们刚成年的身手。

曼底士 凶王怎么样？

坎士纳斯 他把大滕锡奈深沟高垒固守着。
有人说他发了疯；那些个不怎么
恨他的，把这个叫作勇暴狂；但是，
他准是控制不住他那紊乱做

一团的治下。

盎格斯 如今他方始觉得
他那些秘密的凶杀刺在他手上；
每分钟有叛变责骂他灭绝忠义；
他部下只奉命行动，并不为爱戴；
如今他感到那名位空笼在身上，
像件巨人的袍服罩着个倭贼。

曼底士 当他满腔的罪恶在里边翻腾时，
谁能怨得他恼苦了的心儿畏葸
而骇愕？

坎士纳斯 好吧，我们此刻开拔走，
到那该受服从的去处去服从；
我们去迎迓诊治国病的医国手，④
为治愈宗邦的大难，我们不惜
把我们每一滴血洒出来。

赖诺克斯 或者，
血要流多少且看情形的需要，
总祈能滋润王花和淹死莠草。
我们且向褒耐进发。

［众整队行进，下。

第 三 景

［滕锡奈。堡邸内一室］

［麦克白斯、太医与近侍数人上。

麦克白斯　不必再来报告我；尽他们都叛离
去好了；褒耐森林移到滕锡奈前，
我不会惊吓成病。马尔孔那孩子
算什么？他不是女人生的吗？那预知
人世未来的精灵们曾这么对我说：
“莫害怕，麦克白斯；没有女人生的人
能制胜于你。”那么，不忠的伯爵们，
叛离去吧，去跟英格兰酒肉派⑤
厮混去就是：我的灵明和心智
决不因疑虑而萎顿，恐惧而慌张。

[仆从上。

你这乳白脸蛋的呆家伙，要魔鬼
咒得你发黑！哪里弄来的蠢相？

仆　从　有一万——

麦克白斯　一万只笨鹅不成，混蛋？

仆　从　是军兵，王上。

麦克白斯　去你的，刺破你这脸，
把一脸恐惧涂上红，你这胆小鬼。
什么兵，蠢货？该死你那灵魂儿！
你这两片白脸皮叫人家也害怕。
是什么军兵，白脸儿？

仆　从　英国兵，您高兴的话。

麦克白斯　滚开。　[仆从下。

塞敦！——我心里难受，瞧到——
塞敦，我说！——这进攻将一举致我
于安乐，或暂时使我不快。我活得

已经够长了：此生已届临凋谢时，
黄叶秋风萧瑟；那里应陪伴着
老年的，如光荣、敬爱、恭顺、友谊，
我都不能去指望；代替这些的
是诅咒，不响亮而深沉，口头的敬仰，
以及可怜的心儿不想说，但不敢
不说的一套假话。塞敦！

[塞敦上。

塞　敦　御驾有什么吩咐？

麦克白斯　还有甚消息？

塞　敦　报上来的事儿都已经证实，吾主。

麦克白斯　我要厮杀得肉从我骨头上片片
砍下来。把盔甲给我。

塞　敦　这还不需要。

麦克白斯　我要来披挂上。
再多派骑兵到四乡去巡查勘察；
谁说怕就把谁绞杀。把盔甲给我。
病人怎样了，太医？

太　医　病倒不怎样，
吾王，她只被攒聚的幻想所困扰，
使她不得安宁。

麦克白斯　就治好她那个：
你能否对个痛苦的心儿施药石，
打从记忆里拔除根深的忧患，
抹掉脑膜上写下的苦恼，用一点
甘醇的忘忧药剂洗净那污损⑥

胸怀、压在心上的危险东西吗？

太　医　那是要病人自己去设法治疗的。

麦克白斯　把医道扔给狗去；我用不到它。

来啊，替我披挂上；把枪⑦拿给我。

塞敦，派骑兵⑧——太医，伯爵们都逃亡。——

来吧，赶快。——太医，你若是能够

检验邦国的小便，查出她的病，

用泻剂恢复她原来的健康，我会

高声鼓掌喝彩起回声，那回声

又将再对你喝彩鼓掌。——拉掉，⑨

我说。——什么大黄、番泻或其他

清泻剂能把这些英国兵排泄掉？

你听说他们过吗？

太　医　是的，好主上；

您御驾整军经武使我们听到

一点儿消息。

麦克白斯　跟着就替我送来。

我准不怕死，也不怕丧亡破坏，

要等到褒耐森林指向滕锡奈。

太　医　［旁白］我若离开了滕锡奈，逍遥自在，

什么好处也不能引诱我再来。　［同下。

第 四 景

［褒耐森林附近乡间］

［军鼓与旗旆前导。马尔孔、西华德、墨客特夫、小西华德、曼底士、坎士纳斯、盎格斯、赖诺克斯、洛斯与众军兵行进，上。

马尔孔　伯叔兄弟们，我希望我们房栊
安泰的日子即将到来了。

曼底士　我们
毫不怀疑。

西华德　前面是座什么林子？

曼底士　褒耐[10]森林。

马尔孔　让每个兵士砍伐下一支枝柯，
擎举在面前：便这样我们可掩蔽
我们军队的人数，使对方探报
陷入错误。

众军兵　遵令。

西华德　我们的情报只知那蛮勇的暴君
静守在滕锡奈，他会听凭我们去
扎营攻城。

马尔孔　这是他首要的希望；
因为只要有机会，他手下不论
等级的高下，全都会对他叛变，
没有人为他效忠，只除了被迫者，
他们也无心作战。

墨客特夫　让我们看到了
正确的事实再说，如今且严守着
奋励的武略。

西华德　我们能判明前途

胜败的时分就在眼前了。猜想
只能给我们一些可疑的希望，
但确实的结果必将取决于刀枪，
为达成定局，我们来打好这场仗。

［同下，行进。

第 五 景

［滕锡奈。堡垒内］

［于军鼓旗旆中，麦克白斯、塞敦与众军兵上。

麦克白斯 把我们的旌旗挂在城垣外墙上；
“他们来了”的喊声叫不休；我们
这堡垒的坚强将对围攻嘲笑；
让他们在此固守，等饥荒、寒颤烧
把他们吃掉；若不是原来应属于
我们的军队增援了他们，我们
很可以轻蔑地对着他们挑衅，
把他们打回家。
那是什么声音？

［内妇人呼声。

塞　敦 这是妇女们在呼喊，我的好主上。 ［下。

麦克白斯 我几乎已经忘记了恐惧的滋味。
从前有时候我耳闻深夜哀啸声，
感觉会发冷，听人说惊恐的故事，
毛发会根根倒竖，像活了起来。

我已经饱尝恐怖；骇怪事对于我
雕悍的心情已寻常见惯，不再
能使我吃惊。

［塞敦上。

为什么这般叫喊？

塞　敦　王后下世了，吾王。

麦克白斯　她以后也是会死的；
迟早总会有这么个消息到来。
明朝，再一个明朝，又一个明朝，
光阴便这般一天天细步趑趄慢，
直到有记录的时间最后那一霎；
我们所有的昨天照亮了芸芸
痴愚，上归土的泉路。熄灭，熄灭，
匆匆的烛照！人生只是个阴影
走着路，一介可怜的伶人上台来
雄视阔步和气急败坏地演一番，
转眼便声息杳然：它是个白痴
嘴里的故事，讲时节好激昂慷慨，
说来却意义毫无。

［使从上。

你是来传报消息的；快把话来说。

使　从　御驾在上，
我理应报告我得说[11]我所见到的，
但不知怎么样说法。

麦克白斯　唔，你说吧。

使　从　我正在山头守望着，面对了褒耐，但觉得忽地那树林在开始移动。

麦克白斯　　你撒谎，奴才！

使　从　　我甘愿受您的恼怒，
若是不这样：您自己可去看，它已经
来到了三英里以内；我说，是一座
移动的林薄。

麦克白斯　　你如果撒谎，就吊你
在最近的一棵树上，活活给饿死；
你所说若是当真，你同样对付我
我也不介意。我将消失掉⑫果敢。
对那魔鬼的隐语开始起疑窦，
他撒谎像是讲真话；"莫害怕，"他说，
"除非褒耐森林来到了滕锡奈。"；
如今真有座林子指向滕锡奈。
披甲胄，持刀枪，剑出鞘！他说的如果
真出现，守也守不住，逃也逃不过。
我开始在对太阳心生着厌烦，
想望世界末日到，覆地与翻天。
撞响着警钟！丧风，刮哟！凶煞，
来吧！我们死，至少要头顶盔，身披甲。

［同下。

第 六 景

［同前。堡前原野］

［军鼓与旗旆前导。马尔孔、西华德、墨客特夫帅手持枝柯之军兵上。

马尔孔　现在够近了；你们把带叶的屏障
丢下，显示你们的面目吧。您老，
敬仰的舅父，和我的表弟，您非常
高贵的公郎，请担任先锋，为我们
领打第一仗；敬仰的墨客特夫
和我们自己，来担当其他的一切，
按着我们作战的计划。

西华德　再会了。
今夜只要能见到凶王的队伍，
若不能进击，我们情愿给打输。

墨客特夫　要我们所有的号角一起来鸣响；
叫那些血与死的先锋齐声喧嚷。

［同下。警号长鸣。

第七景

［同前。原野另一处］

［麦克白斯上。

麦克白斯　他们拴我在桩子上，我不能逃跑，
只好狗熊般斗完这一个回合。
可有谁不是女人所生的？我只怕
这样一个人，再不怕别的。

［小西华德上。

小西华德 你名叫什么？

麦克白斯 听到了你要害怕。

小西华德 不会；即令你那恶名儿比劣焰
腾熛的地狱里的恶魔名儿还恶。

麦克白斯 我叫麦克白斯。

小西华德 就是魔王自己来
通名，也不能道出个更可恨的称呼。

麦克白斯 不对，也不会比我更可畏。

小西华德 你撒谎，
深恶痛疾的凶王；我用这霜锋
证明你是在撒谎。

［两人交锋，小西华德被杀。

麦克白斯 你是女人生的：
女人所生的人儿挥舞的剑和刀，
我对它们嘻嘻地轻蔑而嘲笑。 ［下。

［警号齐鸣。墨客特夫上。

墨客特夫 喧响在那厢。凶王，显露你的脸：
你若是死掉而非因我的戮击，
我妻子儿女的亡魂将永远对我
现形。我不能剑刺那可怜的兵卒，
他们的胳膊是雇佣来执枪的：
或是你，麦克白斯，结束你弑君杀驾、
凶横险诈的恶霸业，饮刃而终，⑬
或则我把这宝剑插还这匣里，
丝毫不曾受伤损。你该是在那边；
这么大一阵刀剑响，似乎在报闻

有最大的人物来到。让我们找到他，
大数啊！此外我别无所奢求。

［警号齐鸣。马尔孔与西华德上。

西华德 这边走，殿下，堡垒已轻轻投降：
凶王的部属在两边都打；伯爵们
打得很勇敢；胜利差不多自承是
您的了，再没有什么事可做。

马尔孔 我们
遇到些敌人和我们并着肩作战。

西华德 殿下，请进这堡垒。 ［同下。警号鸣。

第 八 景

［原野另一处］

［麦克白斯上。

麦克白斯 我为什么要罗马的呆子⑭般丧生
于自己剑上？我看见还有人活着，
将伤口加在他们身上比较好。

［墨客特夫上。

墨客特夫 莫逃走，地狱的恶狗，莫逃走！

麦克白斯 我在
一切人中间只避免和你相遇：
可是回去吧，你家人的血债使我的
灵魂已负担得过重。

墨客特夫 我没有话说；

我的话在我这剑里，你这非言语
所能形容的喝血妖魔！

［二人斗剑。警号鸣。

麦克白斯 你白费
劳力：你不能叫我流血，正同你
不能把利剑斩开斩不断的空气：
挥你的剑刃，斩那斩得开的头盔；
我这生命有魔法呵护，它不会
屈服于女人生的人。

墨客特夫 对魔法绝望吧；
让那你还在供奉的恶灵对你说，
墨客特夫是从他母亲子宫里
未曾足月时剖腹而生的。

麦克白斯 切切诅咒告诉我这话的那舌头，
因为它使我听到了亡魂而丧胆：
切莫再相信这些戏弄人的魔鬼，
他们话说得模糊闪烁，太欺人，
对我们耳朵守信，对我们的希望
却失约。我不跟你打。

墨客特夫 那你就投降，胆小鬼，
活着做现世的活报：我们将把你，
像一只稀奇的怪兽，画在布上，
挂上竿头，在画像下面还写着：
“请来看暴君。”

麦克白斯 我决不投降，决不
匐伏在小小马尔孔脚下，像狗咬

狗熊般，为暴民所咒骂。褒耐森林
虽然已到了滕锡奈，虽然面对着
跟我相斫的非女人所生，可是我
还得来最后一试：我且把盾牌
挡在我身前。墨客特夫，来拚杀，
谁先叫“住手，够了”的谁就遭天罚！

[奋战中同下。警号齐鸣。

[退军号。号角齐鸣。军鼓与旗旆前导，马尔孔、西华德、洛斯、氏族长多人，与众军兵上。

马尔孔 愿我们不见了的朋友安然归来。

西华德 总有人别去；但就我见到的列位
来说，这样的大捷要算是得来
好轻易。

马尔孔 墨客特夫还不见回来，
还有您高贵的公郎。

洛　斯 您令郎，老将军，
已尽了军人的大义：他刚正成长为
堂堂一表的男儿；他那股英勇，
才在职位上凌厉无前地证明了
那男儿的气概，他就男儿般死去。

西华德 那他是死了？

洛　斯 是的，且已从战场上
给载走。您可不要以他的英杰来
衡量您的悲伤。因为那样就没有
穷尽了。

西华德 他的伤是在前面吗？

洛　斯　　是的，

在前面。

西华德　　那么，愿他替上帝作战士！

若是我有的儿子跟头发一般多，

我也不愿他们有更美好的死：

就这样，他已经敲过了丧钟。

马尔孔　　他应受

更多的哀悼，我将会替他饮痛。

西华德　他不应多受哀悼；人们说他归真

有道，已付清了尘欠：上帝保佑他！

这里有新来的安慰。

［墨客特夫枪挑麦克白斯之首级上。

墨客特夫　恭喜，吾王！因为您如今正是了。

请看，这就是篡贼可恶的首级：

海宇⑮自由了：我眼见王国的菁英⑯

环绕在您周围，他们心中都和我

一同在向您致敬；我愿意他们

也和我一起欢呼；恭喜，苏格兰王！

众　人　恭喜，苏格兰王！

［号角齐鸣。

马尔孔　我们不需花很多的时间就能

结算清你们各各的忠诚，而且将

不致有负于诸公。列位氏族长⑰

和亲贵，从今起晋升为伯爵，这是

苏格兰⑱初次的册封荣赐。还有些

要事要及时去做，如召回为逃避

暴政下暗探密布的网罗[19]而亡命
他邦的朋友；这已死的屠夫和他那
恶魔般的王后（据猜想，她已经自尽）——
将他们凶残的鹰狗置之于法；
这些，和其他该做的，凭上帝的恩慈，
我们要各就其范围，按地，按时，
分别去处置：我即此向列位道谢，
并邀请到司恭去看我们加冕。

［号角齐鸣。众俱下。

第五幕　注释

① Steevens：这是莎氏的一个失误。他忘记了他已把麦克白斯关在滕锡奈城关之内，外面围困着攻城的敌军。五幕五景二至七行，他自己肝炯火旺地说，他已不能到战场上去。……在本剧范围内，没有任何情节显示麦克白斯自从战胜了麦唐纳与瑙威王回来之后，曾经和他夫人分离过。佚名氏则谓，这里所说的麦克白斯上了战场，乃是指他暂时离开他的堡邸去督导滕锡奈城防炮台和检视他的队伍；在他听到马尔孔率领大军行近之前，他自己的队伍还没有退入堡邸。贵族们在离开他，洛斯曾说他“见到凶王的兵马已发动”。他陛下亲自上战场因而是必需的，以资认真准备计划中的攻势。Knight：下一景内一苏格兰将领说道，“英军已近了。”当敌军从国外入侵时，被攻的王军统帅在最后决定信赖他的“堡垒的力量”前，先到战场上去岂不是很适当的吗？ Clark 与 Wright：我们得假定麦克白斯先到了战场上去戡伐国内的叛逆，见四幕三景一百八十余行处；等到英格兰的外援一到，他才被迫退进滕锡奈城他自己的堡垒里去。

② “Closet” Schmidt 训为房间侧边的储藏室，Onions 解作放文书纸张的储藏室或柜子。

③ Ritter：这是她收到的麦克白斯给她的那封信。按，见一幕五景。

④ Hudson：古时候医治暴政的罪恶、或内战的更大罪恶的良策，大家都认为是一位名正言顺、克当厥位的君王。

⑤ Johnson：叱詈为口福主义者不过是一个土地硗瘠的穷国之民攻击有较多机会享受盘盂的人们的一声很自然的谩骂。Clark 与 Wright 在牛津丛刊本上谓，苏格兰人时常责备他们较富裕的邻居贪嘴；英国人则责备他们大陆上的邻居贪嘴。按，苏格兰地瘠民贫，生活俭约，故云。

⑥ 原文作“stufft”（堵塞住），与后面的“stuff”（东西）系同一个字，前者系被动

格动词，后者为名词。译文从 Steevens 所校改的“foul”，因为我们通常只洗净不洁的东西，而不洗净堵塞着的东西。Malone 举了八个例子证明莎氏很喜欢这样的重复。但文义不通是个无法辩护的缺点。Collier 主张校改“stuff ”为“grief ”（忧愁）；若从此说，便应译为“洗净那堵塞在 / 胸中、压在心上的危险的忧愁吗？”Clark 与 Wright 在牛津丛刊本上说得好：无论如何，不是前一个字，便是后一个字，是抄写者或手民的错误。

⑦ Clark 与 Wright 解“staff ”为将军所执指挥棒。Schmidt 则解作矛或枪。

⑧ Delius：这句子没有完，后面不应有句点。麦克白斯在想起他刚才的命令：“再多派骑兵。”

⑨ 这是塞敦替他披挂铁甲时，甲上结得有什么纽带之类妨碍迅速披挂好，他吩咐把它拉掉。

⑩ Clark 与 Wright 在牛津丛刊本上谓：褒耐（Birnam）是一座近滕凯尔特（Dunkeld）城的高山，在滕锡奈（Dunsinnan）山西北偏西方向十二英里，后者则位于伯斯（Perth）城东北七英里。在后者山顶上有一座古堡遗址，通常叫做麦克白斯的堡垒。

⑪ 原文“I say”在这里意义上根本是多余的，Keightley 在他的本子里把它删掉，将本行跟上行合并。Hanmer，Capell 则校改为“I'd say”。

⑫ 原文“pull in”（勒紧）疑有笔误或印讹，Johnson 校改为“pall in”，意即我的坚定沮丧了，我的自信开始舍我而去，但“勒紧了果敢”，把“果敢”比喻作一匹火急的快马，仍可讲得通。

⑬ 各版对开本这里在“或是你，麦克白斯”后漏印了一两行。Malone 填补了一行进去：“Advance and bravely meet an injur'dfoe”（前来迎战一个受伤害的仇敌）。这校补在一八二一年的集注本上未被再次采入（据 Furness）。Seymour 谓墨客特夫意思是说，“或者你，麦克白斯，在你身体里吃我这一剑，或则我把它插还鞘里，未经斫击，”不过因他一时躁急，未曾说出。Dalgleish 勉强把主格的“thou”说成等于宾格的“thee”，谓这里没有脱漏。Clark 与 Wright 在牛津丛刊（Clarend on Press Series）本上则谓，这里漏失的大概是“must be my antagonist”（一定得做我的对手）等语。译者觉得，Malone 的填充还合于音步，但病在没有元气，完全是十八世纪的面目；Clark 与 Wright 所补则非但有乖音步，且像蒸馏水似的毫无生气与滋味。Seymour 所说的墨客特夫的用意大致不错，但躁急的说法则有点勉强：Dalgleish 的强解则不能使人信服。译者不揣冒昧，试妄加填补如译文。

⑭ Steevens：或系暗指盖笃（Marcus Porcius Cato，前 234—前 149）之自尽而言，莎氏所作罗马悲剧《朱理亚・恺撒》五幕一景一〇二行曾提及此事。Singer：暗指罗马军政高要们之自尽方式而言，如勃鲁德斯（Marrus Junius Brutus，前 85—前 42），开西阿斯（Caius Cassius Longinus，卒于公元前 42 年），安韬纽（Marcus Antonius，前 83—前 30）等人。

⑮ 原文“the time”，Schmidt 谓作“局势”或“大局”解。

⑯ 指主要的贵族。

⑰ 这里与三十行前舞台导演辞内的“thanes”应解作苏格兰部落首领或氏族长。这里马尔孔对他们和亲贵们说，他从此册封他们为伯爵（earls）。可见他们以前还不是

伯爵。但 Schmidt 与 Onions 都训“thane”为“earl”（伯爵）。Clark 与 Wright 在牛津丛刊本内注一幕二景四十余行处的“Thane of Ross”之“thane”谓：这字系从盎格罗·萨克逊文（古英文）之“pegen”来的，本意为“仆人”，特指国王的仆从而言，据 Bosworth 云，应定义为“一个盎格罗·萨克逊贵族，位次于一个伯爵。”终于“thane”这级位相当于一个伯爵（earl）。

⑱ 意即“这是我作为苏格兰王初次的……”，正如四幕三景四十余行处“在此我就有仁德的英格兰提供……”即为“……英格兰王……”。

⑲ 原文“That fled the snares of watchful tyranny”，“watchful” Schmidt 训“spying”，系指暗探（目今叫作特务）而言；这是暴政的一个标志，也是它必然要走的绝路之一。罪恶为保持它自身的存在和延续起见，自古以来即采此等下策，不过名称有所不同而已。罕秣莱德骂朴罗纽斯说得好，称之为“miching mallecho”，意即秘密的、埋伏着的恶事。

一九六四年三月十二日开译，一九六四年六月十日晨七时半译完。

一九六四年七月二十二日夜十一时修改重抄一遍完毕。